LE TRIBUNAL SECRET

PAR CLÉMENCE ROBERT.

I

AU PIED DU CHÊNE

Conrad-Bourg était une antique forteresse située à sept mille de Prague. Sa masse sombre et formidable, pendant plus de quatre siècles noircie et cicatrisée par l'action des combats, se confondait de loin avec la chaîne de roches grises qui formait son horizon.

Ce château fort et ses environs étaient ordinairement déserts. On ne voyait sur les plates-formes que la sentinelle à demi perdue dans les brumes d'un ciel bas et nébuleux, on n'entendait que les pas comptés des hommes d'armes résonnant dans les profondeurs des salles vides, et, au-dessous des remparts, la flûte lente et monotone du pâtre qui gardait ses troupeaux dans les landes sauvages.

Cependant, le premier dimanche de septembre de l'année 1415, la citadelle de Conrad-Bourg se trouvait par événement livrée à un mouvement extraordinaire. L'empereur d'Allemagne Winceslas IV épousait, ce jour-là, la grande-duchesse Sophie de Bavière; il avait imaginé dans son humeur bizarre de célébrer la fête de son mariage dans la forteresse isolée, et qui, dans les mœurs guerrières du temps, servait aussi parfois de résidence royale; la cour de Prague, avec sa suite nombreuse, était venue envahir l'intérieur du vaste donjon.

En même temps, vers la tombée du jour, une nombreuse population était subitement attirée dans une grande prairie qui se déroulait au pied du château, du côté du nord.

Les habitants des campagnes voisines, descendant des sommets agrestes, se rendaient en foule vers ce point.

Des bandes de pauvres bohêmes en voyage, qui s'en allaient à pied, les hommes portant sur l'épaule la harpe dont ils jouaient dans les moments de repos, les femmes parant de fleurs des champs leurs grossiers chaperons, se détournaient précipitamment de leur chemin, et arrivaient de tous côtés pour grossir le rassemblement.

On venait d'apprendre dans les environs que le comte d'Hasting, chéri de ses vassaux, honoré de toute la Bohême, avait été assassiné dans la prairie de Conrad-Bourg, dans cet espace découvert, en plein jour, et en vue du château! On accourait de toutes parts au lieu où demeurait encore étendu le corps de la victime.

Le chemin, déjà jonché par l'automne d'épines sèches et de feuilles mortes, bruissait sous les pas de la multitude; le vent du nord, courant sous une voûte de nuages sombres, grondait dans les gorges des montagnes; mais ces bruits étaient dominés par les clameurs confuses de mille voix dans lesquelles on distinguait ces paroles :

— Le comte d'Hasting assassiné! lui, l'honneur de la chevalerie, le protecteur des opprimés, l'espoir de sa noble famille!

— Lui qui passait encore hier par ici pour se rendre au tournoi et qui avait si belle prestance sous son casque ceint de lauriers et son armure émaillée d'or!

— Qui a pu le frapper, bon Dieu! il n'avait point d'ennemis?...

— Oh! tout le monde l'aimait, Dieu le sait... et les pauvres aussi.

— Et il faut que ce soit lui qui meure, tandis qu'il en est tant d'autres...

— Dont la mort serait une bénédiction.

— Ce n'est pas eux qui s'en iront dans l'autre monde, ces brigands de seigneurs qui mettent le feu à un village pour éclairer la fête de leur château!

— Qui tuent un paysan à la chasse, ni plus ni moins qu'un lièvre... et qui passent à cheval sur son pauvre cimetière!

La foule se resserrait dans le vallon autour d'un énorme chêne isolé au milieu de la prairie. Au pied de cet arbre était le corps sanglant d'un homme étendu sur la terre; à quelques pas se tenait encore immobile et la tête basse le cheval d'où il avait été renversé. Il se formait là un rassemblement compacte, pressé, qui grossissait à chaque minute. Les paysans avec leurs instruments de culture, les passants avec leurs chariots, les chanteurs ambulants avec leur léger bagage, encombraient l'espace, s'étendaient jusqu'aux confins de la prairie; ceux qui étaient aux derniers rangs montaient sur les arbres, sur les blocs des rochers, d'où leurs regards arrivaient jusqu'au lieu de la scène.

Les exclamations douloureuses et les signes de détresse redoublèrent à la vue de la victime; il régnait dans cette foule un de ces sentiments unanimes et profonds qui fondent pour un instant des milliers d'individus en un seul corps, en une seule âme.

Mais tout à coup cette masse serrée de population se rompit d'elle-même pour faire place à un vieillard et à un jeune homme qui arrivaient sur le lieu du sinistre. C'étaient le père et le frère du comte d'Hasting, qui, habitant un château voisin, et déjà avertis par la rumeur publique, venaient s'assurer de leur malheur.

Comme le jour baissait, ils furent obligés de se pencher sur le cadavre pour distinguer ses traits, et le reconnurent en frémissant.

La douleur du père était cruelle à voir : ce vieillard, faible, accablé, étouffait de sanglots dont les pleurs ne pouvaient s'échapper; ses lèvres pâles s'agitaient sans laisser exhaler une plainte. En même temps le jeune homme versait des larmes brûlantes sur ce corps immobile, et prodiguait les plus doux accents de la tendresse à son frère.

L'émotion du peuple augmentait celle de ces malheureux parents. Le nom du comte d'Hasting, prononcé avec une douce compassion, s'élevait et passait dans l'air comme le profond soupir sorti du sein de cette foule; et le fidèle cheval du mort, accueillant la désolation commune, hennissait tristement.

Mais, dans la multitude, les sentiments changent promptement de face : la douleur amène bientôt la colère. Une vive agitation se fit soudain apercevoir à la surface de cette foule, qui ondula dans toute son étendue : on venait de passer de la contemplation d'un grand malheur à la pensée de celui qui l'avait causé, et des paroles de vengeance s'élevaient de toutes parts; on s'écriait :

— A mort l'infâme qui a porté la main sur d'Hasting!

— Oui, à mort le traître, l'assassin!... Quels que soient son rang, sa puissance, il faut qu'il paie son crime... il en sera puni, nous le jurons!

Et l'indignation, comme un vent qui roule dans l'étendue en redoublant ses mugissements, répétait au loin :

— A mort, le meurtrier!... à mort... nous le jurons!

Le vieux comte promenait lentement son regard affaibli sur ce peuple enthousiaste, et une lueur de consolation éclairait déjà son visage.

Cependant il y avait dans la partie du cercle la plus rapprochée du chêne fatal un mendiant qui, au milieu de l'agitation générale, les deux bras croisés sur la tête de son bâton, ne portait sur son visage qu'un flegmatique et dédaigneux sourire. Nul ne s'occupait de lui : mais en ce moment il parvint à tirer par son manteau un bourgeois qui inclinait la tête sur le corps de la victime, et, après avoir fixé l'attention de cet homme, il étendit le doigt vers le tronc de l'arbre.

Au même instant, une exclamation sourde, isolée, domina cependant les mille voix de la multitude, tant elle avait d'impression saisissante.

Celui qu'avait guidé le signe du mendiant venait d'apercevoir, sous les branches horizontales du chêne, un poignard piqué dans l'écorce, et le cri pénétrant était sorti de sa bouche.

Il prit l'arme encore tachée de sang, la montra au peuple... puis la laissa tomber, il fit le signe de la croix.

— Les francs-juges! s'écria-t-on de toutes parts : une exécution des francs-juges!

La foule, frappée d'une indicible terreur, resta tout à coup muette et consternée : tous les fronts se penchèrent vers la terre, tous les bras élevés pour un serment de vengeance retombèrent inertes et immobiles.

Les membres du tribunal secret laissaient leur poignard près de celui qu'ils avaient frappé; ce signe suffisait pour déclarer d'où venait le coup mortel. On n'avait pas même besoin de lire les paroles sacramentelles sur l'arme des *invisibles* pour la reconnaître : dans ce temps où la juridiction terrible des francs-juges était à l'apogée de sa puissance, on voyait assez d'exécutions à mort pour ne pas s'y tromper.

L'arme laissée auprès de la victime veillait là pour que rien n'interrompît le cours de la justice, dans le cas où le condamné n'aurait pas expiré sous le coup, et repoussait loin de lui tout secours comme toute pitié.

— Le comte d'Hasting était donc coupable? coupable d'un grand crime! murmurait le peuple surpris et atterré.

Puis on ajoutait tout bas :

— Il a expié sa faute; que Dieu veuille bien lui faire grâce!

Et on s'éloignait pas à pas du corps sanglant.

Les regards et les larmes avaient été subitement refoulés jusque chez le père et le frère du condamné; leur douleur changeant de caractère, était maintenant morne, sombre, mêlée de honte; ils demeuraient pétrifiés et détournaient les yeux du corps d'Hasting.

Car telle était la foi immense qu'on avait en la justice de ceux qu'on appelait par excellence les *Sages*, qu'à l'arrêt porté par eux sur le plus estimé, sur le plus aimé des hommes, on s'étonnait, mais on ne doutait pas.

Peu à peu l'espace devenait vide autour du grand chêne. En proie à la terreur glacée qui avait succédé à tout autre sentiment, la foule se retirait d'un mouvement unanime, solennel; chacun reculait pas à pas, la tête basse, sans oser jeter un regard sur le mort, car ce regard eût pu sembler un adieu : chacun retenait son souffle dans son sein, car ce souffle eût pu sembler un murmure contre l'arrêt des *Vengeurs*.

Mais, au milieu de cette morne retraite, de ce silence universel, un incident vient réveiller les passions violentes.

Une belle jeune fille accourt, perce les masses de la foule, s'élance au pied du grand chêne, se jette à genoux devant le corps expiré.

— D'Hasting est mort! est mort assassiné! s'écrie-t-elle, et on l'abandonne!

Un murmure de réprobation s'élève autour d'elle; elle ne l'entend pas. Avec la pâleur extrême de son visage, le désordre de ses cheveux dénoués dans la course, il règne surtout en elle une expression frappante de force d'âme et de noble courage.

Inclinée sur ce corps immobile, elle relève tout à coup la tête, tend la main vers la foule et s'écrie :

— Mais voyez donc, le sang coule à flots de sa blessure!... Il n'est pas mort peut-être... Son cœur... oui, son cœur bat encore!... Du secours! mon Dieu, du secours!

Et, tenant une main sur la plaie pour arrêter le sang, elle répète de toutes les forces de son âme son ardent appel.

Rien ne lui répond qu'un silence irrité. Alors elle aperçoit le père, le frère du comte d'Hasting; elle tient fixé sur eux son regard enflammé qui leur demande s'ils laisseront bien mourir leur fils, leur frère, sous leurs yeux, sans faire un effort pour le sauver.

Le vieillard, pour toute réponse, murmure en secouant la tête :

— Il est mort... ou il doit mourir.

Et, comme pour achever ces mots, un des assistants montre à la jeune fille le poignard des francs-juges tombé au pied de l'arbre.

Mais elle s'est levée avec indignation.

— Que m'importent, s'écrie-t-elle, les francs-juges et leur arme! Les francs-juges, mon Dieu! sont-ils moins assassins pour tuer avec un fer sacré!... D'Hasting sera-t-il moins perdu à jamais pour avoir succombé sous leurs coups, succombé sous cette justice invisible qui se fait mystérieuse pour paraître céleste!

Et, dans un mouvement impétueux, où se mêlent la passion d'une femme et la colère d'un enfant, elle foule aux pieds le poignard sur le gazon, et d'un coup violent le fait sauter au loin.

Le mot de *sacrilége!* tonne et retentit dans la foule. Puis il succède un cri de détresse :

— Malheur!... malheur à nous!

Les assistants qui se trouvent le plus près s'emparent de la jeune fille. Elle s'attache de toutes ses forces au corps d'Hasting, qu'elle cherche encore à ranimer de son étreinte : mais on l'arrache avec violence de cette place.

En même temps le peuple, que fait trembler la pensée seule des francs-juges, et qui les croit, d'après l'expression consacrée, *présents partout quoique invisibles*, témoigne de son respect pour eux en accablant d'injures la jeune audacieuse qui a osé les braver. De toutes parts, on ramasse les pierres de la vallée, qui, levées contre la pauvre enfant, vont pleuvoir sur elle et faire une victime de plus.

Mais celui qui est placé au dernier rang de cette foule de bourgeois et de paysans, le vieux mendiant élève la voix, et, malgré la bouche infime d'où elles partent, ses paroles se font écouter.

Il brandit son bâton pour suspendre par ce geste les hostilités, et dit d'un accent que sa puissance d'intonation fait arriver dans un large espace :

— Ohé! les braves gens, vous ne savez donc plus que défense est faite à tout le populaire de prendre en main la cause du très-haut et très-puissant tribunal, et que c'est impiété de toucher à son droit suprême de vengeance?

Ces mots, prononcés au nom des francs-juges, frappent vivement ceux qui ont pu les entendre; ils renoncent aux voies de fait qui allaient éclater, et se hâtent de transmettre la juste réflexion qu'ils viennent d'entendre, et la suspension d'armes qu'elle amène, aux rangs les plus reculés de la foule.

Mais, comme les imprécations grondent encore contre la jeune fille, et qu'elle est toujours entre les mains de fer des manants qui ont peine à abandonner l'objet de leur vengeance, deux des personnages les plus importants de l'assemblée font observer que l'ordre doit régner en toute chose, qu'il faut aller requérir l'autorité du lieu pour lui décliner d'affaire; et qu'en attendant l'arrivée du magistrat ils prennent sous leur garde la coupable, et se chargent de la retenir prisonnière.

Après ce sage arrêté, qui paraît recevoir l'assentiment commun, ils s'emparent en effet de la jeune fille et l'emmènent à l'écart.

Pendant ce temps, les malheureux parents du comte d'Hasting se sont retirés. Toute la population s'éloigne peu à peu. Ceux qui restent les derniers auprès du grand chêne voient le corps d'Hasting frémir encore; son sang cesse de couler sur l'herbe où il repose, et une dernière convulsion annonce qu'il expire.

La prairie redevient une vaste solitude dont rien n'interrompt l'uniformité, que le gigantesque chêne, le cadavre couché à son ombre, et le cheval qui est resté seul près du cadavre de son maître. Funèbre tableau, à demi caché dans les hautes herbes où flottent les vagues rayons du crépuscule.

Les deux notables du conseil qui ont emmené la jeune criminelle se sont retirés avec elle du côté de la forteresse, soit que le hasard ait dirigé leurs pas de ce côté, soit que l'ombre du château impérial leur semble devoir protéger une mesure de modération et de sûreté; ils sont adossés, à quelques pas d'une poterne, contre les assises de la muraille, attendant l'arrivée du magistrat qu'on est allé requérir. Ils gardent entre eux deux la jeune fille accablée, qui ne peut que tourner ses regards vers la partie de l'horizon où est le corps d'Hasting, et tendre de ce côté ses mains encore tachées de quelques gouttes du sang de la victime.

Le château de Conrad-Bourg ne semblait guère en ce moment le théâtre d'une fête. Les vitraux de ses immenses croisées n'étaient pas encore colorés par l'illumination intérieure; les murailles n'offraient que des masses colossales et sombres; on entendait bien dans la salle principale le mouvement d'un banquet, le bruit des verres, la parole des convives; mais ni accent de joie, ni rires, ni chants ne se mêlaient à ces notes basses. Il fallait que la gaieté de ce festin fût bien incertaine ou bien comprimée, pour qu'aucun son ne vînt s'exhaler au dehors. Au-dessous des remparts passaient des hommes d'armes qui, dans leurs rondes continues, déployaient leurs lignes nombreuses et armées en guerre : parmi ces faisceaux d'armes, ces masses cuirassées, on voyait seulement, de loin en loin, entrer par la poterne des ménestrels et des valets qui portaient des instruments de musique et des corbeilles de fleurs.

Quelques officiers de l'empereur parcouraient aussi les alentours du château pour mettre un peu d'air frais dans leur vin et interrompre par un moment de promenade la longueur du repas.

De ce nombre se trouvait le plus jeune des pages de la cour.

C'était presque un enfant pour la légèreté des formes et la délicatesse du visage; mais le développement de la physionomie, la finesse et la réflexion qui se peignaient sur ses traits, devaient faire croire qu'il était arrivé à un âge plus avancé que ne l'indiquait son extérieur.

Il avait été témoin de la scène de la prairie, et maintenant, ayant vu la belle et courageuse fille aux portes du château, il la regardait avec beaucoup d'intérêt et de compassion.

Arrivé à quelques pas du groupe que formaient la prisonnière et ses deux gardiens, le joli page, posé sur une jambe, une main retournée sur la hanche, la tête penchée de côté sous le disque argenté de sa longue plume blanche, se caressait le menton d'un air capable et réfléchi, et cherchait évidemment une idée dans son cerveau.

Bientôt un éclair d'imagination passe sur ses traits... Il regarde un grand balcon de pierre qui règne devant les croisées de la salle de réception, puis un arc-boutant qui surgit du pied de la muraille et offre un point d'appui à peu de distance de la balustrade. Dans la même minute, il saute légèrement sur ce grossier piédestal, et se trouve au-dessous du balcon.

Arrivé là, le page se met à chanter de la voix harmonieuse, mais voilée, de la première jeunesse, une ballade langoureuse fort répandue parmi les ménestrels de Bavière.

Alors, par la porte du balcon qui est ouverte, on voit venir du fond de la salle du banquet une femme à la démarche rêveuse; elle s'avance pas à pas, attirée par le chant, s'appuie sur le balcon et penche la tête en dehors. Elle porte sur le front le diadème impérial, et paraît écouter le chant populaire de toute son âme... Elle sourit avec une larme dans les yeux.

Mais aussitôt le page interrompt sa ballade, descend prestement de son piédestal, et va se placer à côté de la jeune fille qu'on retient prisonnière.

Les yeux de la noble dame suivent naturellement le chanteur, et elle remarque alors les trois personnes étrangères qui se trouvent aux portes du château. Son cœur s'émeut de pitié à la vue de cette belle enfant en pleurs, qui tourne vers le ciel son visage désolé et suppliant. Elle envoie un des officiers de la cour s'informer de ce qu'est cette jeune fille et des circonstances qui l'ont amenée près de la résidence royale.

Cette femme avait le droit de connaître toutes les infortunes et le pouvoir de les soulager : c'était Sophie, duchesse de Bavière, unie le matin même à l'empereur Winceslas.

Au récit qui lui fut fait du meurtre du comte d'Hasting et de la scène qui avait amené l'arrestation de la jeune fille, l'impératrice ordonna qu'on fît entrer la coupable au château, disant qu'elle voulait d'abord offrir à cette malheureuse enfant un asile convenable, et la prendre sous sa sauvegarde jusqu'à l'arrivée des magistrats, étant disposée à se conformer ensuite aux ordres de la justice.

Les deux bourgeois qui s'étaient faits les représentants de la volonté publique furent donc obligés de remettre leur captive entre les mains de l'impératrice. Alors la herse de fer s'ouvrit, la lourde poterne de chêne tourna sur ses gonds, et la jeune fille, conduite par un chambellan, s'enfonça sous la longue voûte obscure qui servait d'entrée à la forteresse.

Nous allons pénétrer avec elle dans l'intérieur de ces redoutables murailles.

II

LES NOCES IMPÉRIALES.

On pourrait réellement appeler la citadelle dans laquelle nous pénétrons une montagne de pierre, tant elle était exhaussée de tours, de bastions, et cuirassée de toutes parts de formidable granit. Le jour, cette masse d'éternel ciment perçait de ses créneaux les plus hauts sapins d'alentour, et la nuit, grandissant encore aux regards, elle semblait approcher de ce ciel du Nord qui faisait rayonner sur son front de resplendissantes étoiles.

Après le portail d'entrée, on trouvait l'escalier d'honneur, formé d'énormes troncs d'arbres équarris. Il conduisait, au premier étage, à un vestibule voûté sur de massifs piliers, et dans lequel des soldats, à cheval sur des bancs de chêne, jouaient aux dés, buvaient et se tenaient au courant des diables et fantômes qui hantaient pendant la nuit la forteresse isolée.

La grande salle de réception, qui venait après ce vestibule, différait peu de son rude frontispice. Les parois montraient à nu leur maçonnerie de briques rouges et leurs solives revêtues de noire poussière. A chaque bout de la galerie étaient des cheminées de toute hauteur, où brûlait le chêne royal sous son dais de noires et massives armoiries. Entre les rares et hautes croisées, des effigies de soldats, revêtus de juste-au-corps en buffle et armés de pied en cap, tenaient des torches de cire jaune qui illuminaient l'enceinte.

Des chambres d'honneur dans le même style s'étendaient de chaque côté de cette salle. Aux quatre angles du bâtiment s'élevaient des faisceaux de tours dont les divers étages servaient d'arsenal aux machines de guerre, ou de *retraite* aux hôtes du château, jusqu'aux sommets habités par les oiseaux de nuit.

Dans les bas-fonds régnait une étendue souterraine destinée aux prisons, comme il s'en trouvait dans toutes les demeures seigneuriales, en ces temps de haines barbares et de guerres continuelles; il y avait là des salles remplies d'instruments de torture, des puits à fleur de terre, des cachots habités par des squelettes ou des prisonniers encore vivants.

La forteresse de Conrad-Bourg était enfin un des plus beaux ornements de la terre féodale.

Dans cette journée de fête où la cour y était réunie, cet immense cadre de pierre brute enfermait une foule de seigneurs, de jeunes femmes, vêtus de soie et de velours, resplendissants de dorures et de pierreries.

L'impératrice Sophie s'avança jusque dans le vestibule pour recevoir la jeune fille qu'elle prenait sous sa sauvegarde.

Mais celle-ci, abordant sa souveraine le regard levé, lui dit avec un accent plein de fermeté et de candeur :

— Oh! madame, ne me donnez pas un asile auprès de vous! J'ai commis un crime si grave selon nos lois, que ma présence peut être funeste, même à la puissance impériale.

— Quel est votre nom? demanda en souriant la princesse.

— Léonore Muller.

— Et vos parents?

— Mon père est armurier, madame. Il appartient à l'un des corps d'état les plus riches et les plus honorés de votre fidèle ville de Prague.

— Et quelle fatalité a pu vous pousser à l'acte de violence pour lequel vous êtes inculpée?

— J'étais depuis quelques mois dans l'habitation d'une de nos parentes, voisine du château d'Hasting. C'était là que le comte d'Hasting m'avait connue et aimée. Malgré l'infériorité de ma condition, il avait demandé ma main à mon père; il faisait à l'amour le sacrifice de toutes les convenances de rang et de naissance, et j'allais être unie à lui, lorsque aujourd'hui... il y a quelques heures... j'ai appris tout à coup la nouvelle de sa mort violente!... Je suis venue le voir expirer sous ce chêne!...

— Et alors, pauvre enfant, vous n'avez pu contenir l'élan de votre douleur?

— De ma douleur et de mon indignation... Oh! madame, tout mon bonheur, tout mon avenir étaient brisés en un instant... Ce n'était rien encore; mais je voyais d'Hasting frappé de cette mort affreuse qui ne laisse pas même les regrets et les larmes des amis! qui ne laisse pas même une tombe vénérée!... J'ai maudit les auteurs de cette mort, j'ai maudit les bourreaux qui éteignent ainsi dans l'ombre les plus nobles vies... Je suis prête à le faire encore.

L'aveu de cette jeune fille, ses accents énergiques et tendres, avaient rendu Sophie de Bavière rêveuse, et l'impression qui passait en elle la portait peut-être à excuser les imprudences de la passion.

Elle répondit à Léonore Muller avec cette douceur de langage, cette affection prématurée des âmes naturellement tendres, et que les souffrances intérieures rendent meilleures encore :

— Votre révolte a été bien audacieuse, mon enfant, mais elle venait d'un sentiment irrésistible et légitime. On y verra sans doute une infraction violente aux lois établies... Mais, moi, je ne puis m'empêcher de reconnaître les lois plus saintes encore d'amour et de pitié que Dieu a gravées dans nos âmes... Je vous plains, et m'intéresse à vous de toute mon âme.

— Mon Dieu, madame, gardez-vous de cette douce indulgence pour moi! elle vous exposerait aux ressentiments d'une puissance terrible... Il vaudrait mieux m'abandonner à mon sort.

— Mais le connaissez-vous?

— Je sais qu'il me faudra peut-être payer mon audace de la vie.

— Ce danger est donc trop grand pour que je puisse vous y livrer sans défense. Je vous garderai d'abord sous mon autorité, qui sera toute de protection, au lieu de vous livrer à celle des magistrats, qui serait sans doute plus sévère. Le ciel fera le reste.

— Quoi qu'il décide de moi, madame, répondit la jeune fille en s'inclinant, je trouverai toujours une ineffable consolation dans l'intérêt qu'aura témoigné à mon malheur mon auguste souveraine.

La jeune étrangère s'était montrée sous un aspect particulier dans sa présentation fortuite à l'impératrice. Elle avait manifesté plus de calme et de courage qu'on n'aurait dû en attendre d'un cœur brisé, et plus d'assurance surtout qu'on ne devait en supposer à une jeune fille née dans un rang obscur, et placée subitement en face de grandeurs si nouvelles à ses yeux.

Sophie de Bavière remit la jeune Muller entre les mains de ses demoiselles d'honneur, et rentra dans la salle de réception.

Cette galerie était tellement vaste, que les personnes rassemblées par la fête princière pouvaient, selon leurs goûts et leur âge, y former des réunions différentes et presque étrangères les unes aux autres.

La présence du duc de Bavière, père de l'auguste mariée, et l'homme de son temps le plus imposant par sa réputation de haute sagesse, avait établi pendant le festin de noce un sérieux et une réserve inaccoutumés à la table de Winceslas. De plus, des soucis divers, absorbant l'esprit des principaux personnages de cette réunion, y avaient fait régner un silence assez taciturne. Maintenant la soirée offrait plus de liberté, la danse s'ouvrait, et le plaisir oublieux commençait à reprendre ses droits.

Au milieu de la salle, sous l'orchestre où les ménestrels jouaient de la flûte et de la harpe, les quadrilles se formaient, et la foule des spectateurs les entourait. A l'un des bouts de la galerie, l'empereur Winceslas, établi avec ses plus fidèles sujets, revenait sur les libations trop abrégées du repas, et se disposait à les clore par l'ivresse. Dans le cintre crénelé d'une plate-forme sur laquelle donnait la grande salle, on apercevait plusieurs jeunes femmes assises en rond autour de Léonore Muller, que sa tristesse tenait éloignée de la fête; elles écoutaient attentivement la triste et touchante histoire d'amour de la jeune fille, à la lueur cristalline des étoiles, bien que leur solitude ne laissât pas d'être légèrement troublée par les jeunes gentilshommes et les pages qui tournoyaient autour d'elles. A l'extrémité de la galerie opposée à celle où siégeait l'empereur, dans la profonde embrasure d'une croisée, la nouvelle impératrice s'entretenait à voix basse avec son père.

Sophie de Bavière n'était plus très-jeune et n'avait jamais été belle; la nature ne l'avait pas créée pour le trône. Son teint brun et pâle, la petitesse de sa taille, la pose inclinée de sa tête, son attitude molle et languissante, contrastaient avec l'éclat de la royauté, étaient peu favorables à la représentation.

Cette princesse n'avait d'attraits qu'un regard et une physionomie d'une douceur exquise, de beaux cheveux noirs, et une grâce parfaite dans la nature et la simplicité de ses manières. Maintenant qu'elle atteignait sa vingt-sixième année, la timidité et la retenue craintive qui avaient toujours dominé dans son caractère semblaient redoubler au lieu de s'effacer avec l'âge.

Une dot magnifique était le seul avantage dont Winceslas eût été touché en demandant la main de la princesse Sophie, qui depuis longtemps vivait retirée dans un cloître. Le duc de Bavière, qui voyait la royauté sous son plus bel aspect, avait été flatté d'y élever sa fille, et Sophie s'était résignée à l'accepter pour l'amour de son père.

En ce moment, assis tous deux sur le banc de pierre que formait la maçonnerie de la croisée, et à demi cachés aux regards par l'ampleur des rideaux, ils goûtaient les charmes d'une intimité qui devait cesser bientôt par l'éloignement du duc. La princesse avait pu se dérober un moment aux honneurs de cette journée, avait éloigné d'elle la duchesse de Ratisbonne, *grande maîtresse du palais*, qui la suivait pas à pas comme l'étiquette vivante de la cour, et, à demi penchée sur l'épaule de son père, écoutait attentivement ses paroles.

— Que Dieu te pardonne, ma fille, la peine que tu m'as faite aujourd'hui, disait le duc. Je n'ai pu te voir quitter un instant cet air sombre et attristé qui fait outrage à ton époux et au rang suprême où tu viens de monter.

— Mon père, j'ai pourtant retenu mes larmes toute la journée.

— Tu m'avais promis de te montrer paisible et souriante... Moi seul je devais savoir que ton bonheur n'était que du courage.

— Du courage! j'en aurai besoin toute ma vie, il ne faut pas l'user en un jour.

— Tu avais besoin seulement d'un grand effort sur toi-même pour accepter l'union d'un homme étranger à ton cœur, et même inconnu à tes yeux; tu en as eu la force, tu es sortie volontairement du couvent.

— Si j'avais vu Winceslas sur le seuil, j'y serais rentrée plus volontiers encore.

— Pauvre femme? tu as conservé sur le mariage toutes les illusions de jeune fille.

— Mon père, j'ai cru pendant longtemps unir ma vie à l'homme le plus pur, le plus noble que le ciel eût créé, et je suis mariée à Winceslas!... Pensez-vous que la couronne, placée dans ce plateau de la balance, puisse le faire pencher, et que les biens qu'il me reste à regretter ne soient que des illusions!

— Écoute-moi, ma fille. Henri Waltimor était fils d'un simple gentilhomme, sans titre, sans fortune, promu seulement pour quelques faits d'armes au rang de chevalier. Eh bien, je te donnais à lui, toi, ma fille, unique descendante de princes et ducs souverains, héritière de mon nom, riche d'une dot de deux cent mille florins. C'était assez accorder, il me semble, au mérite personnel, c'était assez faire pour l'amour qui t'unissait à Henri... pour l'amour que les parents sages doivent toujours respecter, puisque enfin c'est Dieu qui l'envoie... Si Waltimor eût vécu, j'aurais béni votre mariage, j'aurais borné mon ambition à vous voir heureux tous deux et reconnaissants envers moi... Mais Henri Waltimor a péri au milieu d'un des ouragans qui éclatent souvent dans nos montagnes sauvages.

— Oui, mes espérances, mon bonheur, ma destinée entière, ont été anéantis dans le rapide intervalle d'une tempête!

— Je me suis alors conformé à ta triste volonté, ma fille; je t'ai laissée t'enfermer dans un cloître, où tu as porté ton deuil dix années, ne voyant que ton pieux confesseur Jean Huss et moi. Mais, dans ces derniers temps, l'empereur a demandé ta main. J'ai désiré une union qui donnait à ma fille le premier rang dans le monde, et à la Germanie une souveraine dont les vertus m'étaient assurées. Tu ne t'es pas opposée à mes vœux. Maintenant que ta nouvelle destinée commence, c'est à toi d'y apporter une constance et une force d'âme qui soient dignes d'elle.

— J'ai promis d'être impératrice, je le suis; je n'ai pu m'engager à oublier le passé, parce que c'était impossible. Les années qui ont passé sur mon malheur ne l'ont pas rendu moins grand; et il me semble que j'aime encore plus Waltimor depuis que je suis à un autre.

— Et tu ne te crois pas coupable d'un pareil sentiment?

— Oh! l'amour pour celui qui habite maintenant parmi les bienheureux est de la religion.

— Et la puissance souveraine que tu possèdes, tu n'y songes pas... ce n'est donc rien pour toi?

— C'est un nom dans l'histoire et une tombe fastueuse.

— C'est la faculté de faire le bien.

— Vous ne serez plus près de moi pour m'inspirer, mon père.

— Mais Dieu y sera. D'abord, tes douces vertus pourront avoir une heureuse influence sur Wincelas...

— Hélas! je ne me sens pas la sainteté du martyr qui soumettait les lions auxquels on l'avait jeté.

— Ma fille!

— Mais, sérieusement parlant, pour que je pusse modifier les mauvais penchants, il faudrait que nous fussions réellement unis... et, je le sens bien, quoique mariés, nous resterons toujours étrangers.

— Alors tu seras bonne et bienfaisante par toi seule, et c'est assez pour remplir la vie. Nous sentons sans cesse dans ce monde de douleurs un besoin immense de soulager les misères : ce désir, comprimé par l'impuissance, est un torrent pour la plupart des hommes, c'est une source de bonheur chez les souverains qui peuvent le satisfaire.

— J'ai toujours eu foi en votre sagesse, mon père; je n'oublierai pas les dernières paroles qu'elle m'adresse.

— Tu peux déjà en reconnaître la vérité. Tout à l'heure, le premier signe de ta protection a sauvé cette jeune fille, accusée d'outrage envers le tribunal secret, de la justice brutale qui allait s'exercer contre elle, et des outrages du peuple qui auraient pu s'y joindre...

— Cette jeune fille m'inspire un intérêt plus vif que je ne peux l'expliquer. J'ai été singulièrement frappée de sa vue, de la fermeté et de l'élévation empreintes sur ses traits... C'est moi sans doute qui dois influer sur sa destinée... et quelque chose semble me dire que c'est elle qui influera sur la mienne.

— Chaque jour t'offrira une nouvelle occasion de bien faire... n'est-ce pas là une douceur que tu as acceptée?

— C'est une consolation.

— Et la pensée d'avoir fait le bonheur de ton père?

— Oh! cela, c'est le bonheur, s'écria Sophie en jetant ses bras au cou de son père dans un élan de caresse où elle reprenait ses grâces naïves et tendres de jeune fille.

Depuis ce moment leur entretien se continua à voix basse; il n'y avait plus qu'un échange de tendres paroles, un murmure de tristes adieux.

Au contraire, le bruit s'élevait davantage dans le principal groupe de la galerie, formé par l'empereur et ses compagnons de table.

III

LES NOCES IMPÉRIALES.

(SUITE.)

Winceslas était assis dans son fauteuil royal, sous le manteau d'une cheminée.

Ce prince était alors âgé de quarante ans. Il avait une corpulence épaisse, une forte tête allemande, une figure qui avait été belle, mais où dix années de royauté, passées dans l'oisiveté et la débauche, n'avaient imprimé que la pourpre du vin et le sceau de l'abrutissement. A cette table, qui était son véritable empire, il dominait tous les convives par ses exploits de buveur, au milieu des flots de fumée et des vapeurs de vins chauds aromatisés, il était là comme Jupiter, cachant sa gloire dans un nuage.

L'empereur disait en ce moment :

— Morbleu! messeigneurs, je ne vois pas pourquoi vous faites tant de bruit de la mort d'Hasting, et venez m'apprendre comme une chose si rare et si curieuse qu'un homme a passé de vie à trépas.

Les courtisans s'écrièrent tous ensemble :

— C'est que vraiment voilà bien l'exécution la plus audacieuse des francs-juges!

— Condamner un homme attaché à la cour!

— Revêtu de la haute faveur du souverain!

— Et le frapper sous les murs du château, sans qu'il y ait de sa mort ni bruit ni trace!

— Pour cette fois, les *invisibles* ont bien mérité leur nom!

— Ce n'est, après tout, qu'un courtisan de moins, reprit Winceslas de sa voix grondante, et j'en vois bien encore assez autour de moi pour m'aider à vider mes coffres et mes flacons.

Cette oraison funèbre peu gracieuse pour le mort et les survivants ne troubla point les chevaliers de Winceslas, accoutumés à de pareilles galanteries de la part de leur maître.

Le jeune Ratisbonne, fils de la grande maîtresse du palais, et favori de l'empereur, répondit bravement :

— D'autant plus que les coffres et les flacons de Votre Altesse ne seront pas longs à vider, vu que la pénurie reste seule dans le fond.

— Silence! dit Winceslas en fronçant le sourci, j'ai défendu qu'on me parlât d'affaires après le dîner.

— S'il vous plaît, monseigneur, répliqua le courtisan gâté, c'est plutôt de l'absence de toute affaire qu'il s'agit en ce moment : car là où il ne reste pas un denier, les distributions sont bientôt faites, et il n'y a pas de comptes à régler.

Le prince se tourna brusquement vers un chevalier qui se tenait un peu à l'écart derrière lui :

— Tenez, comte de Norberg, dit-il à celui-ci, vous seul me plaisez aujourd'hui. Depuis qu'il est question ici de l'assassinat du comte d'Hasting, vous ne dites mot à ce sujet... Et vous ne venez pas me tourmenter non plus du piteux état de nos finances!... Pour la première fois, votre figure pâle et vos grands airs de hauteur dédaigneuse me sont tout-à-fait agréables.

Celui que l'empereur interpellait ainsi répondit lentement et avec un froid sourire :

— Votre perspicacité ordinaire, monseigneur, ne vous fait-elle donc pas deviner que je garde le silence sur la mort d'Hasting, parce que seul ici je m'en réjouis au fond de l'âme, espérant hériter de ses dépouilles.

— Je crois que vous vous moquez de nous, répondit son maître, mais je ne puis l'affirmer, parce qu'on ne sait jamais ce que vous avez au fond de l'âme.

— C'est que la franchise ne paraît guère aujourd'hui que dans l'ivresse, répliqua Norberg.

— Et que Norberg ne se grise jamais ni de vin ni d'amour, dit-on en l'interrompant.

— Hélas! nous en serons bientôt tous à ce régime, si notre misère continue, dit tristement Ratisbonne.

— Encore tes enragés soupirs! s'écria Winceslas. Est-ce ma faute à moi si les deux cent mille florins de dot de ma femme ont été aussitôt dissipés que reçus?

— Où donc?

— Dans les dépenses de mariage.

— Monseigneur veut parler des sommes distribuées à ses nombreuses maîtresses, qui avaient la prétention de se faire épouser toutes, et dont il fallait faire taire les clameurs pendant qu'on en conduisait une autre à l'autel.

— Eh bien, mes amis, ne sont-ce pas là *des frais de noces?* dit l'empereur en déridant sa face purpurine. Tout y a passé. Et, lorsque ensuite il a fallu, comme il est indispensable aux mariages souverains, envoyer mon gant rempli de pièces d'or au portail de la basilique pour qu'il fût répandu sur le peuple, ce gant contenait mes dernières espèces!...

— C'est pour cela que nous n'aurons pas de fêtes dans la capitale.

— J'ai eu l'heureuse idée de venir passer les premiers temps de mon mariage à la campagne : d'abord, c'était tout économie, et la nécessité m'y forçait; ensuite je m'en suis fait honneur auprès de ma mélancolique épouse, qui sort du cloître, comme vous le savez, et doit aimer surtout les pures splendeurs de la nature, le religieux cortége des étoiles?

— Et nous en voilà pour un mois!

— Je ne sais; jusqu'à ce que notre trésor soit assez bien remonté pour que nous puissions prendre figure dans notre capitale... ce qui ne peut toutefois tarder beaucoup, puisque, Dieu merci, les fortunes de nos gros marchands de Prague sont des plus rondes, et qu'il ne s'agit que de faire passer l'argent de leurs coffres dans les nôtres.

— Une taxe de mille écus d'or, prélevée sur les douze plus riches banquiers de la ville, était le moyen le plus simple.

— J'en avais chargé le comte d'Hasting... ou plutôt il s'en était chagé lui-même, parce qu'en dépit de sa belle réputation de générosité, il connaissait très-bien cette axiome, que *celui qui recueille le miel en garde aux doigts*. Aujourd'hui le voilà mort et bientôt enterré, mais je trouverai bien parmi vous quelqu'un qui voudra le remplacer dans cette affaire.

— Moi! s'écria Ratisbonne.

— Moi! moi! s'écria-t-on de tous côtés, comme s'il y avait eu là vingt échos.

Les courtisans remplirent, vidèrent leurs coupes, et réglèrent joyeusement l'emploi des pièces d'or qui allaient venir en leur possession.

— Messeigneurs, dit le comte de Norberg, vous vous partagez les plumes d'un oiseau qui vole encore.

Ces mots, prononcés d'un accent pénétrant et glacé, firent faire un léger soubresaut aux buveurs.

— Ce Norberg, dit-on, a toujours des augures sinistres qui viennent se jeter au travers de vos espérances.

— Si l'argent de mes bourgeois n'était plus à moi, dit Winceslas déjà honnêtement pris de vin, ce serait à en devenir fou!

— Ah! sire, dit Ratisbonne, la place est prise! Le roi de France, se trouvant dans de mauvaises affaires, vient de tomber en démence à l'aide d'un fantôme rencontré dans une forêt, et il ne peut décemment y avoir deux rois fous en même temps.

— Cela forcerait les peuples à devenir sages, ajouta Norberg; ce qui serait peut-être malheureux pour les souverains absolus.

— Avons-nous encore avant cela le temps de vider notre pinte? demanda l'empereur, assez aviné pour ne pas trop comprendre ce qu'on lui annonçait.

Les courtisans se mirent à rire.

— Allons, les échansons, versez encore! reprit Winceslas.

Les vins parfumés coulaient à pleins bords; à chaque tour des flacons, l'empereur regardait d'un œil plus troublé, la pourpre de ses joues devenait plus foncée, la parole s'embrouillait davantage sur sa lèvre épaissie; la masse de son corps chancelait déjà dans le large fauteuil.

— Le dernier coup, dit-il, le dernier coup à la ronde!.. Allons donc, échansons, c'est la grande coupe que je demande!

On lui apporta un calice d'or du poids de trois cents écus; il le fit remplir jusqu'au bord pour que chacun y but à son tour, et commença par le vider à moitié... Mais ses yeux se fermèrent aussitôt, sa main s'appesantit, la coupe, lentement inclinée, laissa couler son contenu, qui alla serpenter en ruisseau le long de la toge impériale.

— Voyez l'insatiable buveur, dit-on, qui aime mieux abreuver son pourpoint de vin du Rhin que de nous le faire partager!

— Par ma foi, il dort de tout son cœur!

— Bon! dit Ratisbonne, le voilà maintenant capable d'oublier qu'il est marié et de prolonger son somme toute la nuit.

— Pour nous, le bal nous réclame, et c'est trop longtemps priver les belles dames de nos hommages.

— A propos de belles, avez-vous vu cette jeune fille que le peuple poursuivait de ses menaces pour les regrets qu'elle donnait au comte d'Hasting, et que l'impératrice a prise sous sa protection?

— Je ne crois pas qu'il y ait au monde rien de plus charmant!

— Moi, dit Ratisbonne, je suis resté une heure sur la plate-forme pour la regarder. Elle est amirablement jolie; et il y a en même temps sur son front et dans ses yeux une éclatante expression de courage et de fierté... on dirait un héros, par le pouvoir de quelque fée, métamorphosé en jeune fille.

— Oh! pour moi, je n'ai pas vu tout cela, car dès le premier regard elle m'a fait perdre la tête.

— Elle rendrait amoureux le diable en personne.

— Je dis plus : elle séduirait Norberg lui-même, s'il pouvait la voir deux minutes!

— Est-ce que vous n'êtes pas curieux de connaître cette merveille, Norberg, et essayer son pouvoir sur le marbre de votre cœur?

— Je l'ai vue avant vous, répondit le comte d'une voix brève et sourde.

Mais les jeunes seigneurs ne l'entendirent pas; ils se répandaient déjà dans la longueur de la galerie pour se mêler à la danse et autres divertissements de la soirée.

Lorsque dix heures furent sonnées, la grande maîtresse termina une veillée très-prolongée pour les habitudes de ce temps, et donna le signal de la retraite.

Les hauts barons et grands officiers de la couronne s'approchèrent de l'empereur pour le conduire à la chambre nuptiale, mais ils le trouvèrent encore près du foyer, où les vins contenus dans de hautes amphores entretenaient leur chaleur.

Sa Majesté dormait profondément au milieu des aromes de la liqueur chérie qui nourrissait sa bienheureuse ivresse.

Les jeunes seigneurs partirent d'un immense éclat de rire, fait pour exprimer tout ce qu'il y avait d'inopportun et d'inconvenant dans ce sommeil; mais le dormeur n'en parut pas plus disposé à interrompre le cours de ses songes.

On se décida, malgré ce qu'il y avait d'impérieux dans la circonstance, à laisser Winceslas endormi, et à le transporter dans sa chambre habituelle, où on le déposa tout habillé sur son lit, comme on le faisait tous les soirs où le grand empereur se trouvait ivre-mort.

En même temps, la duchesse de Ratisbonne conduisait la nouvelle épouse dans la chambre d'honneur, préparée pour cette nuit et située à l'autre extrémité du château. Mais la grande maîtresse pâlissait de désespoir en voyant que l'honoré souverain manquait d'une manière si flagrante à l'étiquette de ce jour.

Arrivée sur le seuil de cette chambre solitaire, la duchesse de Ratisbonne, duègne blasonnée, voulut du moins montrer tout son dévouement à sa maîtresse dans une extrémité semblable.

— Madame, dit-elle, vous ne pouvez coucher seule ici, et, si vous voulez le permettre, je vais y faire dresser mon lit.

— Et pourquoi donc, ma chère duchesse, ne puis-je y coucher seule?

— Dieu me garde, madame, de médire d'aucune des résidences royales de nos augustes souverains, mais je ne dois pas cependant laisser ignorer à Votre Altesse la vérité sur celle-ci. Il est certain que les âmes des guerriers morts, il y a des siècles, sur ces remparts ou dans les prisons souterraines, hantent pendant la nuit l'intérieur de la forteresse, particulièrement dans la partie de l'ouest où nous nous trouvons.

— Je ne crois point au retour des morts, dit Sophie avec un triste sourire. Personne, je pense, ne les a vus de ses yeux... Quand on parle des fantômes qui habitent ce séjour, c'est peut-être un symbole, signifiant que les hommes d'aujourd'hui ne sont que les pâles ombres de leurs illustres ancêtres.

La grande maîtresse eût plutôt renoncé à la croyance de Dieu qu'à celle des spectres et des démons, surtout dans ses sombres murailles, où des traditions irrécusables et de récents exemples venaient à l'appui de sa foi. Elle reprit :

— Rien n'est plus certain, madame, que les apparitions dont ce château a été le témoin; mais leur retour n'a lieu que dans certaines nuits de l'année, et je prie le ciel que celle qui commence ne soit pas du nombre.

— Je vous remercie de ce vœu, madame, répondit l'impératrice; mais, dans tous les cas, avec quelque peu de raison et une conscience pure, on est à l'abri des pouvoirs inconnus, illusoires ou réels.

La duchesse de Ratisbonne salua, fit le signe de la croix, et s'éloigna avec regret de sa noble maîtresse.

Sophie de Bavière se parait en ce moment d'un courage qui était bien loin d'elle; car, au fond, nul ne portait une âme aussi timide en présence de toute espèce de dangers, et elle était femme à avoir peur de son ombre. Elle entra donc avec un sentiment de crainte mêlé de curiosité dans la chambre signalée à ses terreurs.

IV

LA NUIT DANS LA FORTERESSE.

La chambre destinée à Sophie de Bavière avait été disposée pour le séjour d'un mois que la princesse devait faire à Conrad-Bourg. Quelques objets que Sophie aimait, et qui venaient de sa cellule du couvent, y avaient été placés. C'étaient un rouet d'ivoire, un prie-Dieu poli par un long usage, un sablier dont la poudre avait mesuré toutes les heures d'une longue et triste retraite. Du reste, la pièce, profonde et sombre, n'avait que des tentures de laine rembrunies, un parquet de chêne usé; à la voûte, quelques pâles peintures, entremêlées de devises, et sur les meubles antiques, de grandes urnes de terre peintes, où trempaient des reines-marguerites, dernières fleurs données par l'automne.

Les demoiselles d'honneur, qu'on avait choisies dans d'illustres familles pour former la maison de la nouvelle impératrice, l'attendaient dans son appartement à l'heure du coucher. Les belles jeunes filles tenaient chacune une partie du vêtement de nuit ou un bassin d'eau parfumée, et l'une d'elles un luth dont les sons devaient aider à endormir la princesse.

La solitude de la nouvelle mariée, dans la première nuit où elle venait reposer sous le toit impérial, laissait, au moment du coucher, les simples usages de la vie journalière. L'intérieur de cette chambre, à peine éclairée, avait un aspect tout pudique et recueilli.

Sophie quitta avec un plaisir extrême les lourds ornements de la royauté qui la fatiguaient depuis le matin; des demoiselles de service relevèrent ses longs cheveux noirs dans un bandeau de mousseline, et lui passèrent une large robe de laine blanche. Dans ce déshabillé de nuit, elle alla ouvrir la croisée pour respirer un moment en liberté.

Cette partie du château donnait sur la grande prairie, qui, du côté de l'ouest, s'étendait jusqu'au pied des montagnes.

Le vaste horizon qui se déroulait devant la fenêtre offrait, dans la nuit, une perspective imposante et triste, qui devait convenir à l'âme de la princesse.

L'étendue de la vallée, le rideau de saules qui la bordait, et, au loin, la chaîne des monts, formaient des plans d'ombres larges et majestueux. Au milieu de la teinte grise de la prairie se détachait, en forme plus sombre, le gigantesque chêne, témoin peu auparavant d'une mort cruelle et mystérieuse. Il émanait de cette place une impression lugubre qui se répandait dans toute la perspective. Le sol marécageux était couvert de joncs et de hautes bruyères, dans lesquels le vent rendait de plaintives mélodies; de loin en loin des feux bleuâtres, tristes lueurs des dangereuses solitudes, couraient sur la pointe des herbes et allaient se perdre dans les saules.

A gauche, et touchant aux murs du château, étaient les ruines de la chapelle qui lui avait autrefois appartenu. Des pans de murs échancrés, des arcades rompues, s'arrêtant sans soutien dans les airs, sa flèche brisée, tous ces débris enveloppés de lierre, et dans le mouvement incliné que donne la secousse du temps, décrivaient des formes mélancoliques.

La nuit était assez claire, mais un épais rideau de nuages montait depuis quelques instants du couchant.

— Madame ne veut-elle pas se mettre au lit? dit d'une voix timide une des demoiselles d'honneur groupées derrière leur maîtresse.

— L'air est bien froid ce soir, ajouta une autre.

— Et les feux follets, les voyez-vous là-bas se percher sur les joncs!

— Ils se lèvent et viennent se réjouir quand un malheur est dans l'air.

— Laissez-moi, mes chères demoiselles, j'achèverai de me déshabiller. Emportez les flambeaux.

— Quoi! madame, vous restez seule ici, dans l'obscurité?

— Allons, tout le monde veut que j'aie peur ici, au milieu d'une forteresse!

— Il est tel hôte de nuit que n'arrête pas la lance des hommes d'armes.

— Enfants, allez vous reposer, et demain le château n'aura été visité que par le sommeil.

— Faut-il, au moins, relever la veilleuse qui baisse?

— Non, laissez-la s'éteindre; sa lueur ne fait rien que montrer les ténèbres.

L'impératrice donna sa main à baiser aux jeunes filles, et elles se retirèrent.

Demeurée seule, Sophie approcha un tabouret de la fenêtre et s'assit à cette place. Au bout d'un instant, la fraîcheur de la nuit la saisit; elle s'enveloppa d'une pelisse et persista, sans savoir pourquoi, à demeurer à cette croisée.

La princesse de Bavière avait éprouvé dans sa vie une profonde passion, qui, depuis dix années, n'était plus que souvenir et regrets; mais, en ce moment, la rêverie d'amour où elle se sentait entraînée perdait cette teinte funèbre qui l'enveloppait depuis longtemps; ses impressions étaient douces, animées, palpitantes comme autrefois; elle se livrait plutôt au bonheur d'aimer qu'à la triste douceur de se rappeler l'amour; il semblait que le cours du temps eût remonté de dix années en arrière.

L'heure était avancée, un profond silence régnait dans la forteresse endormie, et cependant la jeune femme ne se sentait pas seule; son âme se répandait au dehors, comme si elle eût cherché à aller rejoindre un être aimé.

Le rideau nuageux du couchant avait peu à peu envahi tout le ciel et répandu une ombre épaisse, dans laquelle se perdaient l'horizon, le grand chêne, la chapelle plus rapprochée; il régnait partout une nuit tellement uniforme et noire, qu'elle était presque surnaturelle.

Au milieu de cette masse compacte de ténèbres, Sophie, accoudée sur l'appui de la fenêtre et la tête penchée dans sa main, vit tout à coup une lueur bleuâtre dans la nef de la chapelle; elle tressaillit de tout son corps et pensa que l'un des feux errants de la nuit, qui s'allument, disait-on, pour conduire les pas errants des morts, venait d'entrer dans ces ruines.

Le pâle rayon marchait lentement dans les parois en avançant vers l'extrémité qui touchait au château.

Cette lumière intérieure, qui, en passant, faisait apparaître en légères silhouettes les découpures de la chapelle, les ogives élancées, les lianes pendantes à leurs bords, les oiseaux de nuit perchés sur leurs sculptures, aurait paru d'un effet remarquable à d'autres yeux; mais Sophie était d'une timidité extrême, et, au fond, déjà très-frappée des avis effrayants qu'elle avait reçus, tout ce qu'elle avait montré d'assurance, lorsque rien n'éveillait ses craintes, s'évanouit subitement devant ce léger incident, qui était plutôt fait cependant pour inspirer la surprise que l'effroi.

Agitée d'un battement de cœur violent, elle se pencha à la fenêtre et recueillit toute son attention. La lumière avait disparu au pied du château, et le voile noir de la nuit, qu'elle avait percé un instant, était plus épais que jamais.

Mais, dans le massif d'arbustes et de broussailles qui croissaient entre les ruines et le mur de la croisée, il se fit entendre un bruissement de feuilles comme celui que causeraient les battements d'ailes d'un oiseau, et Sophie sentit sur son visage la fraîcheur de l'air agité par le mouvement des branches.

Saisie d'une terreur sans cause, insensée, mais extrême, elle laissa échapper un cri. A peine cette exclamation s'exhalait de ses lèvres, qu'elle fut arrêtée par ce mot :

— *Sophie!*

C'était un son faible comme un soupir, mais dans lequel la jeune femme reconnaissait la voix de celui qu'elle avait aimé quand il était de ce monde.

L'étonnement, les frissons de la terreur, les élans de l'amour, brisèrent la pauvre Sophie, qui retomba sans force sur son siége.

Elle ne vit, n'entendit plus rien; mais, se sentant sous la puissance d'un être invisible, tremblante comme une feuille, le regard perdu dans la nuit, la poitrine oppressée, elle dit d'une voix éteinte :

— L'âme de Waltimor est ici...

— Oui, elle est près de toi, elle y sera toujours, reprit la voix qui sortait du feuillage.

Ces paroles, clairement entendues, prouvèrent à Sophie que son imagination ne l'avait pas trompée, et qu'un être de l'autre monde était en effet près d'elle.

— Les morts... les morts reviennent!

— Il fallait revenir pour te consoler, reprit l'ombre; tu souffres! tu souffres! Sophie, d'avoir donné ta main à un autre qu'à moi!... Mais je te pardonne ton mariage avec l'empereur... Tu l'as accompli par dévouement pour ton père...

— Oui.

— Avec un tel époux, tu resteras toujours pure de cœur et de pensée... et tu n'auras pas cessé d'être à moi.

— C'est bien sa voix, dit Sophie laissant tomber sa tête sur sa poitrine et se parlant à elle-même, c'est bien sa voix chère!... Et pourtant il est mort!

— Oui, mort; et, malgré la condamnation suprême, gardant toujours de la vie passée l'amour que j'avais pour toi.

— O mon Dieu! dit-il vrai? murmurait Sophie.

— Ainsi nous sommes unis, unis pour l'éternité, continua l'ombre.

Ces accents, faibles et voilés, faisaient tressaillir Sophie; elle palpitait de joie et frémissait de crainte... Plus la mort est impuissante, plus nous lui donnons le pouvoir de nous épouvanter. La faible femme, même dans la nuit, n'osait tourner la tête du côté où était le fantôme.

— Comme il doit être pâle et glacé, mon Dieu! dit-elle.

Et lui reprit:

— Pauvre femme, tu ne connaîtras qu'une amère dérision du mariage; tu croiras que ce lien éternel et maudit ne vient que consacrer la tyrannie d'un maître et faire peser mille chaînes sur ton âme... Tandis que près de moi c'eût été l'union des cœurs, avec tout son cortége de gloires et de douceurs... c'eût été l'amour... le ciel.

A cette pensée, le cœur de Sophie se brisa; elle trouva des larmes.

— Écoute-moi encore, reprit la voix. Tu auras beaucoup à souffrir... Des orages se forment autour du trône où tu es assise; tu seras malheureuse comme souveraine autant que comme femme... Dans ta détresse, tu n'auras pour refuge que le souvenir de notre amour; mais il suffira pour te sauver. Tu iras à toute minute te renfermer dans cette pensée sainte comme dans un sanctuaire où les troubles du monde ne pourront t'atteindre.

Sophie n'était point frappée de ce funeste oracle, apporté d'un monde où les secrets de l'avenir sont sans doute connus. Sa situation présente en face d'une apparition surnaturelle portait en elle trop de frémissantes impressions pour qu'aucun autre sentiment de crainte pût s'y joindre. Mais cet effroi même commençait à céder dans l'entraînement de son cœur vers l'ombre de celui qu'elle avait tant aimé. A chaque accent de sa voix, la terreur diminuait et l'amour devenait plus puissant. Elle bénissait le retour de cette âme adorée, même au milieu de cette effrayante atmosphère de la mort qui l'entourait.

— Voilà ce que je voulais te dire, reprit l'ombre; notre union sacrée subsiste encore d'un monde à l'autre.

— Que le ciel en soit béni! murmura Sophie en tremblant.

Et elle osa alors tourner doucement son regard et ses mains jointes en extase du côté d'où venait la voix.

— Je t'ai laissée pure autrefois dans mes bras, dit encore le fantôme, car je ne voulais pas être plus heureux que toi... Tu me reviendras pure dans l'éternité que nous devons passer ensemble.

A ces mots, Sophie, triomphant enfin de toute terreur, jeta une douce exclamation de joie, se leva et tendit ses bras dans la nuit, en appelant de toute son âme : Henri!

Mais rien ne lui répondit... On voyait alors au sommet des monts la ligne blanche de l'aube qui allait se lever... C'était le moment où les âmes errantes devaient rentrer dans la nuit, et les tombes se refermer.

Sophie, cette fois, se sentit seule, bien seule, dans le froid et l'obscurité qui régnaient encore. Elle était incapable de songer avec lucidité à ce qui venait de se passer; une extase triste et douce l'enlevait à elle-même. Son corps, brisé d'émotions violentes, s'était penché sur l'appui de la fenêtre.

Elle demeura là quelque temps, l'âme vivement éveillée et les sens anéantis; semblable au doux fantôme qui venait de l'approcher, son âme était vivante et son corps enveloppé des lourds pavots de la tombe.

Lorsque Sophie eut la force de se soulever, l'horizon s'était éclairé devant ses fenêtres. Elle retrouvait les bruyères, les ruines, les masses de montagnes, toute la réalité.

Le grand jour nous apporte ordinairement une raison plus froide et plus incrédule. La princesse pensa un instant qu'elle s'était endormie devant cette croisée, et que l'apparition de la nuit n'était qu'un songe. Cette idée la jetait dans une douloureuse anxiété.

Elle s'agenouilla, leva les yeux et les mains jointes vers le jour naissant, et pria Dieu avec ferveur de l'éclairer. En se relevant, elle trouva en elle le souvenir distinct de ce qu'elle avait entendu, et la conviction profonde que l'âme de Waltimor, passant sous les arceaux de la chapelle et le massif de feuillage, était venue la visiter.

Au bout de quelques instants de méditation, la jeune femme conçut le projet, très-hardi pour elle, d'aller, en ce moment même où elle se trouvait libre, parcourir les ruines dans lesquelles la lumière s'était d'abord montrée.

Elle resserra sa pelisse autour d'elle, et sortit du château. Tout dormait encore; elle ne rencontra que le regard insouciant de la sentinelle.

La porte de la chapelle était trop délabrée pour qu'aucune ferrure pût la retenir. Mais les ronces qui croissaient de l'un et de l'autre côté prouvaient qu'elle n'avait pas été ouverte depuis longtemps. La princesse, en poussant de toutes ses forces les ais vermoulus, rompit les entraves naturelles qui les retenaient, et entra dans la nef longue et étroite de la chapelle.

Elle marcha à pas lents sur cet antique pavé, presque entièrement formé des pierres des tombes où étaient ensevelis les anciens seigneurs du lieu et d'autres chevaliers de Bohême. Mais, à peine arrivée au milieu de l'enceinte, elle tressaillit, recula de deux pas et tomba à genoux.

Elle venait de voir, sur une pierre tumulaire d'une teinte moins rembrunie que celle des tombes seigneuriales aux dates anciennes, le nom d'*Henri de Waltimor*. Henri était de noble famille; son corps, sans doute retrouvé dans les montagnes à la suite de l'ouragan, avait été apporté dans cette chapelle abandonnée, mais anciennement consacrée aux sépultures des grands, et dont l'enceinte était toujours bénie. Sophie pria et pleura sur ce tombeau dont la vue lui donnait plus de foi encore en l'apparition de la nuit, qui, dès ce moment, se trouvait en quelque sorte expliquée pour elle. Elle s'arracha avec peine de cette enceinte, et regagna heureusement sa chambre avant que personne fût éveillé dans la forteresse.

Ainsi la tendre et pieuse Sophie de Bavière avait passé cette première nuit de mariage à s'entretenir avec une ombre, soit qu'elle l'eût rêvé, soit que l'apparition se fût en effet présentée à elle.

Nous allons rapporter maintenant les circonstances qui signalèrent cette même nuit pour l'empereur Winceslas, son époux.

Il était minuit. Depuis deux heures Winceslas dormait étendu sur son lit. Ses chambellans savaient qu'il entrait dans des violents accès de colère quand on l'éveillait du sommeil de l'ivresse, et ils attendaient son plaisir pour le déshabiller et achever de le mettre au lit.

Le baron Warner, capitaine des gardes, le comte de Ratisbonne, d'autres officiers de la couronne, favoris de l'empereur et devant assister à son coucher, étaient réunis autour de son lit, étendus dans des fauteuils, sommeillant à demi en causant à voix basse.

Le page Edgard entra précipitamment. Il tenait un parchemin ouvert et percé en rond dans le milieu.

— A l'empereur! dit-il en tendant le papier, et à l'instant même!

Au premier coup d'œil jeté sur cet écrit, les seigneurs de la cour éprouvèrent un vif saisissement. Ils reconnaissaient le sceau des francs-juges.

— D'où vient ce papier? s'écrièrent-ils; page, qui te l'a remis?

— En allant porter le mot d'ordre à la sentinelle, je l'ai trouvé cloué à la poterne.

Le comte de Ratisbonne s'approcha de son maître et secoua rudement la masse ronflante.

— Le jour?... dit l'empereur en se frottant les yeux... On part pour la chasse!

— Non, sire, répondit le jeune favori. Ce qui vient vous éveiller en ce moment est moins doux qu'un rayon de l'aube, et il s'agit bien d'autre chose que de plaisir... Voyez!

— Qu'est-ce que ce chiffon de papier?

— Un ordre des francs-juges.

— Mille morts! s'écria Winceslas, que veulent-ils donc? Ils viennent assassiner mes gens sous les murs de mon château, et ils me font éveiller au milieu de la nuit..., Cela commence à devenir fort indiscret.

— Lisez, sire, dit le comte en tendant toujours le menaçant parchemin.

— Et parbleu! lis toi-même... Tu dois bien penser que, quand je dors encore à demi, je n'y vois goutte.

Ratisbonne se plaça devant le lit de l'empereur, sous la lumière d'un flambeau que tenait le page, et, entouré des seigneurs, dont la figure peignait une curiosité avide et inquiète, il lut ce qui suit:

« A l'empereur et à ses pairs.

« De par le tribunal suprême, défense est faite dans tous les États de Germanie de lever aucune taxe ou impôt arbitraire sur le peuple, les marchands ou les bourgeois; défense est faite à tout chevalier, ou autre membre de la noblesse, de commettre aucune exaction au nom de l'empereur ou au sien propre... »

— Quelle audace! interrompit Winceslas.

— Attendez, monseigneur, ce n'est pas tout, dit Ratisbonne. Et il continua d'une voix altérée:

« Hasting, pour ce crime dont il allait se rendre coupable, a été puni de mort. Et quiconque braverait l'ordre du saint tribunal serait condamné d'avance à mourir comme lui.

« Fait par nous,

« LES SECRETS VENGEURS DE L'ÉTERNEL. »

— Juges de malheur! s'écria Winceslas en se dressant sur son séant, est-ce donc eux qui me donneront de l'argent?

— Jamais leur audace ne s'est élevée si haut, dirent les assistants.

— Ils osent imposer des ordres aux grands de l'empire...

— Et contredire ceux du pouvoir souverain...

— Et cependant il me faut de l'argent! dit Winceslas poursuivant son idée fixe.

— Les francs-juges voient tout du haut de leur sagesse mystique, et ne s'inquiètent pas des besoins matériels.

— Il me faut de l'argent à tout prix! répéta le prince avec éclat.

— Pour donner une fête de noce dans la capitale?

— Pour des choses de plus haute importance, messeigneurs, dit Winceslas en prenant tout à coup un ton de gravité qui ne lui était pas habituel. Mes troupes n'ont pas de solde, pas d'équipement; les vivres sont parfois sur le point de leur manquer; les compagnies de la garde impériale sont si mal montées, qu'à tout moment mes soldats sont prêts à se faire voleurs de grand chemin pour avoir une condition plus sortable.

— C'est vrai... et quelques-uns ont déjà pris ce parti.

— Et pourtant, je n'eus jamais si grand besoin qu'à cette heure du sabre de mes bons lansquenets!... Vous le savez, messeigneurs, parmi mes chers alliés les princes feudataires, il en est plus d'un qui convoite ma puissance, et se débarrasserait d'abord de ma personne comme préliminaire indispensable. Albert de Saxe, Herman de Silésie, surtout mon beau cousin Job de Moravie, sont toujours prêts à se jeter sur l'empire pour en prendre large ou petite part... Il faudra peut-être avoir des troupes à leur envoyer pour répondre à leurs prétentions. Où prendrai-je alors les fonds nécessaires pour les arriérés, les fournitures de l'armement?... Il faudra donc vendre les diamants de la couronne!... que sais-je!... fondre nos coupes d'or jusqu'à la dernière...

— On ne vit jamais détresse semblable.

— Non, messeigneurs, j'espère encore que nous n'en sommes pas là! reprit l'empereur. Tant qu'il y a de l'argent dans les coffres de ses sujets, un prince ne doit pas en manquer. Les artisans sont faits pour acquérir de la fortune et la partager avec leur maître. Nos marchands et fabricants de toute sorte sont riches en Germanie, mais par quel moyen? Parce que nous éloignons d'eux la guerre qui viendrait les troubler dans leur trafic, parce que nous donnons notre sang pour assurer au pays la prospérité à l'abri de laquelle ils peuvent amasser leurs trésors.

— Rien n'est plus certain.

— En prélevant sur eux taxes et impôts, nous ne faisons donc que nous payer de nos peines et prendre ce qui nous est acquis.

— En tout bien tout honneur, assurèrent les courtisans.

— Et les francs-juges ne savent ce qu'ils disent, continua Winceslas.

— Non, en vérité!

— Eh! bien mes gentilshommes, reprit le prince, puisque vous reconnaissez l'urgence et la justice de cet impôt, il faut y avoir recours le plus tôt possible... Qui de vous veut se charger de l'opération? Vous aviez tous, tantôt, il m'en souvient, un grand désir d'en prendre l'honneur.

Les seigneurs baissèrent la tête en silence.

— Ah! je vois ce que c'est, reprit le maître, ce chiffon de papier change un peu vos dispositions... Il ne vous plaît plus de remplacer le comte d'Hasting dans l'opération pour laquelle il venait de se mettre en besogne... Vous avez peur de commencer cette tournée dans laquelle on peut faire halte à l'ombre d'un chêne...

L'empereur interrogea du regard ceux qui l'entouraient, il vit partout une réserve muette et taciturne.

— Aucun de vous n'ose prendre la parole, dit-il, lâches et félons chevaliers!

— Faites excuses, monseigneur, dit Ratisbonne, me voilà prêt à répondre: et je déclare hautement ne vouloir me charger en aucune manière de la levée des impôts entreprise par votre délégué.

— Je n'attendais pas moins de ta couardise.

— Entendez la raison, sire, continua le favori. On n'est pas lâche pour craindre Dieu, parce qu'il a tout pouvoir sur vous sans que vous en ayez sur lui, parce qu'il frappe sans que vous puissiez vous défendre. Eh bien, je demande pardon à Dieu de la comparaison! mais les francs-juges ont cette même puissance occulte et terrible. Comme Dieu, ils sont partout et nulle part; comme lui, ils voient tout et entendent tout, en demeurant invisibles... Si Dieu efface un homme de la terre en soufflant sur lui, les francs-juges n'ont qu'à prononcer leur condamnation silencieuse, et l'homme est mort.., c'est fini.., on n'y pense plus. Si vous fuyez, cent mille assassins sont toujours sur vos pas... cent mille, et on n'en voit pas un; mais on en soupçonne partout: votre bourreau est près de vous sous toutes les formes... C'est peut-être votre compagnon de voyage, celui qui boit avec vous et couche à vos côtés... c'est peut être votre ami, votre frère... Caché dans une chaumière, le paysan qui vous l'a ouverte sera peut-être votre meurtrier; réfugié dans un palais, fût-ce celui de l'empereur... l'assassin, déguisé sous des habits dorés, peut vous ôter la vie aux pieds de votre maître.

Les traits de Winceslas s'étaient assombris, et il gardait le silence.

Ratisbonne continua:

— Mais, à supposer que l'un de nous, pour complaire à Votre Seigneurie, voulût accepter le supplice de ce danger invisible, de cette union continuelle avec la mort, son dévouement serait complètement inutile,

Ce placard, cloué à la poterne du château, va l'être de même à tous les carrefours de la ville, à tous les poteaux des grands chemins. Quand nous parlerions de lever taxes et impôts, on n'aurait qu'à nous envoyer promener un peu pour nous apprendre à lire l'arrêt qui nous le défend. Les contribuables resteraient tranquillement assis sur leurs coffres-forts en nous riant à la barbe.

— Tu as raison, dit l'empereur, calmé par cette réflexion. D'ailleurs, tout ceci cache un profond mystère, et nous devrions peut-être porter nos appréhensions les plus vives sur un autre point que l'embarras d'argent, quelque pressant que celui-ci se fasse sentir. Le tribunal secret, institué seulement pour répandre de toutes parts la vigilance des lois, pour faire qu'aucun coupable n'échappe à la vengeance publique ; ce tribunal, après avoir servi le pouvoir souverain en esclave sous nos pères, se montre depuis quelque temps hostile et presque menaçant envers notre autorité et celle de nos premiers vassaux.

— A-t-on jamais bien pu connaître les principes dominants de cette société dans l'ombre où elle se cache? dit le capitaine Warder, et peut-on les connaître encore?

— Écoutez-moi, messeigneurs, dit Winceslas; je n'étais point destiné au trône, loin de là : mon frère Rodolphe, qui devait succéder à l'empereur Charles, avait déjà les meilleurs fiefs de l'empire, et moi, la principauté qui m'était échue en partage était si petite, qu'en la parcourant tout entière, c'était à peine s'il y avait de quoi prendre appétit pour dîner. J'eus la pensée de me faire recevoir dans la société des francs-juges, espérant que leur influence me servirait dans les tentatives que je comptais faire pour agrandir mes domaines...

— Quoi! sire, vous avez été...

— Membre du tribunal suprême, ou peu s'en est fallu. Le principal siége de cette société, autrefois au centre de la Westphalie, est maintenant transporté en Bohème. Je m'y présentai; je subis les premières épreuves; je connus les principaux moyens de procéder des francs-juges, les signes mystérieux auxquels ils se reconnaissent entre eux, ainsi que leur fidélité au serment qui les lie, leur foi en l'institution qu'ils soutiennent, enfin les forces morales sur lesquelles s'appuie leur puissance.

— Vrai Dieu, monseigneur! et jamais un mot de cela n'est sorti de votre bouche!

— Non. Il y a dans ces secrets mêmes un principe sacré et silencieux. On ne peut, une fois qu'on les connaît, ni les oublier ni les divulguer; ils sont en nous comme les inscriptions gravées sur les plaques d'airain et placées dans les tombes, se conservant toujours et demeurant toujours cachées. Cette loi de silence est immuable. Ainsi, moi, mes amis, vous me connaissez, ajouta gravement Winceslas, vous savez si je suis buveur, parleur, inconsidéré, emporté, eh bien, je n'ai jamais parlé de ces secrets ni à vous ni à mes maîtresses; je n'en aurais pas parlé à ma coupe, je n'en aurais rien laissé échapper dans mes songes. De plus, il est sans exemple qu'un membre du tribunal secret, même tombé en état de démence, ait divulgué quelque chose de ses mystères.

— Ensuite, sire, qu'arriva-t-il de votre initiation?

— Rien. Mon frère Rodolphe disparut tout à coup du trône et de la terre. Il tomba sans doute sous les coups d'un assassin, quoiqu'on n'ait jamais retrouvé son corps.

De sorte que, contre mon attente et contre celle de la nation, qui ne trouva pas, je crois, la surprise agréable, je fus appelé au trône. D'après mon élévation, je n'appartenais plus à l'ordre des francs-juges. Mais enfin, j'avais pénétré dans cette société secrète; j'avais pu juger de son caractère et de ses vues.

— Elle était alors liée de principes au gouvernement impérial?

— Et prête à favoriser ses actes, à s'armer contre ses ennemis... Mais à présent tout est changé. Ce tribunal semble faire mépris de ma puissance en rendant des arrêts contraires aux miens; il vient se mettre devant les pas de mes grands vassaux pour les empêcher d'abuser de leurs priviléges, et leur donner des leçons de morale à coups de poignard.

— Et à l'époque où vous connûtes cette institution, sire, rien ne pouvait faire prévoir un tel changement?

— Il se trouvait bien alors sur le banc des grands juges un vieillard qui, à ce qu'il paraît, avait passé sa vie à parcourir les contrées de l'Europe, et faisait de longs discours sur les destins à venir de l'humanité, sur les droits du peuple qui allaient se faire jour et renverser le despotisme, sur la mission *des sages* qui devaient aider à cette marche providentielle... débitant sous son masque noir je ne sais combien de rêveries enfantées par son orgueil et l'affaiblissement de sa raison. Mais cet homme était bien vieux alors, les plus anciens des membres du tribunal l'avaient toujours vu vieux dans leur sein... Il doit être mort depuis longtemps, Dieu merci!

— N'importe, son esprit de révolte peut vivre après lui parmi les francs-juges.

— Leur nombre est formidable, leur influence est immense. Voilà pourquoi je vous disais tout à l'heure que, sans argent, sans armée, sur le point sans doute d'être assaillis de toutes parts par des rebelles, nous avions peut-être un danger plus terrible à courir : l'opposition du tribunal suprême à notre monarchie.

— M'est-il permis de donner mon avis dans une affaire de si grave importance? demande le page Edgard, dont les grands yeux bleus étincelaient d'ardeur et de fierté.

— Parle, mon joli page, mon chevalier en miniature, dit son maître : si tu es bien jeune pour ouvrir la bouche dans un conseil, je sais que l'esprit et le courage ont mûri chez toi comme en serre chaude.

— Eh bien, sire, d'après mon jugement, la question n'est point de savoir si la pensée et l'influence du tribunal secret menacent la sûreté de l'empire. Dès l'instant que ses membres ont outre-passé leurs pouvoirs en poursuivant, non plus les coupables que la voix publique leur désigne, mais ceux qu'il leur plaît à eux-mêmes d'incriminer; dès qu'ils ont osé outrager la personne sacrée du souverain dans les nobles qui sont les agents de sa volonté, les reflets de sa puissance, il y va de l'honneur de la noblesse et du trône de leur demander compte de cette usurpation.

— Et de quelle manière?

— Quel moyen plus simple y a-t-il que de nous réunir, nous les plus fidèles sujets de Votre Altesse, de parvenir, en battant tous les points de la Bohême, jusqu'au lieu où siége ce mystérieux tribunal? Une fois en présence des francs-juges, nous leur parlerions... comme il convient à des chevaliers de parler... l'épée à la main. Nous leur apprendrions, s'ils ne le savent pas encore, que l'autorité impériale est sacrée; qu'on doit tout au souverain légitime, que la religion est de le servir, l'honneur de le défendre, la vertu de l'aimer. Nous leur demanderions s'ils peuvent jurer de ne s'écarter jamais de cette voie. Il appartiendrait alors à ces *juges suprêmes*, accusés à leur tour, de rendre compte de leurs actes; à nous de les rappeler à l'ordre s'ils ne sont que des juges trop audacieux, de les punir s'ils sont des sujets rebelles.

A ces paroles, les seigneurs froncèrent le sourcil, et ils regardèrent autour d'eux avec une vague terreur.

— Tu dis là, enfant, répondit le prince, ce qu'aucun homme n'oserait même penser. Mais d'ailleurs, écoute : la croisade que tu parles ainsi d'entreprendre serait plus longue que celle de nos pères à la terre sainte; car il y a moins loin d'ici à Jérusalem que d'ici au tribunal secret, quoiqu'il soit peut-être à nos portes... Il change mille fois de retraite, toujours ouvert aux initiés, toujours dérobé aux profanes... En parcourant toutes les routes de la Germanie, en fouillant toutes les forêts, en sondant toutes les montagnes, tu ne le découvrirais de longtemps.

— Le sanctuaire du tribunal suprême, dit un des assistants, est au centre de la nature, mais la nature le cache.

— *La croix*, *les trois roses*, *le poignard* et *la corde* sont dans le tabernacle qui s'ouvre aux rayons de la lune. Voilà tout ce qu'on sait. Ce temple est mystérieux comme les signes de la rédemption et les fleurs mystiques; il est fort comme les instruments de supplice.

— Il n'est donc aucun moyen de pénétrer dans les desseins des francs-juges, et de savoir si le gouvernement impérial doit les compter pour ses plus terribles ennemis?

— Si fait, messeigneurs, il en est un! dit le comte de Ratisbonne en se levant subitement et en montrant une grande assurance sur son visage, où paraissaient aussi la finesse et l'astuce.

— Que dis-tu ? demanda son maître.

— Ce qu'il serait insensé de tenter à une troupe d'élite, à une armée entière, peut être accompli par un seul homme; et cet homme, ce sera moi !

— Vraiment, comte, vous vous flattez!

— Que Son Altesse m'accorde un congé de la cour, et, après la seconde lune qui sera venue nous éclairer, je serai de retour ici, ayant pénétré dans le sein du tribunal suprême, apportant le secret de ses plus profondes pensées.

— Et quelle magie emploierez-vous?

— Que je sois libre et qu'on ait confiance en moi, c'est tout ce que je puis dire.

— Va donc, mon brave comte; pars quand tu voudras, dit l'empereur, et nous prierons pour toi... le verre à la main.

— Mais, en attendant, sire, que décidez-vous au sujet de cet arrêté des francs-juges?

— D'y obéir, puisqu'on ne peut faire autrement.

— Monseigneur, reprirent les courtisans qui entouraient Winceslas, le peu de biens qui nous restent est à votre disposition pour remettre vos troupes sur pied et parer aux premiers dangers qui pourraient se présenter.

L'empereur promena son regard sur ses fidèles officiers.

— C'est bien, dit-il. Je compte sur toi, Ratisbonne, qui vas tenter pour mon service je ne sais quelle audacieuse aventure; je compte sur vous tous qui restez pour me prêter aide et secours... Avec de tels amis, un prince n'est jamais bien à plaindre!

Le jour allait paraître. Winceslas, ayant parlé d'affaires plus longtemps que ses forces mentales ne le lui permettaient, secoua sa tête endolorie pour en chasser les soucis de la royauté, et se hâta de régler les parties de plaisir qui devaient remplir le cours de cette journée.

V

LE TEMPS DES AMOURS.

Un mois s'était passé depuis l'arrivée de l'empereur et de sa cour dans le château fort de Conrad-Bourg.

Un matin, c'était la veille du jour fixé pour le départ de la forteresse, l'impératrice était dans une chambre circulaire appartenant à l'une des tours du château; elle avait auprès d'elle ses demoiselles d'honneur travaillant à des broderies, et quelques seigneurs admis à son intimité.

Sophie de Bavière était assise dans un grand fauteuil gothique; mais dans tout le reste de la pièce, des tas d'herbes odoriférantes jetées sur les dalles servaient seuls de siéges. Les demoiselles d'atours, posées en diverses attitudes sur ces touffes de plantes aromatiques fraîchement cueillies et encore semées de fleurs des champs, formaient un groupe charmant, qu'éclairait un large rayon du soleil d'automne pénétrant par la croisée nue.

Les gentilshommes s'entretenaient à demi-voix avec ces belles jeunes filles, ou, retirés à l'écart, composaient pour elles les poésies à la mode du temps.

A travers les grandes croisées, on voyait au loin, sur le bord de la rivière qui passait à quelque distance de la forteresse pour aller à Prague, une cavalcade formée de l'empereur et de ses fidèles compagnons de plaisir, qui se rendaient en ce moment au couvent de Saint-Bruneau, où son Altesse Winceslas avait découvert d'excellent vin, de joyeux hôtes, et allait souvent faire des retraites bachiques.

La princesse Sophie était demeurée depuis un mois sous l'impression mêlée d'étonnement, de bonheur et de crainte dont l'avait frappée l'apparition nocturne d'Henri Waltimor, ou plutôt son ombre, la première nuit de son arrivée dans la forteresse. Enfermée tout entière dans ce souvenir mystérieux et cher, elle apportait à tout le reste un visage indifférent, mais toujours empreint de son ineffable douceur d'âme.

A côté de l'impératrice était la jeune Léonore Muller, qui, dans un jour de détresse, avait, comme nous le savons, trouvé secours et protection auprès de sa souveraine.

Le bourgmestre du canton avait renoncé à toute poursuite contre la coupable, en la voyant recueillie dans le château impérial; et, nul avertissement du dehors n'étant venu éveiller de craintes sur les suites de son arrestation, on devait supposer l'événement qui y avait donné lieu entièrement oublié.

Sophie de Bavière s'attachait tous les jours davantage à la jeune étrangère et l'avait mise au nombre de ses filles d'honneur. Cette distinction n'avait rien de trop extraordinaire dans les mœurs du temps : une grande fortune élevait parfois les commerçants aux priviléges de la noblesse. Ainsi, après une vive, mais inutile opposition de la part de la grande-maîtresse, et quelques murmures des nobles demoiselles qui se voyaient donner pour compagne une personne d'un rang inférieur, la nouvelle situation de Léonore avait été acceptée, et, le mérite personnel de la jeune fille faisant le reste, on avait oublié ce que son élévation avait d'un peu hasardé.

En même temps, comme le riche armurier avait fait don à l'empereur d'une forte somme d'argent, en actions de grâce des bontés répandues sur la tête de sa fille, Winceslas avait vu de très-bon œil l'installation de cette belle enfant du peuple à sa cour.

Aucune trace de tristessse ne paraissait plus sur le front de Léonore. Elle n'avait jamais eu pour le comte d'Hasting qu'un sentiment de vive reconnaissance, fondé sur la générosité dont ce seigneur semblait faire preuve à son égard. Mais, depuis la mort du comte, on avait découvert qu'en épousant la fille du plus riche fabricant de Prague, comme en servant l'empereur dans ses exactions, il n'avait d'autre but que de relever à tout prix une fortue dilapidée par ses désordres, et Léonore Muller l'avait déjà oublié de tout son cœur.

Léonore Muller avait alors vingt-deux ans. Sa taille était développée dans les plus belles proportions, son visage éclatant de blancheur et de vif incarnat, une épaisse chevelure blonde, un large front ouvert et imposant, des yeux, une bouche parés du plus beau regard et du plus beau sourire, offraient en elle d'invincibles séductions. Sa merveilleuse beauté était relevée par le costume national de Bohême : un corsage à basque de satin blanc, garni de martre, une jupe semblable et une toque de velours noir, ornée de perles et de plumes de héron.

Douée d'un esprit fin, d'une riche intelligence, elle avait été élevée parmi les plus simples artisans. D'après ces diverses conditions, elle apportait à la cour un tact délicat des convenances, des formes naturellement élégantes, mais en même temps beaucoup de naturel, d'indépendance, et une certaine originalité de langage et de manières. Sa fierté personnelle lui faisait conserver son caractère particulier, jouir de son libre arbitre et exercer toutes ses fantaisies dans la haute sphère où elle avait été jetée. Quelquefois elle restait de longues heures à demi couchée aux pieds de sa maîtresse, à broder ou à jouer du luth avec une grâce modeste. Puis, tout à coup, si le son du cor se faisait entendre, si le bruissement des armes retentissait, elle s'élançait au dehors, montait à cheval et allait tirer de l'arc et jouter d'adresse avec les plus habiles chevaliers.

La princesse de Bavière jouissait des succès de cette jeune fille, qui ne lui portait aucun ombrage; car, n'ayant vécu que pour l'amour, Sophie n'avait pas eu le temps de regretter la beauté qui lui manquait et d'envier celle des autres.

L'impératrice jeta un coup d'œil sur le rivage, où l'on voyait encore briller dans le feuillage les manteaux dorés de l'empereur et de sa suite qui s'éloignaient.

— Mesdames, dit-elle, voici notre seigneur Winceslas qui va encore une fois visiter dans leur agreste solitude les moines de Saint-Bruneau... Il nous faut aussi employer notre dernière journée de séjour à la campagne à une longue promenade... Nous irons parcourir la partie de nos montagnes qui nous est inconnue et profiter de ce beau soleil qui réchauffe encore les chemins... Ce soir, nous aurons une petite fête à l'occasion de la réception de notre nouvelle chevalière.

L'impératrice tenait négligemment déroulé sur ses genoux un long velours à lisérés bleus.

—Voici, ma chère enfant, dit-elle à Léonore Muller en montrant ce ruban, voici le cordon d'honneur que vous devez recevoir aujourd'hui en témoignage de l'estime que je fais de vous... Mais je me garderai bien de vous le donner en ce moment. La grande-maîtresse a droit d'attacher ce cordon en séance solennelle, et elle ne me pardonnerait jamais de la priver de ce privilége.

— Peu importent, madame, les mains qui attacheront ce signe d'honneur sur ma poitrine, puisqu'il me viendra toujours de vous.

— Et vous me serez toujours fidèle chevalière ?

—De par tout l'amour et le dévouement que je porte à ma souveraine.

— Ces nobles sentiments respirent dans vos yeux.

— C'est qu'ils sont gravés dans mon cœur.

— Ce cœur de vingt ans est donc bien brave et bien aimant?

— J'ai été formée dès mon enfance au culte de l'honneur.

— Vraiment!

— La maison de mon père, celle d'un simple armurier, peut sembler aux yeux des grands une demeure bien vulgaire; mais dans ses forges, où le feu brille toujours pour fondre les armes, dans cette tâche continuelle à battre le fer qui sera consacré au service de Dieu et du prince, il y a le principe sacré du courage et de la fidélité.

— Et c'est ainsi que votre père pratique son art!

—Messire Muller, aux yeux de tous, est brave et pur comme l'acier qui sort de ses mains. Et, si le service de son maître ou le soin de sa propre renommée l'exigeait, il saurait se servir des armes qu'il forge aussi victorieusement que qui que ce soit au monde.

— C'est bien, mon enfant, reprit la princesse en souriant. En attendant les actes de vaillance que nous promet votre digne origine, nous aurons ce soir une solennité, dont votre danse et vos chants feront les principaux frais.

— Il nous sera donc permis d'y assister? demandèrent vivement les jeunes seigneurs.

— Certainement, répondit l'impératrice. Il est même indispensable que les plus dignes chevaliers de la cour soient réunis près de nous pour l'achèvement de la cérémonie, car il y a une formalité, et la plus importante de toutes, dont nous n'avons pas encore parlé. Ma chère Léonore, allez, je vous prie, prendre sur la toilette de ma chambre un rouleau de soie blanche et du velours semblable à celui du cordon d'honneur.

La jeune fille obéit et revint s'asseoir aux pieds de sa souveraine.

— Maintenant, dit celle-ci, vous allez border cette bande de soie avec ce ruban et en former une écharpe, que vous donnerez ce soir à l'un de nos seigneurs, à votre choix. Celui qui recevra ce gage deviendra par là votre chevalier féal pendant une année.

Léonore se mit à façonner entre ses belles mains l'écharpe qu'il lui était ordonné de préparer tout en jetant de côté un regard observateur et enjoué sur ceux qui pouvaient y prétendre.

C'étaient les hommes de la cour les plus distingués par leur esprit et l'élégance de leurs manières que l'impératrice admettait à son cercle. Parmi eux on devait remarquer surtout le comte Norberg.

Il était d'un extérieur plein de dignité et de charme; mais, à peine âgé de trente ans, une partie de ses cheveux noirs avait déjà blanchi, et des rides sillonnaient son visage; la gravité triste de sa physionomie appartenait aussi à un âge plus avancé que le sien. Cependant ce précoce déclin de ce qu'on nomme la beauté n'ôtait rien aux séductions réelles de sa figure. Ses grands yeux bruns avaient conservé un feu extraordinaire; son sourire était d'une douceur exquise; ses poses, ses gestes, ses moindres mouvements avaient une empreinte particulière de noblesse et de grâce martiale.

Avec un esprit supérieur, un savoir très-étendu pour son siècle, une rigidité de mœurs extrême, le comte de Norberg résidait constamment au milieu d'une cour ignorante, débauchée, pervertie; il traitait en maître respecté ce Winceslas, qui n'avait d'empereur que le nom; il le suivait partout comme son ombre, et, s'il ne partageait pas ses grossiers plaisirs, il semblait cependant les approuver par sa présence. Il y avait là une bizarrerie dont les gens les moins observateurs étaient frappés. Le comte, vivant au milieu des courtisans, était pour ainsi dire inconnu d'eux; les regards curieux, souvent attachés sur sa personne, ne pénétraient pas jusqu'à son âme.

Depuis quelque temps, sa réserve habituelle et sa hauteur dédaigneuse avaient pris une teinte de rêverie et de tristesse. Si on eût attribué ces nouvelles dispositions du comte à une souffrance de cœur secrète et profonde, les compagnons de Norberg eussent repoussé cette supposition, tant sa froideur et son austérité l'avaient fait juger jusque-là en dehors de la vie commune.

Près du comte de Norberg était le page Edgard, dans son attitude habituelle : la tête haute, une main caressant à son menton la barbe qu'il n'avait pas encore, l'autre appuyée sur la hanche, de manière à relever son manteau et à découvrir la garde de son épée.

Edgard, très-jeune encore, avait, comme nous l'avons dit, une expression de physionomie très-marquée, un feu dans le regard, une fermeté dans la contenance qui dénotaient en lui un rapide développement d'esprit et de courage.

C'était lui qui, un mois auparavant, avait sauvé Léonore Muller des mains du peuple soulevé contre elle, en appelant l'attention de l'impératrice sur la belle prisonnière. Depuis cet instant, il l'aimait de toute son âme. Dans cette âme, où rajeunissait l'ancienne chevalerie, l'amour était une religion, et le jeune homme l'avouait hautement, comme il le faisait de sa foi chrétienne. Il parlait sans cesse de son amour à Léonore, il en faisait confidence à la cour entière, il devait aller le conter aux arbres et aux échos du vallon, si cela durait encore.

C'était avec une chanson, dont les sons aimés devaient attirer la princesse sur le balcon, qu'Edgard avait arraché Léonore à ses persécuteurs; ainsi, dans tout le cours de la vie, doué d'une heureuse assurance, confiant en son étoile, il devait combattre les dangers et les peines avec un chant et un sourire.

En ce moment, il regardait avec une ardente convoitise l'écharpe qui allait désigner le chevalier de Léonore.

VI

LE TEMPS DES AMOURS

(SUITE.)

Le soleil s'était élevé et rendait, pour quelques instants aux campagnes environnantes leur atmosphère radieuse. On entendit sous les fenêtres de la tour le hennissement des chevaux amenés pour la promenade, et l'impératrice donna le signal du départ.

La princesse et sa suite montèrent sur de légers chevaux, dressés à parcourir les chemins difficiles des montagnes, et la cavalcade se mit en marche. Des archers venaient par derrière, pour prêter secours, s'il le fallait, dans ces pays sauvages habités par les bêtes fauves de toute espèce.

On traversa assez lentement la prairie marécageuse où de fortes ronces et des herbes de haute venue embarrassaient la marche.

Le comte de Norberg, depuis le départ du château, cheminait aux côtés de Léonore. Il montait un superbe cheval qui avait appartenu au comte d'Hasting, et qui était demeuré longtemps dans cette prairie auprès du corps inanimé de son maître. En passant devant le chêne à l'ombre duquel s'était commis le meurtre, l'animal au fidèle souvenir fit un violent soubresaut, se cabra et s'élança en avant avec tant de violence, que Norberg, quelque bon écuyer qu'il fût, ne put le retenir et se trouva pour quelques instants emporté loin des voyageurs.

Edgard eut bientôt pris la place du comte près de Léonore.

Le page et la belle écuyère, pour se garantir du soleil, suivaient le demi-cintre des aulnes qui longeaient la prairie.

— Mademoiselle Léonore, dit le jeune homme, avez-vous laissé dans votre corbeille à ouvrage l'écharpe que vous devez donner ce soir à l'un de nous pour en faire votre chevalier? — Certainement.

— Tant pis.

— Et pourquoi?

— Les lieux sauvages où nous allons entrer auraient été propices pour déterminer votre choix... A votre place, j'aurais tenu cette écharpe blanche à la main dans ces parages escarpés, et je l'aurais jetée dans le gouffre le plus terrible en disant: « Elle appartiendra à celui qui ira la prendre... »

— Vraiment?... Eh bien, en me donnant ce conseil vous ne vous mettez pas à ma place, vous restez égoïstement à la vôtre. Vous pensez qu'étant le plus agile de tous et le moins inquiet de vous rompre le cou, c'est vous qui auriez ramassé le ruban.

— C'est vrai.

— Bien au contraire, à ma place, vous auriez pensé que cette manière de faire un choix pourrait très-bien me donner pour chevalier un daim ou un chamois des montagnes, habile à sauter dans les précipices, ou bien un homme qui posséderait les mêmes avantages de légèreté et de vitesse, qui ne sont pas, en vérité, des qualités suffisantes.

— Vous prenez mes paroles au pied de la lettre, tandis que ce n'était là qu'une manière détournée de vous dire que je vous aime...

— Vous me le dites très-clairement tous les jours!

— Et qu'il faut me prendre pour votre chevalier.

— Beau chevalier vraiment, quand l'or qui doit forger ses éperons est encore au fond de la mine!

— Je sais que beaucoup à la cour sont plus que moi; mais je suis déjà beaucoup pour mon âge et le point d'où je suis parti.

— Parce qu'il a plu à l'empereur de vous donner une épée dans le corps des pages, qui reste toujours en temps de paix, et de vous appeler quelquefois à son conseil, où on discute sur les aromes à mettre dans le vin.

— Quelque puéril que vous semble un tel avancement, il est extraordinaire pour moi... pour moi, enfant perdu dans le monde, ne sachant à qui je dois le jour, n'ayant pas même *un nom*, cette protection native, qui nous fait des aïeux une garde invisible... Vous ne connaissez pas l'abandon dans lequel s'est passée ma première jeunesse... J'ai été élevé pour ainsi dire sur la voie publique, dans les universités, à la cour, où tout le monde passe sans se connaître, sans s'aimer. En arrivant, à seize ans, dans la maison de l'empereur, séjour étranger pour moi, qui avait sa langue, ses usages particuliers, personne n'est venu m'en donner la clef, me conduire dans ce dédale, où chaque pas offrait une difficulté. Je n'avais pour me guider que mon cœur, qui me disait: « C'est Dieu qui fait les rois, que son choix semble juste ou non à nos faibles lumières, aime ton prince, sers-le avec dévouement, et tu auras bien mérité de Dieu. » Cet attachement vrai et profond m'a attiré la faveur de Wenceslas; car c'est une faculté des enfants et des rois de sentir qui les aime. Eh bien, ce droit de porter une épée que j'ai reçu seul entre tous les pages, cette faveur du prince dont vous souriez, lorsque tant d'autres l'achètent par des bassesses, je l'ai obtenue par un seul sentiment louable et pur, j'en atteste le ciel.

L'accent ému qui accompagnait ces paroles fit tomber l'ironie des lèvres de la jeune fille; elle répondit plus affectueusement:

— Sérieusement parlant, Edgard, j'ai foi en une fortune fondée sur de telles bases, et je vous crois un brillant avenir.

— Vous allez trop loin, maintenant.

— La protection de l'empereur...

— Est bien capricieuse.

— Il vous restera toujours le meilleur appui, celui qu'on trouve en soi-même.

— J'ai bon courage, sans doute, et je me sens quelque chose dans la tête et dans le cœur; mais il manque à ces bons instincts une volonté supérieure qui les rallie et les dirige, un esprit d'en haut qui les anime. Plus je vous connais, Léonore, plus il me semble que vous devez être cette puissance bienfaisante qui me protége et me guide, cette âme qui domine en moi.

Ce que le page disait à Léonore en ce moment n'était que la répétition des aveux et des confidences qu'il lui renouvelait tous les jours, et sur tous les tons ardents et plaintifs dont l'amour module ses accents.

Léonore l'écoutait en riant, mais avec un secret intérêt. Le jeune page, déjà si courageux et réfléchi, répondait bien à son propre caractère; elle trouvait dans Edgard, comme dans elle-même, la force morale sous une enveloppe délicate et fragile.

On était alors arrivé à mi-côte de la chaîne des montagnes; leur vue plus rapprochée dévoilait d'agrestes beautés.

A mesure qu'on avançait, le vent puissant des hauteurs chassait devant lui de longs flots de brouillards comme il eût fait d'un *fil de la Vierge*. On voyait alors de gigantesques sapins, entr[illegible] de roches sourcilleuses, où siégeaient des orfraies et des vautours; de profonds ravins bordés de blocs informes de granit qui semblaient les squelettes de quelques monstres sauvages endormis autrefois sur ces bords; de chaque fente de leurs parois sortaient des troncs de chêne noirs et tortueux. Dans cette nature sombre et menaçante, régnait un vent plaintif et terrible qui semblait le soupir des animaux féroces qui l'habitaient.

A quelques pas de là, l'atmosphère devenait tout à coup douce et calme; il flottait dans l'espace des vapeurs d'opale roses et azurées. On voyait dans le plan le plus rapproché un fond de gazon, couvert de bosquets, de vergers; dans cette zone de verdure s'élevaient de petits hameaux dont les cabanes de bois étaient hautes comme les tiges d'iris qui croissaient à côté; l'église seule était en pierre : sa flèche bénie restait toujours là, et voyait, à chaque saison qui passait, les plantes et les cabanes naître et tomber à ses pieds.

Cependant la troupe élégante qui cheminait sur la pente la plus douce de la montagne ne donnait pas à ce magnifique paysage toute l'attention dont il était digne. Les demoiselles d'honneur, les jeunes chevaliers, étaient tous occupés d'eux-mêmes et de ceux à qui ils voulaient plaire. La princesse Sophie, qui, de ces hauteurs, découvrait la chapelle ruinée dont une pierre tumulaire portait le nom de Waltimor, ramenait sans cesse ses regards de ce côté... En appelant Sophie de Bavière à la possession de l'empire, on lui avait au moins donné la tombe de son amant!

La cavalcade, apercevant à quelque distance un plateau tapissé de gazon et abrité du vent sous de hautes roches, se dirigea de ce côté pour y prendre un peu de repos et une légère collation.

Tandis qu'on gravissait un sentier sinueux, l'impératrice voyait sans cesse un énorme vautour qui, à mesure qu'elle marchait, voletait de roche en roche devant elle. Le sombre oiseau, dans son attitude horizontale et disgracieuse, battant lourdement des ailes, tendant son grand cou plumé, regardait fixement la princesse de ses yeux jaunes et irisés.

Sophie se plaignit plusieurs fois de cette importunité, et, toujours prête à s'effrayer, se prit à trembler réellement de la présence continuelle de cet oiseau, dont les ailes sont chargées de malheur.

Mais, à l'instant même, elle le vit tomber mort au pied de la roche.

En se retournant, elle vit Léonore Muller, fraîche et souriante, assise sur son cheval dont elle avait abandonné les rênes, et tenant encore un arc à la main.

Léonore avait pris cet arc entre les mains des archers qui suivaient le cortége et avait abattu le vautour du premier coup, à quarante toises de distance.

De vifs applaudissements partirent de tous côtés; on ne pouvait voir meilleur tireur d'arc dans la garde impériale.

— Vraiment! dit l'impératrice en serrant la main de la jeune fille, je n'ai plus rien à craindre, ayant si brave amazone à mon service.

— Puissé-je, madame, répondit Léonore, éloigner ainsi de vous tout sujet de tristesse et de danger.

— J'ai entendu plusieurs fois, reprit Sophie, la voix du pressentiment me dire qu'il en serait ainsi.

On était arrivé sur le plateau de rocher désigné comme le dernier point du voyage. On fit halte à cet endroit pour reprendre ensuite le chemin du retour.

VII

LE TEMPS DES AMOURS

(SUITE.)

De l'esplanade naturelle que formait le rocher, on découvrait une étendue de landes verdoyantes, de bruyères roses, de sable doré, un immense espace éclairé de soleil, où passaient majestueusement et sous des formes diverses les grandes ombres versées par les nuages. De l'autre côté, on était adossé à un pan de montagne, dont le cône se trouvait terminé par un petit ermitage abandonné, qui se découpait sur le ciel.

La princesse et ses belles écuyères, assises sur la mousse, buvaient des tasses de lait que les archers étaient allés chercher dans un hameau voisin.

Léonore, debout au bord du plateau, appuyée contre le tronc d'un hêtre, contemplait le magnifique horizon déroulé devant ses yeux. Le comte de Norberg s'approcha d'elle pour relever le mouchoir tombé de sa main, et le lui tendit en silence, mais en jetant sur elle un de ces regards ardents et tristes qui lui étaient particuliers, et dont la jeune fille, malgré sa fermeté habituelle, était troublée jusqu'au fond de l'âme.

Dans la crainte que le comte s'aperçût de l'émotion passagère qu'il portait en elle, elle se hâta de lui adresser quelques paroles banales. Regardant son élégant habit de velours bleu, dont les larges broderies d'or brillaient au soleil, elle lui dit d'un ton enjoué :

—Quelle toilette matinale, monseigneur! Votre pourpoint reluit comme un miroir.

Il la regarda encore un instant en silence, et répondit lentement :

— Il n'y a pas besoin que mon pourpoint soit un miroir pour que vous voyiez votre image dans mon sein.

Cet aveu d'amour subit et formel, quelque chose légère que ce fût en apparence, fit tressaillir Léonore comme une révélation plus importante et qui eût dû marquer dans sa vie. Il y avait tant de puissance dans les traits et dans la voix du comte, qu'en toute circonstance les paroles qu'il prononçait étaient faibles auprès de l'impression qu'elles faisaient naître. Cependant la jeune fille, qui avait légèrement pâli, reprit avec une apparente gaieté :

— C'est depuis que nous sommes à la campagne que vous songez, seigneur, à occuper votre cœur d'une humble fille du peuple!... comme ces dames boivent du lait dans des jattes de terre pour goûter des plaisirs champêtres.

— C'est depuis le jour où je vous ai vue au château, jour qui, de plus d'une manière, restera gravé dans ma mémoire.

—Alors, comte Norberg, de toutes les vertus chevaleresques, la discrétion est celle que vous pratiquez le mieux; car vous ne m'avez jamais témoigné vos sentiments par les hommages qui leur servent ordinairement d'interprètes.

— Et qui consistent à porter les couleurs d'une femme, à prendre sa main pour danser dans un ballet?

— Sans doute.

— Cela suffit, en effet, pour peindre des sentiments qui ont la force d'un ruban... la durée d'un quadrille... Mais il est tel amour qui ne peut s'exprimer ainsi.

— Que lui faut-il donc?

— S'enfermer en lui-même ou attendre les événements pour se montrer.

— Les grands événements se présentent rarement dans la vie, et cet amour pourrait bien être comme l'aloès, qui fleurit une fois tous les cent ans.

— Les coups du sort ne sont pas si rares dans les temps de trouble où nous vivons.

— Mais ils ne descendent pas jusqu'à une femme obscure, sans importance dans le monde... Ma vie, à moi, ne peut être qu'uniforme et paisible... Et cet amour qui attendrait les grandes circonstances pour se montrer ne me serait peut-être prouvé qu'à l'heure de ma mort.

Le comte regarda Léonore avec une fixité profonde, et répondit lentement :

— Heureux encore celui qui pourrait la partager avec vous!...

Norberg était debout, appuyé contre le rocher. Son front puissant était à demi incliné; l'ombre de ses sourcils noirs et proéminents répandait sur ses traits une teinte sombre; ses lèvres entr'ouvertes semblaient desséchées par un souffle brûlant : tout en lui exprimait une douleur étrange, mêlée d'amertume et de terreur, qui alla se réfléchir dans l'âme de la jeune fille.

Elle répondit aux paroles du comte avec une espèce de frémissement :

— Vraiment, monseigneur, si mourir avec moi est le seul bienfait du sentiment que je vous inspire et le seul espoir que vous en receviez pour vous-même, il vaut mieux l'éloigner de votre âme... ou du moins l'y tenir secret.

— Voilà ce qu'on croit sans cesse, reprit Norberg, que l'amour est seulement une route pour arriver au bonheur!...

— Sans doute.

— C'est une impiété de le prendre pour un moyen, parce qu'il n'y a de plus grand bonheur que l'amour même... et c'est la source de toutes les tristes déceptions.

— La vérité que vous annoncez est plus triste encore.

— La jouissance suprême, le but de l'amour, est d'aimer... et il nous conduit toujours à des revers de destinée plus ou moins cruels.

La pose abattue de Norberg, les regards de feu qu'il détournait de Léonore, les instants de silence qu'il gardait entre ses lentes paroles, peignaient mieux qu'il eût pu dire cet amour tout-puissant qui absorbe en lui les forces et la raison de l'homme, et le brise sous le malheur s'il ne peut le rendre coupable.

Léonore se sentait pénétrée d'une crainte vague et inconnue... Mais, soudain elle secoua la tête, montra un visage serein, et répondit en souriant aux derniers mots du comte :

— S'il en est ainsi, monseigneur, l'amour que vous faites si doux dans le présent et si effrayant dans le lointain ne m'inspirera pas de terreurs, car j'ai l'heureuse faculté de ne vivre que dans le jour qui luit, et d'oublier le lendemain aussi facilement que la veille.

— Et je serais tenté de tout oublier moi-même, reprit Norberg avec un accent plus doux, pour ce moment où je vous vois si calme et si radieuse... dans le cadre de cette belle nature tout en harmonie avec vous.

En ce moment la princesse de Bavière, qui venait de tourner la roche et dont les pas avaient été dissimulés sur la mousse, se trouva devant eux.

A l'expression de physionnomie du comte plus encore qu'au peu de paroles qu'elle avait entendues, Sophie devina le sujet de l'entretien qui venait d'avoir lieu. Norberg se retira à l'approche de la princesse; celle-ci prit le bras de Léonore et l'entraîna du côté où étaient les dames de la cour, en lui disant avec une gracieuse douceur :

— Je me doutais bien, ma belle enchanteresse, que vous aviez vaincu notre chevalier invincible.

— Moi, madame?

— Mais sans doute ce n'était pas ce vieux chêne ou ce rocher qu'il regardait avec tant d'ardeur... Et les regards de Norberg ne peuvent mentir; la loyauté de son âme est assurée comme la supériorité d'esprit et la grandeur de caractère, qui en font l'homme le plus éminent de la cour et de l'empire.

— Et Votre Altesse croit que ce demi-dieu a daigné descendre pour moi aux sentiments humains!

— Vous le croyez aussi... et devriez bien lui octroyer quelque faveur en retour.

— Une pauvre fille, qui n'a que son cœur, ne peut rien donner, à moins de donner trop.

— Vous vous trompez, Léonore; vous pouvez accorder une préférence honorable au comte de Norberg en le nommant ce soir pour le chevalier qui doit vous prêter foi et hommage pendant le cours d'une année.

— Lui! si grave, si imposant...

— Ce choix montrerait beaucoup de sagesse de votre part, et, comme il fixerait davantage le comte près de nous, me serait très-agréable à moi-même.

— Ah! madame, cette raison est toute-puissante, dit Léonore avec entraînement.

Puis elle s'arrêta subitement. Elle éprouvait pour le comte un sentiment inexplicable, qui lui faisait en même temps l'admirer et souffrir de sa vue, et n'aurait pas voulu s'attacher à lui, même par le lien le plus fragile. Mais, comme elle trouvait au-dessous d'elle de se diriger d'après une impression presque superstitieuse, elle reprit avec résolution :

— Je choisirai le comte de Norberg pour mon chevalier, puisque tel est le bon plaisir de ma souveraine, et je vais en donner un témoignage à l'instant même.

La princesse et Léonore rejoignaient en ce moment le groupe des voyageurs, qui se reposaient, tandis que les chevaux paissaient un peu d'herbe à l'ombre des rochers.

— Regardez cet ermitage, mesdames, dit la jeune fille d'honneur en montrant l'espèce de châsse en pierre posée au pic de la montagne, et qu'un éboulement de terrain formé au-dessous faisait paraître presque suspendu dans les airs. Son Altesse a dit, en le voyant, que ce petit sanctuaire, si haut placé, était des domaines du ciel. Eh bien, aussi vrai qu'un saint homme l'a autrefois habité, je vais aller chercher un lierre de sa muraille.

— C'est impossible! dit-on de toutes parts.

— Je parie, dit Léonore, en étendant la main, de faire cette ascension à cheval par le bois qui monte de ce côté, et de revenir par le sentier qui descend de celui-ci.

— La pente est impraticable.

— Seigneur Norberg, reprit vivement Léonore en se tournant vers le comte, savez-vous bien le *Pater* et le *Credo* sans vous tromper?

— Comme tout chevalier chrétien le doit.

— Alors il n'y a pas de danger pour vous dans un chemin difficile; vous allez m'accompagner.

— Moi! dit-il d'une voix troublée, traverser avec vous ce bois sombre!

Et un signe de négation acheva sa réponse.

Léonore, surprise, regarda le comte en riant; et son

air semblait lui demander si réellement il aurait peur d'elle au fond d'un bois.

— J'irai, j'irai, moi ! s'écria Edgard.

— Quelle folie ! dit-on encore de tous côtés.

—Venez, venez, mademoiselle Léonore ! je vais vous conduire, dit le page en s'élançant sur son cheval.

— Vous, monsieur l'écervelé, vous me conduiriez tout droit en paradis par le chemin de quelque précipice, et je ne suis pas en état de grâce pour y arriver si vite... Mais je vais passer la première, et venez avec moi si vous voulez !

Puis elle sauta à son tour sur sa haquenée.

Sans écouter la voix de l'impératrice, qui leur criait de faire trêve à cette folie, les deux jeunes gens s'enfoncèrent bride abattue dans le bois et disparurent.

Un quart d'heure après on vit leur tête pointer au-dessus des arbres, puis on les vit à la cime du roc se détacher sur la nue. Ils mirent pied à terre et s'agenouillèrent dévotement sur ce sommet élancé où, à cette distance, ils semblaient deux brillants et gracieux ramiers posés l'un près de l'autre.

Ensuite Léonore cueillit une branche de lierre bénie, et ils prirent ensemble le sentier escarpé qui descendait de cette pente rapide. Mais, au lieu de retenir leurs chevaux, comme de sages écuyers eussent dû le faire, ils donnèrent de l'éperon pour les lancer en avant, et semblèrent avoir établi un défi à qui arriverait le premier. Au commencement de la descente, le cheval d'Edgard s'abattit. Léonore, ne voulant pas profiter de cet avantage, sauta légèrement à terre et se pencha pour boire à une source vive, tandis que le page faisait sortir son destrier d'un repos intempestif. Puis les deux aventureux coureurs reprirent leur élan audacieux et touchèrent en même temps le bas de la montagne.

Ils arrivèrent bientôt sur la plate-forme, les cheveux au vent, le visage éclatant d'incarnat, les yeux brillants, les lèvres épanouies, tout radieux de triomphe et de joie.

Léonore donna la relique rapportée de l'ermitage aérien à l'impératrice, qui embrassa la jeune fille et la gronda en même temps de sa témérité.

La cavalcade se remit en marche, et rentra peu de temps après au château.

A huit heures du soir, toute la cour était réunie dans la grande galerie.

Les torches de cire, soutenues par des effigies de soldats armés, et devant les cuirasses qui leur servaient de réfracteurs, répandaient une vive lumière. La musique des ménestrels remplissait l'espace, la danse était très-animée. Pour la première fois, les hôtes de la forteresse goûtaient quelque peu de franche gaieté. On célébrait la réception de Léonore Muller parmi les chevalières de l'impératrice.

Winceslas, qui était assez bon prince pour toutes les jolies femmes, avait voulu présider la réunion, et s'était conformé de fort bonne grâce à l'usage, qui lui ordonnait d'embrasser la nouvelle chevalière en ouvrant la soirée.

La jeune Muller avait montré dans cette journée tant de grâce, de courage, de dévouement chevaleresque à sa souveraine, qu'une espèce d'enthousiasme se mêlait au charme qu'elle exerçait d'ordinaire autour d'elle. L'amitié franche de ses compagnes, les hommages ardents dont les hommes l'entouraient, la montraient dans cette réunion comme une véritable enchanteresse, attirant tous les cœurs à elle. Elle se sentait admirée, aimée, et en devenait plus charmante encore.

La fin de la soirée approchait. Sophie de Bavière prit le cordon blanc des mains de la grande maîtresse pour en décorer Léonore.

On se rangea en cercle, et la jeune fille approcha de sa souveraine. En ce moment, un signe de l'impératrice, un coup d'œil jeté sur le comte de Norberg, rappela à Léonore qu'elle avait promis de choisir ce seigneur pour son chevalier, et un regard de Léonore répondit qu'elle ne l'avait point oublié.

La jeune récipiendaire allait s'agenouiller devant sa maîtresse pour recevoir de ses mains le signe d'honneur, lorsque, au milieu du silence ému que répandait ce moment d'une douce solennité, on entendit le son d'un cor sous les remparts.

Un mouvement d'attention retint tout le monde en suspens. Bientôt un valet entra, apportant une lettre adressée à Léonore Muller.

La jeune fille sentit, en touchant ce papier, un froid subit se répandre dans ses veines. Cette souffrance inexplicable fut partagée par la princesse, dont l'âme était unie à celle de Léonore par un lien sympathique.

Elle demanda au valet d'une voix altérée :

— D'où vient cette lettre ?... Qui vous l'a remise ?

— Un messager inconnu, qui est reparti à l'instant même.

Léonore avait déjà déchiré l'enveloppe et reconnu d'où venait le message.

La force extraordinaire dont son âme était douée ne l'abandonna pas à cette vue. Elle se plaça sous la lueur d'un flambeau pour lire ce que contenait ce papier.

Son visage était d'une pâleur profonde, ses sourcils arqués se joignaient sur son front haut et grave, mais aucun signe de faiblesse ne se montrait en elle. Elle lut d'une voix lente et ferme ce qui suit :

« A Léonore Muller.

« Léonore, coupable de révolte et de blasphème contre le saint tribunal, comparais ! Nous, les secrets vengeurs de l'Éternel, te sommons de venir, avant la fin de cette lune, rendre compte devant la souveraine justice, que tu as méconnue. Comparais ! comparais (1) ! »

La jeune fille laissa retomber sa main, qui tenait la lettre fatale, et regarda autour d'elle.

Tout était muet, immobile... Au milieu des joies de la musique, de la danse, cette foule, soudain pétrifiée, n'offrait plus que des visages fixes, hagards, où la consternation était peinte.

Les francs-juges n'avaient pas oublié l'outrage fait à leur saint caractère. Après avoir laissé sommeiller leur vengeance, ils en donnaient en ce moment un avis dont il y avait tout à redouter.

Pendant quelques minutes, Léonore contempla l'étendue de son malheur dans l'impression profonde qu'il causait. Elle essaya de parler. Sa voix, d'abord tremblante, soulevait les larmes enfermées dans son sein et n'exhalait que des mots entrecoupés. Mais elle se raffermit bientôt, et rappela le courage autour d'elle.

— Mon Dieu, dit-elle, pourquoi cette alarme que je vois répandue ici pour un arrêt qui, grâce au ciel, ne frappe que moi ? J'étais bien heureuse et bien digne d'envie auprès de notre douce souveraine. Tout est changé en une minute... Il n'y a plus pour moi, maintenant, que la persécution, la mort. Mais je suis si peu de chose au monde !

— Il faut fuir ! s'écria l'impératrice.

On fit signe de toutes parts que c'était impossible.

Léonore leva son beau visage vers le ciel.

— Que Dieu me pardonne, dit-elle, un orgueil qui ne convient pas à une femme ! mais, quand même la fuite pourrait assurer mon salut, je ne voudrais jamais descendre à me cacher comme une coupable.

— Malheureuse enfant ! que feras-tu ? dit Sophie de Bavière.

(1) Formule de citation du tribunal secret.

— Je me présenterai devant les francs-juges, répondit Léonore. Monseigneur, ajouta-t-elle en se tournant vers Winceslas, toutes les formalités de la justice doivent être connues de vous : dites-moi dans quel lieu siége le tribunal secret.

— Partout et nulle part.

— Comment peut y parvenir celui qu'on y appelle?

— L'accusé doit se trouver seul, à minuit, dans le carrefour des rues ou la croisée des chemins; il voit alors venir à lui un homme couvert d'un masque noir, qui le conduit, les yeux bandés, dans l'enceinte où siége le tribunal.

— Il suffit, dit Léonore; d'ici à huit jours je comparaîtrai.

— Et que diras-tu pour ta défense? demanda Sophie en la regardant avec des yeux pleins de larmes.

— Moi, accusée d'avoir élevé la voix contre les francs-juges, et citée à paraître devant eux, je leur dirai qu'ils ne peuvent connaître d'une cause dont ils se croient la partie offensée; je leur dirai qu'en toute circonstance la justice doit se rendre à la face du ciel; que, lorsqu'elle se cache dans l'ombre, ce n'est plus qu'un complot de haine et de vengeance; qu'alors l'accomplissement de ses décrets n'est plus une exécution légale, mais un meurtre, et que ceux qui reposent dans la tombe ensanglantée ont le droit de les maudire pendant l'éternité... Voilà ce que je dirai pour ma défense!...

Léonore était si belle en prononçant ces paroles de sainte colère, sa voix fraîche et suave de jeune fille contrastait tellement avec la fierté de ses paroles, il y avait dans toute sa personne un ensemble si frappant de faiblesse touchante et d'audace, que tout le monde redoublait d'admiration et de terreur pour elle.

L'impératrice s'approcha vivement et prit une des mains de la jeune fille, qu'elle pressa sur son sein comme pour la retenir, en s'écriant :

— O mon Dieu! elle va se perdre!

— Eh bien, dit Léonore avec un ineffable sourire, avant de mourir, il faut que je reçoive cette décoration dont allait me parer votre gracieuse bonté... Veuillez donc me donner, madame, le cordon de votre chevalière.

Et, en disant cela, elle se prosterna avec une grâce noble et tendre aux genoux de l'impératrice.

Sophie, palpitante d'émotion, passa d'une main tremblante à l'épaule de Léonore le cordon blanc qui se terminait par un médaillon au chiffre de la princesse.

Léonore engagea sa foi, de servir toujours avec amour et respect sa souveraine.

Cette simple cérémonie empruntait une solennité extraordinaire du moment où elle avait lieu : ces fleurs de chevalerie, de beauté, de jeunesse, se détachaient au milieu des plus sombres images; ce mot *toujours* prononcé par une jeune fille, qui n'avait peut-être pas quelques jours d'avenir, faisait tout frémir autour d'elle.

Léonore n'avait rien oublié des détails de sa réception. Elle dit en se relevant :

— Il ne me reste plus, je crois, qu'à nommer mon chevalier.

Elle parcourut du regard le cercle des seigneurs pour y chercher le comte de Norberg... mais il avait disparu.

Il passa sur les lèvres blanches et frémissantes de la jeune fille un sourire de dédain qui s'effaça aussitôt. Léonore était au milieu du cercle de la cour; une de ses mains était toujours retenue par Sophie et mouillée des larmes de cette douce princesse; elle étendit l'autre en montrant l'écharpe qui allait lui servir de gage dans son choix, et dit d'une voix ferme :

— Ce n'est plus dans les bals, les concerts, les tournois ou les pieux pèlerinages qu'un chevalier doit porter mes couleurs, m'adresser ses chants ou prier pour moi... C'est à une existence fragile et cruellement menacée qu'il devra se lier; ce sont des journées d'angoisse, et dont je ne serai jamais sûre de voir le couchant, qu'il viendra partager avec moi; c'est au milieu des dangers terribles et toujours présents qu'il devra me suivre... Eh bien, pour montrer que je ne tremble pas devant ces périls et ne cherche pas à me réfugier sous l'abri d'une puissante défense, je choisis pour mon chevalier le plus jeune de tous, celui dont l'épée n'est pas encore sortie du fourreau, celui qui n'a que son cœur à m'offrir au lieu de son bras... Page Edgard, voulez-vous cette écharpe?

Le jeune homme se précipita à ses genoux, les yeux enflammés d'une ardeur immense.

— Oh! je vous remercie, Léonore, s'écria-t-il, vous avez bien choisi!

VIII

LE COUVENT DE SAINT BRUNEAU

Le lendemain, au lever du soleil, toutes les fenêtres de la résidence royale étaient déjà ouvertes, et il régnait à l'intérieur le mouvement agité d'un départ; le son des cors se répétait de l'une à l'autre tourelle; les écuyers amenaient dans la cour d'honneur les chevaux de voyage, richement caparaçonnés, et, sur l'esplanade où résonnaient les mots de commandement et le bruissement de l'acier, la garde impériale se rangeait sous les armes.

L'impératrice et les femmes de la cour terminaient une toilette qui devait servir pour tout le cours de la journée et l'entrée à Prague.

Pendant ce temps, Léonore eut le désir d'aller faire sa prière du matin dans la petite chapelle abandonnée du château. La jeune fille était profondément frappée du danger terrible dont était venue l'avertir la lettre du tribunal secret. Mais le recueillement de la nuit l'avait cependant fortifiée; cette sève généreuse qui coule dans les veines de la jeunesse, et semble, en dépit de tout, promettre une longue existence, la raffermissait sans doute... Elle allait se recueillir un moment devant Dieu, et se sentait ensuite capable de présenter un visage serein jusqu'au jour où se déciderait sa destinée.

Le faible jour d'un matin d'automne, pénétrant dans l'intérieur de la chapelle, éclairait harmonieusement les restes délabrés de l'architecture sainte, et le sol inégal ou le creux des sépulcres enlevés après l'abandon de la chapelle interrompait les lignes des tombes qui restaient encore fermées, et parmi lesquelles se trouvait celle d'Henri Waltimor. L'autel de pierre s'élevait au milieu d'un éboulement de la muraille, que le temps avait revêtu d'une végétation verdoyante; l'oiseau qui chantait au matin dans cette feuillée, et la violette qui perçait le gazon, rendaient à l'autel oublié les hymnes et l'encens.

Deux personnes étaient déjà dans le petit sanctuaire.

A peu de distance du chœur, et caché derrière un pilier, le comte de Norberg se tenait debout, les bras croisés. Son front portait la pâleur et l'absorption d'un chrétien austère, et cependant on aurait bien pu juger, à l'expression de ses traits, qu'il ne priait pas; il ne donnait non plus aucun regard d'attention aux précieuses sculptures gothiques qui restaient encore dans la ruine... On aurait pu connaître ce qu'il venait faire en ce lieu.

Léonore, absorbée en elle-même et passant de l'autre côté de la colonne, n'aperçut point le comte; mais en avançant, elle vit Edgard au pied de l'autel. Sa toque et son épée posées près de lui sur le ga[illegible]on, il tenait la tête inclinée et appuyait son front dans ses mains.

Au bruit des pas de Léonore, il tourna la tête.

— Votre dévotion s'y prend de bien bonne heure, lui dit la jeune fille avec un doux sourire.

Edgard se leva, mit la main sur sa poitrine, et dit avec un profond accent de vérité :

— Nous sommes condamnés, Léonore... c'est le moment de penser à Dieu.

— Condamnés !...

— Parmi les accusés du tribunal secret, bien peu sont absous... Nous devons nous faire à cette pensée !..

— Pourquoi dites-vous *nous*, quand il ne s'agit que de moi ?

— J'ai bien pensé à cela cette nuit... et avec une mûre réflexion. Car, je vous le jure, Léonore, ces douze heures m'ont vieilli de douze années... Et voici le fruit de mes réflexions. Quand même j'aurais la force des héros et leur courage, je ne pourrais vous sauver du coup des invisibles... mais j'ai organisé un plan de conduite pour être toujours auprès de vous ; le jour à vos côtés, la nuit à votre porte. Ainsi on ne pourra vous frapper sans que je tombe sous le même poignard... Je vous empêcherai de mourir seule, abandonnée. C'est ainsi, Léonore, que je serai votre *chevalier*.

— Quel titre serait plus digne de votre cœur ?

— Et, si Dieu veille sur nous et nous sauve de cet abîme, quand vous aurez été accoutumée à la pensée de notre mort commune, qui sait si vous ne voudrez pas aussi que nous partagions la vie ensemble !

Edgard se tut un instant et reprit d'une voix plus ferme :

— Telle a été ma résolution de cette nuit ; et je suis venu ici ce matin pour la consacrer par un serment devant Dieu.

Léonore tendit la main au jeune homme.

— Je vous comprends, dit-elle, et ne cherche pas à vous détourner de votre sacrifice... car, à votre place, j'en ferais autant. Moi aussi, lorsque j'aimerai, je reconnaîtrai la puissance exclusive, universelle de l'amour, et serai prête à sacrifier tout le reste pour lui.

— Léonore ! s'écria le page, que mes derniers jours seraient beaux si vous disiez cela pour moi !

Les deux jeunes gens s'agenouillèrent et firent leur prière du matin l'un près de l'autre.

Le son de la trompe, qui annonçait le départ, vint frapper les murs de la chapelle : ils se levèrent du pied de l'autel. A quelques pas, ils aperçurent Norberg, que la colonne avait dérobé à leurs yeux, et furent frappés de l'altération de ses traits. Son visage était dans ce moment d'une pâleur plus profonde et humide de sueur froide. Dieu savait quels tourments intérieurs il y avait eu à subir pour lui depuis quelques instants, mais nul autre ne devait jamais avant sa mort en pénétrer le secret.

Edgard et la jeune fille étaient trop occupés de leur situation personnelle pour donner une vive attention à un sujet presque indifférent ; ils étaient aussi trop purs, trop sincères dans le sentiment qui les unissait tous deux, pour s'inquiéter qu'un étranger en eût entendu l'expression. Ils sortirent de la nef, pénétrés de la tranquillité ineffable que ce moment venait de leur donner.

A l'instant où le cortége allait se mettre en marche, l'empereur s'aperçut de l'absence du comte de Norberg et le fit demander. Edgard ayant dit qu'il venait de voir le comte dans l'intérieur de la chapelle, des écuyers allèrent y chercher Sa Seigneurie ; mais ils ne trouvèrent personne dans l'enceinte ruinée. Quoique les environs de la chappelle fussent en ce moment remplis de monde, et qu'on n'eût point vu sortir le comte de Norberg, il avait disparu. Winceslas cessa de s'occuper de cet incident et donna l'ordre du départ.

Un moment après les princes et leur suite avaient pris la route de Prague, laissant derrière eux la forteresse, rendue au silence, à la solitude, et à son aspect habituel d'une masse de rochers dans son bois de sapins.

En tête de l'escorte, les lanciers de la garde portaient devant l'empereur l'étendard de la Germanie, aux rayons d'or et de flamme. Winceslas était monté sur un coursier dont l'ample corpulence ne le cédait en rien à celle de Son Altesse, ce qui faisait une forme équestre monumentale, et couverte dans toute sa rotondité de dorures et de pierreries.

L'empereur avait à ses côtés le baron Warner, capitaine des gardes, et les principaux officiers de la couronne. Le comte de Ratisbonne seul manquait auprès de son maître : le jeune favori était parti, comme on le sait, pour une expédition qui devait le conduire dans le sanctuaire du tribunal secret, gardant pour lui seul les moyens qu'il comptait mettre en usage pour y parvenir.

Immédiatement après ce corps d'élite venait la litière de l'impératrice, où la grande maîtresse et quelques dames de la cour avaient leur place. Léonore était assise près d'elles, et chargée, par privilége, de porter au poing le faucon de la princesse.

Sophie de Bavière, encore brisée de l'impression violente de peine et de terreur qu'avait produite sur elle l'avis du tribunal secret, sentait redoubler sa tendresse extrême pour la jeune accusée, et la regardait souvent avec des yeux humides de larmes. Pour Léonore, elle avait repris ses regards sereins, ses fraîches couleurs. Elle était puissamment aimée, et cette conviction circulait dans ses veines ainsi que ces liqueurs spiritueuses qui réchauffent et raniment la vie. Elle se sentait légère et orgueilleuse comme le bel oiseau qu'elle tenait à la main, et croyait avoir des ailes comme lui.

A la suite de l'équipage impérial était le corps brillant des pages, dans lequel Edgard se distinguait par sa fière prestance, et par l'épée que lui seul, d'après une faveur spéciale de son maître, avait droit de porter parmi ses compagnons. Il tenait ses yeux constamment fixés sur la litière de l'impératrice, dont parfois le vent soulevait les rideaux armoriés pour lui laisser voir la dame de ses pensées.

Le chemin se déroulait entre une vaste lande à l'horizon dépouillé et le bord rocailleux de la Moldaw, qui allait, ainsi que les voyageurs, chercher les murs de Prague.

La campagne était comme un miroir, où le règne féodal reflétait son image. C'étaient de loin en loin, des castels bardés de fer, ceints de remparts, où la lance dressée des soldats arborait le signe de la force oppressive et brutale ; et, tout autour, un désert interrompu de pauvres cabanes, sans résistance contre l'ouragan et le choc des combats ; les champs restaient en friche, ou leur culture, à peine ébauchée, était déjà ravagée par le passage des hommes d'armes ; on voyait sur les terres du pauvre la dévastation imprimée par la guerre et les traces du mal exercé pour lui-même.

La troupe impériale voyagea par un temps assez favorable pendant les premières heures de la journée ; mais ensuite le soleil brûlant qui précède l'orage darda sur la route pierreuse et devint difficile à soutenir. Une montée longue et ardue se présentait alors à parcourir ; on éprouva un vif désir de suspendre un instant la marche et de trouver un abri muni de quelques rafraîchissements.

— Monseigneur, dit un des officiers en s'adressant à Winceslas, on demande à Votre Altesse si le voyage doit se faire tout d'une haleine et sans humecter la poussière de la route par quelque cordial généreux.

— Je ne suis point le tyran cruel qui aurait pu concevoir une telle pensée, répondit Winceslas; et nous voici précisément arrivés devant le lieu de réfection où j'ai toujours compté faire halte en chemin.

La route bifurquait en cet endroit : une de ses branches s'enfonçait à droite sous une allée de hêtres touffus, au-dessus desquels on découvrait à quelques distance une toiture surmontée d'une croix, et enfoncée dans des massifs d'arbres.

— Vous voyez bien là-bas ce bâtiment aux sombres murailles, reprit Winceslas : c'est le couvent de Saint-Bruneau. Il ne faut point se méfier de son aspect sévère. J'ai découvert une source de vin du Rhin, abondante et pure, comme il n'en coule nulle part, et de fort joyeux convives. C'est là que j'ai projeté de m'arrêter pour faire reposer ma suite et pour prendre congé des révérends pères, avec qui j'ai lié, le verre à la main, une amitié éternelle.

On s'avança jusqu'à l'endroit où l'allée des hêtres commençait.

Arrivés là, on distingua des chants d'église venant de dessous la voûte de feuillage, sans découvrir encore ceux qui les faisaient entendre et que cachait un détour de l'allée d'arbres.

L'avant-garde des lanciers avait déjà pénétré dans l'avenue qui appartenait aux terres du couvent, et la tête du cheval de Winceslas se trouvait à l'entrée, lorsqu'on vit une procession paraître au tournant de l'avenue. Les deux cortéges s'avancèrent en même temps : la bannière religieuse et le drapeau impérial se trouvèrent bientôt face à face.

Le père chartreux qui menait la procession la fit arrêter; puis s'approchant humblement de l'empereur, baisa son étrier.

— Nous allons prendre gîte chez vous pour quelques instants, mon frère, dit Winceslas.

— C'est ce que je vois, mon très-cher souverain, répondit le religieux en s'avançant le plus près possible de l'empereur pour lui parler à voix basse; mais, quelque honorable que soit pour nous cette visite, je prie Votre Altesse d'y renoncer.

— Et pourquoi, s'il vous plaît?

— C'est aujourd'hui que commence le saint temps de l'Avent. Nous bénissons la terre du couvent pour y répandre la paix et la sainteté.

— Cela importe fort peu, interrompit le prince, nous ne sommes point des démons, et nous pouvons passer sur la terre aspergée d'eau bénite sans être engloutis par elle, ainsi que vous allez le voir.

— De plus, reprit le moine en baissant toujours la voix, sans qu'il y eût pour cela de nécessité apparente; de plus, c'est aujourd'hui vigile-jeûne dans notre communauté, et Votre Seigneurie y trouverait pauvre chère.

— Ah! vraiment, mon frère... Mais il me semble que le jeûne d'un jour ne dessèche point votre cave très-sainte et éternelle, et n'empêche point la basse-cour et les viviers du saint lieu d'être abondamment pourvus de volailles et de poissons. Or, comme moi, Winceslas, je ne jeûne point en personne, je prierai votre père cellerier de nous servir de tout cela.

Pendant le colloque qui venait de s'élever, les membres de la procession et ceux du cortége impérial avaient quitté leurs rangs et se trouvaient amassés sans ordre autour des deux interlocuteurs.

Des gouttes de pluie pressées qui commençaient à se détacher d'un épais nuage rendaient le besoin d'un asile plus imminent.

Cependant la princesse Sophie, qui s'était trouvée placée de manière à entendre le sujet de la discussion, prit le parti du religieux.

— Je vous en supplie, monseigneur, dit-elle à Winceslas, ne troublons pas ces révérends pères dans leurs saintes pratiques, sans aucune nécessité, car, en vérité, la fatigue que nous éprouvons n'est pas assez grande pour que nous ne puissions, avec un peu de courage, continuer la route.

— Au nom du ciel! très-noble souverain, reprit le moine soutenu par la princesse, ne commettez pas une impiété!

Winceslas regardait tour à tour le temps, qui s'obscurcissait davantage, et le religieux, qui réitérait ses observations; il allait peut-être céder aux instances de celui-ci; mais une autre personne l'aborda au même moment. C'était un mendiant qui suivait d'abord la procession, et qui, dans la mêlée, venait de se glisser jusqu'à l'empereur.

Il dit à Winceslas en tendant la main :

Une petite charité, noble prince s'il vous plaît! Et, en retour, je vous donnerai un bon avis.

— Toi!

— Oui, monseigneur... Vous saurez que les saints jours de l'Avent ne commencent que demain, qu'ainsi vous pouvez, sans impiété aucune, passer sur cette terre, et ne point craindre non plus de trouver le jeûne au couvent.

— Ah! tu te joues de moi, vieux béat! dit Winceslas de sa plus grosse voix en se tournant vers le père chartreux.

Et, à l'instant, il ordonna à sa troupe d'aller en avant.

Les cavaliers se jetèrent à travers la file des religieux et la foule des fidèles, dans l'avenue trop étroite pour contenir les deux cortéges; et la procession, débandée, effarouchée, s'en alla à travers champs.

Le vieux moine suivait des yeux l'empereur, qui chevauchait vers le couvent, et murmura dans sa barbe :

— Il t'en arrivera malheur!

IX

MOINES ET SOLDATS

L'empereur entra dans la grande salle du monastère, les sourcils froncés sous la fourrure de sa toque, la démarche brusque et altière, et tout prêt à donner essor à sa mauvaise humeur; mais l'accueil qu'on lui présenta adoucit ses dispositions. Les pères chartreux, loin de montrer à l'arrivée du prince le mécontentement et la gêne que les observations du premier moine auraient dû faire présager, mirent dans la réception autant de cordialité que de respect, et le nuage qui couvrait le front de Winceslas fut bientôt dissipé.

Après un moment donné au repos, l'abbé introduisit les princes et quelques personnes de leur suite dans le vaste réfectoire, où le corps des religieux fut bientôt rassemblé.

Cette pièce, haute et spacieuse autant que la vue pouvait s'étendre, et l'immense table, qui allait de l'une à l'autre extrémité, avaient, en l'absence de tout ornement, un aspect de grandeur imposante qu'on ne trouve plus depuis l'éloignement de ces âges où des centaines d'hommes réunis n'avaient qu'une seule maison comme une seule loi.

L'empereur était au milieu de la table entre deux pères chartreux; en face était l'abbé, ayant la princesse Sophie à droite et à gauche le sous-prieur; le haut bout de la table était occupé par les dames de la cour, et toute l'autre partie par des moines et des officiers de la couronne.

Les fenêtres du réfectoire, situées au rez-de-chaussée, ouvraient sur une grande esplanade plantée de marronniers.

C'était là que les pages, les officiers inférieurs et les soldats avaient établi leur lieu de réfection. Suspendant leurs armures aux branches d'arbres, ils s'étaient assis à des tables diverses, abondamment servies par le pillage complet des celliers et des cuisines qu'ils avaient opéré en se faisant à eux-mêmes les honneurs de la maison.

Winceslas était disposé à reprendre sa belle humeur en face de ces grandes cruches d'argent remplies des vins précieux de Tokai et du Rhin, et au milieu de ses bons amis les moines, près de qui il avait souvent dépouillé sa grandeur royale, et passé à boire de douces heures que semblait mesurer toujours trop vite la cloche monacale. Mais, à part le prince et ses officiers, il régnait un sérieux et une contrainte étranges parmi les convives. La princesse Sophie, plus accessible qu'une autre à cette vague tristesse répandue dans l'air, penchait la tête avec langueur, sans trouver de paroles gracieuses à adresser à ses vénérables hôtes. Le repas s'écoulait en silence.

Le temps, toujours plus sombre et chargé de gros nuages qui roulaient sans pouvoir éclater, assombrissait encore l'obscure étendue de la salle, où le vent résonnait dans un continuel et lugubre mugissement.

L'empereur, dans ses visites au couvent, avait remarqué un frère chartreux qui se distinguait des autres par un chapelet d'or pendu à sa ceinture, mais qui portait toujours le capuchon baissé et gardait habituellement le silence, ou parlait assez bas pour que le son de sa voix ne pût être nettement distingué. Ce frère était ce jour-là placé immédiatement à côté de lui. Winceslas observa aussi que les chartreux paraissaient beaucoup plus nombreux que de coutume, et gardaient tous leur capuchon baissé. Mais il pensa que la communauté avait pu se recruter de quelques religieux du même ordre, et que, quant à la précaution qu'ils prenaient de couvrir leur visage, c'était sans doute la présence des femmes qui les engageait à tenir leurs chastes regards enfermés sous le capuchon.

Cette obligation, où peut-être le jeûne dont le père chartreux avait parlé, empêchait les religieux de prendre part au repas; ils buvaient seulement de temps en temps des verres de vin glissés sous leur capuce. Ces austères figures de moines presque immobiles, entremêlées aux brillants convives de la cour, produisaient un contraste d'une pénible impression.

Il était midi. La cloche du monastère sonna l'angelus, et son timbre se répercuta en longs et tristes roulements dans la voûte.

En même temps, comme le cadran d'une antique horloge de bois placée au fond du réfectoire marquait la douzième heure, un grand aigle de bois noir, sortant du sommet, agita lourdement ses ailes. Il marquait ainsi le matin, le soir et le milieu du jour.

Ces bruits sinistres de l'air, cet oiseau qui battait de l'aile sans pouvoir s'élever, formaient comme un orage intérieur au-dessous de celui qui régnait dans l'atmosphère.

Sophie de Bavière, frappée d'un vague malaise, remarquait que le milieu du jour, et son plus beau moment, répandaient une émotion pénible dans ces murs. Elle promenait son regard sur les parois assombries de la salle, et remarquait au-dessus d'un autel, comme il s'en trouve dans les principales pièces des cloîtres, des cordons de chevalier, des couronnes ducales et princières appendues à la muraille.

Se tournant vers l'abbé, elle lui demanda d'une voix timide d'où venaient ces attributs nobiliaires.

— Ce sont, répondit le prieur, les dépouilles de tous les grands qui sont entrés en religion dans ce monastère, et ont déposé là les insignes de leurs splendeurs passées.

Il ajouta en élevant la voix :

— Car bien des destinées se sont métamorphosées dans ce cloître et ont passé du sommet de la fortune à la plus complète pauvreté.

Winceslas, de l'autre côté de la table, remarqua le ton presque solennel du révérend père.

— Que dites-vous donc du cloître et de ses rigueurs? demanda le prince; il me semble, mon cher abbé, que vous n'avez pas l'habitude de prendre tellement au sérieux les vœux monastiques.

— Je ne parle que du dépouillement qui s'y pratique, des grandeurs et des richesses qu'on laisse tomber sur le seuil pour accepter tout à coup le dénuement de tous les biens de la terre.

— Cela ne vous empêche pas de vivre très-bien ici... Et moi j'y trouve le temps fort agréable...

— A tel point, sire, dit l'impératrice, que vous oubliez, ce me semble, le moment du départ.

— Rien ne presse d'y songer; car nous avons peu de distance à parcourir pour arriver à Prague, et je vois encore ici beaucoup de flacons à vider.

— Si Son Altesse compte prolonger le repas, dit le sous-prieur, on pourrait l'édifier par une lecture spirituelle.

— Merci, mon frère, répondit vivement le prince, je ne suis point usurpateur de ma nature... J'ai à moi le royaume de la terre, mais celui du ciel vous appartient, mes bienheureux pères, et je vous le laisse tout entier.

— Vraiment, monseigneur, dit le baron de Warner, capitaine des gardes, quand on a un empire qui touche du Rhin aux Alpes, qui s'étend d'un côté dans les climats dorés du soleil, et de l'autre dans les glaces du nord, quand on a tout cela...

— Quand on a tout cela, on peut d'une minute à l'autre n'avoir plus rien, dit à demi-voix le moine au chapelet d'or placé à côté de l'empereur.

— Par ma foi! dit Winceslas en se penchant à l'oreille du religieux qui était son autre voisin de table, ce moine taciturne qui ne parle jamais vient, pour la première fois qu'il s'en mêle, de dire une grande sottise.

Mais le prince ne reçut aucune marque d'assentiment de la part du frère à qui cette réflexion était adressée.

— N'avoir plus rien! s'écria en même temps le baron Warner, et comment cela, s'il vous plaît!

Le moine au chapelet d'or rentra dans son silence habituel; mais des frères chartreux soutinrent la proposition qui venait d'être soulevée par sa laconique parole.

— Sans doute, dit l'un d'eux; plus l'empire est grand, plus il est fragile aux mains de celui qui le possède; le souverain trop richement partagé voit se soulever autour de lui l'envie, s'il est digne de son pouvoir; les justes ambitions, s'il ne mérite pas de le conserver.

— Qu'importent les prétentions ennemies, dit le capitaine des gardes, quand on a des armées à leur opposer?

— Il est une ennemie contre qui les armées ne peuvent rien, dit un autre religieux.

— Laquelle?

— La révolution toujours dressée contre les princes régnants, et d'autant plus terrible, qu'elle tient immédiatement au mouvement perpétuel qui est dans l'ordre du monde.

— Et vous semblez l'admettre comme légitime! s'écria un des officiers de l'empereur.

— Quelquefois, répondit le moine.

Winceslas frappa son verre sur la table, et fixa un regard irrité sur celui qui venait de parler.

— Voilà de singulières opinions pour des hommes de paix et d'humilité! dit un des seigneurs en toisant les religieux.

— Ces propos sont fort étranges pour le cloître, ajouta un autre officier, et fort inconvenants envers les illustres hôtes qui s'y trouvent.

L'empereur, qui n'avait cessé de darder son coup d'œil menaçant sur ces capuchons baissés, demanda alors avec une ironie hautaine :

— Et, dans ce moment, par exemple, qui oserait selon vous, mes frères, troubler le repos de l'empire?

Il se faisait sentir de toutes parts un vif saisissement.

Sophie de Bavière, pâle et tremblante, voyait approcher l'orage que son instinctive souffrance avait pressenti.

— Je vous répondrai par une hypothèse, si vous le permettez, monseigneur, reprit d'un ton composé le religieux.

— Soit, dit Wincelas.

— Supposons que quelques-uns des princes de Germanie, les plus braves et les plus puissants d'entre tous, fatigués depuis longtemps de n'avoir qu'un rang secondaire sous un souverain absolu, s'éveillassent un matin avec la pensée qu'une fédération vaudrait mieux pour eux et pour l'empire...

— Morbleu! s'écria Winceslas, s'ils s'éveillaient avec cette pensée, on les ferait bientôt se rendormir, et pour toujours!

— Non, car ils la tiendraient d'abord secrète, répondit le moine.

— S'ils venaient vous apporter de tels aveux en confession, mes pères, dit le baron Warner, vous feriez bien de trouver une pénitence assez rude pour étouffer leur orgueil.

— Sans doute. Mais, si, loin de là, ils ne prenaient pour directeur que leur propre jugement et persistaient dans leur dessein?

— Silence, mes frères! interrompirent plusieurs officiers de l'empereur. C'est assez... C'est déjà trop vous faire les interprètes d'insolentes rêveries...

— Je continue pourtant ma supposition, reprit le moine d'un ton plus haut. Si les princes se réunissaient pour conférer de ce qui tient au salut de l'empire et à leur propre gloire...

— Aucun toit de nos villes ne leur prêterait asile! interrompit violemment Winceslas.

— C'est possible, reprit le moine; mais la terre est grande... Ils pourraient s'assembler tout autre part... par exemple, dans un monastère où l'empereur viendrait souvent, et qui leur offrirait, outre un lieu sûr pour leurs conférences, un moyen de s'emparer de la personne du prince, s'ils l'avaient décidé ainsi.

Winceslas, étourdi de ce langage, éprouvant autant de surprise que d'indignation, demeurait frappé de stupeur, le verre à la main.

— Savez-vous bien, dit-il aux moines, que de tels propos tenus en ma présence vont tout droit au crime de lèse-majesté?

— Et alors continua le frère chartreux sans reculer devant l'observation princière, et alors ils diraient à l'empereur...

D'impétueuses exclamations interrompirent le moine.

— Buvez donc, mon prince! s'écria le capitaine des gardes, et n'écoutez pas ces fous encapuchonnés!

— Oui, c'est cela, reprit le chartreux en continuant son apostrophe, ils diraient à l'empereur : « Buvez, prince, enivrez-vous! Buvez, pour que nul ombre de raison ne prête plus son secours au règne de l'iniquité! Buvez, pour que vos yeux se troublent, pour que votre main s'affaiblisse et soutienne à peine le sceptre qui doit tomber! Buvez, pour perdre la majesté souveraine, cette cuirasse invisible qui défendrait encore votre sein! Buvez, enivrez-vous, pour que vous tombiez étourdi et déchu dans le piége qu'on vous tend, et que le salut de l'état s'accomplisse dans un seul instant de triomphe! »

Winceslas s'était levé pourpre de colère. Il croisa ses bras sur sa poitrine, et dit avec autant de mépris que de violence :

— Sortez d'ici! rentrez dans le fond de vos moutiers... ou, sur ma foi, je vous ferai tous rentrer sous terre par le chemin le plus court! frères Hilarion, Ignace, Pancrace! et tous, tant que vous êtes!

— Albert, prince de Saxe! dit un des moines en se levant.

Et son froc, tombant tout d'une pièce, laissa voir l'habit de son rang, couvert d'une éblouissante armure.

— Job, prince de Moravie! dit un autre frère en secouant aussi son enveloppe monacale, et montrant la même métamorphose.

— Ulric, duc de Wurtemberg!

— Hermann, comte de Silésie!

Et les grands vassaux de l'empire se montrèrent armés de toutes pièces, au milieu de leurs écuyers, tandis que les robes de laine, les chapelets, les attributs du cloître, flottaient sur le pavé.

Aucune parole ne s'éleva après les noms imposants qui venaient de retentir. Mais un mouvement spontané et plus rapide que la pensée s'opéra. Au même moment, toute la foule qui remplissait le réfectoire se trouva nettement divisée. Winceslas était dans une partie de la salle avec ses officiers rangés de chaque côté de lui; les princes étaient en face, au milieu de leurs gens.

Les moines de Saint-Bruneau, se postant auprès de ces derniers dans une ferme attitude, montraient qu'ils embrassaient leur cause.

Le moine au chapelet d'or, qui était à la tête de ceux de son couvent, prit la parole avant les princes, et, pour la première fois, éleva cette voix qu'il tenait toujours voilée.

—Winceslas, dit-il, roi de Bohême, empereur d'Allemagne, vous êtes déchu de vos titres et prisonnier. Rendez votre épée.

Cette voix, qui venait de dessous le capuchon, fit tressaillir Winceslas; il lui sembla aussi que le regard, passant par les ouvertures du voile de laine, lui traversait l'âme... Mais ces sensations passèrent comme l'éclair dans l'importance d'un tel moment.

Il releva la tête, et, puisant dans l'indignation une sorte de dignité farouche qu'on ne lui connaissait pas encore, il s'écria :

— Princes feudataires et tributaires, vous êtes nés mes vassaux, vous devez vivre et mourir sous mes lois. Je vous ai laissé généreusement jusqu'ici l'indépendance et une autorité presque souveraine; je ne me suis montré votre maître que pour vous combler de bénéfices et de priviléges. Cependant vous avez déjà tenté de détacher vos provinces de l'empire, et, ne pouvant accomplir cette violation de la loi monarchique et arracher une partie du pouvoir souverain, vous voulez maintenant l'usurper tout entier... Princes avides et révoltés contre votre maître, fasse le Dieu juste que tous nos vassaux, serfs et paysans, se révoltent aussi contre vous, qu'ils vous apprennent la douleur honteuse d'être attaqué par ceux qui rampent sous vos pieds, qu'ils bouleversent la Germanie jusqu'à ce que, n'y trouvant plus une place pour reposer vos têtes, vous voyiez où conduit la sédition!

Winceslas, ici, donna un libre essor à sa colère par un roulement d'imprécations et de jurements à son usage. Puis il reprit d'une voix plus calme et imposante :

— Oui, votre tentative de rébellion vous attirera

d'en haut les plus justes châtiments... Mais, en attendant, le crime n'est pas consommé! On n'arrête pas un souverain aussi facilement qu'il peut, lui, quand il lui plait, faire arrêter, l'un après l'autre, tous les nobles et grands de son royaume. Le souverain légitime a toujours son droit sacré qui combat avec ses défenseurs; il porte en lui son inviolabilité qui redouble son courage... Oh! quelques spadassins ne renversent pas d'un coup de leur flamberge le caractère auguste que Dieu a consacré. Et, j'en jure par le ciel, vous ne me désarmerez pas vivant!

— Non, mille morts! nous ne rendrons pas nos épées! s'écria une voix qui se fit entendre au-dessus de la tête de Winceslas.

Sur la fenêtre ouverte à côté de l'empereur, était monté le page Edgard, qui avait assisté à cette scène du dehors de la salle, et s'élançait à la défense de son maître. Il brandissait la lame nue de son épée, légère et fragile comme lui, et qui voyait le jour pour la première fois; ses traits étincelaient de courage et de joie.

Puis, sautant dans la salle :

— En garde donc, messeigneurs! s'écria le page, qui ouvrit le combat de sa propre autorité, sans savoir si la prudence et la volonté même de son maître s'en arrangeraient.

Ce mot d'attaque vibra dans le sein de tous les chevaliers et les enleva à eux-mêmes. Les armes brillèrent en même temps du côté de l'empereur et de celui des princes fédérés.

L'impératrice et ses femmes jetèrent un cri déchirant d'effroi à la scène de carnage qui se préparait dans cette enceinte auparavant si paisible, et sous la voûte sainte du cloître.

Elles se précipitèrent au pied de l'autel.

Alors, par un mouvement simultané, les combattants s'élancèrent sur le vaste plateau planté de marronniers qui servait de péristyle au monastère.

Là, on était plus au large pour combattre. Le parti de Winceslas fut renforcé par les lanciers de l'escorte. Les moines de Saint-Bruneau se joignirent aux conjurés.

Les religieux, d'abord effrayés devant le terrible coup d'État qui se préparait, avaient tâché secrètement d'éloigner l'empereur d'un asile qui devait lui être funeste, en envoyant au devant de lui un de leurs frères, qui, sous l'escorte de la bannière monacale, devait porter au prince un avis salutaire. Mais, au point de vue où les choses en étaient venues, il n'y avait plus de salut pour eux que dans le succès des grands vassaux, dont ils s'étaient montrés alliés ou complices.

Ils jetèrent donc sur leurs robes les armures qui, en ce temps-là, étaient toujours suspendues aux murailles des cloîtres, prêtes à couvrir les fils de l'autel, et mirent bravement le fer en main.

Tandis que la lutte s'était engagée, violente et pressée, sous les antiques ombrages du monastère, il ne restait plus dans le réfectoire que la princesse de Bavière et ses femmes dans les plus vives angoisses, et les vieux moines à la tête tremblante qui priaient Dieu. Ils disaient :

« Seigneur, ne permets pas que la discorde règne parmi les hommes... envoie l'ange de paix pour abaisser leurs glaives! »

Et le choc des épées, l'éclat sonore des armures, résonnaient dans les airs.

« Seigneur, préserve le sanctuaire où tu règnes dans ta gloire d'être souillé de sang humain! »

Et le bruit des corps sanglants qui tombaient dans l'arène se faisait entendre.

« O mon Dieu! rends la raison à ces esprits en délire... Montre-leur la vanité des grandeurs de ce monde! »

Et les cris de guerre redoublaient, le frémissement des armes, la chute des combattants, résonnaient plus haut, se pressaient davantage.

Sur le théâtre du combat, l'avantage semblait près de rester à l'empereur. Sa troupe était moins nombreuse que celle des princes, renforcée des soldats du cloître; mais ces gens, forts de leur bon droit et ayant leur fortune à défendre, se battaient avec un acharnement terrible.

Le plus jeune de tous, Edgard, faisait des prodiges de valeur dans cette salle de marronniers, transformée en champ de bataille. A son premier combat, il y mettait toute son âme comme à son premier amour. Le rayon de son épée, comme l'éclair, partait de tous côtés à la fois; les insurgés tombaient autour de lui; il pourfendait les moines avec un enthousiasme sans pareil, et menaçait de les renvoyer tous à leur église... couchés sous la planche du cercueil.

Le tumulte de cette action était augmenté par les habitants des environs, bourgeois et paysans, qui, peu d'instants avant, suivaient la procession. Ils étaient accourus au bruit des armes pour ce combat singulier, et, tout spectateurs qu'ils étaient, se jetaient en désordre au milieu des champions.

Enfin la troupe de Winceslas eut un succès déclaré. Du côté des princes ennemis, un grand nombre de combattants étaient désarmés et hors de combat, quelques-uns des chefs grièvement blessés. Les moines de Saint-Bruneau tenaient encore avec une ardeur désespérée; mais ils ne pouvaient retarder la défaite entière que du peu de temps qui leur restait à vivre.

— Le danger est passé, dit le capitaine des gardes à Winceslas; quelques-uns de nous suffisent maintenant pour achever d'avoir raison de ces révoltés. Vous, sire, vous pouvez partir, courir à Prague avec vos lanciers, et fortifier le château pour prévenir les suites de cet événement, jusqu'au moment où nous irons vous rejoindre.

L'empereur ayant déféré à cet avis, le baron Warner fit signe aux écuyers d'amener le cheval du prince de l'autre côté de la grille qui fermait l'esplanade.

Avant de s'éloigner, Winceslas jeta un dernier regard sur la place du combat. Ne conservant plus de doute sur la victoire des siens, il allait passer le seuil...

Il vit alors devant lui le moine au chapelet d'or qui lui barrait le passage. Ce religieux était resté sur le lieu du combat, et, sans y prendre part, il en avait jugé avec une fermeté calme toutes les chances.

Winceslas se disposait à passer outre, ne pouvant être arrêté par l'obstacle que lui opposait cet homme immobile, les bras croisés sur la poitrine; cependant il mit l'épée à la main, afin de s'en servir, s'il le fallait, pour se frayer un passage.

Au même instant, le mendiant qui lui avait déjà parlé à l'entrée des terres du couvent s'approcha de lui précipitamment et avec une assurance peu naturelle dans sa condition.

Il répéta de sa voix lamentable la demande habituelle de l'aumône... mais c'était une étrange aumône qu'il réclamait!

— Une petite charité, noble prince! dit-il. Au nom de Notre-Seigneur Jésus-Christ... donnez-moi votre épée!

L'empereur fit un brusque mouvement pour le repousser comme un insensé, et allait suivre son chemin, lorsque le vieux pauvre, de la main gauche, s'attacha fortement à son manteau, et, de la droite, saisissant le bras du prince, le replia de manière que la main de Winceslas revint sur son cœur.

A ce mouvement, l'empereur tressaillit, ses yeux devinrent fixes et hagards comme s'il attendait quelque chose qui dût disparaître dans l'espace.

Le mendiant reprit avec un sourire d'ironie et en appuyant fortement sur ses paroles :

— Ah ! vous me méprisez, illustre souverain, parce que je ne suis qu'un pauvre quêteur qui va, le *bâton* à la main, sur la route où il y a moins d'*herbe* que de *pierre*...

— Et de *pleurs*, ajouta Winceslas d'une voix sourde et en pâlissant.

— Ah ! vous le savez, reprit le mendiant. Alors vous devez comprendre aussi que c'est *au nom de Notre-Seigneur Jésus-Christ* que je vous demande votre épée.

Winceslas pencha la tête sur sa poitrine comme frappé, étourdi par un coup invisible. Sa main inerte s'ouvrit et laissa tomber son épée sur la terre.

— L'empereur est prisonnier ! s'écria le moine au chapelet d'or en relevant l'arme tombée.

Et sa voix, même en ce moment suprême, alla frapper au cœur de Winceslas.

Puis le religieux inconnu montra l'épée de l'empereur à la foule, d'où il partit à la fois des cris de surprise, de détresse et de triomphe.

A cette parole inattendue, foudroyante : « L'empereur est prisonnier ! » toute résistance devenait impossible dans la troupe de Winceslas. En une minute, ses officiers furent enveloppés par le parti adverse et forcés de mettre bas les armes.

La défaite de l'empereur fut proclamée avant qu'il eût pu se délivrer encore de la puissance fatale qui l'avait fasciné, anéanti.

On sépara Winceslas et Sophie de Bavière de leur suite. Les deux souverains furent enfermés dans une voiture gardée par une bonne escorte, et dirigés sur la route de Prague. Les officiers et les femmes attachés à leurs personnes furent arrêtés et retenus prisonniers dans des bâtiments dépendants du vaste monastère de Saint-Bruneau.

Dans cette saison avancée, le peu de temps consacré à la lutte sanglante avait amené la fin de la journée. A peine les vainqueurs et les vaincus eurent-ils essuyé la sueur de leur front et le sang de leurs blessures, que la nuit commença à tomber.

Le croissant de la lune se levait au sommet des montagnes. Cet astre était l'horloge secrète qui réglait le cours de toutes les actions parmi les francs-juges, et marquait aussi le moment où ils partaient de tous les points divers pour se réunir dans la nuit.

Le mendiant que nous avons vu paraître dans cette scène reprit alors son bâton de voyage et s'achemina seul sous les saules qui bordaient la rivière, pour un long trajet dans lequel nous allons le suivre.

X

L'INITIATEUR

Le mendiant, après avoir pris les chemins de plus en plus difficiles et solitaires qui s'étendaient vers le nord-ouest, arriva dans les gorges des montagnes dont la chaîne, après avoir sillonné la Bohême, va au loin lui servir de limite.

L'horizon avait peu à peu changé d'aspect devant les pas du voyageur. Au lieu des champs encore féconds, malgré le déplorable état du pays, et où venaient de passer l'été et ses trésors; au lieu des monticules verdoyants couronnés de clochers et de tourelles, c'étaient des landes immenses, des arbres noircis par l'hiver prématuré, des côtes escarpées et des sommets de neige qui, perpétuellement arides et déserts, ne sont plus de ce monde.

Sur la route dépouillée s'élevait, de loin en loin, une roche monumentale ou un arbre gigantesque, marqué du sceau de la grandeur isolée, et triste de sa solitude.

La lune éclairait faiblement les objets rapprochés et laissait au delà une vague perspective, où on voyait seulement passer la forme noire des loups qui commençaient leur veillée errante.

Arrivé au pied des hautes montagnes, le mendiant s'arrêta et jeta à terre son bâton noueux, au bout duquel pendait un havresac. Ce lieu ne semblait cependant pas devoir être le but d'un voyage. Entre les bases de deux monts, cimentés de roches aiguës, un torrent courait à gros bouillons parmi les troncs obliques d'arbres déracinés par des eaux et rompus sous des coups de vent; un grand chêne arraché et posé par chaque bout sur des blocs de granit, formait un pont arqué au-dessus du courant.

Dans cet endroit majestueux et dépouillé de toute plante, il croissait seulement au pied du roc, par quelque hasard de la nature, un rosier de belle venue et encore paré de ses fleurs.

Un nuage passa sur la lune, et, pendant un instant ces parages furent couverts de ténèbres.

Quand la clarté reparut, l'homme qui venait d'arriver avait dépouillé son chapeau de laine, son surcot de mendiant; il portait à la place un longue robe noire, qui s'élevait en capuchon au-dessus de sa tête et tombait en larges manches sur ses bras. Dans cette transformation et agenouillé devant le rosier, il faisait le signe de la croix.

Après cette singulière adoration, il assura le poignard qui était passé à sa ceinture, et s'assit sur la terre, à quelques pas du torrent.

Cette grande figure sombre avait alors un aspect de dignité dans son attitude méditative, et couronnée qu'elle était par la crête élancée du rocher et la cime majestueuse de la montagne, comme d'une double coupole dont la dernière touchait au ciel.

Après quelques instants de rêverie, le voyageur regardait autour de lui ce que la lune découvrait de ce pays sauvage, et se disait à lui-même :

— Ce lieu a bien le cachet du désert : la nature a tout fait pour le dévouer à la solitude, et cependant son sol aride, ses parois de rochers, sont quelquefois plus peuplés de personnages augustes que les murs d'un palais.

— Le diable ne trouverait pas son chemin ici ! dit une autre voix... Un vrai pays perdu ! si ce n'est pour les loups et les rats de la montagne.

A ces paroles, qui donnaient un si brusque démenti à ses pensées, l'homme vêtu de noir leva la tête et vit devant lui un jeune seigneur, le manteau cavalièrement jeté sur l'épaule, le panache au vent et le poing sur la hanche.

— Je suis charmé de rencontrer enfin un être humain à qui parler, dit le nouveau venu en l'abordant; veuillez avoir la bonté de me dire où je pourrai trouver le rocher d'Arnold, auprès du mont Granort.

— Vous y êtes : voici le rocher d'Arnold, et cette montagne est celle de Granort.

— Alors, dit le cavalier en s'asseyant par terre, je vous demanderai de prendre place un moment sur votre siége, car je suis furieusement las.

— Je ne pense pas, cependant, dit l'homme noir en toisant le cavalier, que vous ayez le droit de rester ici.

Le jeune homme tira de sa poche et déroula un parchemin qu'à la lueur de la lune on pouvait voir marqué d'un large sceau et de trois croix pour signatures.

— Un avis du tribunal secret ! répondit son interlocuteur; c'est différent. Demeurez ici.

— Oui, reprit le cavalier avec un balancement de tête qui faisait onduler sa plume blanche, j'ai un assez beau nom... comte de Ratisbonne... une place à la cour... J'ai conçu le dessein d'obtenir une dignité plus sérieuse que celle du monde, en me faisant agréer dans l'illustre corporation des francs-juges. Depuis un mois, je courais par monts et par vaux, cherchant inutilement ce fameux tribunal *qui est partout et nulle part*, et pour moi la seconde désignation seule était juste, lorsque enfin, à cinq milles d'ici, j'ai cloué ma demande d'admission à un tronc d'arbre, et le lendemain j'ai trouvé à la même place le parchemin que vous voyez, et qui me convoque à me rendre ici cette nuit.

— Et la Providence vous y a amené...

— A travers des marais et des fondrières où j'ai pensé mille fois me rompre le cou, et où j'ai laissé mon cheval.

Le jeune favori de Wincesias avait promis à son maître, comme on le sait, de connaître la pensée dominante d'une institution qui, par quelques actes audacieux, osait se mettre en opposition avec le pouvoir souverain. Le moyen dangereux, mais attrayant, que Ratisbonne avait imaginé, était de se faire recevoir parmi les membres du tribunal suprême, et de surprendre ainsi leurs vues les plus secrètes. Sa légèreté, son dévouement au prince régnant, l'empêchaient de compter pour quelque chose la trahison insigne dont il allait se rendre coupable, et il se mettait en mesure, comme on le voit, d'exécuter son merveilleux dessein.

— Je pense, reprit le comte après un moment de silence, être ici dans le lieu de réunion des initiés; cependant je n'ai encore aperçu aucun d'eux... si ce n'est vous, monseigneur, ajouta-t-il en s'inclinant, car votre aspect se perd assez dans la nuit pour que je puisse penser avoir l'honneur de parler à un invisible.

— Avant que la lune ait passé sur la cime de ce rocher, votre œil ne pourra pas embrasser les rangs des francs-juges.

— Ils sont donc aussi nombreux...

— Aussi nombreux que les bons grains mûris par le soleil pour soutenir l'existence des hommes.

— Et répandus dans de vastes contrées?

— Dans tout le cercle de la Germanie; depuis la profondeur des abîmes jusqu'aux approches des nuages, ils conduisent par la main la justice suprême.

— Leur puissance, à ce qu'il paraît, s'est accrue avec leur nombre?

— Savez-vous, dit le franc-juge en se tournant vers le bloc de granit, savez-vous pourquoi ce rocher, près duquel on vous a appelé, porte le beau nom d'Arnold?

— Je ne trouve pas d'abord ce nom plus beau qu'un autre, et je ne sais pas pourquoi ce rocher l'a reçu.

— Parce qu'il est fait de granit éternel que la foudre n'a jamais déchiré, que les dents et les griffes des bêtes fauves ne peuvent entamer, parce qu'il reste toujours debout au milieu de tout ce qui croule alentour, et qu'ainsi il ressemble à Arnold.

— Qu'est-ce qu'Arnold?

— Le président du tribunal suprême, celui qui a rendu à ce corps sa force et sa puissance.

— Il était, en effet, bien déchu, et, à ce qu'on pensait, près de sa ruine.

— Je puis vous le dire, puisque vous allez être initié à nos saints mystères. C'était à peine, il y a dix ans, si le sanctuaire de la justice divine existait encore; ses membres s'étaient servilement liés au pouvoir, leur nom n'éveillait plus le respect et le saint effroi. On a vu, dans ces temps de misère, des condamnés faire entendre des plaintes contre l'arrêt suprême et même se révolter contre le *vengeur* chargé de les mettre à mort!

— Il y a eu des gens qui murmuraient de se voir assassiner!

— Maintenant le tribunal secret, du sein de ses ombres, règne en tout lieu; il porte avec lui la terreur pour faire plier les têtes, la sanctification pour envelopper les âmes, la mort pour guérir les vices. Les souverains mêmes tremblent à son nom.

— Les souverains sont hors de sa portée.

— Celui qui dispose de cent mille épées doit craindre celui qui dispose d'un poignard.

— Et cet extraordinaire changement?...

— C'est Arnold qui l'a accompli.

Ratisbonne pensa à ce mystérieux patriarche des francs-juges, dont l'empereur lui avait parlé.

— Cet Arnold, dit-il, n'est-il pas un vieillard?

— C'était un vieillard quand nous étions jeunes encore; il semait déjà parmi nous ses principes régénérateurs. Il a accompli de longs voyages par toute l'Europe. Il est revenu presque centenaire, et il y a déjà longtemps qu'il siége de nouveau parmi nous.

— C'est donc le Temps en personne?

— C'est l'éternité. Car, quand il aura passé de la terre, son esprit y régnera toujours.

— Il doit être bien affaibli par le poids de tant d'années assumées sur sa tête?

— Vous apercevez le pont jeté sur ce torrent : c'est le tronc d'un vieux chêne. Arnold seul l'a abattu avec sa hache, et suspendu sur ce courant pour faciliter notre passage. Il y a deux jours, le torrent, gonflé par l'orage, avait rejeté le pont sur ses bords, et il était allé rouler vers l'antre d'un sanglier, qu'il fermait à demi. Arnold voulait reprendre son tronc d'arbre; le monstre, dont il fortifiait la tanière, voulait le garder; un combat corps à corps s'engagea entre eux; le sanglier fut terrassé, foulé sous les genoux du vainqueur, puis il eut la tête brisée contre le roc, et le pont fut replacé sur le torrent.

— C'est la force d'un demi-dieu!

— Justement. Et cette victoire n'a pas eu lieu pour qu'une bête fauve de ce désert passât de vie à trépas, mais pour montrer qu'Arnold est venu combattre et dompter le mal qui règne à cette heure sur la terre, la force brutale et oppressive.

— Voudriez-vous me dire encore, à propos de l'endroit où nous sommes, comment ce rosier peut fleurir dans ce sol aride, au pied du rocher qui porte le nom d'Arnold, et ce que signifie la croix gravée sur ce même granit?

— Jeune homme, attendez, pour savoir ces choses, d'avoir pénétré dans le sanctuaire où la croix et la rose sont vénérées.

Ratisbonne se tut. Il semblait même singulier à celui qui pénétrait dans la société des francs-juges avec des idées de trahison, qu'un des initiés lui eût parlé de l'intérieur de cette société avec une confiance prématurée.

Le juge n'avait cependant point dépassé les limites prescrites. En ce temps-là, le corps puissant qui croissait et s'étendait d'une manière prodigieuse, admettait d'abord facilement ceux qui se présentaient à prêter serment et à subir les premières épreuves; d'imposantes cérémonies et des communications sans danger, trompaient alors la curiosité des adeptes; mais la véritable initiation, le lien qui les attachait à l'existence morale de l'ordre, ne venait qu'après une longue expérience des hautes qualités requises pour y prendre part. Jusque-là l'institution ne s'exposait en rien, gardant toujours ses principes et ses mystères en son sein, et ne dévoilant pas même le lieu de son assemblée, puisque cette localité se changeait et se transportait facilement d'un côté à l'autre de la Bohême, comme toutes les autres fractions du même ordre le faisaient sur tous les points de la Germanie.

D'ailleurs, les aspirants qui se retiraient avant d'avoir reçu les premiers grades s'engageaient à ne rien divulguer de ce qui était parvenu à leur connaissance dans l'intérieur du tribunal, par un serment formidable, dont le parjure entraînait la peine de mort, et dont on a pu apprécier la force par le respect qu'il imposait à l'empereur Winceslas lui-même.

Les accusés mêmes qui comparaissaient pour une seule fois dans l'enceinte de la justice suprême étaient tenus à ce même serment.

Le comte de Ratisbonne vit bientôt venir du fond de la route deux ombres qui se dirigeaient vers la montagne; d'autres formes noires semblables leur succédèrent rapidement, et bientôt le nombre en devint si grand, que l'horizon en était obscurci. Elles disparaissaient au pied du rocher, par l'entrée d'une caverne qui régnait dans les flancs de la montagne.

Un instant après que cette foule innombrable eut pénétré dans sa retraite souterraine, le franc-juge auquel Ratisbonne s'était adressé et qui avait dans la corporation le grade de *parrain* ou *initiateur des adeptes*, conduisit l'aspirant au sein de l'assemblée.

Le jeune seigneur se trouva dans une enceinte souterraine, dont quelques flambeaux errants montraient l'immense étendue. Les lumières se croisaient et flottaient dans des mouvements divers.

Bientôt les torches, arrêtant leurs évolutions, se trouvèrent rangées en ordre systématique et immobiles. Elles formaient une immense croix dans le fond de l'enceinte, et, de chaque côté, des pyramides ardentes, semblables à celles dont on décore les chapelles funèbres.

Le souterrain était alors parfaitement éclairé, et offrait le tableau le plus imposant qui ait jamais pu frapper les regards.

Au-dessous de la croix lumineuse, on voyait un autel en forme de calvaire : le drap noir qui le recouvrait portait en lignes blanches les symboles du christianisme et du judaïsme, mêlés à des hiéroglyphes et à des signes cabalistiques; sur la table étaient posées une corde tournée en rond et une épée nue à la poignée croisée. Cette arme était regardée comme le saint emblème de la religion chrétienne, et la corde indiquait le droit de juridiction criminelle et de punition capitale.

Dans l'espace se répandait le son d'une cloche, qui faisait entendre des tintements lents et mélancoliques.

Les francs-juges portaient tous de longs manteaux noirs, avec un pan rejeté sur la tête en forme de capuce; un masque noir leur couvrait entièrement le visage et laissait passer le regard, qui semblait plus ardent en sortant de ces ombres. Toute l'immense assemblée paraissait une seule figure colossale et sombre.

Derrière l'autel, point central de l'édifice, dans un espace vaporeusement éclairé par le reflet des flambeaux, deux bancs en ligne parallèle et tendus de noir servaient de siéges aux *grands maîtres*, ceux qui occupaient des grades supérieurs dans la société secrète, ceux qui étaient par excellence les *inspirés* ou hommes sages, et présidaient le tribunal des liens.

Dans cet enfoncement enveloppé de prestige, ces hommes apparaissaient moins comme des êtres réels que comme des fantômes créés par la fièvre.

La vaste étendue qui précédait l'autel, et qui était comme la nef de cette église souterraine, était remplie par le nombre immense des francs-juges, tous enveloppés de leurs manteaux noirs et assis sur des bancs placés en longueur pour laisser un espace vide au milieu.

A l'entrée du souterrain, et derrière les bancs des dignitaires de l'ordre, se tenaient des *officiers inférieurs* ou *huissiers de la cour*, portant un glaive à la main.

Le comte de Ratisbonne était assis au dernier rang des francs-juges, et à côté du vieillard qui devait lui servir d'*initiateur*. Celui-ci était d'abord allé faire un rapport à voix basse aux membres supérieurs, puis il était revenu prendre sa place à l'une des extrémités. Le favori de Winceslas était profondément impressionné au tableau inattendu, majestueux et terrifiant à la fois, qui se déroulait devant lui; il attendait avec une émotion presque tremblante ce qui allait se passer dans ce monde mystérieux.

Avant que la séance s'ouvrit, il se fit entendre un chant bizarre qui lui servait de prélude.

Une voix partant du siége des grands maîtres s'élevait seule, et un chœur, dont les chantres étaient placés dans les profondeurs du souterrain où n'atteignait pas la lumière, lui répondait.

— « A quel degré de sa carrière est la nuit? chantait la voix seule. Est-ce l'oiseau funèbre ou celui du matin qui chante sur les eaux? Est-ce la lune ou l'aube qui brille dans le ciel? »

Le chœur répondait :

— « C'est l'ombre seule qui règne dans la nature; aucun oiseau ne veille au bord du lac; il n'y a dans l'univers qu'une voix qui résonne encore : c'est la voix qui demande justice.

— « Alors, que la cour s'assemble à l'orient et à l'occident. *Mesureurs* du bien et du mal, apportez la *toise* et *l'équerre*, élevez l'autel funéraire, creusez la fosse, et que l'accusé tremble. Frères, êtes-vous prêts?

— « Sur notre vie et sur notre âme, sur la cendre des morts, nous avons obéi à nos lois et nous sommes prêts à les servir encore. Lorsque le soleil abandonne la terre, qui veillera sur elle, si ce n'est nous? »

Tous les membres de l'assemblée, qui s'étaient tenus debout pendant cet hymne préliminaire, reprirent leur place, et la séance s'ouvrit.

XI

LE TRIBUNAL SECRET

Nous avons dit que les principaux membres du tribunal secret occupaient des bancs rangés derrière l'autel; mais trois d'entre eux, assis à part au centre de ce corps d'élite, paraissaient investis des premières dignités. Ils étaient le point où se réunissaient les regards et l'attention de l'assemblée.

Celui de ces trois personnages qui était placé au milieu des deux autres, le président de la société, se leva pour prendre la parole. A sa haute taille un peu voûtée, aux cheveux blancs qui tombaient de dessous son capuchon noir, aux formes musculeuses des membres vigoureux qui se dessinaient sous son manteau, le comte de Ratisbonne reconnut aussitôt ce vieillard qu'on avait toujours connu vieux, ce formidable centenaire aussi fort et redoutable du bras que de la pensée, cet Arnold dont *l'initiateur* lui avait parlé.

Arnold ayant résolu le premier de donner une idée sociale régénératrice à ce corps qui n'exerçait que la justice pénale; ayant voulu que cette puissance suprême, sans se borner à délivrer la Germanie de ses malfaiteurs, travaillât à apporter à sa digne et laborieuse population une destinée meilleure; ayant ensuite mûri, développé et propagé ses principes, Arnold était parmi les francs-juges *l'intelligence* suprême, l'*idée* personnifiée.

Les deux dignitaires qui siégeaient à ses côtés étaient des hommes d'un âge mûr; mais l'un arrivait à peine à ce terme moyen de la vie, et l'autre touchait aux approches de la vieillesse.

Ce dernier, assis à la droite d'Arnold, avait été

puissant dans le monde, plus puissant que nul ne le pouvait croire. Abdiquant volontairement ses droits et ses grandeurs, il avait accompli là de plus grandes choses par son influence morale et les cent mille poignards dont il disposait, qu'il n'en avait pu faire jadis au premier rang de la civilisation. Il représentait, au sein de cette société extraordinaire, le *pouvoir* dont elle jouissait.

Le troisième des grands-juges, celui qu'on voyait à la gauche du président, avait mérité son haut grade par les services rendus à la sainte cause et les actes d'effrayante vertu auxquels l'avaient élevé sa foi ardente, sa force d'âme invincible, et le sacrifice incessant de soi-même, de son repos, de son bonheur à une idée avancée, régénératrice. Mais les passions, toujours soumises et annulées dans le sein du franc-juge, n'y étaient peut-être pas éteintes et ne lui laissaient acquérir qu'au prix du martyre sa supériorité glorieuse. Il représentait, dans cette imposante agrégation, le *dévouement au devoir*. Il était là comme l'homme chargé par Dieu de devancer l'humanité qui souffre, pâlit, se penche dans sa grandeur dévorante et y succombe toujours.

Nous connaîtrons ces trois personnages en les retrouvant sous le nom qu'ils portent au grand jour.

Arnold, ayant pris la parole, rappela au tribunal les diverses et saintes missions dont il était investi et les causes particulières qui l'occupaient en ce moment.

— Plusieurs coupables, ajouta-t-il, ont été condamnés dans la séance de la dernière lune : vengeurs de l'Éternel, avez-vous fait votre devoir?

Un franc-juge sortit des rangs, s'avança vers l'autel et dit :

— J'ai mis à mort un *enfant de la corde* (1).

— Rappelez l'accusation.

— Le haut baron Rusdal avait fait mettre en prison le père d'une jeune fille dont il était épris ; et, en vue même de la tour d'où le vieillard, à la fenêtre, regardait venir à lui son enfant, il avait enlevé la jeune fille, la posant en croupe sur son cheval, et l'emmenant dans son château pour en agir à sa guise. Un mois après, le baron, dédaigneux de la fille du peuple, allait convoler à de magnifiques noces. J'étais un des invités de la fête. La nuit, je me glissai dans la chambre où Rusdal, seul, attendait sa belle épouse, et je le poignardai sur le lit nuptial, laissant mon arme dans son sein pour qu'il ne trouvât ni pleurs, ni pitié, ni vengeance.

— C'est bien! Qu'un autre vengeur vienne rendre compte.

Un second franc-juge s'approcha et dit :

— Un riche marchand de Prague, du nom de Philiston, avait contracté des dettes immenses, appuyant son crédit sur la grande fortune qu'on lui supposait. Il venait de faire une vente considérable, et, au lieu de satisfaire à l'honneur avec le prix des marchandises livrées, Philiston, emportant avec lui ses richesses, s'enfuyait du royaume. Je me suis attaché à ses pas, je l'ai suivi sur tous les bords de l'Elbe, jusqu'aux monts qui regardent de leur cime la Bohême et la Silésie. Je l'ai atteint sur le sommet qu'il n'avait plus qu'à redescendre pour être sur une terre étrangère. Il a trouvé la mort sur une couche de neige. J'ai repris sur lui les valeurs qu'il ravissait, pour les faire distribuer par nos agents à qui de droit; et le corps est resté pour la part des vautours.

Un troisième vengeur vint faire son rapport.

— Le *minnesinger* (2), dit-il, avait fait des chansons contre les *invisibles*, où la sainte majesté du tribunal était parodiée. Un soir qu'il les avait chantées à la fête d'un hameau, dans le canton de Miéka, au grand plaisir des villageois, il s'en revenait légèrement, gaiement, par le sentier fleuri, réjoui par le vin qu'il venait de boire, et redisant encore ses refrains moqueurs. Je l'ai tué. Le minnesinger repose maintenant à côté de sa harpe, sous les lauriers du doux pays de Miéka.

— C'est bien! Il faut que le tribunal conserve sa force, sa terreur, pour pouvoir répandre des bienfaits.

Plusieurs vengeurs vinrent encore rendre compte de leurs actes judiciaires. L'assemblée écoutait avec une édification silencieuse, tandis que le comte de Ratisbonne éprouvait un invincible effroi à entendre raconter des exploits qui rendaient sa situation si terrible.

Ensuite Arnold se leva de nouveau et annonça qu'on allait passer à des affaires de plus haute importance.

— Mes frères, dit-il, le moment décisif est venu, nos principes vont se changer en œuvres, nos espérances en réalités. Winceslas IV est reconnu incapable de gouverner l'Allemagne, et le prince choisi par Dieu, celui que la légitimité consacre, que la jeunesse couronne de sa pureté et de son éclat, s'avance déjà pour prendre la place du souverain dépossédé.

Ratisbonne bondit sur son siége, et sa main se jeta au pommeau de son épée... Un autre appelé au trône de Winceslas! l'empire d'Allemagne bouleversé par un complot souterrain!... Mais au même moment, il songea au milieu de quels hommes il se trouvait, et son inquiétude la plus pressante fut de savoir si on n'avait point remarqué son mouvement fugitif.

L'esprit des francs-juges était trop occupé ailleurs. Arnold continuait :

— Les princes confédérés se réunissent pour usurper la Germanie et en partager l'empire. Leur ambition nous est un instrument pour renverser la domination présente et niveler la place où un autre doit s'élever. Leurs atteintes sont toutes-puissantes contre un souverain qui prend à tâche, chaque jour, de dépouiller la dignité suprême : elles ne pourront rien contre celui qui portera le sceau divin de force et de vertu.

— Le souverain de l'avenir s'avance, dirent en chœur les francs-juges; il va montrer aux ombres des anciens rois comment il faut régner.

— Ce sera, dit l'un des grands juges, en laissant entre nos mains des garanties de paix, de sécurité pour l'État, de noble indépendance pour tous ses membres; ce sera en venant renverser le pouvoir arbitraire au lieu de l'exercer.

— Notre société auguste, reprit Arnold, fut fondée dans un temps barbare où il n'y avait de loi que le droit du plus fort, où la nation était en proie à toute espèce de tyrannie féodale, et privée des moyens d'obtenir justice et satisfaction ; où il fallait, pour veiller et protéger de toutes parts à la fois, la force invincible et éternelle de la confédération. Il y a maintenant assez longtemps que nous exerçons cette tâche, que nous rétrécissons la justice divine, descendue en notre sein, à la punition de crimes isolés. Ce n'est plus un criminel obscur qu'il faut poignarder, c'est la féodalité ; plus un malheureux qu'il faut sauver de nouveaux coups, mais un peuple entier ; plus un innocent qu'il faut venger, mais Dieu même outragé dans l'humanité. La chevalerie qui faisait encore jaillir quelques éclairs d'honneur de l'acier de son épée, la chevalerie n'est plus. Il n'y a plus que le succès militaire, c'est-à-dire la joie cruelle d'un chef, achetée par le ravage d'une contrée, par la mort d'un million d'hommes. Il était temps qu'un amour fraternel de l'humanité descendît sur la terre, et Dieu l'a mis en notre sein. A nous maintenant de le répandre et de le faire triompher, à nous de mettre le sentiment natio-

(1) Celui qui avait été condamné par le tribunal secret

(2) On appelait ainsi les ménestrels ambulants.

nal à la place de l'égoïsme ou du lien étroit des castes. Il n'y avait eu jusqu'ici que des combattants ; nous, mes frères, nous sommes des libérateurs !

Des élans d'approbation, des signes de sympathie ardente interrompirent l'enthousiaste vieillard.

Il reprit d'une voix émue et profonde :

— J'ai passé ma longue vie dans la retraite, couchant dans une grotte sauvage, vivant au milieu de la nature, pour recevoir comme elle le rayon d'en haut. Cénobite de la pensée, j'ai usé les jours d'un siècle dans la méditation ; mon cœur s'est fondu avec mon intelligence, et tous deux m'ont dit que le monde attendait des temps meilleurs. Dix années entières, j'ai parcouru l'Europe : j'ai vu partout des castels hauts et fiers dont les tours seront longtemps à crouler, et dont les fondations enracinées à la terre heurteront encore longtemps la charrue du pauvre laboureur. J'ai vu partout la tyrannie puissante, l'usurpation armée de toutes pièces pour défendre ses injustices. Mais j'ai vu aussi dans les villes et dans les campagnes, à côté de ces grandeurs oppressives, pointer l'existence du peuple qu'on n'avait pas encore aperçu, et dont tous les hommes éclairés de l'esprit divin sont appelés à soutenir l'élévation légitime. Ce peuple immense, auquel on n'a pas songé, caché qu'il demeure sous les feuilles de ses bois et le chaume de ses cabanes; ce peuple, dans lequel on ne reconnaît pas l'image de Dieu, parce que sa misère voile sa face, il commence, s'éveillant lui-même du néant, à tourner ses yeux inquiets vers le ciel ; il commence à se demander s'il n'y a pas de place pour lui dans le monde, pas d'héritage pour lui dans les sommes de bien-être et de lumière que chaque siècle lègue en mourant. J'ai passé au milieu de lui... je l'ai bien observé. Nu, pauvre, dénué, enfant d'intelligence, mais grand de cœur, il relevait enfin la tête et tendait les mains vers l'avenir... Oh ! j'aurais voulu pouvoir le prendre dans mes bras pour l'élever à la vie, à la liberté !

On ne voyait pas les traits du vieillard qui parlait ainsi ; mais, sous le prestige que répandait autour de lui son âge extraordinaire, ses paroles ressemblaient aux arrêts du destin. Il y avait surtout quelque chose de si touchant dans sa voix, dans sa pose empreinte de douceur, que toutes les âmes en étaient émues. La nature lui avait donné une stature grande et fière, et, par la courbure de sa taille un peu voûtée, il semblait se pencher et tendre les mains à tout ce qui souffre sur la terre.

— La religion, dit encore Arnold, s'est pervertie comme le principe social, et tout est en confusion dans ce temps de trouble et de ténèbres. L'esprit pur du christianisme, détaché du trône pontifical, s'est retiré en nous, *les voyants*, *les sages*, et nous travaillons à le répandre sur la terre par celui qui porte au grand jour le nom de Jean Huss. Frères, tout se prépare à la fois dans ce laboratoire souterrain pour le salut du monde. Les princes régnants disaient au peuple qu'il était fait pour ramper ; les prêtres lui disaient qu'il fallait souffrir et bénir la main qui frappe ; notre prêtre, à nous, lui apprendra l'espérance ; notre prince, à nous, lui rendra ses droits. Nous aurons versé sur la terre le premier souffle d'existence morale qui doit peu à peu vivifier les êtres, créer l'homme nouveau et se propager en développant toujours les nobles facultés jusqu'au modèle glorieux du citoyen de l'avenir.

Arnold s'était relevé de toute sa hauteur, et son aspect offrait une majesté suprême, en ce moment où, animé d'un amour paternel pour l'humanité, il semblait se placer en face de Dieu.

Les francs-juges, emportés par l'enthousiasme qu'il répandait autour de lui, se levèrent spontanément ; la foule fit un mouvement qui la resserrait dans le centre de l'édifice. Ceux qui se trouvèrent les plus près posèrent la main sur l'autel.

— Oui, dirent-ils, nous jurons d'accomplir l'œuvre de régénération. Par cette croix qui nous parle du rédempteur, et nous donne un Dieu pour exemple, nous le jurons ! Par cette rose qui croît près de la terre pour mettre les bienfaisantes et splendides richesses de la nature sous la main de tous les hommes, nous le jurons ! Par ce poignard qui nous donne la force d'accomplir nos volontés suprêmes, nous le jurons !

Le comte de Ratisbonne, dans son enfoncement obscur, étourdi, anéanti de tout ce qu'il entendait, croyait déjà sentir le sol trembler sous lui, voir le monde bouleversé et envahi par ces hommes noirs, par ces aigles terribles qui pressaient le globe entre leurs serres.

La séance se termina. Les dignitaires de l'ordre annoncèrent que, dans la prochaine réunion, on déciderait des moyens matériels à mettre en usage pour amener les résultats attendus par la souveraine coopération ; que, dans le reste de cette nuit, on allait procéder à la réception de l'adepte qui aspirait à entrer dans le sein de la société secrète. Mais Ratisbonne, absorbé par ses terreurs, n'entendait plus rien de ce qui se disait ; et, quand les assistants vinrent le chercher pour le présenter au tribunal, il fut éveillé par eux en sursaut. Sa pensée retombant alors sur lui-même, il regretta amèrement la téméraire démarche dans laquelle il s'était engagé.

Le jeune comte, la tête nue, son épée posée à ses pieds et les mains croisées sur sa poitrine, fut obligé de répéter dans les termes les plus respectueux la demande qu'il avait faite par écrit d'être initié aux saints mystères du tribunal.

— Vos noms, vos titres, votre âge ? demanda le président.

— Jean Dolbac, comte de Ratisbonne, âgé de vingt-quatre ans, descendant de race noble (1), possesseur de fiefs suzerains sur la terre de Bohême.

— Certifiez de votre vocation sincère à entrer dans l'ordre suprême, à aider et à coopérer à toute chose qui en émane, et songez que votre parole sera entendue aux quatre coins du ciel et de la terre.

Le comte donna en tremblant l'assertion qu'on attendait de lui.

— Vous allez être admis à passer les premières épreuves; après quoi vous prononcerez le serment préliminaire. Comme le principal devoir des francs-juges consiste à exécuter la vengeance céleste sur les coupables, et que la transformation déjà opérée en vous, si votre foi est véritable, doit vous faire voir sous un jour nouveau la vie et la mort, vous êtes appelé, pour premier acte d'initiation, à frapper un condamné qui, pieds et mains liés, attend le coup mortel au fond de ces voûtes.

Le jeune chevalier fit un mouvement d'effroi, son sang se glaça dans ses veines.

— Ce condamné, ajouta le président, aura le visage couvert d'un voile ; vous ne saurez, en lui donnant la mort, si ce n'est pas un de ces hommes que vous avez connus, un des hôtes que vous avez reçus sous votre toit, si ce n'est pas votre ami, votre frère. Ce mystère formera votre âme au courage dont vous aurez besoin plus tard, si vous êtes appelé à frapper les êtres les plus chers.

Ratisbonne demeurait immobile et muet dans l'horreur que lui inspirait la pensée d'un meurtre, et dans l'impossibilité d'échapper de cet antre maudit ou de

(1) Le tribunal secret n'était composé que d'hommes libres; les serfs, les paysans ne pouvaient y siéger et n'étaient pas non plus soumis à sa juridiction.

trouver des paroles pour protester contre un acte odieux.

Il se fit un mouvement général dans l'assemblée ; les lumières changèrent de face : la grande croix et les formes pyramidales qu'elles avaient dessinées s'effacèrent, et les torches, rangées en ligne droite, tracèrent seulement un chemin lumineux qui s'étendait jusqu'au plus profond du souterrain.

Celui des initiateurs qui avait introduit Ratisbonne dans le temple se trouvant toujours à ses côtés, le jeune seigneur voulut profiter de ce moment pour s'adresser à lui, et découvrir peut-être quelque voie de salut ; mais il crut remarquer que le vieillard le regardait avec soupçon, et ses lèvres ne purent proférer qu'une parole insignifiante.

— Quelle est donc, demanda-t-il, cette colonne tronquée que je vois à gauche de l'autel ?... Une hache est à côté.

— C'est le billot sur lequel tombe la tête des traîtres, qui, après avoir feint un désir d'initiation pour pénétrer dans le sein du tribunal, voudraient en sortir avant d'être liés par les épreuves et le serment, afin d'aller au dehors divulguer ses secrets.

L'immobilité s'était rétablie dans l'assemblée ; un cercle formidable entourait Ratisbonne.

— Donnez la robe au récipiendaire, prononça le président.

On présenta la longue enveloppe noire des francs-juges au jeune aventurier, qui reçut avec une soumission parfaite ce vêtement sacerdotal que le parrain lui attachait. Puis les assistants lui mirent une petite lampe d'argent dans la main gauche, un poignard dans la droite.

— Allez maintenant à travers ces souterrains, dit le président, jusqu'au cachot où vous trouverez le condamné. Marchez en ligne droite, prenant toujours pour avancer la porte qui s'ouvrira devant vous, ne *tournant* jamais la tête en arrière, quoi qu'il arrive, et veillant sur la *lumière de votre lampe ;* car les premiers devoirs du franc-juge sont de ne jamais *revenir sur ses pas* et de tenir *toujours vivante la lumière de l'esprit.*

Après ces mots, la cloche se fit entendre ; la double ligne des initiés qui portaient les flambeaux s'ouvrit et laissa, devant les pas du récipiendaire, une route tracée, au fond de laquelle on apercevait la sortie du souterrain.

XIII

L'ÉPREUVE

Le comte de Ratisbonne, dans ce moment difficile, n'était point soutenu par un de ces sentiments exaltés qui donnent des forces supérieures à celles de la nature ; il n'y avait en lui nulle étincelle d'héroïsme ; l'attachement de son prince l'avait jeté, il est vrai, dans une entreprise conçue avec légèreté ; mais ce dévouement même était tout égoïste et frivole : c'étaient sa fortune, ses plaisirs à lui qu'il aimait dans Winceslas, et qu'il voulait assurer en soutenant la royauté établie. Les importantes découvertes qu'il avait faites à ce sujet, en assistant à la conférence des francs-juges, s'étaient déjà effacées de son esprit au milieu de ses soucis personnels, dans la situation singulièrement pénible et humiliante où il se trouvait engagé. La fatigue d'une longue route, la faim, la soif, qui, en affaiblissant le corps, redoublent les terreurs de l'imagination, le jetaient dans une sorte de désespoir ; et il ne lui restait de force que pour se maudire lui-même et se souhaiter au fond de l'enfer, comme il l'avait mérité.

Dès qu'il eut fait quelques pas dans le défilé ténébreux, il entendit la porte de la caverne se refermer derrière lui, et frissonna de se trouver ainsi seul dans les entrailles de la terre et privé de tout moyen de revenir en arrière. Il avançait d'un pas morne, et les yeux baissés sur le sillon blanc que sa lumière jetait devant lui.

Le terrain au-dessus duquel régnaient ces cavités était d'élévation très-inégale : la montagne couvrait l'immense grotte qui servait de salle d'audience au tribunal secret ; mais ensuite le sol s'abaissait : c'était un défilé qui séparait deux hauteurs. Dans cette gorge de montagnes avait existé un château fort. Rasé depuis le treizième siècle, son emplacement n'était plus couvert que de verdure ; mais les basses-œuvres, cachées sous le sol, subsistaient encore. Les cavernes, creusées naturellement dans les entrailles de la montagne, se continuaient donc par les caves et les cachots de l'ancien manoir, des communications avaient été ouvertes entre ces divers souterrains.

Lorsque Ratisbonne eut traversé de longs défilés qui formaient la première partie de son triste chemin, il se trouva dans une caverne plus spacieuse. Le roc en formait les parois, des stalactites brillantes dessinaient des figures bizarres sur leur teinte sombre ; d'énormes racines d'arbres, traversant les anfractuosités des pierres, serpentaient, noires et tortueuses, sur un sol humide ; quelquefois une couleuvre montrait sa spirale luisante autour du bois mousseux, et, plus loin, des milliers de reptiles couraient sous les réseaux des souches arrondies et chevelues.

Le néophyte, traversant cette enceinte sans découvrir aucune issue, commençait à espérer que sa course solitaire était finie et qu'on lui épargnerait son horrible tâche. Mais, comme il arrivait à l'extrémité de la grotte, une énorme pierre se détacha de la muraille de rocher, sans bruit, sans effort, et ouvrit un passage devant lui.

Dès qu'il y eut pénétré, il entendit cette issue se refermer derrière ses pas comme avait fait la première porte. Le couloir où il se trouvait était fait, à mains d'hommes, de grosses pierres de taille. De chaque côté, à l'entrée, étaient suspendues des armures, dont le gantelet droit tenait une épée, et le gauche un flambeau renversé. Il venait de pénétrer dans les bas-fonds du château fort.

Il traversa plusieurs couloirs, tantôt élevés, tantôt d'une voûte assez basse pour qu'on ne pût y passer que courbé ; de chaque côté on voyait l'entrée d'étroits cachots creusés dans l'épaisseur des murailles.

Ces corridors le conduisirent à une vaste salle qui semblait le centre où venait aboutir le réseau des affreux caveaux, et qui était sans doute destinée autrefois aux interrogatoires des malheureux prisonniers et à l'application de la torture.

Tout le luxe de la cruauté humaine, tout l'appareil de la science du bourreau, étaient conservés dans cet antre. D'énormes chaînes pendaient de la muraille, des instruments massifs dressaient leurs dards hideux, montraient les complications ingénieuses de leurs rouages, et faisaient voir qu'il y avait eu là un génie destiné à inventer la souffrance. Des squelettes pendaient encore aux chaînes des murailles ; des têtes de mort conservées, des crânes nus, des ossements réduits en poussière, couvraient le sol et indiquaient les différentes générations de suppliciés ; une odeur cadavéreuse était répandue dans l'espace ; le vent qui glissait sous la voûte prenait le son d'un sourd gémissement.

Le jeune comte sentait la pâleur qui avait régné dans ce lieu d'épouvante se répandre sur ses traits. En regardant ces misérables restes d'êtres humains, sa poitrine s'oppressait, il éprouvait des serrements de cœur affreux... Saint témoignage de la fraternité admirable qui unit les hommes : nous ressentons réellement quelque chose des souffrances de ceux qui sont morts des siècles avant nous !

En marchant dans l'intérieur de ce cimetière, où il se trouvait confondu avec les morts, tandis que la terre qui les couvre s'étendait au-dessus de sa tête, le comte heurta du pied un rude obstacle. C'était la margelle d'un puits qui se trouvait ras de terre devant ses pas. On en perçait ainsi dans toutes les prisons, pour faire disparaître ceux dont la mort ne devait laisser aucune trace, dans le cas où le château serait conquis et fouillé jusqu'en ses fondements.

Les autres suppliciés avaient laissé leurs ossements dans le cachot, et on pouvait les compter... mais ceux qui avaient péri dans ce gouffre couvert d'ombre, sans qu'on dût jamais connaître leur sort ni les venger, on n'en pouvait connaître le nombre !

Le comte avait hâte de sortir de ce lieu d'horreur : il traversa rapidement son étendue. Cependant, arrivé à l'autre extrémité, il ne vit aucune trace de porte, aucun mouvement ne se fit dans la muraille, qu'il heurtait en vain du manche de son poignard. Il lui en coûtait de parcourir une seconde fois cet épouvantable ossuaire pour revenir sur ses pas ; pourtant il se décida à regagner la voûte par laquelle il était entré ; mais cette issue était maintenant fermée par une porte bardée de fer et inébranlable comme le roc.

Une affreuse pensée se présentait : le jeune homme crut que les juges avaient eu soupçon de sa félonie, et voulaient le laisser mourir oublié dans cet antre de la terre où tant de malheureux avaient fini ainsi ; il se vit déjà couché pour l'éternité près des squelettes informes !

Dans un mouvement de désespoir, il tomba à genoux, et jeta vers Dieu un cri de détresse.

En ce moment, une porte qu'il n'avait pas aperçue, parce que son bois noirci se confondait avec la teinte de la muraille, s'ouvrit devant lui. Il se précipita dans cette issue.

Elle était ouverte à peu de distance de la porte d'entrée et donnait au pied d'un escalier tortueux.

Le pauvre aventurier, en montant ces degrés, s'attendait sans cesse à quelque affreux spectacle. Cependant il sentit un air plus pur passer sur son front, et, en s'élevant davantage, il aperçut au-dessus de sa tête une clarté bien faible, bien étroite encore, mais qui venait du ciel dans une nuit limpide.

En abordant sur le sol, il se trouva dans l'ancien emplacement du château, au-dessus de l'affreuse salle des tortures qu'il venait de parcourir.

Le tableau le plus inattendu frappa ses regards.

C'était dans la gorge des montagnes. Une atmosphère blanche, vaporeuse, légèrement argentée par la lune dans tout son éclat, baignait un espace de terrain offrant la plus radieuse image du printemps, du printemps dans toute sa beauté. Un champ de roses en pleines fleurs et d'une fraîcheur délicieuse en remplissait l'étendue. Les arbustes, dans la demi-lueur qui les éclairait, avaient une teinte uniformément grise, et paraissaient légers comme des ombres, tandis que leurs fleurs se détachaient en nuance plus claire. Ces gracieux arbrisseaux se groupaient en bouquets, s'étendaient en ligne onduleuse, ou montaient en spirales et se jetaient de l'un à l'autre, comme dans une caresse fraternelle, leurs branches souples et parfumées.

L'air était d'une fraîcheur vivifiante, le sol revêtu d'épais gazon.

Au milieu de l'enclos, un petit lac entouré de verdure, déroulait sous les rayons de la lune un réseau tissu de mille étincelles. Autour de ce bassin, et dans les fourrés de feuillage des oiseaux chantaient en notes filées, à peine perceptibles, et dont la mélodie voilée s'harmonisait à la vague et enchanteresse douceur du tableau.

Ce lieu était encadré par des montagnes nues, des roches hérissées, des arbres morts qui faisaient mieux ressortir sa magique beauté.

Le comte de Ratisbonne, se croyant sauvé, goûtait un moment d'indicible bonheur.

Après avoir fait quelques pas dans ce jardin miraculeux, il vit deux initiés du tribunal occupés à en cultiver les arbustes. Ils portaient, comme leurs frères, la robe noire et mystérieuse qui cachait entièrement la taille et les traits ; mais ils étaient jeunes tous deux, à en juger par l'élégance de leur stature et la souplesse de leurs mouvements. L'un, penché sur le sol, tenait un instrument aratoire avec lequel il remuait la terre au pied des rosiers ; l'autre, étendant les bras au sommet des arbustes, relevait en festons leurs tiges entraînées par le poids des fleurs.

Leur conversation, idéale comme tout le reste, dans ce séjour, était composée de sentences philosophiques qu'ils se renvoyaient de l'un à l'autre.

Ils tournèrent la tête vers le nouveau venu, et le regardèrent un instant, mais sans rien déranger de leur attitude ni interrompre leur entretien, dont la pensée prenait un charme extrême en passant par leurs voix profondes et harmonieuses.

— Travaillons la terre, disaient-ils, à la place où s'élevaient les tours du despotisme impie, afin que la végétation couvre leurs racines et enfonce leur souvenir plus avant dans le sol.

— Au-dessus des cachots où succombèrent tant de victimes, que chaque jour fasse éclore des roses ; que la création y paraisse sous sa forme la plus séduisante, pour dire à la nature : Crée encore ! épanche sur les hommes le bonheur avec tes trésors !

— Cultivons le sol qui doit nourrir un jour toutes les créatures appelées au partage, car le Dieu paternel bénit toute œuvre de bonté.

— Servons Dieu jusqu'à ce que les hommes soient devenus assez grands pour être Dieu eux-mêmes.

A quelques pas de ces jeunes adeptes, et à l'entrée d'une grotte entourée de fleurs, était suspendue une harpe éolienne, dont les cordes frémissantes répondaient, par une ineffable mélodie, à chaque verset des prophètes.

Le comte de Ratisbonne avait traversé lentement cet Éden enchanteur, et il espérait s'y arrêter encore, quand, arrivé sur ses limites, il vit un bloc de granit, appartenant aux rochers sourcilleux qui bordaient le jardin, se détacher silencieusement et lui montrer une sombre profondeur.

Il se retourna et voulut adresser la parole aux gracieux cultivateurs ; mais eux, au lieu de lui répondre, montrèrent d'un geste impératif l'entrée du souterrain.

Ratisbonne était brave au fond de l'âme ; un moment d'air pur et de cessation d'angoisses avait suffi pour le rappeler à lui-même : il ne voulut pas avoir l'air de trembler devant ceux qu'il venait d'entendre, et s'enfonça résolûment dans les entrailles de la terre.

L'escalier qu'il suivait devenait de plus en plus difficile ; les marches rompues tournaient sous ses pas, et il fut souvent près d'aller se briser la tête contre la muraille. Il arriva dans des couloirs abaissés, tortueux, semblables à ceux qu'il avait déjà parcourus ; les mêmes traces de la barbarie féroce s'y trouvaient ; on rencontrait à chaque pas des cachots formés dans la maçonnerie du mur, tombeaux surchargés de cent pieds de pierre, que les cris les plus désespérés des êtres enterrés vivants ne pouvaient jamais percer. Le malheureux aventurier (répétant toujours, comme sur les grains d'un rosaire, les malédictions qu'il se donnait à lui-même pour sa folle entreprise) se demandait quand finirait enfin cette course souterraine, qu'il semblait ne pouvoir poursuivre encore sans tomber brisé de lassitude et d'effroi. Cependant il redoutait plus que jamais d'arriver au terme : l'épouvantable action qu'il avait à commettre à la fin de ce sinistre voyage lui faisait désirer de succomber à la peine avant de l'atteindre.

Une fois, après avoir traversé un souterrain étroit et profond, le chevalier errant s'arrêta tout à coup : il venait de rencontrer sous ses pas un puits à fleur de terre, semblable à celui qui se trouvait au milieu de la salle de torture. La lampe d'argent que Ratisbonne, suivant l'ordre des statuts, avait toujours conservée allumée, approchée de l'orifice, montra approximativement la profondeur de cet abîme.

Deux arcs-boutants de la muraille, qui avançaient jusqu'au bord du puits, empêchaient absolument de passer de l'un ou de l'autre côté, et le comte songeait déjà, malgré la défense qui lui en était faite, à revenir sur ses pas, lorsqu'une porte s'ouvrit en face de lui, de l'autre côté du gouffre, et le rappela à son terrible devoir.

Il se disait cependant qu'on ne pouvait lui demander l'impossible et le forcer à marcher encore quand le sol manquait sous ses pas... Il balançait dans une horrible perplexité, seul dans cette affreuse nuit, n'ayant personne à qui adresser une parole, une prière, et pourtant conduit par une volonté implacable, entouré d'êtres invisibles qui fuyaient silencieusement son passage et semblaient répéter sans cesse qu'il fallait obéir ou être reconnu pour traître et mourir comme tel.

Tandis qu'il était livré à ces angoisses, un son, qu'il entendit après un si long espace de silence, le fit frissonner jusqu'au fond de l'âme. C'était la cloche qui avait marqué sa sortie de l'enceinte du tribunal. Elle résonnait dans le souterrain, dont la porte venait de s'ouvrir, comme pour appeler le néophyte en avant. Ses tintements, d'abord faibles et lents, devinrent plus forts et plus pressés à mesure que le comte balançait, comme pour hâter sa résolution, et s'élevèrent enfin avec tant de violence, qu'ils semblaient commander impérieusement et menacer.

Ratisbonne comprit bien qu'on lui ordonnait de franchir tout simplement ce gouffre et de continuer son chemin. Saisi d'une impatience fiévreuse, résolu à tout pour en finir avec cet enfer, il se décida à tenter le pas difficile.

Il se retira de quelques pas en arrière, prit son élan et s'élança au-dessus du puits.

Mais son pied, qui touchait à l'autre bord, manquant de quelques lignes à peine le point d'appui, glissa sur la pierre homicide... le malheureux jeune homme se sentit repoussé en arrière. Il commença un signe de croix, recommanda son âme à Dieu et tomba dans l'abîme.

Au bout de quelques instants dont il ignora la durée, le comte, évanoui dans sa chute, rouvrit les yeux. Étonné de vivre encore, il essaya de se mouvoir, et se sentit seulement froissé et meurtri. Sa lampe était tombée de sa main, mais, comme le souterrain dont la porte ouvrait sur le puits était éclairé, une faible lueur venait jusqu'à lui. Il se vit avec une extrême surprise à deux pieds à peine du niveau du sol ; il avait été soutenu en l'air ou le gouffre s'était refermé sous lui par magie ; de même son poignard de franc-juge, qu'il avait dû laisser échapper en tombant, se trouvait dans sa main.

Ce qu'il sentait le plus vivement alors était la honte de la posture on ne peut moins noble et digne dans laquelle sa chute l'avait disposé. Il se hâta de se relever, et, franchissant facilement le bord du puits, il pénétra dans ce formidable souterrain où un destin irrésistible l'appelait.

Dès qu'il fut là, son sang se glaça d'effroi dans ses veines.

Ce lieu offrait l'appareil funèbre le plus lugubre, et c'était là enfin que se trouvait le condamné.

Au pied d'un pilier qui s'élevait au centre du cachot et s'attachait à la clef de la voûte, le malheureux était étendu sur la terre, mais le haut du corps fortement lié à la colonne ; ses pieds et ses mains étaient enchaînés, son visage voilé de noir ; sa poitrine, couverte d'une simple toile, se présentait au coup mortel.

Un grand drap noir, marqué d'une croix blanche, suspendu au-dessus de sa tête, planait déjà sur lui, tout prêt à couvrir son corps quand il ne serait plus ; à ses côtés était une pierre préparée, puis un christ et une coupe d'eau bénite où trempait un rameau. Une lampe sépulcrale éclairait ce sombre tableau ; la cloche faisait entendre alors le glas funèbre.

La transformation ne s'était point opérée chez le comte de Ratisbonne, qui avait fort inutilement revêtu la robe noire ; la lumière d'en haut, que, d'ailleurs, il n'invoquait guère, ne l'avait point initié aux mystères de la justice suprême : le jeune seigneur, en pleine fleur de loyauté et de chevalerie, ne pouvait tout d'un coup devenir assassin. A la vue de la victime, la pitié se joignant au sentiment d'horreur, il était moins disposé que jamais à prendre au sérieux son rôle de bourreau.

Le condamné exhalait des soupirs déchirants : les formes de son corps révélaient la jeunesse, mais son visage était couvert d'un voile impénétrable. Ratisbonne se souvint alors de ce que lui avait dit le président : *Vous ne saurez si celui que vous frappez n'est point votre ami, votre frère !...*

Il s'écria avec emportement :

— Sur mon âme, je ne veux pas tuer cet homme !

Et rompant court à toutes les lois suprêmes, il s'en retournait sur ses pas...

Mais là, devant lui, vers la porte qu'il allait atteindre, une vision horrible lui barrait le passage, et la terreur seule l'eût bien empêché de faire un pas de plus.

Deux êtres sans nom se dressaient devant lui. Ils avaient un corps gigantesque, couvert de l'éternelle robe noire des francs-juges ; leur pose droite était celle des vivants, et leur capuchon entr'ouvert faisait voir, à la clarté de la lampe funèbre, des têtes de mort. Les glaives étincelants qu'ils tenaient à la main se croisaient devant la sortie du souterrain, et, à l'approche de Ratisbonne, se tournèrent lentement sur sur son sein.

Toutes les forces du comte étaient brisées... Il se reculait en chancelant ; la sueur froide baignait son visage ; l'épouvante égarait sa raison. Ces épées levées sur lui, lui rappelaient que, dans cet antre maudit, celui qui refusait l'épreuve était mis à mort.

Éperdu, anéanti, l'amour de la vie parlait encore en lui ; son esprit troublé lui balbutiait qu'il fallait céder à la nécessité... que, s'il refusait de tuer le condamné, il ne mourrait pas moins sous les coups d'un autre, et que sa vie, à lui, serait livrée de plus à ces monstres.

Il s'avança précipitamment vers le pilier où était attaché le patient, leva son arme, puis s'arrêta et balança encore... Mais le pas des spectres se fit entendre derrière lui. Alors il détourna la tête, et plongea son poignard dans la poitrine nue qui s'offrait à lui.

Un cri de mort résonna sous la voûte... Le comte sentit sur ses mains l'humidité tiède du sang... il vit le corps de la victime se rouler sur la terre, puis s'arrêter dans l'immobilité éternelle.

La lampe s'éteignit, une nuit profonde se répandit

dans le cachot... Le comte fut un moment privé de sa raison, incapable de rien sentir, de rien entendre.

Quand il revint à la connaissance de la situation, éveillé par un vent froid qui soulevait ses cheveux et frappait son visage, il était au milieu de l'assemblée imposante et innombrable des francs-juges, mais sous la voûte du ciel, dans la vaste clairière d'une forêt, où quatre routes se croisaient. La foule des initiés se répandait sous le dôme des arbres, et, dans le plus profond lointain où l'œil pouvait s'étendre, faisait briller des flambeaux aussi nombreux que les feuilles des bois.

Les dignitaires de l'ordre étaient rangés au centre de la clairière. De chaque côté, des chœurs chantaient, d'un ton grave et inspiré par leur sainte croyance, des hymnes de foi et d'espérance, qui se mêlaient au vent impétueux, et semblaient devoir aller avec lui jusqu'aux limites du monde.

Le comte de Ratisbonne, ayant rempli les conditions des premières épreuves, fut appelé à prêter serment entre les mains des grands juges.

Le parrain de l'adepte l'amena par la main au centre de l'imposant tribunal.

— Nous sommes venus dans cette forêt, au sein de la nature, pour recevoir ton serment, dit le président à l'adepte, car tes paroles doivent aller *aux quatre coins du ciel*, ton vœu de fidélité doit monter plus haut que les nuages, être plus profondément enraciné que les montagnes.

Un cercle d'initiés, semblables à des ombres, entoura le récipiendaire et secoua sur sa tête la lumière des torches qui l'enveloppa de gerbes d'étincelles. On découvrit son bras droit, on lui posa la main sur les symboles réunis du Christ et de l'épée, et on lui fit prêter un serment dont voici les paroles sacramentelles :

« Je jure par le Christ, sur mon honneur et sur mon âme, de vénérer, servir et maintenir toutes les lois émanant du saint tribunal, de me dévouer jusqu'à la mort à cette sainte association, d'en exécuter les ordres aveuglément, avec fidélité et courage, de ne reconnaître aucune autorité de la terre au-dessus de la sienne.

« Je jure de défendre les doctrines et institutions des francs-juges contre toute puissance humaine, contre l'air, le feu et l'eau; contre tout ce que le soleil éclaire, contre tout ce que la nuit cache dans ses ombres.

« Je jure de dénoncer au saint tribunal tout ce qui, d'après ses lois, mérite remontrance ou châtiment; de ne dérober ce que je pourrai apprendre des fautes des hommes, ni par amour, ni par amitié, ni par aucune affection de famille, ni pour or, ni pour argent, ni pour dignités ou priviléges quelconques.

« De ne jamais trahir la volonté du tribunal pour sauver l'accusé, de ne point révéler à celui que poursuit le vengeur le danger dont il est menacé, de ne le lui faire connaître ni par paroles, ni par écrit, ni par peinture, sculpture ou emblème.

« De n'accorder à aucun condamné ni feu, ni nourriture, ni vêtement, ni asile, quand même mon père mourant me demanderait un morceau de pain, quand même mon frère tomberait de froid sur le seuil de ma porte.

« Si je manque à cette loi, je me reconnais coupable moi-même du crime que j'aurai dérobé à la justice suprême; je consens à subir la peine de mort qui y est attachée, à prendre la place du coupable que j'aurai sauvé.

« Je jure de porter toujours amour et respect au saint tribunal, dans mes actions, mes paroles et les plus secrètes pensées de mon âme. »

Ce serment prononcé, les assistants apportèrent au néophyte du vin dans une coupe de bois et un morceau de pain, pour représenter le grand mystère de la cène, pour signifier qu'il devait manger, c'est-à-dire *vivre* avec la société dans laquelle il venait d'entrer, et lui être *incorporé*.

Le président prononça au néophyte qu'il était reçu au premier grade dans la société des francs-juges.

A peine eût-il prononcé ces paroles, qu'un sifflement aigu se fit entendre dans toute l'étendue de la forêt, et toutes les lumières s'éteignirent en même temps.

Le comte de Ratisbonne, accablé de tant de fatigues et de commotions successives, s'assit au pied d'un arbre et s'affaissa sur lui-même. Il demeura ainsi quelques instants, et le jour se leva.

Il se vit seul alors dans l'étendue de la forêt et se mit à marcher au hasard; mais il atteignit bientôt heureusement la lisière du bois, et là il retrouva son cheval qu'on lui avait amené.

En ce moment, où il se trouvait en possession de la campagne, de la lumière du ciel, il se sentait revenir à lui-même; la vie réelle le pénétrait; elle repoussait en arrière les événements de la nuit qui venait de s'écouler, et leur donnait déjà le vague d'un songe.

Ce fut alors seulement que Ratisbonne, échappé à des émotions poignantes, sentit toute la valeur des secrets qu'il avait découverts dans l'enceinte du tribunal suprême, des projets qui avaient été révélés devant lui, et dont la connaissance hâtive pouvait sauver son maître. Il chevaucha alors légèrement, courageusement, à travers la campagne, pour aller rejoindre la capitale de Bohême.

XIII

UN COUP DE TÊTE

Le couvent de Saint-Bruneau, depuis le jour de la défaite de l'empereur, est resté fermé sous ses sombres massifs de mélèze, et repose calme et silencieux, dans son triomphe austère. C'est dans ces lieux, où nous avons laissé prisonniers les plus fidèles sujets de Winceslas, qu'il nous faut maintenant revenir.

Les officiers du prince sont enfermés dans un corps de logis situé au fond de l'édifice religieux, et adossé à la montagne qui le couronne. En face de cette aile de bâtiment, un pavillon séparé est occupé par les femmes de la suite de l'impératrice. Ces deux parties du monastère, momentanément érigées en prison, sont garnies de grilles et de sentinelles.

Entre ces deux bâtiments règne un étroit verger qui longe, d'un côté, le pied de la montagne, où il est bordé par un mur à hauteur d'appui; de l'autre, le cloître, dont il est séparé par un buisson d'arbustes fruitiers. L'automne a dépouillé les arbres du verger de leurs feuilles, cependant il reste encore à l'une des extrémités de l'enclos une ruche d'abeilles, qui tournaient autour des branches dégarnies, où elles aspirent les derniers rayons du soleil et le suc des fruits tardifs de l'année encore attachés à leur tige.

Treize jours se sont écoulés depuis le combat singulier qui se termina par l'arrestation de l'empereur.

Il est nuit et les brumes de novembre rendent l'obscurité complète. Déjà depuis longtemps la cloche du coucher a rappelé les moines dans leurs cellules, et toutes les lumières se sont éteintes aux vitraux du monastère.

Un jeune homme, au mépris de cet ordre général de retraite, se promène en long et en large dans l'enceinte obscure du verger, avec des mouvements répétés d'agitation et d'impatience.

Dix heures viennent de sonner. Une fenêtre du pavillon habité par les dames d'honneur de l'impératrice s'ouvre sans bruit, et une forme blanche s'avance sur le balcon de pierre qui donne du côté de la montagne. Avec la légèreté d'une ombre, elle s'élève sur la balustrade, se pend au rameau courbé d'un mélèze qui règne devant le pavillon et descend sur le mur d'appui du verger.

Le jeune homme qui errait dans les ombres s'élance de ce côté, monte sur un appui qui se trouve à moitié du mur, prend la figure aérienne dans ses bras et la dépose doucement sur le gazon, le tout avec une adresse et une rapidité qui montrent l'habitude de cette évolution.

— Vous êtes venue bien tard ce soir, Léonore, dit la voix émue et encore inquiète d'Edgard.

— Cela vous est facile à dire, à vous, seigneur, qui êtes prisonnier pour la forme, et n'avez un geôlier que pour vous ouvrir la porte quand il vous plaît de sortir.

— C'est vrai.

— Mais moi, qui suis enfermée par tant de grilles, de verrous! il me faut prendre le chemin de la fenêtre, qui est toujours un peu plus long.

— Et vous exposer!...

— Sans compter que la grande-maîtresse nous fait rester près d'elle jusqu'à dix heures, parce que, fidèle au respect de sa souveraine, elle ne veut pas que nous nous endormions dans notre prison avant l'heure où notre pauvre princesse va se mettre au lit dans la sienne.

— C'est vrai, encore une fois!... mais en ne vous voyant pas venir, je crains toujours!...

— Ah! mon Dieu, dit Léonore, rappelée à la réflexion, il ne s'agit plus de craintes, maintenant, mais de douleurs bien réelles.

— Vous me faites trembler!

— Voyons, vous m'avez écrit ce matin... que me disiez-vous!

— Ce que je vous disais, bon Dieu! Vous n'avez donc pas trouvé ma lettre!

— Non.... dites-moi vite.... que renfermait-elle?

— Mais des nouvelles très-importantes de ma correspondance avec l'empereur.

— Ah! mon Dieu....

— Ce bon gardien qui s'est pris de tendresse extrême pour moi, et son frère, qui fait partie des gardes du château de Prague, où sont enfermés nos souverains, transmettent les lettres d'une manière très-active. Depuis la nuit où je vous ai vue ici, j'ai écrit à Son Altesse Winceslas et j'ai reçu sa réponse.

— Vous avez fait part au prince de notre projet pour sa délivrance... mais de quelle manière?

— De la manière la plus explicite. Je lui ai exposé tout notre plan, tel que le voici. Nous évader tous deux, un beau soir, de ce couvent; arriver à Prague, conduire un bateau sur la rivière jusqu'à l'endroit où le pied des murs du château baigne dans la Muldaw, donner le signal sous les fenêtres de l'appartement de l'empereur, recevoir les princes descendus avec des échelles de corde dans nos barques, et voguer bravement au large et en liberté.

— Et l'empereur vous a répondu?

— Il approuve notre dessein. Il fixe la nuit de l'évasion, et choisit l'heure où le soldat qui nous est gagné monte la garde à sa porte.

— Eh bien, tout cela est renversé!

— O mon Dieu!

— Vous me rapportiez ces dispositions?

— Ma lettre contenait une copie de celle que j'avais adressée à l'empereur, ainsi que sa réponse.

— Cette lettre, qui dévoilait tous nos secrets, qui renfermait notre espoir le plus cher!...

— Cette lettre?...

— Elle est entre les mains des pères du couvent.

— Est-il possible?

— Ce matin, dit Léonore avec un profond soupir, en attendant l'heure où il nous est permis de descendre pour la promenade, et où je puis m'emparer de votre correspondance, j'étais à la fenêtre de la chambre de la grande-maîtresse, qui donne sur ce verger. Je regardais déjà avec un œil d'envie la ruche à miel où nous cachions tour à tour nos lettres, avec l'espoir que les aiguillons des abeilles les garderaient contre toute main indiscrète... — Et enfin?

— Le père Saint-Augustin traversait le verger... Je l'ai vu s'arrêter tout à coup devant la ruche et faire un mouvement de surprise... Un coin du papier passait certainement et se laissait apercevoir dans les cases de miel, car le père chartreux, tendant les doigts et les retirant tour à tour, par crainte de piqûres, a fini par saisir la lettre, que je lui ai vu enfermer dans sa robe.

— Oh! malheur!

— Je suis descendue une minute après... mais le mal était fait.

— Et irréparable!

Léonore secoua tristement la tête.

— Nous étions si près du succès! s'écria le page en frappant du pied.

— Maintenant, on va nous garder à vue, renforcer notre prison, pour nous apprendre à rester en repos.

— Et, de plus, avertir le gouverneur du château de Prague de se méfier de la rivière et de ses bateaux.

Les deux jeunes gens demeurèrent dans un silence accablé.

Ainsi, depuis le temps de leur captivité, Edgard, par dévouement à la royauté, Léonore, par attachement à sa douce souveraine, n'avaient songé qu'au moyen d'amener la délivrance des illustres prisonniers. Edgard avait séduit le soldat qui, de neuf à onze heures du soir, était de service dans sa prison, non par de l'argent, le page de l'empereur détrôné ne possédait pas une obole, mais par la valeur que, naguère, il avait montré dans le combat, et ensuite par l'ardeur mélancolique, la douceur ineffable de son charmant visage, toujours tourné du fond de sa prison vers l'espace où les oiseaux planaient en liberté. L'homme d'armes laissait donc parfois son prisonnier se rendre pendant la nuit au verger, où Léonore descendait aussi en péril de sa vie; et les deux jeunes gens avaient passé le temps de leurs rendez-vous à organiser une contre-révolution en toute règle.

La situation exceptionnelle où se trouvait Léonore, menacée par le tribunal secret, et par suite Edgard, qui avait juré de partager son sort, n'avait point le pouvoir de les absorber dans ses terreurs. Ce danger exaltait leur imagination : la nécessité de voir la mort toujours présente et d'en braver la pensée leur donnait à leurs propres yeux un relief d'héroïsme dont l'orgueil dérobait la tristesse.

Un soir, depuis son arrestation, Léonore avait trouvé dans sa chambre un second avertissement des francs-juges, qui la citaient de nouveau à leur tribunal; ils lui assignaient un endroit où elle devait se rendre pour être conduite devant eux, et fixaient la nuit du 15 novembre comme le dernier terme pour comparaître ou être *condamnée par son absence*. La jeune fille avait senti encore l'impression de glace que portait avec lui ce papier marqué d'une croix fatale!... Elle frémissait en pensant qu'en effet les invisibles étaient partout, qu'ils avaient pu pénétrer dans la retraite d'un couvent, dans l'intérieur d'une prison, et se disait que, quand elle serait condamnée, il était trop vrai que nul asile ne pourrait la soustraire à son sort. Elle ne devait pas compter sur sa captivité pour la soustraire à l'obligation de répondre à l'appel du tribunal, sachant bien que tout était soumis aux francs-juges, que les autorités de la maison lui permettraient de sortir pour satisfaire à leurs ordres, et elle se disposait à obéir.

Dans ses entretiens nocturnes avec Edgard, Léonore ne lui avait point parlé de cette approche rapide du danger. Elle ne voulait pas que le jeune page la suivît dans le sanctuaire de cette justice terrible, qu'il embrassât sa cause par ses paroles, peut-être par son épée, et fût jugé avec elle. Elle avait accepté le sacrifice du noble jeune homme, mais ne voulait pas que ce sacrifice s'accomplit. L'amour est par lui-même un si grand bien, que, dans les dévouements qu'on inspire, c'est la pensée d'être aimé jusqu'à la mort qu'on recueille avec délices, le reste n'est rien; si Dieu ne se contente pas de bonnes intentions, le cœur est plus facile, et en fait son souverain bonheur...

La jeune accusée se sentait bien le courage de paraître seule devant ses juges : elle leur parlerait sans fléchir, sans trembler, et, satisfaite ainsi, pourrait mourir... Cette enfant du peuple, jetée dans une situation cruelle, mêlée aux revers des grands dans un État bouleversé, était revêtue des forces nécessaires pour soutenir ces combats. L'énergie, l'espérance, la confiance en Dieu, étaient tissues autour de son sein par la nature... La jeune fille, comme les chevaliers de la terre sainte, portait toujours sa cuirasse d'or.

Les deux prisonniers du couvent n'avaient donc point été jusque-là abattus de leur situation présente, ni des menaces de l'avenir. La légèreté même de la jeunesse, sa gaieté, ses bonheurs sans cause, ne les avaient pas abandonnés. Souvent, au milieu des graves intérêts qui les occupaient, au milieu des troubles d'un amour, passionné de la part d'Edgard, tendre et reconnaissant du côté de Léonore, lorsqu'ils étaient clandestinement réunis la nuit, et à leur grand péril, dans le verger du monastère, le page trouvait un plaisir indicible à voler les poires des révérends pères, et Léonore partageait gaiement avec lui les fruits qui annoncent la fin de l'année... tout en pensant que son existence était peut-être au même déclin.

Mais ce soir-là, accablés de leur funeste déconvenue, ils parcouraient l'enclos à pas lents et la tête baissée. Depuis quelques instants, ils ne trouvaient pas un seul mot d'espoir pour interrompre leur silence taciturne; dans le découragement et l'impatience, ils ne savaient plus que jeter au vent quelques impétueuses exclamations, et casser la tête des branches d'arbres qui se trouvaient devant leurs pas.

Ce mouvement machinal les conduisit dans la partie du verger qui touchait au couvent, et qui avait là une palissade de framboisiers étendue devant le cloître. Ils aperçurent alors une faible lumière au fond des arceaux, et des robes blanches de chartreux qui se détachaient dans l'ombre.

L'heure de la retraite était passée depuis longtemps; mais, comme la règle obligeait les moines de Saint-Bruneau à se relever la nuit pour prier, il n'était pas étonnant de voir quelques-uns d'entre eux traverser le cloître.

Les jeunes gens, craignant de faire entendre le bruit de leurs pas en s'éloignant, se pressèrent contre la haie dépouillée de feuilles, mais assez épaisse de ronces pour les dérober à la vue. Cependant, comme la laine blanche que portaient les religieux les avait fait apercevoir de quelque distance, Edgard craignit que la nuance claire de la robe de Léonore ne les trahît aussi dans la nuit; il enveloppa la jeune fille de son manteau brun et la serra contre son sein.

Les deux frères chartreux approchaient, et l'ouïe fine de Léonore avait déjà saisi quelques-unes de leurs paroles.

— Écoutons, écoutons! dit vivement la jeune fille en serrant le bras d'Edgard, on parle de nous!

Les pères du couvent étaient alors sous une arcade voisine; le page reconnut la voix du moine au chapelet d'or, puis on entendit le religieux qui disait en ce moment :

— Certainement, frère Saint-Augustin, vous avez bien fait de me remettre cette lettre; mais, en vérité, je ne crois pas qu'il faille sévir bien rudement contre ces conspirateurs de vingt ans.

— Hein! qu'ils aient vingt ans ou davantage, le mal n'en serait pas moins fait! dit le frère Saint-Augustin. Ils sont sur le point de détruire par un beau zèle le premier acte d'une révolution devenue indispensable.

— Laissons ces enfants se dévouer à leur croyance. Ils sont dans l'âge où l'on met toute l'ardeur de son âme aux vertus de convention, aux préjugés de naissance, n'ayant pas encore eu le temps de se méfier d'un principe établi, et d'y apporter l'examen. Ils ne voient rien de plus beau que le dévouement aveugle à son prince.

— Et ce sont des idées très-dangereuses dans de semblables têtes!

— Il faut commencer par là. On apporte une foi naïve et sainte à la royauté absolue, parce qu'on l'a entendue proclamer par ses pères comme le salut du monde. Une fois que l'âme s'est éprise de la grandeur et de la beauté morale, même au milieu de l'erreur, elle est prête à soutenir avec force et constance les véritables lois de justice que le temps et la raison viennent lui révéler. C'est la route commune des êtres les plus élevés. Il faut être sujets enthousiastes des rois avant de devenir dignes défenseurs des peuples.

— Sans doute, sans doute, reprit l'autre interlocuteur, tout cela serait bel et bon si les jeunes gens ne faisaient du royalisme qu'en imagination, si la petite fille priait le ciel pour les vaincus, et si le bambin de page chantait *son Dieu, son roi, sa dame...* Mais ils veulent enlever l'empereur dans un bateau conduit sous sa fenêtre... rien que cela!

— Winceslas est fort lourd, répondit le premier moine en souriant, et, avec un tel fardeau, les jeunes libérateurs auront peine à conduire leur barque à bon port.

— Ne vous y fiez pas, mon père; ce petit Edgard est courageux comme un lion!

— Oh! tant mieux! s'écria le moine au chapelet d'or.

Et sa voix vibra d'une profonde émotion.

Edgard tressaillit de bonheur à cette exclamation. Quel orgueil pour lui de voir que ceux dont il s'était montré l'ennemi admiraient sa bravoure!... Et puis la voix de ce religieux, qui avait sans doute le pouvoir d'impressionner vivement, quoique d'une manière différente, ceux qui l'entendaient, pénétrait avec une douceur extrême jusqu'au fond de son âme. Dans une satisfaction inexplicable, le page pressait vivement Léonore sur son cœur.

Le moine, cependant, se remit, et dit d'un accent plus grave :

— Soyez assuré, mon frère, que ces jeunes gens ne réussiront pas dans leur projet.

— Ne réussiront pas, bon Dieu! s'écria l'autre religieux; vous voulez donc le leur laisser entreprendre?

— Oui. Cette lettre n'est connue que de nous deux, dans la communauté. Je vous prie, et, s'il le faut, je vous enjoins de garder là-dessus un silence absolu.

Edgard avait remarqué, depuis le jour de son arrivée au couvent, que le moine au chapelet d'or, quoiqu'il n'eût aucun grade ostensible dans l'ordre des chartreux, paraissait cependant y exercer une grande autorité.

Le père Saint-Augustin reprit en murmurant :

— Ils sortiront donc de cette prison, où nous sommes chargés par les princes de les retenir, au vu et au su de deux de leurs gardiens, et à la barbe de tous les autres !

— Je n'y vois pas grand mal, répondit son interlocuteur. Je vous le répète, le château où un empereur est retenu prisonnier doit être sous une assez bonne garde pour que deux enfants ne puissent en forcer ni les portes ni les fenêtres.

— Mais, enfin, s'ils y parvenaient ?

— Ce serait peut-être un bien. Le souverain serait moins respectable en fuite qu'en prison, et alors la raison d'État...

Les deux religieux s'éloignèrent après s'être arrêtés un instant dans l'animation de leur colloque, et il fut impossible d'entendre le reste de la phrase.

Etourdis, stupéfaits de ce qui venait d'être dit près d'eux, de l'indulgence inexplicable du moine, de sa bizarre décision, les deux jeunes gens éprouvaient autant d'étonnement heureux que d'appréhensions vagues.

— Eh bien.... que dites-vous de cela ? demanda Léonore.

— Nous voilà à peu près autorisés par nos adversaires dans la conspiration formée contre eux.

— La partie est trop belle !

— Oh ! oui... l'assurance de ce moine sur la non-réussite de notre entreprise me fait trembler... J'ai déjà remarqué ce religieux plusieurs fois, et, tout en restant caché sous le capuce de son froc, tout en gardant ordinairement le silence, il porte en lui un aspect de grandeur et de supériorité qui impose à tout ce qui l'environne.

— C'est la Providence qui lui a inspiré cette indulgence extraordinaire en notre faveur, dit Léonore.

— Cependant, s'il juge dans sa tête blanche que notre tentative serait vaine, c'est qu'il y a en effet pour nous bien peu de chances de succès.

— Dans les têtes les plus blanches et les plus sages, reprit la jeune fille, il n'y a toujours que la raison d'un homme ; mais les inspirations du cœur viennent de plus haut, et ce sont elles qu'il faut suivre.

— Nous allons alors remettre notre barque à flot ?

— Oui.

— Et si cette tentative de fuite, réussissant ou non, allait être funeste à l'empereur ! dit Edgard. Je ne sais, mais les paroles que prononçait le moine en s'éloignant m'ont fait trembler, quoique je ne pusse en distinguer le sens.

— La captivité de nos princes est là, avec ses humiliations et ses douleurs ; les malheurs qui peuvent les menacer ensuite sont éloignés et incertains...

— Il est vrai.

— Et puis, si l'empereur, si notre chère souveraine, couraient quelque nouveau danger, qui sait s'il ne nous serait pas encore permis de les en arracher !

— O Léonore ! vous avez une foi inébranlable !

— Je crois à la puissance de la tendresse, du dévouement ; je crois que Dieu, lorsqu'il nous donne des sentiments si doux, doit les rendre efficaces, pour couronner son œuvre.

— Oui, vous avez raison. Cette faiblesse où je viens de me laisser entraîner me fait honte à présent, et je me sens redevenir moi-même. Chère Léonore, je vous disais bien que vous étiez l'âme qui devait régner en moi, et donner au jeune soldat la dignité d'homme où il aspire.

— Ainsi, nous poursuivons notre entreprise ?... Quelle nuit l'empereur a-t-il fixée pour son évasion ?

— La nuit du 15 novembre.

— Du 15 novembre ! répéta Léonore, frappée d'un coup subit et terrible.

Cette nuit était celle où il lui fallait comparaître au tribunal secret, sous peine d'être, par son absence, reconnue coupable et condamnée.

— Mon Dieu ! qu'avez-vous ? s'écria Edgard, frappé de l'altération de sa voix.

— Rien. Mais êtes-vous bien sûr que ce soit réellement la nuit du 15 novembre que l'empereur désigne ?... Celle d'après-demain ?

— Parfaitement sûr.

— Fatalité ! murmura Léonore.

— Vous tremblez ! dit Edgard en saisissant sa main. Vous tremblez, vous !... Oh ! il y a quelque chose d'affreux !

— Non... je vous assure... Je ne croyais pas que ce fût sitôt !... et, au moment de l'exécution, je me suis sentie troublée... N'y pensons plus.

— Mais, au nom du ciel ! reprit le jeune homme, dites-moi ce que vous craignez.

— Rien, encore une fois. Je ne puis, en telle circonstance, craindre ni hésiter !... Et nous irons à Prague, *la nuit du 15 novembre !* ajouta-t-elle avec le sourire d'un sublime courage.

Edgard allait la supplier encore de lui révéler la cause de l'émotion violente qu'il sentait en elle et partageait sans la comprendre ; mais l'heure de liberté dont le prisonnier pouvait jouir était passée, et son gardien le pria, en l'appelant à voix basse, de venir se remettre sous les verrous.

Les deux jeunes gens purent seulement convenir de s'enfuir le surlendemain soir du couvent, par des moyens qui avaient été réglés d'avance, afin d'être à deux heures du matin sous les murs du château de Prague.

Les deux journées qui suivirent se passèrent pour eux dans une agitation intérieure et dévorante. Puis la nuit du 15 novembre arriva. A dix heures, le soldat qui protégeait Edgard avec tant de zèle lui ouvrit la porte de la campagne, après avoir conduit sous des arbres peu éloignés les deux chevaux dont les fugitifs avaient besoin.

Léonore escalada le balcon de sa chambre à l'aide des branches du mélèze qui s'élevait devant la façade, comme elle l'avait déjà fait souvent ; et les deux compagnons de fuite se trouvèrent hors de leur prison.

Ils emportaient avec eux les ressources nécessaires pour leur voyage. Au moment de l'arrestation des princes, la cassette de Sophie de Bavière, contenant quelques pièces d'or et des pierreries, était restée entre les mains de la duchesse de Ratisbonne. Léonore avait très-adroitement épié cette cassette et s'était rendue maîtresse du petit trésor. Outre la nécessité de se pourvoir d'argent pour sa route, elle avait été guidée par le désir de remettre à la princesse des pierres précieuses qui pourraient lui être utiles en toute occurrence.

Les deux fugitifs tournèrent le vaste bâtiment, en prenant les passages où l'ombre était la plus épaisse, et en conduisant leurs chevaux par la bride, pour choisir la place où la mousse atténuait le bruit de leurs pas. Puis ils suivirent cette longue allée de hêtres que le cortége impérial avait traversée, dans tout son orgueil, deux semaines auparavant, et sortirent sans obstacle des terres du couvent.

Ils se trouvaient au bord de la Muldaw.

La nuit de novembre était encore tiède, mais profondément sombre. Le ciel, bas et chargé, versait à intervalles rapprochés des nappes battantes de pluie ; un vent impétueux mugissait sur la plage ; à gauche, la rivière roulait à grand bruit ses vagues chargées de la terre entraînée du bord ; à droite, les hautes futaies d'arbres d'hiver s'agitaient en mugissant sous les coups de la rafale.

Un phare, exhaussé au-dessus d'un mât, éclairait cet

endroit; il s'élevait sur le point de la rivière où des rochers à fleur d'eau eussent rendu la navigation impossible pendant la nuit sans le secours de la lumière.

Mais en ce moment pas un bateau, pas une cabane éclairée, pas un un être vivant n'interrompit la profonde solitude.

Un monticule boisé, tenant à la chaîne des plus hautes montagnes, avançait jusque sur le rivage, bornait la vue et divisait la route en deux branches.

Les objets de l'horizon étant ainsi resserrés, la lueur rouge du fanal, dans ses forts balancements, errait sur les ondes jaunes et bouillonnantes du fleuve et des sapins de la colline, dont les branches échevelées frappaient l'espace, tandis que leurs immenses cimes allaient se perdre en tournoyant dans le ciel, où éclatait la tourmente dans toute sa sombre majesté.

Les deux jeunes aventuriers étaient montés à cheval, et cherchaient à reconnaître leur route.

Un écriteau à deux faces, placé au-dessous du phare, désignait, par l'une de ses branches, le chemin de Prague, et, par l'autre, celui des monts Granort. La jeune Muller, en lisant cette seconde indication, se rappela plus vivement le formidable rendez-vous auquel elle allait manquer.

Mais en ce moment, le cheval de la jeune fille, sans doute effrayé par le grondement des eaux, s'élança brusquement sur la route des montagnes, et les cavaliers firent malgré eux quelque trajet dans cette direction.

Léonore retint vivement sa monture et parvint à la dominer; mais, dans la situation d'esprit où elle se trouvait, ce mouvement instinctif de l'animal lui semblait un avertissement secret de se rendre aux ordres du tribunal suprême.

— Oui, dit-elle en elle-même, oui, c'est là que je devrais aller pour conserver peut-être la vie!... Mais le sacrifice est résolu... je ne reculerai pas devant l'accomplissement.

Comme les voyageurs venaient de s'arrêter, ils entendirent un fort bruissement de feuilles dans le bas des taillis qui couvraient la colline, et découvrirent dans la pénombre une forme vague qui, en arrivant dans le rayon de la lumière projeté par le phare, leur montra une femme à cheval et lancée au galop.

Cette figure avait l'aspect le plus fantatisque.

Elle était de haute taille, vêtue d'une longue robe grise qui flottait autour d'elle. Son visage blême, creux, immobile, paraissait sans vie, mais un air hagard y était fortement imprimé; l'orbite profonde et ombrée de ses grands yeux noirs se détachait sur la teinte livide de sa figure, et au milieu de ce cercle sombre, sa prunelle paraissait sans regard; ses longs cheveux, dénoués et divisés en mèches trempées de pluie et qu'agitait le vent, semblaient de noirs serpents épars autour de sa tête; sa robe de laine grisâtre était serrée à sa taille par une corde; les larges manches relevées laissaient voir des bras nus et amaigris. Son grand cheval noir, efflanqué, sans housse ni harnais, tendait un long cou, une tête ardente rejetait la crinière et les jambes en arrière, et faisait flèche dans l'espace. On entendait autour de cette figure équestre le sifflement aigu d'un corps qui fend l'air.

La voyageuse nocturne passait sans rien voir autour d'elle; il y avait sur ses lèvres une phrase prononcée d'un ton sourd et monotone, que, dans sa course, elle répétait sans cesse et jetait au vent de la nuit.

Quand elle approcha, on put distinguer ce qu'étaient ses paroles. Elle disait :

« *Les francs-juges l'ont ordonné... Il faut mourir... mourir.* »

Elle s'enfonça dans la route, et on n'entendit plus que le froissement des branches.

Mais, un instant après, elle reparut plus haut, dans le retour du sentier qui serpentait en montant la sombre colline.

Là, sa forme était plus vague, sa voix arrivait à peine à l'ouïe.

Elle allait toujours avec la même rapidité de l'éclair, et disparut dans la gorge des montagnes d'où elle était venue... Les rameaux des bois frissonnèrent encore quelques instants... puis on ne vit, on n'entendit plus rien.

Les deux jeunes gens restèrent immobiles et en silence, tant que cet être étrange se vit à l'horizon; ensuite ils se regardèrent, exprimant la même surprise.

— Qu'est-ce que cette femme? dirent-ils en même temps, et comment est-elle là?

Mais il semblait que la pâleur qui couvrait le visage de cette espèce de spectre eût passé sur celui de Léonore. Edgard fut frappé de l'altération de ses traits.

— Ces paroles étranges, ce souvenir inattendu des francs-juges, vous ont fait une impression cruelle, Léonore, dit le jeune homme de l'accent le plus ému. Mais, grâce au ciel, l'arrêt qui vous menace n'est pas prononcé, et tout porte à croire...

— Non, l'arrêt n'est pas prononcé! dit-elle avec une exaltation amère; il n'est que dix heures!

Puis elle réfléchit quelques instants et ajouta, en étendant la main vers le jeune homme :

— Écoutez, Edgard, souvenez-vous bien de ce moment, de la situation où nous sommes et de ce qui vient de se passer à nos yeux... Et plus tard, si vous ne me voyez plus près de vous, dites à l'impératrice que le 15 novembre, à dix heures du soir, j'étais à cette place, que l'instinct de mon cheval m'entraînait sur la route des monts Granort; que j'ai vu l'apparition étrange de cette femme; que j'ai entendu ses paroles, et que, sans hésiter, j'ai pris la route de Prague pour aller sauver ma souveraine... Maintenant, partons!

Et, sans laisser à Egard le temps de lui répondre, elle s'élança en avant; son compagnon la suivit, et tous deux, enfonçant l'éperon dans les flancs de leurs chevaux, brûlèrent la route sous leurs pas.

XIV

LES PRISONNIERS

L'empereur d'Allemagne, arrêté par un audacieux coup d'État, et amené prisonnier dans sa capitale, avait été enfermé dans un château de Prague, ancien séjour des rois de Bohême, abandonné depuis plus d'un siècle, et servant alors de prison d'État. Quinze jours s'étaient écoulés dans cette étrange et dure captivité, sans que le souverain eût eu d'autres nouvelles de son empire que les lettres et les témoignages de dévouement de son page fidèle.

La nuit qui devait protéger l'évasion des illustres prisonniers était enfin arrivée.

Winceslas et Sophie de Bavière prolongeaient leur veillée dans la grande salle du château, dont les croisées donnaient immédiatement sur le cours de la Muldaw.

Cette vaste et triste enceinte, dont les murs s'élevaient en monceaux de pierres de taille, était renforcée à l'intérieur de deux rangs de massifs piliers, d'où sortaient les épaisses arêtes d'une voûte profonde; une seule et faible lumière éclairait l'étendue; quelques statues des anciens rois de Bohême, grossièrement taillées, mutilées par le temps, encore debout sur leurs socles de pierre et rangées le long de la muraille, apparaissaient à demi dans l'obscurité; les brouillards de la rivière entretenaient dans cette enceinte une humidité stagnante, qui avait revêtu les parois de la teinte la plus sombre, et le bouillonnement de l'eau sous les fenêtres, seul bruit qui se fit entendre, répandait dans l'atmosphère l'impression d'une solitude sauvage.

Près de la vaste cheminée, où l'insouciance insolente des gardiens laissait manquer de feu, et sous la lueur d'une lampe de fer qui pendait de la voûte, Winceslas jouait aux dés avec un compagnon de sa captivité.

Ce gentilhomme de la cour était Norberg, qui, par une volonté particulière du gouverneur du château, avait seul été autorisé à partager la prison de son maître.

Winceslas et le comte étaient assis dans de grands fauteuils de bois noir, devant une petite table où étaient posés une cruche d'étain et des gobelets. Les dés roulaient lentement du cornet et sans attirer l'attention des joueurs, qui, le front penché sur la table, étaient absorbés l'un et l'autre dans d'importantes et pénibles pensées.

Sophie de Bavière, enveloppée dans une mante de laine brune, sous laquelle le froid aigu faisait encore trembler ses membres, errait languissamment le long des croisées. Elle passait dans l'intervalle où la lueur de la lampe projetait les grandes ombres des piliers, et où s'élevaient les formes vagues et tronquées des statues de pierre; ses pas ne rendaient aucun bruit, et elle avait l'air d'une ombre errante sous ces antiques et solitaires arceaux.

A chaque tour de sa lente promenade, elle s'arrêtait devant un fût de granit où était posé un sablier, et elle jetait un regard d'attention mêlé d'un léger tressaillement sur l'écoulement du sable, qui marquait la fuite des heures.

Les trois personnes enfermées dans cette enceinte n'échangeaient que de rares paroles. Winceslas et la princesse ne pouvaient s'entretenir de leurs espérances d'évasion, ni faire aucun préparatif à ce sujet. Ils étaient sous le regard de la sentinelle en faction devant la porte d'entrée, laquelle devait rester ouverte afin qu'un gardien pût toujours exercer une surveillance immédiate sur les prisonniers. Pour le comte de Norberg, il ignorait encore les projets de fuite arrêtés pour cette nuit-là.

Winceslas, depuis la catastrophe foudroyante de son arrestation, était constamment plongé dans l'état d'inertie et de torpeur d'où il ne sortait auparavant que dans ses moments d'orgie.

Il était seul dans cette prison, sans pouvoir se suffire à lui-même. Le comte de Norberg, qu'une circonstance ignorée avait éloigné de lui au moment du départ de Conrad-Bourg, était venu le rejoindre depuis quelques jours. Mais, de tous les gentilhommes de sa maison, Norberg était le seul qui, par son esprit élevé, ses mœurs dignes et austères, lui fût parfaitement antipathique. Combien il regrettait alors son cher Ratisbonne, dont l'humeur facile, la fantaisie vive et riante, semaient la joie autour de lui; dont la figure épanouie et radieuse eût éclairé les murs d'une prison!... Mais, depuis le départ subit de Ratisbonne, on n'avait plus entendu parler de lui à la cour.

Cependant l'heure avançait, et Winceslas ne pouvait plus tarder d'instruire le comte de la fuite qui devait être tentée dans si peu d'instants. La sentinelle passait à temps égaux devant la porte ouverte; mais, en continuant à jouer, et en jetant très-haut les mots qui servaient à marquer les coups de dés, on pouvait dérober à l'oreille du soldat une conversation tenue à voix plus basse.

Winceslas commença brusquement la confidence.

— Savez-vous, mon cher comte, dit-il, que vous devez être enlevé cette nuit?

Norberg reçut très-froidement cette nouvelle, à laquelle il ne croyait guère.

— Rien n'est plus vrai, affirma le prince. Vous serez enlevé de cette prison, grâce à ce que vous vous trouvez en notre compagnie.

— Monseigneur, je ne comprends pas.

— Deux mots vous feront connaître nos projets et nos espérances... Pour ce qu'il en adviendra, le secret en est caché dans les ombres de cette nuit.

— J'attends avec impatience l'explication de Votre Altesse.

— Des amis fidèles doivent venir nous chercher dans quelques heures.

Norberg tressaillit si fortement, que les dés tombèrent de sa main. On ne pouvait cependant voir sur sa physionomie impénétrable de quelle impression, de plaisir ou de crainte, venait ce mouvement.

Le prince lui fit signe de continuer à jouer, et reprit d'une voix plus basse.

— Voici. Mes amis, déguisés en mariniers, conduisent, cette nuit, une barque devant le château; ils jettent sous nos fenêtres ces mots sonores dont les bateliers se servent pour se répondre de loin les uns aux autres; je comprends qu'ils sont là, et j'attends le moment favorable. A deux heures du matin, le factionnaire placé à cette porte est relevé par un soldat qui nous appartient et protége notre fuite sous promesse d'une bonne récompense. Alors nos libérateurs avancent le bateau au pied du mur; ils lancent à la fenêtre une échelle de corde par laquelle je descends dans leur petit bâtiment, ainsi que l'impératrice... et vous, seigneur comte, si la promenade vous semble agréable.

— C'est une entreprise bien hardie, monseigneur, dit Norberg, dont un froncement de sourcils assombrissait davantage la physionomie sévère. N'avez-vous donc pas pensé à tous les obstacles que ce moment doit rencontrer?

— J'ai pensé, au contraire, qu'il en existait fort peu.

— Comment?

— Peut-on regarder la révolution qui vient de s'accomplir autrement que comme un trouble scandaleux causé par des ambitieux en démence, et la captivité où je me trouve autrement que comme un piége infâme, où j'ai pu tomber par fatalité, mais non laisser ma liberté et mes droits?... Il n'y a rien de réel dans ce mouvement dès qu'une diète ne l'a point sanctionné... Les princes confédérés se sont dits maîtres, leurs troupes ont occupé quelques places fortes; mais la nation n'a proclamé ni leur érection ni ma déchéance. Je n'ai entendu, autour des murs de ce château, nulle clameur du peuple exhalant sa joie ou sa colère; les autorités mêmes balancent à se déclarer; le gouverneur du fort veille sur nous avec une faiblesse qui annonce bien en lui la croyance à un retour de fortune.

— Cependant, sire, vous êtes encore ici...

— Oui, les révoltés m'ont jeté dans ce séjour des anciens rois, passés de la terre depuis des siècles, pour me mettre au rang des souverains morts... Mais je leur ferai bien voir, dès demain, s'il plaît à Dieu, que je suis encore vivant!

— Que compte faire, dès demain, Votre Seigneurie?

— Parbleu! cela ne se demande pas, dit Winceslas, retrouvant l'étincelle de vie que donne la colère. Je compte rassembler mes troupes, marcher contre les rebelles, et leur faire trancher la tête... ou leur livrer la mienne... Mais ce ne sera pas sans défense!... Il faut que cela finisse. Croyez-moi, un mouvement violent et décisif se prépare en Germanie...

— Sire, je ne me permettrai d'élever de doute que

sur l'évasion de cette nuit, qui me semble toujours difficile; puisque enfin les archers, qui veillent à toutes les portes, doivent naturellement garder les fenêtres.

— Cette fenêtre sera libre. Il n'y a, dans toute la façade qui règne au-dessous, qu'une poterne à laquelle on n'a point placé de garde, attendu que, par des gros temps comme ceux qui règnent dans ce mois-ci, les eaux de la rivière en baignent le seuil. Cette partie de la prison est donc dégarnie de sentinelle.

Un instant de silence se passa, et Norberg avait déjà repris le calme muet et froid qui régnait ordinairement sur ses traits.

— Il ne me reste plus, dit-il, qu'à féliciter Votre Altesse sur ses projets, et prier Dieu pour leur succès.

— N'entends-je pas la pluie qui bat les vitraux? demanda Winceslas à la princesse.

— Oui, monseigneur, dit Sophie, et l'obscurité est profonde.

— C'est un temps magnifique pour des fugitifs!

— Et qui promet de durer toute la nuit, ajouta la princesse.

— Qu'avez-vous donc, seigneur comte? demanda l'empereur en revenant à Norberg; vous ne paraissez pas grandement satisfait de l'aventure où je vous convie... et vous regardez ce sablier d'une étrange manière.

— C'est que le temps est précieux cette nuit.

— Madame se charge de veiller à son tour, dit le prince en tournant la tête du côté de Sophie, alors penchée vers l'horloge de sable; et elle nous avertira quand l'heure sera proche.

— Oui, répond Norberg; mais je pensais que c'était le moment de me rendre à l'appel du gouverneur. Votre Seigneurie est dispensée de cette obligation, ajouta le comte en se levant; mais moi, j'y dois y manquer moins que jamais, pour ne pas éveiller de soupçons.

— Je n'ai pas entendu le rappel.

— Si, le tambour vient de battre.

— Et vous vous enveloppez de ce manteau pour aller dans la galerie voisine!... Croyez-vous déjà vous promener dans la ville, parce que nous avons parlé de liberté?

— L'air est glacial dans ces corridors.

— Vous enfoncez ce grand feutre jusqu'aux sourcils!

— Qu'importe plus ou moins de nuit sur mon visage?

Le comte sortit à pas pressés, et revint quelques instants après.

Winceslas demanda à ses gardiens de lui apporter du vin et de ranimer la lampe, annonçant l'intention de passer une partie de la nuit à jouer, comme il le faisait depuis quelque temps, afin qu'on ne remarquât pas le prolongement de sa veillée quand serait venu l'instant du départ.

Le prince et Norberg reprirent leur partie; mais leur préoccupation à tous deux était profonde.

Le comte, d'abord saisi par la nouvelle de cette fuite brusquement annoncée, n'avait pas eu le temps de demander d'explication à ce sujet.

— Quels sont donc, dit-il alors au prince, les hardis chevaliers, assez sûrs de leur force et de leur prudence pour entreprendre de délivrer un empereur de sa prison?

— Ces hardis chevaliers?.... Mais l'un est un jeune homme.... presque un enfant.... mon page Edgard!

— Quoi!... l'un de vos libérateurs est un page?...

— Et, bien mieux... l'autre est une femme!

— Une femme! répéta le comte en inclinant le visage sur la table comme pour regarder les dés. Et qui donc?

— Qui serait-ce, dit la voix douce de la princesse Sophie, alors appuyée sur le dossier du fauteuil de l'empereur, et en face de Norberg; qui serait-ce, sinon cette jeune Léonore Muller, humble fille du peuple pour aimer, fière et superbe patricienne pour tout oser?...

— Elle!... ici!... ce soir!... s'écria Norberg, qui devint d'une pâleur mortelle et frémit de tout son corps.

Puis, après cette première impression, un sombre nuage demeura encore empreint sur ses traits.

— Mais ce changement de visage ne pouvait être remarqué des personnes présentes.

— Madame, allez donc dormir un peu, dit Winceslas, en se retournant brusquement vers la princesse.

Les paroles de son mari frappaient toujours Sophie comme un coup dans le sein; elle se retira du fauteuil sur lequel elle était inclinée, et se tint droite et tremblante, comme une faible tige qui vient d'être frappée par le vent et se relève en frissonnant.

— Oui, certainement, reprit Winceslas; au lieu de rester là à aller et venir, vous feriez mieux de prendre un moment de repos, afin de ne pas nous arrêter à l'heure de la fuite par quelque importune faiblesse.

— Je n'ai nul besoin de repos, dit-elle d'un accent amer et douloureux, et, Dieu aidant, je ne manquerai jamais de forces quand elles seront nécessaires au salut de quelqu'un.

— Je ne vous ai pourtant jamais vu la mine si pâle et si dolente, reprit le prince. C'est comme vous, Norberg, ajouta-t-il en ramenant son regard sur le comte, vous avez l'air à moitié mort... Deux beaux coureurs d'aventures, vraiment!

Pendant cette rapide altercation, Norberg avait eu le temps d'essuyer la sueur froide qui coulait de son front; mais la force intérieure qui commandait toujours à l'expression de son visage cédait en ce moment à une émotion trop violente, et ses traits étaient profondément altérés.

Winceslas, frappant son verre sur la table, et demandant ainsi au comte de lui verser à boire, épargnait à celui-ci la peine de répondre. Norberg s'empressa de satisfaire à cet ordre. Il aimait mieux, avec Winceslas, épancher le vin que les pensées.

Il s'établit un silence pendant lequel l'empereur partagea le poids de ses regards entre sa femme et le comte.

Pendant ces malheureux jours de prison, Winceslas, dans son oisiveté et en quelque sorte forcé à ce sentiment par sa situation, était devenu épris de sa femme et jaloux du comte de Norberg. Cet amour, cette jalousie, qui se sentaient tyranniques et ridicules, avaient pris une teinte haineuse et cruelle. Ce fut le moment où, dans le caractère de ce prince, qui n'avait été jusque-là que brutalement débauché, commença à percer le premier germe des penchants féroces qui, révélés par des actes barbares, devaient sous peu épouvanter la Germanie.

Le souvenir d'un premier amour et les principes religieux de Sophie de Bavière la garantissaient assez d'une dangereuse passion pour le comte de Norberg. Mais ce seigneur, par la distinction de son esprit, de sa beauté, par ce charme austère qui lui appartenait et le rendait fait pour un amour élevé, était parfaitement sympathique à la noble et douce princesse. De même, Norberg se sentait attiré vers sa souveraine par un mouvement de cœur le plus pur: le manque de beauté dans cette femme, si touchante, du reste, ne lui inspirait qu'un tendre intérêt de plus; il la voyait malheureuse en secret, martyre de tristes grandeurs, et, d'après le mystère de sa destinée, il y avait peut-être là un rapport intime avec lui-même.

Dans d'autres circonstances, ils se fussent aimés,

et le germe de cet amour non épanoui faisait cependant sentir sa douceur.

Depuis quelque temps, renfermés dans les murs noirs de cette prison, et surtout renfermés en eux-mêmes, il leur était doux à tous deux de se communiquer leurs peines sans que jamais une plainte fût prononcée, de jouir de leur affection mutuelle sans qu'un mot de tendresse s'exhalât de leur bouche.

Souvent, le soir, ils passaient de longues heures à la croisée, penchés en dehors; le bruit mélancolique de l'eau dans la solitude berçait ensemble leurs douleurs; le voile de la nuit les enveloppait tous deux, leurs mains reposaient l'une dans l'autre; et ces moments de douceur étaient les mêmes en prison que dans une belle campagne ou au milieu d'une fête.

Pendant ce temps-là, Winceslas, attablé avec son flacon à l'autre bout de la salle, grondait sourdement de boire seul, tandis que sa femme avait quelqu'un pour rêver avec elle.

Ce soir-là, en trouvant tout à coup Sophie derrière lui, appuyée sur le dos de son fauteuil, il avait pensé qu'elle n'était là que pour échanger à l'aise des regards avec le joueur placé en face de lui, et c'était la cause de la brutale humeur qu'il venait de montrer.

Il y avait aussi, à ce moment, quelque chose de légitime dans son irritation. L'heure d'une fuite dangereuse approchait, et il trouvait dur que les deux personnes attachées à sa fortune ne pussent se rapprocher de lui, même par le lien d'un intérêt commun.

— Puisque vous ne voulez ni dormir ni prendre aucun cordial pour vous donner des forces, dit-il à Sophie d'un ton triste, vous devriez au moins prier Dieu pour le succès de notre entreprise.

— Sire, depuis que ce départ clandestin est décidé, je n'ai cessé de demander à Dieu qu'un de ses regards, plus puissant que toutes les forces humaines, protégeât la délivrance des prisonniers.

— Cela peut-être, dit Winceslas; mais comme je ne me connais pas une grande part dans vos affections, il ne m'est pas certain d'être compris dans vos prières pour les prisonniers.

— Il ne saurait en être autrement, dit le comte de Norberg avec sévérité; et des vœux partant d'une âme si pure doivent être écoutés.

— Vous ne semblez pas cependant compter beaucoup vous-même sur une heureuse issue, dit le prince à Norberg; car, depuis la confidence que je vous ai faite, vous voilà plus sombre et plus taciturne que jamais.

En effet, les traits de Norberg étaient profondément bouleversés, et le peu de paroles qu'il prononçait avec distraction sortaient péniblement de sa poitrine oppressée.

— Du reste, ajouta Winceslas, on ne sait jamais ce que vous pensez... à moins que vous ne le disiez à madame dans vos entretiens secrets.

— La confiance suppose l'égalité, répondit Norberg, et, d'après cela, je ne puis en avoir davantage pour la princesse que pour Votre Seigneurie.

— Quoi qu'il en soit, reprit l'empereur, vous me ferez plaisir de supprimer à l'avenir les rêveries nocturnes auxquelles vous vous livrez ensemble, avec ou sans clair de lune... En prison, cela pouvait passer, parce que, grâce aux verrous et aux sentinelles, je vous avais toujours sous les yeux; mais ailleurs....

Sophie interrompit vivement son mari, et dit avec une hardiesse tremblante :

— En ce cas, vous pouvez être tranquille, sire, car il est une prison qui me suivra partout, une chaîne qui durera toute ma vie!

— Vous voulez sans doute parler de notre union, madame?...

Winceslas n'eut pas le temps d'en dire davantage; un bruit de pas et de fer se fit entendre dans le corridor. La sentinelle se releva pour la seconde fois depuis minuit, et l'on vit alors à la porte d'entrée le soldat qui se rendait complice de la fuite des prisonniers, pour déserter presque au même instant le château et aller rejoindre les troupes de l'empereur.

Ce fut dans ces tristes dispositions d'esprit et quand l'irritation de la discorde intérieure vibrait encore, que l'agitation du moment décisif commença à se faire vivement sentir. Winceslas donna au soldat de garde l'argent qui, en attendant mieux, payait ses services; et les prisonniers désormais libres, s'approchèrent promptement des croisées pour attendre le signal.

La nuit était toujours belle à souhait pour une évasion. Les nuages noirs, la pluie et les eaux qui reflétaient cette sombre atmosphère, ne formaient qu'une seule masse de ténèbres. Dans ce moment, où une lumière à une maison du rivage ou un passant dans ses environs eussent pu faire échouer l'audacieuse entreprise, on eût dit que toute clarté et tout habitant étaient disparus de la terre.

On vit bientôt arriver du fond des ombres une petite lueur rouge, que son balancement et sa course hâtive annonçaient être le fanal d'un bateau.

Quand la lumière, qui suivait le milieu du fleuve, fut à la hauteur du château, on entendit ces mots sonores qui passaient dans l'air comme une fusée de sons :

— *En amont !... en amont !... tire des avirons !*

Les prisonniers, à ce signal, reconnurent la présence de leurs amis, et attendirent, palpitants de crainte et d'espérance, que le bateau approchât.

XV

LA BARQUE

Nous allons rejoindre un moment ceux qui montaient la frêle barque arrivant sous les murs du château, et suivre leurs mouvements.

Les deux jeunes aventuriers, qui venaient tenter la délivrance de leurs princes, étaient descendus sur le rivage, aux abords du faubourg de Prague, devant la petite maison d'un passeur d'eau. Ils avaient demandé la permission de laisser leurs chevaux sous le hangar, et de se reposer un instant auprès des bateliers.

Introduits dans l'habitation, le page et Léonore reçurent un léger repas, qu'ils rétribuèrent largement; ils prièrent ensuite les gens du logis de leur louer pour quelques heures des habits de mariniers et un bateau.

Cette demande ne devait pas éveiller de soupçons dans la cabane. Le goût des mascarades était alors si répandu en Bohême, qu'on s'y livrait à toute époque de l'année et en toute occasion. Le batelier et sa femme crurent donc que les personnes de haut lieu qui venaient de descendre chez eux ne songeaient qu'à prendre une innocente récréation; ils cédèrent leurs meilleurs vêtements et leur plus belle barque, d'autant plus facilement que les chevaux des voyageurs restaient en gage pour représenter la valeur des objets prêtés.

Les deux jeunes gens, vêtus de laine brune, de ceintures rouges et de chapeaux ronds et pointus, montèrent leur esquif et s'embarquèrent sur la Muldaw. Léonore, dont le corps harmonieux et plein de grâce était aussi doué d'une rare vigueur, s'empara d'un des avirons, et travailla pour sa bonne part à la conduite du bâtiment.

Arrivés en vue du château à l'heure fixée, ils s'arrêtèrent à quelque distance et firent entendre le mot d'ordre. A la vue de la lampe qui brillait à l'intérieur de la prison, ils virent les têtes des captifs se dessiner en silhouette noire dans le cadre de la fenêtre.

Ils avancèrent au pied de la muraille. Une brume épaisse avait succédé à la pluie, et la lanterne élevée à la proue du bateau ne répandait sa lueur que dans un étroit rayon; les bateliers cherchaient l'endroit où ils devaient retenir en panne le petit esquif.

Cette face du vieux bâtiment n'offrait, dans toute son étendue, qu'une teinte de gris sombre; on voyait seulement, au premier étage, la fenêtre éclairée où étaient les prisonniers. Au-dessous, et à fleur d'eau, une poterne profondément voûtée formait un cintre d'une ombre plus noire.

Les bateliers s'étaient arrêtés au-dessous de la croisée, et déroulaient déjà l'échelle de corde, qu'en arrivant au pied du mur ils allaient lancer à la fenêtre.

Il ne restait plus qu'un étroit courant entre leur barque et la muraille. L'eau frémissait à leurs pieds et leurs cœurs frémissaient davantage!... Leur regard cherchait à rencontrer dans l'ombre celui des prisonniers, et un mot prononcé à voix basse allait engager ceux-ci à se disposer à descendre.

A l'instant même, en face d'eux, un soldat sort du fond de la poterne... son casque, sa cuirasse, l'acier de sa lance brillent à la lueur du fanal!... Le factionnaire, sans remarquer ce qui se passe, se met à arpenter de long en large le seuil étroit que baigne la lame de la rivière.

Ce lancier est aperçu à la fois de ceux qui montent la barque et de ceux qui attendent à la fenêtre du château. L'aspect de la mort, si elle apparaissait sous une forme visible, ne serait pas plus terrible que ne l'est pour les prisonniers et leurs libérateurs la vue de cet impassible soldat, qui se dresse ainsi entre eux et le salut, si près de s'accomplir!

Les princes se rejettent en arrière de la croisée, craignant d'être découverts; les bateliers regagnent le large à grands coups de rame. Les flots, le vent, la nuit, reviennent régner entre eux et séparer ceux qui se cherchaient avec tant d'ardeur. Il restent, des deux côtés, plongés dans un cruel découragement.

La barque, qui ne reçoit plus aucune impulsion, flotte lentement au milieu de la rivière.

— Que faire maintenant? s'écrie Léonore.

— Cette entrée du château n'est jamais gardée, à ce que m'avait écrit l'empereur, dit Edgard; et voilà que ce soir même, pour la première fois, il s'y trouve une sentinelle!

— Et après l'heure de faction de ce soldat, un autre lui succédera!... et toujours ainsi!

— L'entreprise devient donc impossible?

— Impossible! répètent-ils avec un profond soupir.

Mais ce mot allait mal à l'intrépidité de leur âme.

— Oh! non, non... il doit y avoir un moyen! s'écrie Edgard en portant la main à son épée.

— Il y en a un, dit Léonore. Et vous y avez déjà pensé! ajouta-t-elle en étendant le doigt vers la garde de cette épée que le jeune homme presse violemment.

— Oui, dit Egard, frémissant et impétueux, il faut retourner au pied du château, dresser l'échelle contre la muraille, et, au premier mouvement que ce soldat fera pour s'y opposer, le frapper de cette lame et jeter son corps dans la rivière.

— Dieu saura que, si nous prenons ce moyen, c'est qu'il n'y en a pas d'autre, dit Léonore. Allons.

Et ils se remettent à ramer.

Revenus sous la fenêtre, ils lèvent les yeux: Winceslas et la princesse sont encore là... Edgard tient son épée nue et regarde le factionnaire, qui, la lance au poing, fait un pas en avant... L'échelle de corde est déroulée et va se dresser contre la muraille...

Winceslas et Sophie observent ce qui se passe, stupéfaits de tant d'audace.

A la vue de ces préparatifs, le soldat s'élance vers le bateau.

Edgard lève son épée...

Mais le soldat jette sa lance par terre, en s'écriant:

Ah! vous voulez sauver l'empereur!... attendez... attendez, mes amis, je vais tenir l'échelle.

Et leste, agile, dans la position favorable où il se trouve sur le seuil de la poterne, le soldat tend à la croisée, à l'aide de sa lance, le haut de l'échelle de corde garni de crampons, et en assujettit l'extrémité à terre.

Puis il frappa dans ses mains, en disant à voix basse:

— Maintenant... ça y est... ils vont descendre, et vive la joie!

De tous côtés, on demeure étourdi, frappé de stupeur... Mais le sort en est jeté... Les prisonniers prennent courage. Les princes, puis ensuite Norberg, escaladent la fenêtre, descendent sur l'échelle et s'élancent dans le bateau.

Les plus doux cris de joie se font entendre. La princesse serre sa chère Léonore dans ses bras.

— Au large!... au large!... Éloignons-nous, commande Wincelas.

La barque va virer de bord... mais le lancier saisissant le crampon resté sur le bord, ramène la proue à lui, et saute dans le bateau en disant:

— Ah! c'est ainsi qu'on oublie les amis!

— Dieu me damne! c'est Ratisbonne! s'écria l'empereur.

— Pour vous servir, mon prince! répondit-il en ôtant son casque.

— Étrange rencontre! dit Norberg à part lui.

— Ratisbonne! s'écrie Edgard, c'est admirable. Moi qui allais lui passer mon épée au travers du corps!

— C'est dans cette gracieuse intention que vous mettiez flamberge au vent?

— Sans doute; je vous prenais pour un lancier en sentinelle.

— J'en avais un peu l'air.

— Silence! silence! dirent plusieurs voix. Nous sommes encore en vue du château, sous la portée de ses archers... Naviguons à tour de rames.

C'était alors le page et Ratisbonne qui tenaient les avirons et fendaient les eaux. Bientôt l'antique château fort disparut dans la nuit, les maisons du faubourg s'enfuirent sur le riviage; on ne vit plus que des rochers et des landes solitaires. Les fugitifs respirèrent en liberté.

— Ah çà! mon brave Ratisbonne, dit alors l'empereur, par quel hasard te trouvais-tu là?

— Par bonheur, mon prince.

— Sans doute... mais encore?

— Ah! voici. Je me suis éloigné de vous, monseigneur, il y a environ six semaines, pour une haute mission dont je m'étais investi moi-même, et de laquelle je vous rendrai compte plus tard... J'avais employé un mois à cette expédition, et quittais à peine les montagnes les plus sauvages de la Bohême, lorsque j'appris la catastrophe qui vous avait subitement enlevé à l'empire. J'arrivai, bride abattue, à Prague, pour me constituer prisonnier auprès de vous.

— Mais on t'a refusé cette grâce, mon digne ami. Tous ceux qui m'aimaient étaient sévèrement éloignés de moi! dit avec amertume Winceslas.

— Alors, reprit Ratisbonne, pour approcher au moins des murs que vous habitiez, et dans le vague espoir d'arriver jusqu'à vous, j'achetai l'équipement d'un lancier et je m'en revêtis... Je n'aimais guère à me sentir métamorphosé en lourd lansquenet, ajouta le jeune seigneur en promenant les yeux sur sa personne; mais il n'y avait pas à choisir. Je revins ce soir rôder autour des murs du château, espérant me confondre avec les lanciers de la garde. En effet, je pénétrai dans la première cour. Là, comme je regardais de tous côtés, je vis venir à moi un homme enveloppé d'un manteau et couvert d'un feutre, qui ne laissait pas voir l'ombre de son visage; il me dit brusquement : « Lancier, à la poterne du bord de l'eau... Reste en faction, et, au moindre mouvement de ce côté... appelle aux armes. »

— Mille morts, interrompit Winceslas, il paraît que l'ennemi était instruit de nos desseins.

— N'ayant rien de mieux à faire, j'obéis, reprit Ratisbonne. Depuis près d'une heure, j'étais au poste indiqué, ayant une voûte noire sur la tête et une vague de la rivière pour tapis de pied. Pour la première fois je songeais au sort du soldat, en sentant le poids lourd de son armure et le froid de ses nuits passées à la belle étoile. Je vis venir de loin un petit bateau... Celui qui portait de si hautes destinées !... A la manière appliquée et mystérieuse dont il manœuvrait sous les fenêtres de la prison, je commençai à sympathiser vivement avec lui... Quand il toucha aux murs du château, je n'eus plus de doute sur ses projets... et vous savez si je les ai servis de bon cœur.

— Oh! le coup de main a été aussi habile qu'heureux.

— J'agissais avec d'autant plus de certitude, qu'à la lueur de la lanterne je venais de reconnaître notre brave page Edgard... Et, rien qu'à une boucle de ses cheveux blonds tombant de dessous le chapeau de paille, j'avais deviné aussi la plus jolie femme de la cour sous le costume de batelière.

— C'est vrai, dit en riant Edgard, nous voici tous déguisés pour une fête.

— Et quelle plus belle fête que la délivrance de nos souverains? dit Léonore.

On approchait de la maison du passeur d'eau, où Edgard et Léonore devaient se rendre seuls. Avant d'arriver là, on choisit l'endroit le plus désert pour aborder.

Le ciel s'était éclairci, et la lueur des étoiles laissait apercevoir les objets du rivage. Un rocher s'avançant sur les eaux, et formant à sa base une petite anse voilée de tous côtés, offrit un lieu sûr pour débarquer. La berge était très-élevée et couverte de hauts taillis qui dérobaient la vue d'un petit hameau caché dans leur feuillage, et d'où on entendait seulement jaillir la voix hâtive du coq des chaumières.

Ce son isolé, qui, au milieu du plus profond silence, marquait le cours du temps et annonçait la fin de cette nuit, réveilla une sensation poignante dans le sein de Léonore. Elle se rappela plus vivement que cette nuit qui venait de s'écouler avait emporté le dernier espoir qu'elle eût de trouver grâce devant ses terribles juges, que cette nuit avait peut-être entendu la condamnation suprême.

L'empereur mit pied à terre, suivi de son page et de Ratisbonne. Ceux-ci aidèrent la princesse à passer de la barque sur le rivage.

— Oh! la campagne! dit Sophie en embrassant du regard les landes et les bois sauvages; la campagne! nous sommes sauvés!

Léonore entendit cette parole. Elle était restée dans le bateau, et pouvait un instant se recueillir. Elle contempla l'étendue de son sacrifice : une exaltation puissante mouillait ses yeux de larmes. Dans un élan irrésistible de l'âme vers Dieu, elle se jeta à genoux, tourna son visage vers le ciel, pressa ses mains jointes contre sa poitrine, et s'écria :

— Oui, elle est sauvée... et moi... je suis perdue!

Elle était seule au pied de ce roc sourcilleux, sur la planche faible et vacillante de la barque; son grand chapeau était tombé près d'elle; la pâle clarté de la nuit entourait sa tête d'une douce auréole, les rayons des étoiles se réfléchissaient dans ses yeux purs et célestes comme eux; son ombre svelte et flottante s'étendait sur le miroir de l'eau.

— Oh! quel dévouement sublime est caché dans cette nuit! dit une voix près d'elle.

La jeune fille se releva en tressaillant.

— Vous étiez là, comte! dit-elle avec un vif saisissement, en apercevant Norberg, qui, sans qu'elle le sût, était resté près d'elle dans le bateau, et qui venait sans doute, par ses paroles, de deviner son funeste secret.

— Léonore, dit-il, qu'avez-vous fait?

— Vous savez?

— J'ai entendu ce que vous disiez tout bas à Dieu.

— Oh! alors, gardez-en bien le secret... que la princesse Sophie ignore toujours que son salut a été acheté aux dépens du mien.

— Elle pleurerait amèrement sa liberté, si elle apprenait ce qu'il en doit coûter.

— Mon Dieu! dit Léonore, qui aurait pu prévoir tout ce qu'il y avait de fatal dans ces lois impérieuses qui m'appelaient chacune d'un différent côté et marquaient toutes deux la *nuit du 15 novembre!*

— Vous-même, Léonore, dit le comte d'une voix tellement sourde et altérée qu'on l'entendait à peine; vous qui savez que cette fatalité étrange contenait peut-être votre arrêt de mort, vous ne connaîtrez jamais tout ce qu'elle entraînait d'épouvantable malheur!...

Léonore resta un moment immobile à ces paroles incompréhensibles; mais bientôt le courage lui revint à l'âme; elle passa ses mains sur son front pour en chasser la terreur, secouant ses beaux cheveux en arrière, comme pour regarder en face sa destinée, et dit d'un accent intrépide :

— Quoi qu'il en soit, songeons à accomplir notre tâche!

Puis elle s'élança sur le rivage, et rejoignit les princes avec une contenance ferme et paisible.

Les fugitifs, accablés des émotions de cette nuit, se reposèrent un instant sur la plage, tandis que Léonore et le page allèrent dans la maison peu éloignée du batelier quitter leurs déguisements et reprendre leurs chevaux.

L'empereur d'Allemagne, dépossédé, était alors au milieu de ses États, sans gardes, sans asile, sans ressources; il s'appuyait contre le tronc d'un vieux chêne, pour se reposer d'accablantes fatigues, et était prêt à chercher son chemin dans la campagne et dans la nuit.

Il assembla autour de lui le peu de personnes qui formaient son conseil.

— Il faut nous hâter de partir, dit Winceslas; en demeurant un instant de plus dans les environs de la capitale, nous serions réduits à nous cacher ou à retomber bientôt dans les mains des ennemis. Il n'y a d'autre parti à prendre que de gagner, s'il est possible, la forteresse de Conrad-Bourg.

— Vous trouverez là, ajouta Ratisbonne, une bonne garnison et de solides remparts.

— Oui, reprit l'empereur, c'est une brave forteresse qui n'a jamais trahi ses maîtres. De là, je pourrai, selon l'approche du danger, organiser une marche contre les révoltés ou me cuirasser contre leurs attaques. Il est indispensable que je m'établisse sur ce point d'appui pour y réunir le reste de mes forces. Mais vous, madame, continua Winceslas en s'adressant à la princesse Sophie, vous sentez-vous le courage de venir habiter une forteresse pendant la guerre qui va peut-être y amener un siége ?

— Votre doute est naturel, sire, dit-elle, car il est vrai que j'ai reçu peu de force d'âme en partage ; mais le devoir me dit que ma place est auprès de vous, l'exemple de mes nobles aïeules m'apprend que les femmes de mon sang doivent savoir filer et prier au bruit des armes. Ces enseignements me soutiendront assez, je l'espère, pour que vous n'ayez pas à vous plaindre de ma faiblesse.

— Il faut donc songer à gagner notre résidence impériale, dit le prince.

— Ce trajet, quoique très-court, ne laisse pas que d'offrir des difficultés, reprit Ratisbonne.

— Je n'en doute pas, répondit Winceslas. A la première nouvelle de mon évasion, on pensera que j'ai dû me diriger vers la place forte la plus voisine, et on enverra des troupes sur la route.

— Il faut alors, conseilla Ratisbonne, y parvenir par des chemins détournés, et ne voyager que la nuit.

— Ce sera plus prudent.

— De cette manière, continua le jeune seigneur, Votre Altesse n'arrivera à son château fort que dans quelques jours, et lorsqu'on croira qu'elle a pris une autre direction, on trouvera les avenues dégagées.

— Et comment voyagerons-nous ? demanda l'impératrice.

— Il ne s'agit, dit Winceslas, que d'éviter les grandes routes, où peuvent se trouver des hommes d'armes.

— Pour nous, repartit Ratisbonne; mais pour ces dames, il faut redouter aussi la fatigue du chemin.

— On pourrait, dit le comte de Norberg, conduire Son Altesse l'impératrice et sa dame d'honneur dans un asile peu éloigné, où elles attendraient le moment de gagner Conrad-Bourg sans danger par la route directe.

— Vraiment, comte de Norberg, vous avez une heureuse idée ! dit vivement Ratisbonne; et le château de votre sœur, qui se trouve, je crois, à très-peu de distance d'ici et dans un lieu désert, semble placé par la Providence pour donner asile à notre chère souveraine.

On ne répondit rien. Ratisbonne continua :

— Il serait nécessaire de nous séparer dès cet instant; je vous accompagnerais seul, mon prince, si vous le permettez, tandis que le comte et notre page serviront d'escorte à ces dames.

Cette proposition, quelque sortable et naturelle qu'elle fût, continua à n'être accueillie que par le silence ; elle rencontrait, chez les personnes les plus intéressées, une secrète opposition. Winceslas n'aimait guère à confier sa femme aux soins de Norberg, dont il regardait la protection comme trop empressée et trop tendre. Sophie, de son côté, sans connaître la comtesse Ursule de Norberg, avait entendu faire sur elle d'étranges rapports, auxquels donnait lieu la solitude extraordinaire où vivait cette jeune femme, et elle éprouvait, à la pensée de la retraite qu'on lui offrait, une sorte de crainte superstitieuse.

Pour le comte de Norberg, il hésitait aussi, par quelque motif inconnu, à accueillir cette ouverture avec un empressement qui eût été de toute convenance.

Cet état de gêne dura un instant; mais, comme personne ne pouvait émettre hautement les motifs qui lui faisaient repousser une proposition admissible en tout point, elle resta sans refus exprimé. Alors Norberg, qui ne pouvait plus suspendre son invitation, assura la princesse Sophie de tout le bonheur que la comtesse Ursule aurait à recevoir chez elle sa souveraine.

Ce compliment fut fait avec la grâce de langage d'un homme du monde qui exprime le mieux ce qu'il pense le moins; mais d'un ton où des observateurs plus habiles auraient pu entrevoir une contrariété profonde.

Le parti offert par Ratisbonne fut donc non accepté, mais suivi. On donna aux deux dames les chevaux qui avaient servi à Léonore et à Edgard dans leur fuite du couvent de Saint-Bruneau, et on se sépara.

L'empereur et son jeune favori suivirent les bords déserts de la Muldaw, et les autres fugitifs s'enfoncèrent dans les chemins couverts et tortueux des montagnes.

Nous allons accompagner ce petit groupe de voyageurs dans leur course aventureuse.

XVI

A TRAVERS CHAMPS

A l'approche du matin, le ciel était devenu plus pur; un calme profond avait succédé au tumulte du vent; la pluie, chassée de l'atmosphère, ne tombait plus que des rameaux d'arbres que les voyageurs frôlaient en passant. Ils suivaient un chemin creux, encaissé de hauts buissons de houx et de frêne. L'ombre régnait encore dans cette profondeur, la mousse humide assoupissait le bruit des pas, et ce passage favorable formait aux transfuges une retraite voilée en même temps qu'une route.

L'impératrice et sa dame d'honneur unissaient le pas de leurs montures et cheminaient l'une près de l'autre, escortées des deux cavaliers qui veillaient attentivement sur elles. Après une nuit d'agitation cruelle, ce moment d'une tristesse plus douce et de dangers moins immédiats suffisait pour rasséréner l'âme de Sophie de Bavière et de ses compagnons de voyage.

Ces quatre personnes, unies par des liens de cœur, de nature différente, mais qui faisaient également sentir leur douceur, trouvaient un bien-être instinctif dans ce cercle d'affection; de quelque côté qu'elles tournassent leurs regards, elles rencontraient un regard sympathique et tendre, et, à leur insu même, elles respiraient le bonheur avec l'air épuré du matin. En gravissant et descendant sans cesse ces chemins couverts et plantureux, les voyageurs berçaient leurs craintes, leurs douleurs; le pays, tout boisé et mouvementé, leur offrait à chaque pas des asiles ombragés, mystérieux, et ils croyaient presque s'en aller dans un monde de paix et d'union charmantes.

Ils voyagèrent ainsi jusqu'au point du jour.

Un instant, en longeant le pied d'une colline rocailleuse et touffue, les fugitifs crurent remarquer, sur la hauteur où donnaient les premiers rayons du crépuscule, quelques lueurs rapides comme celles que jette l'acier des armes, et entendre un bruit de pas au milieu du frémissement des arbres; mais ces indices alarmants disparurent bientôt. D'ailleurs on apercevait déjà, comme une forme blanchâtre détachée au milieu des bois, la montagne au flanc de laquelle le château des Croix, habité par la comtesse de Norberg, était suspendu, et on devait y arriver avant une heure.

Cette réflexion, faite par les voyageurs, les rassura presque entièrement.

— N'importe, dit Edgard, j'aimerais mieux que Norberg et moi nous fussions en meilleur état de défense.

— Il est vrai, dit le comte, nous ne sommes guère mieux pourvus d'armes offensives et défensives que ces daims que voici sortir de leur couche de bruyères.

— Messeigneurs, dit la princesse, vous portez tous deux encore les habits de la prison, où l'armure n'était pas de mise.

— Heureusement, reprit le jeune page, on a toujours son courage avec soi, et c'est là la meilleure lance.

Le chemin descendait alors très-rapidement; la marche était difficile, et la pénombre de l'atmosphère détachait les nuances des masses sans les dessiner davantage.

— La route semble blanchir devant nous, dit Sophie de Bavière; pourquoi? — C'est de l'eau amassée par la pluie, dit le comte, ou une source à fleur de terre. — Oui, dit Léonore; mais cette nappe d'eau ne semble pas très-large, et nos chevaux pourront sans doute la franchir. Pour vous, messeigneurs, vous continuerez la route à pied, comme si de rien n'était.

En effet, arrivée à cet endroit, l'habile écuyère mesure sa distance de l'œil, pique des deux, et s'élance à l'autre bord.

Puis, se retournant, elle dit à l'impératrice :

— Faites ainsi, madame... Courage... on ne risque rien! — Non, répond Sophie de Bavière; j'aime mieux passer à gué.

Alors elle conduit doucement son cheval dans la mare... et, au premier pas, l'embourbe jusqu'à la poitrine. L'animal reste installé dans cette terre grasse et forte qui retient ses pieds aux arrêts les plus absolus. Norberg s'avance bravement dans l'eau pour soutenir sa faible et chère souveraine, et veut conduire le cheval par la bride.

— Non! non!... s'écrie Sophie, on ne peut passer là sans se noyer!... J'aime mieux revenir en arrière. Et, tirant fortement la bride de son cheval, elle le ramène en terre ferme. Léonore, d'un nouvel élan donné à sa monture, a bientôt rejoint la princesse.

— J'aperçois, dit Edgard, un sentier latéral sur le penchant du coteau, où on peut passer à peu près à pied sec. — Il est vrai, répond Norberg; mais le jour commence à paraître, et il eût bien mieux valu demeurer dans la profondeur ombragée de ce chemin que de nous hasarder dans un endroit découvert... — Peut-être, répond Edgard; mais, puisque cela n'est pas possible, conduisez ces dames par là, tandis que je vais faire passer l'étang à nos chevaux, de gré ou de force. — C'est bien, Edgard, dit la princesse, vous avez agi en héros depuis quelque temps, et vous n'oubliez pas votre gracieux état de page.

Cependant, sur le sentier où le comte et les deux jeunes femmes se trouvèrent bientôt engagés, une eau verdâtre baignait encore le sol, et l'impératrice ne pouvait guère y hasarder ses pas. Norberg, jugeant que, dans une telle situation, on pouvait *toucher à la reine*, la souleva doucement et l'emporta ainsi à une assez longue distance, où il la déposa enfin sur un sol plus favorable. Il revint ensuite sur ses pas pour rendre le même service à Léonore.

Comme il ne s'offrait là que le danger de maculer ses pieds de fange, la jeune fille n'avait point à cœur de le braver, et accepta le secours du comte.

Au moment de la prendre dans ses bras, Norberg resta une minute en suspens, comme livrant un combat en lui-même... Mais, soudain, il l'enleva de terre, l'appuya sur son sein, et s'avança ainsi avec son doux fardeau.

A la passion qui éclata dans le mouvement, dans le regard de Norberg, Léonore se trouva tout à coup reportée au moment où l'aveu de l'amour de cet homme l'avait fait trembler, avait brisé, comme par un charme magique, toute sa fermeté naturelle et plié son âme vaillante sous le souffle de quelque malheur inconnu.

Elle éprouvait encore la même impression : elle détournait la tête pour éviter le rayon ardent qui jaillissait de ses yeux à la fois doux et sombres; et, muette, tremblante, elle retenait même son haleine.

Norberg marchait en silence, laissant seulement sentir, à celle qui reposait sur son sein, les battements précipités de son cœur.

Le sentier qu'ils suivaient se trouva, à un endroit, voilé de hauts cyprès.

Le comte s'arrêta subitement : il éloigna un peu de lui la jeune fille étendue dans ses bras, fixa sur elle de grands yeux humides et brûlants... Il hésita un moment; puis, de son bras passé autour de la ceinture de Léonore, la ramena sur son sein et l'y retint pressée avec une violence extrême.

— Oh! Léonore, dit-il dans une extase délirante, repose une fois... une seule fois ainsi sur mon sein... Sois unie à moi par un seul battement de nos cœurs confondus... et ensuite... quoi qu'il arrive... ce moment aura du moins existé pour moi; cette pensée d'ineffables délices luira au moins dans la sombre carrière où je vais marcher... toujours marcher... et laisser ma douloureuse existence!

Il régnait dans ce sentier de cyprès un calme d'une tristesse inexprimable; la blanche lueur de l'aube, en passant à travers les rameaux serrés des arbres funèbres, prenait une teinte verdâtre et livide. Le visage de Norberg peignait en traits de feu l'amour impétueux et dévorant, l'idolâtrie des sens, la divine exaltation de l'âme; le flux de son sang embrasé faisait battre les veines de son front; un sourire d'enivrement errait sur ses lèvres pourpres et humides; tout son corps tremblait de passion et d'extase.

Il y avait dans cet étroit sanctuaire une expression frappante, quoique inexplicable, de l'amour brûlant dans le sein d'une pâle et froide atmosphère de mort.

Léonore éprouvait un sentiment d'indicible terreur; l'air semblait lui manquer; et cependant, fascinée par le pouvoir de Norberg, placée sur son sein comme dans un tourbillon magnétique, elle sentait qu'elle lui pardonnait ce qu'elle pourrait souffrir pour lui, sans savoir quel mal ou quelle douleur.

Mais Norberg détourna tout à coup ses regards de la jeune fille, et, s'élançant en avant, l'emporta d'un trait au bout du sentier.

Les quatre voyageurs se trouvaient alors réunis sur un chemin praticable. Mais la timidité de la princesse à traverser un pas difficile les ayant éloignés du chemin creux, il aurait fallu perdre trop de temps pour le rejoindre. Ils suivirent quelque temps à pied la partie la plus découverte de la colline, se frayant divers circuits entre les roches et les massifs d'arbres dépouillés de feuilles, mais encore touffus par leurs rameaux.

Sophie de Bavière, impatiente d'arriver, interrogeait souvent l'espace du regard, et adressait de fréquentes questions au comte de Norberg sur l'éloignement où on se trouvait encore du but du voyage. Celui-ci répondit que, dès qu'on aurait tourné le coteau, suivi déjà depuis longtemps, on apercevrait les tours du château des Croix, où résidait la comtesse de Norberg.

Maintenant, dit Edgard, la route est meilleure; l'impératrice peut monter à cheval.

— Ah! l'impératrice peut monter, répéta une voix qui venait du tournant d'un rocher devant lequel on passait, et semblait un écho des paroles que le page venait de prononcer.

En même temps un homme d'armes, d'une taille colossale et richement équipé, sortit de derrière le bloc de granit, suivi de deux autres soldats; et tous trois, d'un mouvement froid et mesuré, barrèrent le chemin devant les voyageurs.

Avant que ceux-ci, frappés de surprise et d'épouvante, eussent pu prononcer un mot, le premier des hommes d'armes reprit d'une voix forte et flegmatique :

— Puisque Son Altesse impériale, à ce que nous voyons, a quitté la prison de Prague, où elle était enfermée par ordre supérieur, elle voudra bien s'y laisser reconduire par nous, à l'instant même. — Qui êtes-vous, demanda le comte de Norberg, qui parlez d'arrêter votre souveraine? — Écuyer du prince Job de Moravie, porteur des dépêches au conseil de Prague. — Et de quel droit un écuyer commande-t-il ici? s'écria Edgard, ému et frémissant de colère. — L'écuyer commande au nom de son maître, et exécute ses ordres, répondit l'espèce de géant. — Les ordres d'infâmes révoltés sont des crimes, reprend Edgard, et ceux qui les exécutent de misérables malfaiteurs! — Madame, veuillez nous suivre, dit l'impassible soldat à Sophie de Bavière.

Edgard, d'un bond, se jette au côté de la princesse, et tient son épée nue étendue devant sa souveraine.

— Vous nous gênez, jeune homme, dit avec sang-froid le gigantesque lansquenet.

Et, saisissant l'épée du page, il lui fait faire un tour en l'air, et la lance à vingt pas derrière lui. Puis il somma de nouveau la princesse fugitive de le suivre; et, étendant sa lourde main, couverte du gantelet de fer, il va la poser sur l'épaule de l'impératrice.

A ce mouvement insolent, Edgard sent un froid de glace courir dans ses veines; tout son corps frémit; l'ivresse de la colère jaillit à son cerveau... Dans un élan de force surnaturelle et d'exaltation terrible, porté en avant comme s'il n'était que d'air et de feu, il s'élance sur le soldat, arrache le sabre à deux mains qui pend à sa ceinture, lui en assène un coup dans la gorge, et l'étend mort sur la terre.

Un instant tout reste immobile. Edgard, le visage pâle, mais rayonnant de fanatisme chevaleresque, tient le sabre dégouttant de sang à la main... En voyant ce jeune homme, si frêle encore et si beau, vainqueur de ce colosse bardé de fer, on pourrait croire à un miracle du ciel.

Cependant les deux soldats qui suivaient l'écuyer s'avancent.

Les graves et ponctuels lansquenets ne songent point à venger leur chef, n'ayant point reçu d'ordre pour cela; ils veulent seulement accomplir le devoir que la mort lui fait interrompre et se placent de chaque côté de la princesse dans l'intention manifeste de l'arrêter.

Un cri de désespoir s'élève de ce côté: Norberg est sans armes; Léonore s'est jetée devant sa maîtresse et l'entoure de ses bras; Edgard tient toujours son sabre formidable; mais la réflexion le brise, l'accable, il sent qu'il ne peut rien contre ses deux adversaires. Sophie appelle Dieu à son secours. Sa prière a été entendue. On entend un mouvement dans les rameaux du taillis qui borde le sentier, et une voix sonore, retentissante, prononce ces mots: — Respect à Sophie de Bavière!

Au son de cette voix, la princesse tressaille et presse ses mains sur son cœur... car cette voix a pénétré son sein comme un trait rapide, y répand une émotion aussi douce que violente... Elle a cru reconnaître la voix d'Henri Waltimor... non faible et voilée comme lorsqu'il revenait, fantôme invisible, lui parler du sein de la tombe; mais imposante et profonde, comme lorsqu'il était de ce monde.

Elle a oublié tout le reste. Palpitante, le regard fixe, toute son âme est attachée sur l'endroit du taillis d'où sont sorties ces paroles.

La première lueur du matin, qui éclaire vaguement les objets, est encore plus faible dans l'épaisseur du bois et dissipe à peine les ombres: c'est là que, dans un cintre noir, formé par les rameaux d'arbres dépouillés, on voit paraître celui dont la voix s'est fait entendre... mais c'est un vieillard, à la haute taille, à la barbe et aux cheveux blancs confusément mêlés, à l'aspect inconnu.

Sophie, à cette vue, laisse retomber ses mains, qu'elle tenait jointes avec ardeur, et penche la tête sur sa poitrine.

Mais les deux soldats, à l'aspect du vieillard, à son ordre, ont fait un pas en arrière et se tiennent dans une attitude respectueuse et presque craintive. Le puissant médiateur fait un signe aux hommes d'armes, qui s'approchent de lui; il leur dit quelques mots à voix basse, suivis d'un geste de commandement... puis le vieillard et les soldats disparaissent à l'instant même dans la profondeur du bois.

Tout cela s'est passé avec tant de rapidité, le silence et le désert de la campagne sont maintenant si profonds, qu'on pourrait prendre l'événement qui vient de se dérouler pour une hallucination bizarre... Mais le corps sanglant d'un homme couché sur le sable croise les pas des voyageurs et les rappelle à la réalité.

La princesse, brisée de ses terreurs et plus encore de l'émotion insensée, mais si puissante, qui a secrètement bouleversé son âme, demeure languissamment appuyée sur l'épaule de Léonore.

— Asseyez-vous un instant sur ces grès, madame, dit la jeune fille; vous êtes trop faible pour continuer encore la route. — Au contraire... partons... partons bien vite! répondit la princesse en regardant soudain le mort étendu devant ses pas. La vue de cet homme tué pour moi me fait mal! — Un instant, dit Edgard; cet homme était écuyer de Job de Moravie, porteur des dépêches des princes confédérés au conseil de Prague, il doit avoir sur lui des papiers importants. — Eh bien? interrompt la princesse. — Ces papiers, il me les faut! continua Edgard. Les projets de nos ennemis doivent y être consignés; et, s'emparer de leurs complots, c'est prendre la forge où ils doivent tremper leurs armes.

Le comte de Norberg, qui, par la force de son caractère, sans doute, et son expérience des troubles civils, avait été moins ému et moins surpris de cette scène que les autres voyageurs, parla vivement de la nécessité de repartir au plus vite, pour éviter des dangers qui augmentaient avec le jour.

Mais le page, absolu dans ses volontés, ne l'écouta point. Penché sur le corps déjà roidi du mort, il fouilla avec ardeur dans tous les plis de ses vêtements, et enfin il retira de dessous la cuirasse un paquet de parchemin scellé. Satisfait alors de son succès, et levant fièrement la main qui tenait sa précieuse capture:

— Allons maintenant, dit-il, rejoindre l'empereur! et, tandis qu'il dresse son plan de bataille contre les révoltés, apportons-lui la clef qui les livre sans doute entre ses mains!

On se remit en marche, et, comme au commencement du voyage, l'impératrice et Léonore cheminaient à cheval, l'une près de l'autre; les jeunes seigneurs se tenaient attentivement à leurs côtés. Au bout d'une heure de route, on vit enfin les tours du château des Croix se dessiner nettement à l'horizon.

Le comte de Norberg demanda à l'impératrice la permission de la quitter pour aller prévenir sa sœur de l'auguste visite qu'elle était près de recevoir. Il s'avança alors vers le château du pas le plus pressé, tandis que l'impératrice, absorbée par une inquiétude nouvelle, ralentissait sa marche autant qu'il lui était possible.

Pour la pauvre Sophie, tout était sujet d'impressions vives et passagères. Après les violentes secousses qu'elle venait d'éprouver, il y avait place dans son âme pour une crainte naïve et folle. A la vue de l'habitation de la comtesse de Norberg, le vague effroi qu'elle avait d'abord senti pour ce séjour venait de se réveiller.

La princesse avait entendu parler à la cour d'Ursule de Norberg, et des bruits étranges circulaient sur cette jeune femme, dont on remarquait l'éloignement absolu du monde, sans en connaître aucunement la cause. La comtesse, à vingt et quelques années, vivait seule dans le vaste manoir de ses ancêtres, avec des domestiques si âgés qu'ils étaient oubliés de la génération présente, et que tout ce qui habitait ce château demeurait totalement inconnu du voisinage. Des suppositions diverses s'élevaient donc au sujet de cette réclusion de la jeune châtelaine; la démence, une laideur effrayante, ou des relations sacriléges avec des êtres de l'autre monde, venaient tour à tour, et selon la fantaisie des esprits, expliquer cet exil de la société.

Songeant, en ce moment, aux difformités de corps ou d'âme, dont, selon la croyance publique, cette mystérieuse solitaire était atteinte, Sophie redoutait cruellement d'arriver dans l'asile qu'on lui avait choisi. Mais, quelque soin qu'elle mît à ralentir le pas de son cheval, il la conduisit, trop tôt pour son humeur craintive, dans la grande avenue du château.

XVII

LE MANOIR

Le château des Croix, revêtu d'une nuance grise par le temps, se détachait cependant en teinte plus claire sur le fond des bois, déjà noircis par l'hiver, qui l'encadraient. La ruine avait démoli une partie de ses remparts, où ne flottaient plus, au lieu de bannières, que de longs cerceaux de lierre; le haut de ses tours était renversé, et il semblait dépouiller son orgueil dans une vieillesse défaillante.

La masse uniforme du bâtiment était percée de fenêtres étroites et cintrées, garnies de deux barreaux de fer croisés, qui marquaient sa façade d'une ligne de croix, et lui avaient fait donner, sans doute, le nom qu'il portait dans les campagnes.

Une longue file d'arcades à demi rompues, qui se déroulaient entre le pied des murs et les fossés, encadrait l'antique édifice, et les rameaux courbés de gigantesques cyprès retombaient sur sa cime.

Lorsqu'on apercevait de loin ce monument d'un carré long, il présentait l'aspect d'un grand tombeau dont l'arcade ruinée formait la grille circulaire, et qu'ombrageaient des arbres funéraires. Des vautours, dont les grandes ailes presque immobiles planaient dans une ronde continuelle, décrivaient un cercle noir au-dessus de son front.

Ces observations étaient faites par l'impératrice, qui arrivait lentement, l'esprit rempli de préventions étranges contre ce séjour, et surtout contre la mystérieuse châtelaine qui l'habitait.

Lorsque Sophie de Bavière mit pied à terre sous le grand portail du château, la comtesse de Norberg s'y était déjà rendue, accompagnée de son frère, pour recevoir sa souveraine.

Ursule de Norberg était une femme de vingt-six ans, grande et svelte, blanche et gracieuse, d'une beauté élevée et touchante; son regard était froid, mais doux et limpide; ses lèvres pâles, mais fraîches et souriantes; son maintien aisé, son abord naturel et empressé, avaient en même temps l'empreinte de profond respect qui convenait à la circonstance.

Elle adressa à la princesse un compliment dans lequel étaient exprimés, avec une délicatesse d'esprit parfaite, les regrets que lui inspirait la douloureuse situation de l'impératrice d'Allemagne, et le bonheur qui lui en revenait personnellement, lorsqu'il lui était donné de recevoir l'illustre proscrite dans sa demeure.

La princesse demeura frappée de surprise à ce charme d'extérieur et de langage auquel elle était si loin de s'attendre. Elle eut honte aussitôt des soupçons qu'elle avait trop légèrement conçus sur la comtesse; elle lui en demanda pardon dans le fond de son âme; et ce mouvement de cœur perçant dans ses manières, elle tendit la main avec une grâce toute affectueuse à sa charmante hôtesse.

Heureusement, dans cet instant de présentation, Edgard et Léonore étaient restés à quelque distance en arrière : on ne put apercevoir le mouvement de surprise et d'effroi qu'ils firent tous deux à la vue de la comtesse... A cette vue, le page fronça le sourcil et rejeta la tête en arrière comme devant un objet de répulsion; la vaillante jeune fille pâlit légèrement; puis ils échangèrent entre eux un regard où se peignait la stupeur la plus profonde.

Les deux jeunes gens venaient de rencontrer, dans Ursule de Norberg, une ressemblance vague, éloignée et pourtant saisissante, avec l'amazone fantastique qu'ils avaient vue, à la lueur du phare, passer sur la colline du rivage.

Quelque incroyable que cela dût paraître, il y avait dans cette noble dame, si belle et si paisible, à la taille élégante, à la douce pâleur, aux cheveux gracieusement relevés sous un diadème, aux traits harmonieux et purs, un aspect, une expression indéfinissables, qui rappelaient le sombre fantôme courant, sous les torrents de pluie, dans la campagne sauvage... Ce qu'il y avait de plus frappant dans cette ressemblance, était le son de voix de la comtesse de Norberg, rappelant tout-à-fait celui du spectre, qui, dans sa ronde nocturne, répétait sans cesse un arrêt terrible, avec des accents qui n'étaient plus de ce monde.

Mais Edgard et sa compagne, après s'être communiqué rapidement leur surprise, sentirent la nécessité de cacher l'impression étrange et pénible qu'ils venaient de recevoir, et composèrent le mieux possible leur visage.

L'intérieur du château était d'une antique splendeur, mais dégradé et assombri par le temps comme sa surface.

Un repas parfaitement ordonné fut servi aux hôtes de la demeure. La jeune comtesse en fit les honneurs avec la grâce aisée des femmes de haut lieu. Non-seulement elle montrait un esprit fort distingué, mais on pouvait juger, à la manière dont elle parlait de toutes les choses du monde et des événements qui s'y étaient passés, qu'il n'y avait jamais eu aucune absence dans ses facultés intellectuelles, comme on l'avait souvent insinué à son égard.

Cependant, dès que le sourire obligé de la représentation tombait un instant du visage d'Ursule, on pouvait s'apercevoir qu'il portait l'empreinte d'une tristesse intérieure, et que le calme de son aspect était moins la sérénité d'âme que la souffrance vaincue par la sagesse ou la piété. Elle était vêtue d'une robe de soie blanche, et portait, pour seule marque du deuil qui était peut-être dans son âme, un collier de jais noir avec une torsade de ces mêmes brillants dans ses cheveux et autour de sa taille. Cette parure, quelque naturelle qu'elle fût, rappelait vaguement l'apparence sépulcrale du château, et établissait une espèce d'harmonie entre cette froide et antique demeure et celle qui l'habitait.

La comtesse de Norberg, plus jeune de douze années que son frère, ne lui ressemblait nullement, pas même par ce qu'on nomme un *air de famille;* le seul rapport qu'il y eût entre eux, c'est que les cheveux d'Ursule étaient déjà marqués des lignes blanches qui abondaient aussi avant l'âge dans la chevelure noire de son frère, et que son front, son regard, montraient, comme chez le comte, cette résolution et cette puissance de cacher les sentiments intimes sous une apparence de calme et d'impassible froideur.

Il ne semblait pas y avoir entre eux plus de sympathie morale que de rapports extérieurs. Ursule, dans la durée du repas, ne tourna pas une fois les yeux sur son frère; et le comte avait une expression de visage plus froide et plus sévère que jamais auprès de sa sœur et dans le château de ses pères.

Cette première journée fut tout entière consacrée au repos. On conduisit l'impératrice dans la chambre d'honneur préparée pour elle. Léonore, qui était alors la seule camériste de la princesse, lui aida à changer de toilette, et veilla près d'elle pendant un léger sommeil. Dans cet instant de solitude, la jeune fille ne parla point de l'étrange rencontre qu'elle avait déjà faite de la comtesse, et de la forme redoutable sous laquelle celle-ci lui était apparue, dans la crainte d'éveiller de plus vives terreurs chez la timide Sophie.

Ce ne fut que vers la tombée de la nuit que les hôtes du château se trouvèrent réunis dans une salle basse. Rien n'était d'une impression plus mélancolique que cette enceinte, à l'heure déjà pénible qui précède la nuit.

Une lampe à trois branches, posée sur un trépied, brûlait à l'intérieur, et les dernières clartés du soir tombaient encore par les fenêtres ouvertes. Ces deux lueurs, atténuées l'une par l'autre, formaient un jour douteux et blafard. Sur les noires boiseries, faites de troncs de mélèzes, se détachaient de grands portraits décolorés par le temps, livides, inanimés, comme ceux dont ils étaient l'image, et qui, depuis longtemps, dormaient dans le tombeau. Il y avait partout cette grandeur de proportions qui opprime et attriste quand elle est dépouillée de splendeur. Au dehors, le parc et la forêt étaient enveloppés par l'ombre grise d'un soir d'automne, tristement blanchie par le reflet de neige des montagnes qui terminaient l'horizon.

L'impératrice était à demi couchée sur un lit de repos, dans la profondeur d'une fenêtre donnant sur la campagne; elle tenait sur ses genoux la main de sa chère Léonore, assise sur un siége plus bas devant elle, et s'entretenait avec la comtesse de Norberg, placée devant la croisée. Le comte et Edgard parlaient d'affaires d'État en se promenant à l'autre extrémité de la vaste salle.

Après un moment de silence qui succédait à une conversation remplie de choses indifférentes, la princesse dit à Ursule d'un ton plus intime :

— Vous vivez dans une solitude bien triste, ma chère comtesse. — Dans une solitude complète, oui, madame. — Et qui dure depuis plusieurs années... à ce que j'ai ouï dire... Le temps doit vous paraître bien long! — Je ne sais vraiment, madame, si le temps passe vite ou lentement, car, pour moi, rien n'en mesure le cours... les mois, les années, ne changent rien à ma vie; je n'en distingue pas le commencement et la fin... et, si ce n'étaient les quelques narcisses que je vois fleurir au bord des bois, je ne saurais pas qu'un nouveau printemps nous est donné. — Ce pays est bien sauvage. — Non pas pour moi, qui ne peux le comparer à aucun autre, puisque j'y ai passé toute ma vie. — Autant que le regard peut s'étendre, on ne voit que des forêts, des roches nues... — Et des sommets de glaces, qui répandent une atmosphère d'hiver continuelle. — Et seule ici!... avec des domestiques qui semblent si vieux... Mon Dieu, madame, que vous devez avoir peur! — Peur... et de quoi? — Il y a bien des animaux féroces au fond de ces bois. — Eh bien!... ceux-là ne prennent pas de place au soleil! — Ils n'en sont pas moins dangereux. — Avec la vie sauvage que je mène, dit Ursule en souriant, je leur ressemble un peu... et *les loups ne se mangent pas entre eux.* — Et puis, reprit Sophie, il se trouve dans ces vieilles tours... — Des orfraies, des hibous... Oui, il y a comme toute une ville bâtie de leurs nids. — Mais... d'autres habitants des nuits, peut-être... — Qui donc? — Dans ces murs qui comptent des siècles, bien des êtres ont reçu la sépulture, et leurs mânes, n'étant pas troublées par le mouvement du monde, doivent se plaire à parcourir dans la nuit ces espaces déserts. — Oh! n'est-ce que cela? dit Ursule en joignant les mains avec une exaltation qui fit pâlir son visage, qu'ils reviennent!... qu'ils reviennent!... rien au monde ne peut me causer moins d'effroi! — Comment? — Mais ce serait ma félicité suprême de me voir au milieu des morts!... continua la comtesse avec le même accent d'extase et en laissant errer ses regards perdus dans l'espace.

La princesse tressaillit, et mille soupçons revinrent dans son esprit au sujet de cette femme qui craignait si peu les morts.

On ne peut comprendre cette impression qu'en se reportant au temps où régnait la croyance en la *nécromancie;* mais cette science était alors regardée comme positive, et ne rencontrait de doute dans aucune classe. Sophie de Bavière pensait en ce moment aux évocations possibles des morts et autres esprits des ténèbres, et frémissait à l'idée que la dame de Norberg ne se retirait peut-être du monde et de la cour que pour passer le temps en bien plus dangereuse compagnie.

Elle reprit d'un ton plus froid :

— Vous êtes bien heureuse, madame, d'être ainsi au-dessus de toute crainte. — Il est un moyen infaillible de n'avoir jamais peur de rien, dit Ursule en penchant languissamment sa tête dans sa main. — Pas même des ombres? — Ni des démons. — Oh! dites-le-moi, s'écria Sophie, déjà ramenée à plus de bienveillance par l'expression de douceur et de mélancolie qu'offraient les traits de la jeune comtesse. — J'y consens, madame. — Dites-moi ce secret; car, pour un tel empire sur moi-même, le courage naturel ne peut suffire. Voici ma chère Léonore, qui est une vaillante s'il en fut jamais, et je pense cependant que, devant une apparition surnaturelle et un danger impossible à combattre, elle tremblerait.

— Certainement, ma chère maîtresse, dit Léonore en souriant; si nous rencontrions ensemble un revenant, j'aurais peur, pour vous tenir toujours fidèle compagnie. — C'est bon à dire... Mais n'importe, tu seras charmée comme moi de connaître cette armure puissante contre toute terreur.

— Votre Altesse ne voudrait pas l'acheter au prix qu'elle coûte! dit Ursule d'un accent de tristesse plus profonde. — Mais encore? — Eh bien, dit la châtelaine, ce moyen de n'avoir peur de rien est d'être si malheureux, que tous les revers du sort vous semblent peu de chose auprès de la vie qu'on a; de porter en soi tant de cruelles images, que l'enfer avec ses épouvantes ne puisse rien y ajouter. — Mon Dieu! s'écria la princesse en prenant les mains d'Ursule avec une tendre pitié; seriez-vous donc si à plaindre? — Non, non, pas moi! répondit la comtesse en retirant ses mains avec vivacité et jetant un coup d'œil oblique du côté où était Norberg. Non, certainement, répéta-t-elle; je parle en général, et point pour moi-même. — Et quand cela serait ainsi, chère comtesse, reprit Sophie, pourquoi ne me parleriez-vous point de vos peines?... On trouve toujours de la sympathie pour ses souffrances dans les êtres qui souffrent aussi! D'après cela, une souveraine proscrite, persécutée, est faite exprès pour le rôle de confidente. Et si vous connaissiez toute ma vie, ajouta la princesse avec un long soupir, je vous semblerais bien plus propre encore à comprendre toutes les douleurs. — Madame, dit Ursule, toute mon existence s'est passée à l'abri de ces murs; aucun orage n'a pu la troubler. — Mais l'ennui, du moins, a bien pu y régner... J'en demande pardon à ces nobles portraits de vos aïeux. — Je ne l'ai jamais connu. — Vos parents étaient sans doute bien tendres pour vous? — Vous les voyez, madame, répondit la comtesse en étendant la main vers les pâles figures suspendues aux murailles; les voilà tels qu'ils ont toujours été; leur regard n'a jamais brillé de plus d'amour que dans cette peinture décolorée; jamais leur poitrine n'a battu pour leurs enfants plus que ne s'agite cette toile. — Mais vous aviez du monde au château, des amis, des plaisirs? — Rien n'a jamais interrompu la tristesse de notre horizon; c'était autrefois comme à présent : le silence et le désert. — Pauvre femme!... — Et j'étais bien heureuse, cependant! — Heureuse? — J'avais un frère! Tout ce qui m'était refusé de douces affections de famille, je le trouvais dans son cœur tendre, ardent, généreux; tout ce que j'ignorais de la vie et du monde m'était retracé par son imagination féconde, brillante, communicative; l'amour, que je ne devais jamais connaître ailleurs, m'est apparu, grâce à mon frère, dans toute sa pureté et sa candeur divines. — Et il était toujours auprès de vous? — Nous étions nés le même jour. Jumeaux, nourris ensemble, il y avait entre nous une extrême ressemblance de caractère et de visage, et un lien intime, mystérieux. J'étais toujours dans sa vie, comme lui dans la mienne. Quand ses rares voyages l'éloignaient du château, nos lettres entretenaient entre nous cette communication de pensées et de sentiments qui ne pouvait se briser qu'avec la vie. — Et vous n'avez jamais aimé que lui? — Pourquoi aurais-je séparé ma tendresse? je trouvais tout dans mon frère... Il était si noble, si sage, si vaillant, si beau!... — Je le pense, chère comtesse, vous avez dit qu'il vous ressemblait, traits pour traits. — Ah! madame, il n'y a pas là d'orgueil de ma part; je ne voyais rien de beau que dans mon frère. — Je conçois maintenant votre bonheur. — Non, jamais, à moins de l'avoir senti, on ne comprendra le bonheur qu'il y a d'aimer un frère! L'existence est remplie : l'estime, la confiance, le dévouement, les ineffables sympathies, se trouvent à chaque pas; la puissance d'amour est comblée, et on n'a rien à cacher, rien à craindre, point de reproches à se faire, point de rougeurs qui vous viennent au front, point de coupables mystères... A chaque minute on peut dire : « Les anges du ciel peuvent regarder dans mon cœur. » — Et ce frère?... demanda la princesse avec un intérêt extrême.

Le regard d'Ursule devint fixe, et des larmes se formèrent dans ses yeux égarés.

Sophie, à la vue de ces pleurs, pensa que la mort seule pouvait en faire couler d'aussi cruels, et elle se tut.

La châtelaine murmura d'une voix sourde :

— Nés le même jour, nous sommes morts en même temps.

Les trois jeunes femmes étaient seules dans la profondeur de la croisée; mais, en ce moment, l'ombre de Norberg se dessina sur le rideau de lampas rouge déroulé près d'elles. Elles se turent, à la présence de cette ombre, comme si un témoin survenu eût tout à coup comprimé l'abandon de leurs âmes.

Ursule tressaillit, et passa vivement son mouchoir sur ses yeux.

Au bout d'un instant, Edgard et le comte vinrent rejoindre les dames, et restèrent près d'elles jusqu'à l'heure où la princesse désira se retirer.

Léonore était demeurée silencieuse et pensive pendant toute la soirée, ayant l'esprit étrangement troublé au sujet de la châtelaine du lieu. Si la beauté, la douceur, la tristesse d'Ursule, devaient la faire juger seulement digne d'un tendre intérêt, la croyance dans laquelle Léonore demeurait toujours affermie d'avoir vu précédemment la comtesse de Norberg sous une forme bien différente de celle qu'elle revêtait alors, et surtout une inquiétude vague et pénible que la jeune Muller sentait en elle en présence de cette femme, en faisaient pour elle un objet de terreur et de répulsion.

Les mots prononcés à voix basse par Ursule, lorsqu'elle avait dit être morte en même temps que son frère, n'avaient pas été remarqués par l'impératrice; mais Léonore, toujours appuyée sur ce qu'elle avait déjà vu de la comtesse, pensait par instant, malgré elle, mais sous l'influence des idées répandues alors, que cet être mystérieux appartenait déjà à la tombe, et que son apparence présente n'était que la forme illusoire de sa jeunesse passée qu'un pouvoir magique lui permettait quelquefois de reprendre.

Pour l'impératrice, elle était entièrement revenue de ses préventions défavorables, depuis qu'Ursule lui avait laissé voir quelque chose de ses sentiments et de ses souffrances. Sophie de Bavière était si bonne et si tendre, qu'il suffisait de lui dire : « J'aime ou je souffre, » pour être recueilli par elle.

Cependant, au moment où on allait se mettre au lit, une chose, dans la conduite d'Ursule, lui parut très-étrange.

La maîtresse du lieu avait naturellement cédé sa chambre, comme la mieux meublée du château, à l'illustre voyageuse. Il était d'usage, vers ces temps du XVe siècle, d'offrir la moitié de son lit aux personnes qu'on favorisait, comme l'atteste encore l'extrême largeur des *couchettes* de cette époque. L'impératrice, pour ne point déranger les habitudes de sa noble hôtesse, lui offrit, d'après l'usage et de bon cœur, une place dans sa couche. Mais Ursule se refusa obstinément à cette faveur; ce qui était fort singulier et inconvenant dans les mœurs du temps, et se retira dans la pièce voisine.

En même temps, comme si les maîtres de ce château se fussent accordés pour avoir des fantaisies étranges pour leur coucher, on vit, par la fenêtre, le comte de Norberg, accompagné de deux domestiques qui portaient des flambeaux, sortir de l'habitation et choisir, pour aller y reposer, un pavillon isolé au milieu du parc.

Les autres personnes réunies dans cette demeure s'étaient déjà retirées dans leurs chambres particulières. Peu à peu, les lumières s'éteignirent, et la nuit commença dans le château

FIN DE LA PREMIÈRE PARTIE.

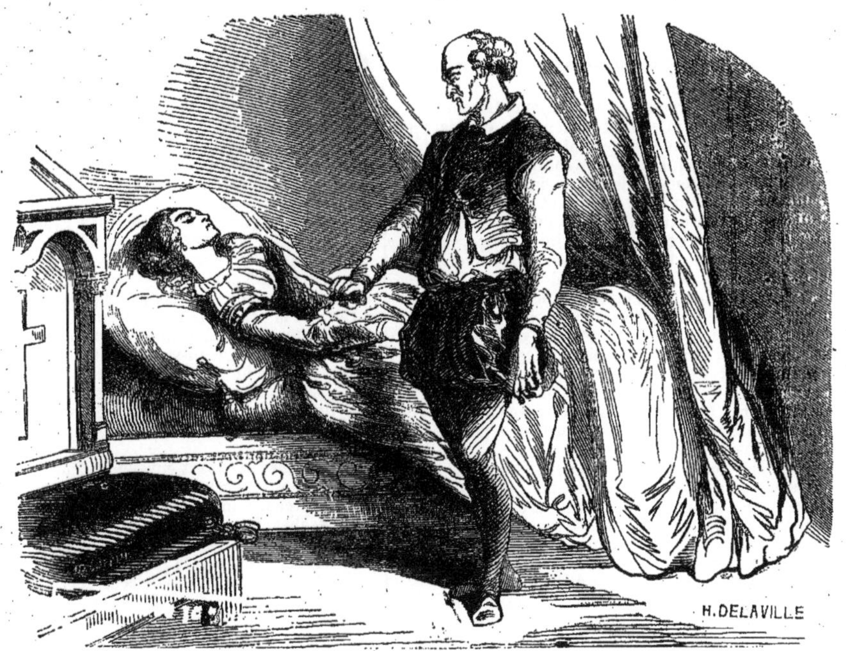

LE TRIBUNAL SECRET

PAR CLÉMENCE ROBERT.

DEUXIÈME PARTIE.

XVIII

LA CHATELAINE

La princesse, demeurée seule dans cette chambre étrangère, ne put fermer l'œil de la nuit.

Tandis que Sophie se mettait au lit, elle avait à peine aperçu les objets qui l'entouraient. L'ameublement de cette pièce était si antique, que le luxe, fait pour charmer les yeux, ne leur peignait plus que la ruine. Les dorures des encadrements étaient entièrement noircies; les figures des pendentifs et des colonnes de lit, mutilées par le temps, offraient des traits hideux; les personnages des tapisseries rongées de poussière avaient une teinte morbide. Mais ce qu'il y avait de plus triste dans cette enceinte, c'est que, vu son immense étendue, les rayons des flambeaux n'en éclairaient qu'une faible partie, et que Sophie, n'apercevant pas le fond de cette chambre, ne savait trop où elle était, ni ce qui pouvait se passer vers ces limites ténébreuses.

L'imagination, qui, dans l'obscurité, peuple le vide à son gré, ne manque jamais d'y mettre les objets les plus effrayants. La princesse, dont le dernier regard venait d'être frappé de sinistres images, créait, sous cette inspiration, les plus épouvantables visions qui puissent sortir des antres de la terre; et, tandis que tous ces fantômes s'agitaient autour d'elle, les profondeurs inconnues de l'enceinte la troublaient plus encore.

Elle entendait aussi des bruits très-faibles, mais étonnants, dans ce lieu où aurait dû régner un profond silence, et d'autant plus effrayants, qu'on les percevait moins nettement. C'étaient des sons vagues qui ne pouvaient s'appliquer à rien, des craquements de boiserie trop souvent répétés pour se produire d'eux-mêmes, des soupirs se dissimulant dans le bruit du vent. Enfin on distinguait, au-dessous du parquet, le piétinement continuel d'un cheval qui semblait s'agiter comme dans un mauvais rêve.

Pour entretenir encore ses terreurs, Sophie apercevait par instant un rayon de lumière sous la porte qui donnait dans la chambre de la comtesse, voisine de la sienne; elle se demandait sans cesse pourquoi cette lumière ne restait pas constamment allumée si la châtelaine veillait, ou tout-à-fait éteinte si Ursule était au lit.

Grâce à tout cela, la princesse eut des battements de cœur affreux toute la nuit.

Enfin, avec le premier rayon du jour, Léonore descendit près d'elle, et elle fut ramenée au monde réel par cette figure amie et charmante.

Après le succès qui était venu couronner son acte de vertu et de dévouement, la jeune fille avait goûté le doux sommeil d'un cœur satisfait et passé une excellente nuit. Elle entendit le récit de toutes les agitations qui avaient rempli celle de l'impératrice, tout en aidant à la toilette de sa maîtresse. Ce soin terminé, les deux dames pensèrent d'abord à descendre à la chapelle, pour faire leur prière du matin.

Elles entrèrent dans une nef étroite, profonde et assombrie par les couleurs foncées des vitraux. L'autel, nu et dégradé, semblait n'avoir vu depuis longtemps célébrer le service divin: toute l'étendue était remplie de monuments funèbres de la famille de Norberg. Un serviteur, d'une vieillesse très-avancée, était occupé à ranimer les lampes et à secouer la poudre des antiques mausolées.

Tous les domestiques du château étaient si âgés, qu'ils semblaient, comme les bastions et les ponts-levis, avoir toujours gardé la demeure nobiliaire. Ce vieillard, surtout, que sa faiblesse faisait employer aux fonctions de sacristain, connaissait les générations écoulées dans ces murs, comme s'il eût assisté à leur succession ainsi qu'un pilastre de l'édifice.

L'impératrice se fit donner par lui l'explication des figures et des symboles placés sur les tombeaux.

Le sacristain, pour la facilité de sa démonstration, étendait sa baguette, terminée d'une petite bougie allumée, vers les objets qu'il nommait.

— Voici, disait-il, *le cœur percé d'un trait*, qui marque la tombe de Jean Guth de Norberg, assassiné à la chasse, à la place du roi Brzétislas, et qui se laissa tuer sans détromper les meurtriers, pour sauver son maître. — Ici, vous voyez *une branche de cyprès en croix sur une épée;* elle fut mise dans l'écusson de Rodolphe de Norberg, après la bataille de Maschek, où le haut baron alla seul, au milieu des ennemis, chercher le corps du roi Ottokar, qui venait d'être tué, pour lui donner la sépulture. — Ce *vautour sur un rocher* indique le mausolée du capitaine Ulric de Norberg, qui, avec une seule forteresse, défendit l'entrée de la Bohême contre toutes les forces d'Allemagne. — Cette tombe est celle du chevalier Henri de Norberg, qui, bien qu'aveugle, combattait aux côtés de Winceslas II, et lui faisait un rempart de son corps. — Voici, à côté, celle de son frère, évêque de Prague, comte de Norberg, qui resta attaché à ce même souverain, excommunié par le pape, au péril de la damnation éternelle!

Les effigies de pierre de ces preux couchés sur leurs tombeaux, et éclairés dans l'enceinte obscure de la chapelle par la flamme vacillante du cierge que le vieux serviteur promenait devant leurs figures en prononçant ces paroles d'une voix émue, semblaient se ranimer et sourire encore à leurs généreux exploits.

Sophie de Bavière, devant ces morts illustres, qui, presque tous, avaient perdu la vie pour le soutien d'un trône qu'elle occupait, était saisie d'un respect pieux et reconnaissant; elle se reprochait comme une faute la terreur que lui faisaient éprouver ces murs où avaient battu tant de cœurs ardemment dévoués à leur pays et à leur prince.

Elle remarqua une tombe récente, à en juger par la blancheur de son marbre, dont le sacristain n'avait point parlé. Au milieu de ces sépultures, chargées de glorieux emblèmes, une pierre nue, sans inscription, sans armoiries, et marquée d'une simple croix noire, avait un aspect de réprobation et portait une tristesse plus grande que celle de la mort; mais, en même temps, elle était couverte de belles fleurs fraîchement cueillies, et qui n'appartenaient ni à cette partie de la Bohême, ni surtout à la saison stérile où on se trouvait.

La princesse s'était approchée et considérait avec beaucoup d'attention ce modeste monument et le contraste qu'il présentait. Le sacristain répondit à son interrogation muette:

— C'est ici que repose le chevalier Francis de Norberg, frère du comte actuel et de madame Ursule, et mort à vingt-deux ans.

— Ah! dit Sophie en joignant les mains avec une tendre pitié; voilà donc l'objet de tant de regrets et de larmes de la part de la malheureuse Ursule!

— Et qui dureront peut-être au delà de cette vie! dit le serviteur à demi-voix, comme s'il faisait cette réflexion pour lui seul.

— De quelle manière a donc succombé le chevalier de Norberg, si jeune et si digne d'affection, à ce qu'il paraît? demanda d'un ton pressant l'impératrice.

— Cet événement est enveloppé d'un mystère auquel il serait dangereux même de songer; je ne puis vous apprendre, madame, que le fait seul de la mort du chevalier, tel qu'il a été connu dans le pays.

— Je n'attends rien de vous qui sorte des devoirs de la discrétion, répondit la princesse.

— Il y a quatre années de cela, reprit le vieillard; les anciens maîtres du château vivaient encore. Depuis quelque temps on remarquait dans l'intérieur de la famille un air d'inquiétude et de tristesse, ainsi qu'une froideur plus grande de la part des parents envers leurs enfants, le chevalier Francis et la demoiselle Ursule, que, du reste, ils avaient toujours tenus éloignés d'eux et dans les bornes d'un respect austère, conservant toute leur affection pour le fils aîné de l'illustre maison.

— Connaissait-on, demanda Sophie, la cause de ce refroidissement de famille?

— Vous savez sans doute, madame, quelle tendre amitié unissait le chevalier de Norberg et sa sœur. Ils étaient jumeaux: les deux anges qui soutiennent ce tabernacle ne sont pas plus semblables qu'ils ne l'étaient de visage, et ils semblaient n'avoir qu'une âme à eux deux. Ils avaient toujours été seuls ensemble, voyant peu leurs parents, connaissant à peine leur frère aîné, plus âgé qu'eux de douze ans, et qui avait quitté de bonne heure le château pour suivre la brillante carrière ouverte à l'héritier d'un grand nom. Livrés à eux-mêmes, ces chers enfants s'élevaient, s'instruisaient mutuellement; ils se nourrissaient de lectures et de méditations au-dessus de leur âge, trouvant dans l'étude des sciences abstraites et difficiles, qu'ils poursuivaient ensemble, un lien de plus pour leurs cœurs et un aliment pour leur jeune et active imagination...

— Voilà d'où viennent sans doute, interrompit un peu légèrement la princesse, quelques bruits répandus sur la jeune comtesse de Norberg... et qui tendraient à la supposer versée dans des connaissances interdites aux femmes... et... bien dangereuses pour elles.

— Je ne sais rien de ces choses, reprit le serviteur. Mais, en ce temps-là, le malheur voulut qu'il tombât entre les mains des deux jeunes gens un de ces livres remplis de doctrines pernicieuses, qui, depuis quelque temps, répandues en Allemagne, viennent corrompre notre sainte religion et la diviser en sectes ennemies; leurs jeunes esprits s'égarèrent sans doute de ces lectures funestes, si bien qu'ils en vinrent à mettre les simples principes de la religion naturelle à la place des dogmes consacrés par l'Église. Le chevalier Francis, plus en vue dans le pays que sa sœur, fut d'abord sourdement accusé d'hérésie. Il y avait alors pour desservant de l'église voisine un vénérable pasteur dont la tolérance, la douceur conciliante, couvraient les imprudences du jeune insensé. Mais ce saint vieillard mourut. Il fut remplacé par un disciple fanatique du célèbre Jean Huss, qui ne voulait rien souffrir en dehors de la doctrine nouvelle et absolue dont son maître était l'auteur. Le prêtre de cette secte ardente et passionnée fut, dès le premier moment, en hostilité ouverte avec le chevalier de Norberg, qui refusait de recevoir les sacrements de sa main. Un jour... jour abandonné par le Seigneur! ce ministre portait le saint-sacrement parmi les fidèles; le chevalier Francis se trouva sur son passage; il lui enjoignit violemment de s'agenouiller devant l'eucharistie, comme les autres assistants; le malheureux Francis, exaspéré contre ce prêtre hautain, renversa de ses mains le saint ciboire, qui roula dans la poussière. Depuis ce moment, le plus funeste danger plana sur mon jeune maître. Le ministre novateur appartenait, disait-on, à une société secrète toute-puissante et qui vengerait cruellement ses outrages.

L'impératrice et Léonore éprouvèrent à ces mots un douloureux saisissement. Elles pressentaient déjà sous quels coups avait succombé le frère d'Ursule.

Le vieillard continua :

— Ce fut à dater de ce jour qu'une inquiétude profonde et toujours croissante vint régner dans le château, et que les parents du chevalier se montrèrent encore plus sévères pour celui qui attirait le scandale dans la demeure des ancêtres, vénérée depuis des siècles.

— Mais, enfin, comment arriva la catastrophe? insista la princesse.

— Comme si un ami secret eût connu le danger du malheureux jeune homme et eût voulu l'y soustraire, le chevalier reçut subitement une nomination de capitaine dans la garde du prince de Saxe, qui allait passer en Italie, avec une vive recommandation de partir de suite pour se rendre à son poste. Dans de telles circonstances, les parents, et même la sœur du chevalier, virent son éloignement avec la plus grande joie. Son équipage de guerre était prêt, et il allait se mettre en route, lorsqu'on apprit que le comte de Norberg arrivait au château vers la fin de la semaine où on se trouvait, pour y passer quelques jours. Mon jeune maître, avant de quitter la maison paternelle, peut-être pour toujours, voulut revoir une fois son frère aîné, qu'il avait si peu connu, et différa son départ de vingt-quatre heures. En vain une lettre du comte, qui semblait, de loin, pénétrer sa pensée, l'engageait à n'apporter aucun retard à l'exécution de son devoir, lui faisant sentir que, comme il n'avait pas encore paru sous les drapeaux, il allait de l'honneur de mettre tout l'empressement possible de s'y rendre. Il persista dans sa funeste résolution... C'était dans ce temps-ci, à la fin de l'automne. Le comte devait arriver à huit heures du soir. La nuit était déjà close, quand mon jeune maître voulut aller à la rencontre de son frère, qui venait de Prague, et devait arriver par les bords de la Muldaw. Les heures se passèrent, et nous ne vîmes revenir personne. L'anxiété commençait à se faire sentir au château. Mademoiselle Ursule veillait à la fenêtre d'une tour qui dominait la campagne, le regard vainement plongé dans l'ombre, mais écoutant avec son cœur les moindres bruits qui pourraient lui annoncer le retour de son cher Francis. J'étais dans la pièce précédente, attendant avec les mêmes angoisses. Tout à coup je vis venir ma jeune maîtresse, pâle, égarée, et me demandant à grands cris : « Un cheval! un cheval!... » Elle disait, en frappant son front de ses mains : « Francis court un grand danger... je le sens... je le vois... Francis m'appelle... Francis m'appelle... » Je lui sellai un cheval en toute hâte, et elle s'élança, bride abattue, dans la campagne.

— Oh! quelle puissante révélation! s'écria la princesse.

— Oui, une révélation, répondit le vieillard, dont les pleurs, retenus dans son sein, faisaient trembler la voix. Et ce n'était pas étonnant, madame; moi qui ai souvent bercé ces deux enfants dans le même berceau et les ai vus grandir sous mes yeux, je sais bien qu'ils étaient unis par un lien intime : ils étaient malades ensemble, et ensemble guéris; ils pleuraient et se consolaient en même temps; ils n'avaient, à eux deux, qu'une seule existence, comme deux fleurs écloses sur une tige vivent de la même sève...

— Enfin!... enfin... qu'arriva-t-il? demanda vivement la princesse.

— Hélas! madame, il arriva que, dans cette nuit-là, étant allés à notre tour, et pressés par l'inquiétude, sur le bord de la rivière, nous rapportâmes sur un brancard de feuillage les corps pâle et glacés du frère et de la sœur... ma jeune maîtresse était arrivée trop tard... le chevalier Francis venait d'être assassiné, et avait encore un poignard plongé dans la poitrine... La malheureuse Ursule s'était sans doute évanouie en pressant son frère dans ses bras, car elle était ensanglantée et froide comme la mort... et bien plus à plaindre que lui, puisqu'elle devait rouvrir les yeux... Le comte de Norberg ne vint pas au château ce soir-là.

— Et on n'a jamais connu les auteurs de ce forfait? demanda en tremblant Sophie.

— Depuis ce temps, continua le vieillard sans répondre, il n'y a eu ici que de tristes jours : mes anciens maîtres sont morts dans les années suivantes; le deuil n'a pas cessé, et le malheur est venu habiter à l'aise dans le château désert.

— Mais ce meurtre, insista la princesse, on ne l'a donc jamais éclairci, jamais vengé?

Le vieillard fit le signe de la croix, baissa la tête et s'éloigna à pas lents.

Lorsque l'impératrice se retourna, Léonore n'était plus à ses côtés; elle la vit prosternée sur les marches de l'autel, le visage caché dans ses mains, et priant, moins dans l'attitude de la simple piété que dans celle de la détresse qui appelle Dieu à son secours. Sophie comprit que le récit de cette mort, dans laquelle on pouvait reconnaître le bras du terrible tribunal, avait rappelé la jeune fille à sa propre situation, et réveillé dans son sein des terreurs incessantes, dont il fallait tout son courage pour triompher. Elle s'agenouilla à ses côtés, l'enlaça d'un de ses bras, et pria Dieu pour elle.

Dans la journée qui suivit, l'impératrice fut d'une bonté charmante pour le comte de Norberg, qu'elle aimait depuis longtemps, et pour sa sœur, qu'elle s'efforçait de juger d'une manière plus favorable. Elle aurait voulu récompenser, dans celui qui descendait d'une race de preux, les dévouements héroïques de ses ancêtres pour les souverains de Germanie; elle aurait voulu, surtout, témoigner à Ursule toutes ses sympathies pour les souffrances du cœur, et elle trouva pour ses hôtes mille preuves de bienveillance dans les inspirations de son âme tendre et généreuse.

Pendant le dîner et la promenade dans les jardins, qui vint ensuite, la princesse vit cette demeure sous un œil bien différent de la veille.

Le sombre délabrement de l'édifice, la vieillesse des serviteurs, l'antiquité des décorations, qui ne se composaient plus que de tristes vestiges, cet aspect de vétusté dans un séjour habité par une jeune femme, lui peignait maintenant la douleur d'Ursule, qui de voulait vivre que dans le passé et repoussait tout ce qui aurait pu venir du temps actuel de l'existence de son âge.

Le parc lui-même était envahi par les ronces, qui jettent l'empreinte de la ruine sur les grands arbres comme sur les monuments. Il y avait seulement, dans une partie du jardin stérile, une serre chaude, dans laquelle Ursule entretenait de belles plantes des climats étrangers. Cette jeune femme laissait la mort approcher de tous côtés autour d'elle, excepté dans cet étroit espace où elle cultivait des fleurs pour la tombe de son frère.

Le caractère de ce séjour, tout rempli de mélancolie et de douloureux souvenirs, était tout-à-fait en harmonie avec la nature et les dispositions de cœur de Sophie; car, elle aussi, elle n'avait d'amour que dans le tombeau...

Cependant, par un reste de préventions et de vagues terreurs plus fortes que sa raison, elle désirait vivement quitter cette retraite. Dès que l'ombre grise du soir se répandit dans l'antique manoir, cette disposition de son âme inquiète se fit plus vivement sentir, et elle annonça, à souper, qu'elle continuerait sa route dans peu de jours.

Malgré les efforts de la gracieuse princesse, une froide contrainte régna encore dans cette seconde soirée passée sous la voûte de la grande salle féodale. Les images pâlies des anciens seigneurs du lieu, leurs armures suspendues à la muraille et rouillées depuis des siècles, n'étaient guère plus immobiles, plus silencieuses que les personnes maintenant assises à leur place, et dont chacune, vivement absorbée dans son for intérieur, ne laissait échapper que des paroles indifférentes.

A neuf heures, les hôtes du château se retirèrent dans leurs chambres à coucher.

Une nuit profonde, où se détachait seulement le croissant argenté de la nouvelle lune, enveloppait le castel isolé.

Dès que Léonore et les femmes de service du château l'eurent quittée, Sophie de Bavière, seule dans cette vaste pièce, se sentit le cœur serré d'une tristesse irrésistible.

Enveloppée d'une robe de nuit et un flambeau à la main, elle commença par explorer dans son entier cette longue enceinte, interrogeant chaque panneau de boiserie, passant sa lumière devant chaque figure de la tapisserie, qui se mettait parfois à frissonner sous le vent et la faisait reculer d'un pas.

Elle ferma à clef sa porte d'entrée; mais, lorsqu'elle voulut prendre le même soin pour celle qui communiquait dans la chambre de la comtesse de Norberg, la grosse serrure, entièrement rouillée, résista à tous ses efforts.

Dès son arrivée dans le château, la pieuse princesse avait remarqué qu'on n'y voyait nulle part les symboles religieux, qui, à cette époque, décoraient et protégeaient le plus petit réduit; et cette observation n'avait pas peu contribué à augmenter sa répulsion pour cette demeure.

Sophie rappelait en ce moment dans son esprit toutes les circonstances qui mettaient la comtesse de Norberg en dehors de la ligne commune des femmes. Les études secrètes et audacieuses auxquelles elle se livrait avec son frère, le mépris que tous deux faisaient de la religion établie, l'assurance et l'espèce de volupté avec lesquelles Ursule parlait des apparitions de l'autre monde; enfin, l'abandon où demeurait la chapelle, dont la mousse couvrait les dalles, et l'absence de symboles chrétiens dans toute l'étendue du château...

La princesse n'avait donc dans sa chambre ni le christ, ni l'eau lustrale qui eussent pu la rassurer dans sa solitude.

Comme la Madeleine dans le désert s'était fait une croix avec deux bouts de roseaux, Sophie recueillit dans le foyer éteint deux petits morceaux de bois, en forma une croix qu'elle attacha au milieu avec un ruban de son corsage, et, à l'aide de ce même ruban, suspendit le pieux emblème au fond de son lit.

Cette couche, dont quatre grandes figures de bois sculpté soutenaient le dais, était placée en long contre le mur mitoyen à la chambre de la comtesse. Au pied, et à quelque distance, se trouvait la porte qui communiquait dans cette pièce.

Un instant après que la princesse fut couchée, ou, du moins, étendue sur son lit, tout enveloppée dans sa robe de chambre, son flambeau acheva de se consumer et la laissa dans une obscurité complète.

Elle entendit bientôt se renouveler les bruits dissimulés, les frémissements sourds qui l'avaient tant occupée la nuit précédente, et revit aussi les rayons de lumière qui venaient augmenter ses soucis au sujet de la pièce voisine, où la comtesse veillait... Dieu savait pourquoi faire!...

Sophie se releva à demi, s'agenouilla sur son lit devant la petite croix faite de ses mains, et résolut de prier toute la nuit pour affermir son esprit et ne pas se livrer au sommeil, état de néant où on cesse de veiller sur soi-même, où l'instinct de conservation est anéanti, danger usuel auquel la pauvre princesse n'aurait pas voulu s'abandonner dans un tel lieu.

Cependant, au bout de quelques heures, un engourdissement profond anéantit tout son corps, sa pensée se paralysa et ne put plus suivre les prières que ses lèvres murmuraient encore; toujours agenouillée et les mains jointes, elle s'affaissa sur elle-même, et s'endormit dans l'attitude d'une pauvre naufragée, qui, sur une planche jetée au milieu des eaux, appelle Dieu à son secours.

Ce sommeil durait depuis on ne sait combien de temps, quand un bruit violent éclata au pied du lit de Sophie et l'éveilla en sursaut. Elle vit sa chambre pleine de lumière.

La porte qui donnait dans la pièce habitée par la comtesse était toute grande ouverte, et la clarté pénétrait par là. Un large rayon, mesuré par la grandeur de l'ouverture du chambranle dans un mur très-épais, coupait nettement les ombres de la chambre de l'impératrice, et allait donner dans une glace placée en face de la porte, où il allumait un foyer de lumière.

Sophie resta quelque temps immobile, les yeux fixes, les mains convulsivement serrées. Les battements de son cœur étaient si violents, qu'il semblait bondir dans sa poitrine. Énervée par ce flux de sang dans le sein, il lui était impossible de faire aucun mouvement.

Cependant, un air très-vif venait abondamment frapper son visage, et les rapides oscillations de la tenture montraient que ce vent sortait, ainsi que la lumière, de la porte qui venait de s'ouvrir, tandis que les battements d'une fenêtre se faisaient entendre dans la pièce voisine. Sophie, reprenant un peu de force, pensa assez sagement qu'une rafale d'air, ouvrant subitement cette croisée, avait dû, en même temps, pousser la porte rapprochée dont elle n'avait pu fermer la serrure, et qu'ainsi il n'y aurait rien que de naturel dans cet événement.

Sa poitrine se dilata à cette pensée, elle respira plus librement, et eut alors le courage de se glisser au bas de son lit.

Elle allait même, d'un pas furtif, la tête en avant, dans l'intention hardie de jeter un coup d'œil dans la chambre de la comtesse, et de juger enfin quelle occupation, innocente ou criminelle, occupait la veillée de cette femme.

Le battant de la porte, ouvrant de son côté, lui permettait de se livrer à cette investigation en restant cachée et en avançant seulement le regard.

Mais elle s'arrêta subitement... son front se mouilla de sueur froide... On allait et venait dans la chambre voisine... on parlait bas... Les mots, on ne les distinguait point... mais les accents étaient si brisés, la vibration si différente de celle des voix humaines, qu'il était impossible de croire qu'il se trouvait là des êtres de ce monde.

Sophie frissonna et se rejeta en arrière. Elle regarda de tous côtés en cherchant du secours... mais rien!... rien, qu'une nuit profonde, ne l'entourait!

Une espérance mêlée de crainte revint dans son âme : elle pensa à gagner la porte qui donnait sur les corridors et à s'enfuir de ce côté. Elle tremblait cependant que le bruit de ses pas ne la trahît et fît venir celle dont elle surprenait, bien à regret, les funestes secrets... Car, loin que le moindre mouvement de curiosité fût encore en elle à cet instant, elle aurait préféré mille dangers réels à la vue de cet être mystérieux. Elle quitta sa chaussure pour marcher silencieusement; et, tremblante de froid et de terreur, tendant ses mains devant elle, elle chercha à se diriger, dans l'ombre, du côté de cette immense pièce où devait être la porte d'entrée.

Le bruit de la serrure s'ouvrant devait être aussi à redouter... mais, comme en ce moment Sophie serait près de la sortie, elle aurait le temps de s'évader avant qu'on pût la rejoindre, et gagnerait les lieux habités du château.

Elle avait enfin rejoint cette porte bénie, et cherchait à retrouver la clef; mais le tressaillement de ses nerfs était si violent, que sa main tremblante ne pouvait la servir... elle frissonnait, palpitait, et répétait tout bas : « Mon Dieu !... mon Dieu !... »

Enfin un cri de joie fut prêt à s'échapper de son sein... elle venait de sentir le froid du fer, et tenait la clef secourable.

Elle la tourna d'abord doucement, puis avec plus de force, car la serrure résistait; elle y mit ensuite les deux mains et toute l'énergie de son être; ses veines se gonflèrent; elle déchira ses doigts dans cette lutte avec le fer, et la clef resta fixe, sans rendre un son, sans faire le moindre mouvement.

La malheureuse femme, il fallait bien qu'elle se l'avouât, était enfermée!

Sophie, à son âge, avait encore, par sa nature sensible et frêle, quelque chose d'une grande jeunesse : elle s'appuya contre la muraille et se mit à fondre en larmes.

Au milieu de sa douleur muette et cruelle, un objet attira son attention. Elle crut voir des images se former dans la glace placée en face de la porte ouverte de la pièce adjacente et frappée par la zone lumineuse qui en sortait.

Elle était trop éloignée de ce point pour rien distinguer nettement. Aiguillonnée par un désir fiévreux d'éclaircir ce mystère, elle s'approcha doucement et se plaça à peu de distance du miroir.

La glace, de trois pieds de haut, était ovale, entourée d'une énorme bordure de cuivre sculpté et noirci. A l'intérieur du cadre était un rang de facettes de glace, séparé de la pièce principale par un filet.

L'intérieur de la chambre d'Ursule, du moins de la partie qui était en face, s'y réfléchissait.

Le tableau offert par le miroir représentait des lambris de chêne, de grandes tablettes garnies de livres; au milieu, un piédestal de forme fantastique, sur lequel étaient posés un poignard et une tête de mort.

Personne ne paraissait dans l'appartement, mais des pas continuels se faisaient entendre dans le reste de la pièce.

Sophie tremblait de tout son corps; une attention palpitante la retenait cependant clouée à cette place et l'œil ardemment fixé sur le miroir.

Dans l'atmosphère lumineuse qui remplissait le tableau, elle vit d'abord passer une chauve-souris qui venait du fond de la chambre. L'oiseau de nuit décrivit deux fois l'orbe noir de son vol lent et appesanti, et alla se poser sur la tête de mort.

Ce qui parut ensuite était horrible.

Une femme vêtue d'une longue robe de laine grise s'avança lentement.

Elle avait le visage creusé, livide, sépulcral; ses yeux, enfoncés dans leurs orbites sombres, roulaient une prunelle terne et pâle; ses cheveux noirs, épars, étaient mêlés de brins d'herbe jaunie. Sous cette apparence morbide, le fantôme gardait encore quelque reste des formes humaines... une créature épouvantable, placée entre la vie et le néant.

Sophie se croyait sous la puissance d'une affreuse hallucination... Elle voulut porter ses mains sur ses yeux pour s'y soustraire... Mais une force invincible retenait ses mains tremblantes... la forçait à regarder. Elle voulait fuir, il lui était impossible de se mouvoir... les battements de son cœur étaient arrêtés... Un froid qu'elle n'avait jamais connu la changeait en marbre immobile... ses pieds, d'une pesanteur étrange, étaient fixés sur le plancher.

Le spectre vint se placer au centre de ce tableau fantastique. La grande figure était debout, roide, fixe; le corps rejeté en arrière, la tête relevée, comme dans un mouvement d'inspiration, la main posée sur le poignard; ses traits exprimaient une férocité sauvage; elle promenait dans l'espace ses yeux sans regards. A côté d'elle, se détachait, en sphère blanche, la tête de mort, dont les traits étaient dessinés par un filet de lumière glissant sur chaque saillie de l'ossement luisant. La chauve-souris, posée au-dessus de cette tête, la couronnait de l'ombre de ses ailes noires.

Ce groupe se développait dans la profondeur de la glace, tout ardente de lumière.

Tout à coup, Sophie sentit sous ses pieds une oscillation du plancher, la muraille trembla, les objets se confondirent dans la glace : il y eut une confusion éblouissante... Puis la lucidité revint... Alors, au lieu d'une seule et terrible figure, vingt spectres, semblables au premier, s'agitèrent un instant dans la glace, et disparurent dans le lointain.

Le miroir se voila... tout se perdit dans une nuit profonde.

La princesse était tombée à genoux, sans force, sans mouvement... Maintenant le charme était rompu; elle revenait à la vie, mais pour sentir la peur dans toutes ses angoisses. Les palpitations de son cœur avaient redoublé de violence; une agitation fébrile l'égarait; elle tournoyait dans cette chambre spacieuse, les pieds nus, précipitant ses pas, tendant ses mains dans l'ombre. Comme elle se heurtait à toutes les murailles, la porte de sortie, qu'elle n'avait jamais pu ouvrir, se trouva devant elle, et céda, en ce moment, à son premier effort.

Elle franchit ce seuil avec une joie indicible, et s'élança dans les sombres dédales du château.

XIX

DANS L'AUTRE MONDE

Il était deux heures du matin, et Léonore dormait paisiblement dans une chambre élevée du donjon, lorsqu'elle fut éveillée en entendant frapper à sa porte à coups bas et précipités.

Tandis qu'elle se jetait en bas de son lit et passait une robe pour ouvrir, les coups devinrent plus pressés et des cris étouffés s'y mêlaient; ce qui n'empêcha pas la jeune fille d'ouvrir dès qu'il lui fut possible de se montrer.

L'impératrice, à demi vêtue, échevelée, se jeta dans ses bras.

— Viens!... viens! Léonore, dit-elle, sauvons-nous!

— Mon Dieu, madame, qu'avez-vous?

— Viens... Nous descendrons par l'escalier qui est au bout de ce couloir... La grille est ouverte, j'en suis sûre... le pont-levis est baissé... De là, nous pourrons gagner la campagne.

— Quelle idée insensée!... Attendez à demain, madame; nous partirons, si vous voulez, au point du jour.

— Non, certainement, je ne resterai pas dans ce château le reste de la nuit... Sur mon âme, je n'y resterai pas!

Léonore, cependant, avait attiré la princesse auprès de son lit, et l'y avait fait asseoir. Elle recouvrait ses épaules glacées d'une mante, enveloppait chaudement ses pieds nus. Puis elle se tint debout, près d'elle, l'enlaçant dans ses bras.

— Voyons, ma chère maîtresse, reprit-elle avec douceur, dites-moi, je vous en supplie, ce qui vous épouvante à ce point.

— Ah! mon amie... soupira la princesse.

Et elle laissa retomber sa tête languissante sur l'épaule de la jeune fille. — Eh bien?

Un instant l'émotion empêcha Sophie de parler.

— Écoute... dit-elle enfin, écoute... Il faut que je reprenne cela de plus loin. Déjà la nuit dernière, je n'avais pu reposer un moment, à cause des bruits épouvantables qui, tu le sais, se font entendre, chaque soir, dans cette maison.

— Je ne m'en suis point aperçue.

— On les entend à peine, et c'est pour cela qu'ils sont plus effrayants... tellement que, ce soir, je craignais de céder au sommeil et d'être livrée sans défense aux dangers inconnus de cette demeure. Mais j'étais si lasse, qu'au bout de quelques instants une faible somnolence s'est emparée de moi. Hélas! j'ai payé bien cher cet instant de repos!...

Ici la princesse raconta à Léonore, d'une voix à la fois tremblante et exaltée, les aventures de la nuit, son emprisonnement dans cette chambre fatale, les horribles visions qui l'y avaient frappée. Quand elle vint à parler de la comtesse Ursule, à dire que cette femme, vouée aux sciences occultes, pâlie, défigurée, vieillie dans ses infernales pratiques, lui était enfin apparue sous sa véritable forme, sous celle d'un spectre, Léonore, tremblante à son tour, murmura tout bas:

— Encore une fois... je ne m'étais pas trompée!

La princesse entendit à peine ces mots, et répéta:

— Oui, un spectre, un esprit de l'autre monde... Je ne rêvais pas, je n'étais pas folle, et je l'ai bien vue... C'était bien encore le visage de notre châtelaine, mais la face cadavéreuse, les yeux couverts d'un voile de mort... car ces êtres qui habitent sur la terre en trompant les lois de la nature, ne peuvent jamais prendre les couleurs que répand le soleil, ni le regard qui vient de Dieu.

— Madame, qui peut sonder de tels mystères?

— Oh! si tu avais été à ma place! reprit la princesse. Je ne puis te rendre cette situation... Un froid mortel coulait dans mes veines... Je me sentais comme attirée aux entrailles de la terre, et je me cramponnais aux pilastres de la muraille pour résister à cette impulsion terrible.

— Ma chère maîtresse, calmez-vous... vous tremblez encore comme une feuille.

— Enfin, quand l'horrible vision a disparu, j'ai repris ma liberté. J'ai pu sortir de cette enceinte maudite, traverser dans la nuit les détours de ce château que je ne connaissais pas... Et je me suis réfugiée vers toi, ma chère Léonore. Que c'est bon de tenir ainsi tes mains!... tu me réchauffes!... tu me consoles!... tu es bien un être vivant, toi; le souffle divin t'anime, ton sein est plein d'existence et d'amour!

— Chère princesse!...

— Mais il faut nous sauver ensemble... Viens vite maintenant! reprit Sophie.

Et, sans perdre de temps, avec une rapidité à laquelle la jeune fille ne put s'opposer, l'impératrice s'habilla à la faible lueur de la lune, aussi bien qu'il lui fut possible, et s'élança dans le sombre corridor.

Léonore l'y suivit, et les deux jeunes femmes se trouvèrent au milieu d'une obscurité complète, dans un espace inconnu à leurs pas.

D'après ce qu'elle avait vu elle-même, Léonore ne suspectait nullement le récit de l'impératrice. Elle pensait bien que la comtesse de Norberg, vouée à la magie, reprenait la forme de sa jeunesse et sa place dans le château, à la lueur du jour, et que, la nuit, dépouillant cette trompeuse parure, elle ne portait plus qu'une figure sinistre, semblable à celle des êtres de l'autre monde, avec qui sa science funeste l'avait mise en rapport; elle pensait aussi que ce château était livré aux esprits des ténèbres; mais elle pensait en même temps que Dieu ne devait pas laisser à ces génies du mal le pouvoir de nuire à des créatures formées par ses mains, et qui lui étaient toujours restées fidèles.

S'appuyant sur cette pensée, elle tâcha encore de retenir l'impératrice.

— Madame, lui dit-elle, au nom du ciel, renoncez à sortir à cette heure!...

— N'entends-je pas du bruit? interrompit la princesse; là, de ce côté?

— Non, c'est le vent. Mais vous ne pouvez ainsi, seule avec moi, à pied et dans la nuit, parcourir un pays désert.

— Je ne crains rien, dit Sophie, tandis que ses dents grinçaient et qu'elle avait peine à se soutenir. Je n'ai peur ni des bêtes féroces, ni des brigands, ni des troupes ennemies que nous pourrions rencontrer... J'ai du courage, va, quand il le faut.

— Je m'en aperçois, dit Léonore, qui ne put s'empêcher de sourire, au milieu de ses troubles cruels.

L'impératrice ne voulut rien entendre, possédée de l'idée fixe de sortir de ce manoir et de se trouver en rase campagne.

Elle se dirigea du côté opposé au grand escalier par lequel elle était montée, pour s'éloigner le plus possible du lieu de ses terreurs.

Les deux fugitives marchaient dans une étendue uniformément sombre, semblable à un crêpe noir, posant timidement le pied en avant et rasant de la main la muraille.

Une marche d'escalier heurta leurs pieds; elles montèrent quelques degrés et se trouvèrent sur une plate-forme, que surmontaient encore des sommets de tours ruinées. La vue du ciel leur fit du bien, et elles marchèrent plus librement dans cet espace. L'herbe de la solitude croissait entre les dalles, où s'étendaient aussi des serpents de ronce et de lierre qu'il fallait surmonter à chaque pas; les gerfauts et les hiboux, maîtres de ces lieux, ne se dérangeaient pas à leur passage, et regardaient, du haut des créneaux, celles qui venaient dans leur ruine.

La plate-forme rompue, s'arrêtant subitement, n'offrait plus qu'un affreux précipice; il fallut prendre de côté, redescendre dans l'intérieur du bâtiment et livrer de nouveau ses pas au hasard.

La princesse et Léonore traversèrent l'une des grandes galeries du château, à ce qu'elles jugèrent par l'étendue du chemin qu'elles faisaient sans rencontrer d'obstacle. Là, un léger grincement de fer qui bruissait à temps inégaux alarma vivement la princesse; mais Léonore lui fit observer qu'il devait venir d'anciennes masses d'armes suspendues sans doute dans cette galerie, et faiblement agitées par l'air de la nuit.

Au bout de cette pièce, des couloirs tortueux et d'inextricables détours vinrent les forcer à ralentir infiniment leur marche, ce qui fut un bonheur pour elles, car une trappe ouverte se trouva tout à coup sous leurs pieds. Elle découvrait un escalier à vis creusé dans une muraille de vingt pieds d'épaisseur. Léonore s'y engagea la première, et tâcha, en lui donnant la main, d'affermir les pas de la princesse. Elles descendirent dans ce gouffre si longtemps et avec tant de peine, que toutes deux, ayant enfin rencontré la dernière marche, y tombèrent, affaissées de soucis et de lassitude.

En reprenant leur route, elles se trouvèrent dans un corridor du rez-de-chaussée qui passait devant la chapelle, et conduisait sous la ligne des arcades extérieures.

Dans cet endroit, percé d'un côté de grandes fenêtres, la nuit du dehors, faiblement éclairée par la lune naissante, succédait aux ténèbres compactes, et on pouvait, quoique vaguement, distinguer les objets. Un cintre, ouvert au fond du couloir, faisait enfin distinguer la sortie de cet immense bâtiment, que les fugitives désiraient si vivement atteindre.

Tout à coup Sophie poussa un cri étouffé, et se jeta, palpitante, sur le sein de Léonore, qui la serra dans ses bras en frémissant aussi de tout son être.

Leurs yeux s'étaient portés ensemble sur le même objet.

Sous le portique de la chapelle, on pouvait apercevoir l'ombre d'un jeune chevalier. La plume de sa toque, son pourpoint blanc, la forme de son manteau, bordé d'un filet d'argent, se détachaient sur le fond sombre de l'arcade, et faisaient reconnaître cette apparition... Sur le seuil de cette chapelle, où reposait sa tombe, ce devait être l'âme du jeune Francis, frappé autrefois de mort violente.

La princesse et Léonore eurent cette pensée en même temps, et s'appuyèrent contre la muraille, sans avoir la force de faire un pas de plus.

Tout resta un moment immobile dans la nuit percée d'une douteuse clarté. Puis l'ombre fit un léger mouvement d'ondulation, glissa le long des piliers qui soutenaient la voûte et se perdit dans la profondeur du couloir.

Les fugitives eurent alors le courage de reprendre leur chemin, mais plus brisées encore de cette dernière émotion, et marchant dans un triste silence. Elles précipitèrent leurs pas en passant devant la chapelle, sans oser regarder dans l'enceinte, qui était d'ailleurs profondément ténébreuse, et arrivèrent sous les arcades avancées, où elles trouvèrent enfin l'air extérieur et respirèrent avec plus de liberté.

Traversant alors des parages qui leur étaient connus, elles purent s'orienter sous la longue ligne d'arceaux, et arrivèrent dans la grande cour, où se trouvait la principale porte du château donnant sur le pont-levis.

Là, un moment de vif bonheur leur fut enfin donné. Elles distinguèrent des pas humains, s'entendirent appeler tout bas par leur nom, et reconnurent Edgard qui venait précipitamment à elles. L'impératrice pressa la main du jeune homme avec un soulagement extrême.

Le page avait veillé très-tard à sa fenêtre pour terminer une ballade toute remplie de ses belles amours, qu'il devait dédier à Léonore. A une heure avancée de la nuit, ayant entendu quelque mouvement dans la chambre de l'impératrice, qui était au-dessous de la sienne, il était promptement descendu au premier étage, pour veiller sur cette enceinte où reposait sa souveraine. Là, il avait trouvé la porte ouverte et la chambre vide. Courant alors à l'appartement occupé par la jeune dame d'honneur, la même désertion s'était offerte à lui. Une vive inquiétude l'avait saisi; il s'était mis à parcourir au hasard le bâtiment; mais, étant descendu par le grand escalier et ayant exploré les galeries qui donnaient de ce côté, ses pas l'avaient toujours tenu éloigné des fugitives; il venait d'entrer par un autre côté dans cette cour, où il avait le bonheur de les retrouver.

Cette explication fut donnée en peu de mots; mais le rapport des circonstances qui avaient forcé la princesse à fuir un endroit de malédiction demanda bien plus de temps, d'autant mieux que Sophie, réveillant ses terreurs par le récit qu'elle en faisait, s'arrêtait parfois dans un tremblement extrême, ou entremêlait ses paroles de justes anathèmes contre les cruels ennemis du genre humain.

Edgard entendit tous ces détails avec une foi profonde et des frémissements que n'eussent pas éveillé en lui les plus grands dangers de la terre.

Dans son trouble, il se laissait conduire vers la porte de sortie de la cour, sans se douter nullement du dessein de l'impératrice.

La décision de sortir à l'instant même du château, pour se remettre en route au milieu de ces solitudes et se confier à l'étoile des loups, lui fut annoncée si brusquement, qu'Edgard ne put examiner d'abord ce parti; et, sur l'ordre de la princesse, il se disposa à ouvrir la forte grille.

Le jeune homme et Léonore n'avaient pas eu le temps de réfléchir à ce qu'ils faisaient, Sophie était incapable de penser à rien, et, quoiqu'il fut très-naturel de trouver cette masse de fer bien fermée et cadenassée, ils n'en éprouvèrent pas moins d'étonnement et d'impatience de ne point l'ouvrir.

Au moment où cet obstacle important se présentait, ils crurent entendre du bruit derrière eux, aux portes du château. Il était probable qu'un des domestiques affectés à la garde de la demeure avait été frappé du son que rendait la grille ébranlée par de vains efforts, et allait venir en reconnaître la cause.

A la pensée d'être surpris dans une évasion qui, au fond, avait quelque chose d'un peu lâche et ridicule, les trois fugitifs, sans se communiquer leur sentiment, se jetèrent simultanément derrière une fontaine en forme d'obélisque qui se trouvait vers l'un des angles de la cour.

Ils demeurèrent dans cette retraite, qui n'offrait ni aboutissant ni sécurité, faute d'avoir un autre parti à prendre.

Dans ce moment de repos forcé, les jeunes amis de l'impératrice lui avouèrent avoir déjà rencontré, dans leur voyage nocturne à Prague, la redoutable comtesse de Norberg, dépouillée de la forme charmante qu'il lui plaisait de revêtir dans la journée, et, fantastique amazone, courant dans la tempête et les bois solitaires, sur un cheval magique comme elle.

Ils répétèrent aussi les paroles terribles qu'elle prononçait sans cesse dans sa ronde nocturne.

A peine achevaient-ils cette confidence, à laquelle ils se décidaient alors, parce que rien ne pouvait plus augmenter l'effroi de Sophie au sujet de la châtelaine, que le bruit, d'abord insaisissable qui les avait frappés, se renouvela d'une manière plus distincte; il se passait de l'autre côté de la fontaine, et était produit par un cheval qui, enfermé dans une écurie, frappait la terre de ses pieds, à temps égaux et pressés, en galopant sous lui.

La princesse se rappela que ce même piétinement de cheval s'était constamment fait entendre à elle la nuit précédente, au milieu de tous les bruits étranges qui la tenaient éveillée.

Comme elle communiquait ce souvenir important à ses compagnons, un coup de tête du cheval frappé contre la porte de l'écurie la fit ouvrir au dehors, et ils virent se dessiner la forme de l'animal sur les dalles blanches de la cour, où se répandaient les lueurs d'une nuit assez claire.

C'était un grand cheval de race indigène, noir, efflanqué, la crinière rude, hérissée, le cou d'une longueur démesurée, le crâne proéminent, sourcilleux, et le bas de la face rentré; ses gros yeux, largement ouverts, laissaient voir leur globe d'un blanc rougeâtre, mais ternes et inanimés.

Après avoir tourné lentement la tête vers toutes les parties de la cour, où il semblait chercher quelqu'un, il alla, d'un pas sourd, et sans même faire entendre son souffle, se ranger devant la grille de sortie.

Les jeunes gens observaient cette évolution silencieuse du mystérieux animal.

Soudain la princesse serra violemment le bras de Léonore et se pressa contre la jeune fille en disant, d'une voix entrecoupée et frémissante :

— Tenez!... tenez! la voilà!... c'est elle!...

En effet, la comtesse Ursule, ou plutôt le fantôme au visage hâve, aux longs flots de cheveux noirs, à la sombre robe de bure, avait surgi tout à coup devant eux.

Elle traversait la cour en glissant sans bruit sur la dalle; la chauve-souris tournoyait encore au-dessus de sa tête; un air froid, comme celui de l'hiver le plus intense, s'était subitement répandu dans l'espace.

Les trois personnes qui la regardaient d'un œil épouvanté crurent, plus que jamais, voir en elle un être surhumain, lorsqu'elle quitta la terre et se trouva enlevée sur le dos de son coursier noir avec la légèreté d'une ombre.

Puis elle dit de sa voix monotone, précipitée, où n'était plus l'accent de la vie :

— Francis m'appelle!... je le vois... je l'entends... je vais le rejoindre.

Elle se pencha sur la grille que les fugitifs n'avaient pu ébranler, la toucha du doigt, et la barrière s'ouvrit comme par enchantement.

Alors elle prit dans ses mains la rude crinière de son cheval et inclina le haut du corps sur le cou de l'animal... Ses yeux, morts jusque-là, lancèrent, soudain, d'ardents éclairs... L'œil du cheval s'alluma en même temps, son souffle s'échappa en lugubres hennissements.

Et le spectre et sa monture s'élancèrent, plus rapides que le vent, dans la campagne... dans la campagne?... on ne sait... peut-être dans le sein des nuages... peut-être aux entrailles de la terre...

Les spectateurs de cette apparition, muets, pétrifiés, étaient réellement frappés par la foudre de la terreur.

L'impératrice et Léonore pensèrent que l'ombre de Francis, qu'elles avaient vue sortir de la chapelle, était sans doute allée attendre sa sœur sur le lieu de sa mort terrible, et qu'elle courait l'y rejoindre.

— Oui, oui, va retrouver ton frère! dit Sophie; va le visiter dans le monde des morts, pour revenir ensuite souiller la terre de ta présence!... Magicienne!... esprit des ténèbres!

La princesse pouvait à peine murmurer ces paroles; sa frayeur, un peu atténuée par l'éloignement du fantôme, se fondait en larmes. Cependant, comme l'effroi même est ingénieux pour ce qui le regarde, Sophie pensa à profiter de cette grille, maintenant ouverte, pour fuir du château maudit.

— Madame, c'est une chose infaisable, dit Léonore, qui avait enfin repris sa ferme raison.

— Tu vas me parler encore des dangers que nous courons; mais rien, rien ne me paraît effrayant auprès de ce qui se passe ici... D'ailleurs, maintenant Edgard est avec nous.

— Oh! non, ma chère princesse, reprit la jeune fille, je n'objecterai plus les périls de la fuite; car ainsi que vous, je craindrais moins les montagnes et leurs précipices, les bois et leurs bêtes fauves, qu'un souffle de la puissance magique. Mais je vous dirai qu'il est impossible à l'impératrice d'Allemagne de sortir d'un château où elle a pris asile, par une fugue nocturne, qui semblerait une disgrâce pour ses hôtes.

— Cette femme n'est rien pour moi; et que lui importe, à elle, la faveur ou la disgrâce des grands de la terre?

— Mais le comte de Norberg, si digne, par sa loyauté, son dévouement, des preux dont il descend, et qui furent les illustres soutiens du trône, il serait perdu par cette démarche imprudente... Déjà l'empereur aime peu le comte; en voyant qu'il a si mal répondu à la confiance souveraine, qu'il a conduit l'impératrice dans une demeure d'où elle a été forcée de fuir en pleine nuit, le prince ferait retomber sur lui le poids de son mécontentement... Et qui sait? il saisirait peut-être cette occasion de le disgracier ouvertement.

Sophie de Bavière était bonne avant toute chose, affectueuse encore plus que timide, et toujours prête à se sacrifier aux autres. Elle aimait trop, surtout, le comte de Norberg, pour n'être pas touchée de ces raisons.

Edgard, en les appuyant vivement, acheva de la vaincre.

— Eh bien, dit-elle, je m'abandonne à vous; que faut-il faire?

— Remontez dans votre chambre, madame, répondit le page; Léonore et moi nous veillerons près de vous. La damnée comtesse Ursule est hors du château, maintenant; et dans quelques heures, à son retour ici, elle ne sera plus à craindre. Le jour a une puissance toute divine, et le premier chant de ses jeunes oiseaux sait mettre en fuite les plus hardis démons de l'enfer.

Un instant après, l'impératrice, accablée de fatigue, était étendue sur son lit, et Edgard et Léonore assis familièrement au pied de la couche royale.

— Je n'étais pas faite pour de si rudes épreuves, mes enfants, disait la princesse avec douceur, et ce tourbillon d'événements répand sur mes jours plus de peine que chacun d'eux n'en peut porter... C'était toi, ma chère Léonore, avec ta grande sagesse, ton calme héroïque, ton indomptable courage, qui aurais dû naître sur le trône; et moi, vivre et mourir sous le toit de l'artisan, où il faut seulement savoir filer, aimer et prier.

— Ma chère maîtresse, dit Léonore, la royauté n'a pas seulement de mauvais jours.

Sophie commençait à s'assoupir; elle répondit encore :

— Voyez à quoi m'a servi de sortir du couvent, de renoncer au repos dans le sein de Dieu, au souvenir sacré de mes premières amours, pour devenir la plus grande souveraine de l'Europe... Depuis deux mois à peu près que je règne... Dieu sait avec quelles jouissances de cœur!... j'ai habité une triste forteresse, une prison et un castel hanté par les démons... un beau gîte, vraiment, qu'une chevrière refuserait pour s'y abriter une nuit, et qu'elle fuirait en faisant le signe de la croix.

— Qu'est-ce que cela, ma bonne maîtresse, dit Léonore, quand on a la paix de l'âme, la satisfaction d'avoir toujours bien mérité de Dieu, qu'on peut goûter le repos béni d'une conscience pure?

La princesse répondait déjà à ses paroles en dormant d'un profond sommeil.

Tous trois passèrent ainsi le reste de la nuit. Léonore regardant la douce princesse endormie, et rêvant pour elle un meilleur avenir; Edgard regardant Léonore, et savourant à longs traits cette contemplation : car on voit ceux qu'on aime bien, même dans l'ombre la plus profonde.

Le lendemain, de grand matin, le hasard vint au secours de l'impératrice pour lui aider à quitter le château des Croix. Avant le lever du soleil, un messager de Winceslas vint annoncer que l'empereur avait pénétré, avec plus de facilité qu'il ne le pensait, dans la forteresse de Conrad-Bourg, et appelait près de lui, dans le plus court délai, la princesse de Bavière et les personnes de sa suite.

L'impératrice fit aussitôt prévenir le comte de Norberg. Partant à une heure aussi matinale, elle pouvait, sans que cela fût trop étrange, quitter le château sans prendre congé de la maîtresse du lieu, ce que Norberg ne paraissait pas désirer non plus.

La petite calvacade se retrouva bientôt, avec une satisfaction extrême, dans l'espace libre de la campagne, et le château des Croix, laissé en arrière, s'enfonça dans ses bois de cyprès.

XX

LE CONSEIL

Un château fort dans un pays désert défendait seul, en ce moment, la dynastie de Charles IV et l'unité de l'empire d'Allemagne, que des ennemis puissants menaçaient de tous côtés. Mais la citadelle de Conrad-Bourg avait des murailles éprouvées par des siècles de combats et une double ceinture de rochers; ses forts remparts étaient garnis de soldats inébranlables comme eux; un camp dressé au pied des murs réunissait les compagnies amenées par plusieurs seigneurs suzerains pour renforcer les troupes impériales; et cette armée, toujours debout, formait à la résidence royale une puissante armure.

La princesse de Bavière et ses fidèles compagnons de voyage, que nous avons vus quitter le château de la comtesse de Norberg, arrivèrent, le jour même de leur départ, à Conrad-Bourg.

Le premier soin de Sophie, lorsqu'elle se vit en lieu de sûreté, fut de rendre grâce à ses bienfaiteurs avec le charme qu'elle savait donner aux paroles de reconnaissance et d'amitié. Puis elle se retira dans sa chambre avec Léonore. Voulant consacrer par un souvenir visible le dévouement que la jeune fille lui avait montré, et dont pourtant elle ne connaissait pas toute l'étendue, elle prit dans ses écrins un collier de perles fines qu'elle avait porté aux temps plus heureux où elle aimait à se parer pour Henri de Waltimor, et l'attacha au cou de sa belle compagne.

Edgard, aussitôt à son arrivée, remit à Winceslas les papiers scellés qu'il avait si heureusement enlevés à l'écuyer de Job de Moravie. L'empereur pressentit tout l'avantage qu'on pouvait tirer de cette capture. La journée étant près de finir, il annonça que le lendemain matin ces dépêches seraient ouvertes dans le conseil formé des seigneurs alliés et des grands officiers de la couronne.

Le comte de Ratisbonne n'avait point encore fait part à Winceslas du complot surpris par lui au sein du tribunal secret... Le maître de l'empire, tour à tour sombre, colère, ou voluptueux et délirant, était rarement propre à entendre parler d'affaires; d'ailleurs, cette nouvelle devait l'exaspérer au dernier point et redoubler le malheur de sa situation. Ratisbonne se promit donc de prendre aussi le moment où le conseil serait assemblé pour révéler le plus puissant danger qu'eût à courir le règne de Winceslas.

On se retira de bonne heure dans les chambres à coucher, et la forteresse se ferma sous l'ombre d'une de ces nuits limpides où va se répandre la première gelée de l'hiver.

La jeune Muller remonta dans la chambre circulaire qu'elle occupait au second étage d'une tour. Cette pièce était lambrissée d'un mur de vingt pieds, percé d'étroites meurtrières; mais, après ce luxe de maçonnerie, on n'en connaissait pas d'autre : un lit de chêne, une petite table, deux escabelles de bois, une harpe, une tablette surmontée d'un miroir incrusté dans le mur, tel était tout l'ameublement dont jouissait la première demoiselle d'honneur.

Léonore avait le cœur épanoui. Le succès de sa glorieuse entreprise l'enivrait d'une fierté douce et sainte; elle était aussi, en ce moment-là, heureuse sans cause; elle éprouvait une de ces joies instinctives qui, dans la jeunesse, éclosent sans être semées. Elle entra dans sa chambre, tenant d'une main une lampe, et de l'autre un bouquet des dernières fleurs de l'année qu'elle avait cueillies sur la terrasse, moins pour en jouir que pour les soustraire à la gelée qui allait les flétrir en un instant. Une chanson voltigeait sur ses lèvres.

Elle arrangea son bouquet dans un vase de terre, le caressa de la main et le posa sur la tablette; puis elle se regarda dans le miroir qui était au-dessus.

La jeune fille ne s'était point encore vue avec le collier que lui avait donné l'impératrice. C'était plus qu'un présent, c'était un privilége que Sophie accordait à sa favorite, les bourgeoises, en ce temps, n'ayant le droit de porter dorures ni perles fines. Léonore tourna le collier dans ses doigts, l'ôta, le remit... Placée devant la glace, entre la lampe et le bouquet, elle se voyait si fraîche et si belle!... Il y avait dans son image une suave expression des plaisirs de la vie, avec ces fleurs qui l'accompagnaient, et ces perles où rayonnait l'éclat de la parure.

Son visage était empreint du plus radieux sourire, lorsqu'elle se retourna vers son lit pour aller se reposer.

Comme elle passait devant sa table de bois brut, une particularité frappa ses regards : un morceau de la planche de dessus avait été enlevé avec une lame (1); en même temps, elle vit un papier posé près de l'endroit où l'éclat de bois manquait.

Tout son sang se glaça dans ses veines... Ce papier exhalait le frisson de la mort... La malheureuse enfant savait d'avance ce qu'il contenait... C'était un souvenir de ceux à qui elle n'eût demandé que l'oubli pour vivre... pour vivre belle, heureuse, aimée!... Elle avait été distraite un instant de l'effroi de son sort; jaloux de cet instant de repos, de cruels persécuteurs le lui faisaient payer bien cher.

Elle voulut dompter sa faiblesse, connaître de suite son arrêt... Mais ses mains, longtemps tendues vers ce papier, se retirèrent sur sa poitrine douloureusement oppressée... Enfin, dans un effort extrême, elle saisit cet écrit, l'approcha de la lumière... Mais un voile répandu sur ses yeux l'empêchait encore de lire. Cette

(1) Les francs-juges emportaient une parcelle de bois où ils avaient placé un arrêt, pour montrer que la mission était remplie.

appréhension était trop affreuse; elle voulut en sortir à tout prix. Rassemblant toutes les forces de son âme et forçant son regard, elle découvrit ces mots :

« Nous, les juges suprêmes, interprètes de la volonté céleste, déclarons que Léonore Muller, ayant manqué de comparaître au quinzième jour de ce mois, à elle assigné, est déclarée, par son absence, coupable du crime de haute trahison envers le saint tribunal, et, dès ce moment, vouée au poignard vengeur des invisibles. »

Léonore, après ces mots, ne distingua plus rien. Elle jeta un cri sourd ; le papier s'échappa de sa main; elle fit quelques pas en arrière, et tomba anéantie sur le bord de son lit.

Elle demeura là, oppressée, palpitante, mais sans avoir même le bonheur de perdre connaissance, et de trouver dans le néant quelques minutes de suspension à ses terreurs. Maintenant qu'elle était sous le coup mortel, l'excès de l'effroi la tenait animée. Elle connaissait la rapidité d'exécution des invisibles, et savait que, contre leur poignard, il n'y avait aucun abri.

Toute la nuit s'écoula dans des angoisses indicibles. Sous la première impression de terreur, la pauvre condamnée croyait que la mort devait suivre immédiatement l'arrêt; elle n'osait pas respirer, pas faire un mouvement, de crainte de révéler sa présence aux meurtiers, errant sans doute dans les ténèbres de la forteresse; elle avait peur du bruit du vent qui lui semblait le pas des assassins, peur des ombres projetées par les mouvements de la lumière, et qui prenaient la forme d'hommes armés; peur des rayons d'étoiles qui passaient par les meurtrières de la tour et lui semblaient les étincelles d'un poignard.

Elle essaya de prier, et ne trouva dans sa pensée que les psaumes funèbres... Alors une impression de pitié pour elle-même la saisit, ses sanglots éclatèrent, elle jeta la tête sur l'oreiller et fondit en larmes.

Comme il arrive dans les crises violentes, il y avait deux êtres en elle : la faible créature humaine succombait dans la détresse, tandis que l'âme immuable sentait qu'après ce premier moment de trouble elle reprendrait sa puissance habituelle.

Enfin, l'épuisement qui suit de rudes secousses fit tomber la jeune fille dans un pénible sommeil, où l'effroi mortel ne fit que se changer en rêves affreux.

Elle fut éveillée par des coups frappés à la porte. On venait lui dire que l'impératrice, obligée d'assister au conseil qui allait s'ouvrir, désirait l'avoir près d'elle pendant la durée de cette séance, et la priait de descendre dans peu d'instants.

Il fallut se disposer à paraître. Mais un soleil brillant pénétrait alors dans la tour. Léonore retrouva des forces nouvelles. Pour ceux qui ont passé une nuit pleine d'épouvante, le jour est un bienfait ineffable; le jour semble un archange qui nous protége de son glaive de lumière. La réflexion vint augmenter le courage de Léonore; elle se dit qu'en réalité sa situation n'était guère plus effrayante que les jours précédents, puisque, après avoir manqué de comparaître au tribunal, elle ne pouvait mettre en doute l'arrêt de mort qu'avait entraîné sa désobéissance; que, si elle avait oublié un moment la terrible menace qui planait sur elle en se dévouant à une tâche généreuse et sainte, elle y parviendrait encore en s'appliquant tout entière à aimer et servir une souveraine si digne de sa tendresse, et qu'ainsi elle arriverait jusqu'au moment... où il n'y aurait plus rien à redouter !

Elle eut même le courage de relever le funeste parchemin, qu'elle vit alors signé de trois croix, et de le déchirer en morceaux pour que cette condamnation ne parvint point à la connaissance des deux personnes qui en souffriraient plus qu'elle-même : de la princesse, qui était pour elle une si tendre amie; du noble Edgard, qui, en face du danger dont il ne pouvait la sauver, avait juré du moins de mourir avec elle.

Léonore descendit dans la grande salle du château. Son visage, qu'avaient pâli les souffrances de la nuit, n'avait plus alors qu'une expression grave et pensive.

Winceslas et les conseillers royaux étaient rangés autour d'une grande table. Derrière eux se tenaient debout les officiers supérieurs de l'armée impériale. A distance de là, et dans l'embrasure d'une croisée, la princesse, entourée de quelques-unes de ses femmes, achevait de broder la bannière que devaient porter les chevaliers de l'empereur dans l'expédition prochaine.

Dès que Léonore entra, l'impératrice la fit asseoir à ses côtés.

— Ma chère enfant, lui dit-elle à voix basse, ce n'est pas pour te faire assister à cet ennuyeux conseil que je t'ai demandée; mais j'étais forcée de demeurer ici à entendre discuter les affaires d'État, et j'avais à te parler d'une chose qui me touche bien plus, mon Dieu! que de savoir si je resterai impératrice ou non... Le comte de Norberg... notre ami, notre digne chevalier dans cette course aventureuse...

— Eh bien?

Un regard impérieux de Winceslas vint fermer la bouche aux deux dames qui se permettaient de parler bas pendant cette importante conférence.

L'empereur commanda d'abord au capitaine Warner de faire le dénombrement des troupes réunies à Conrad-Bourg, et des machines de guerre qui se trouvaient à leur disposition.

Ces forces ayant paru suffisantes pour entrer en marche contre les rebelles, on aborda le sujet de la séance, qui était de régler le plan de campagne. En ce moment, l'empereur parcourut du regard le cercle de se conseillers, et remarqua avec peine l'absence du comte de Norberg, dont il reconnaissait la haute sagesse, malgré ses préventions contre lui.

Il appela un des officiers de service, et demanda brusquement :

— La maladie du comte de Norberg est-elle donc si grave, qu'il ne puisse se lever pour venir jusqu'ici?

— Sa Seigneurie, répondit l'officier, a été frappée, hier soir, à huit heures, d'un mal foudroyant. Après une longue défaillance, la fièvre et le délire se sont déclarés, et n'ont pas encore cessé un instant.

La princesse tourna vers Léonore un triste regard, en disant à demi-voix :

— Voilà ce que je voulais t'apprendre.

Winceslas fit un mouvement d'humeur, et revint à la conférence.

Il ordonna qu'on ouvrît d'abord les papiers enlevés par Edgard à l'écuyer du prince Job de Moravie, et qui contenaient peut-être, sur les projets de l'ennemi, quelques indices qui pourraient éclairer le conseil dans ses résolutions.

On donna lecture de ces missives.

Le chef des conjurés annonçait aux autorités civiles de Prague que le jour de saint Maxime, dernier de ce mois de novembre, la diète particulière serait assemblée dans la cathédrale de Saint-Jean, au faubourg de la capitale. La lettre ayant été écrite pendant la captivité de l'empereur, le prince de Moravie se basait sur cet état de choses, et ajoutait que l'assemblée des princes confédérés avait lieu à l'effet de prononcer la déchéance de Winceslas IV du trône d'Allemagne, de mettre le prince dépossédé en jugement, et de procéder à la nouvelle division du territoire de l'empire.

La colère de Winceslas était largement abreuvée par cette déclaration régicide, qui venait le frapper à la face en présence de sa cour, le juger indigne de régner et de vivre, et semblait le regarder déjà comme effacé de la terre. Ce prince, égoïste et brutal, qui n'avait d'autres vues politiques que son intérêt individuel, et renfermait tout le salut de l'empire dans la prospérité de sa personne, montrait sur sa figure empourprée la rage animale et sauvage de l'ours blessé dans son antre.

Heureusement l'indignation de ses capitaines et l'assurance qu'ils exprimaient de triompher des révoltés vint lui montrer en perspective le moment où il pourrait, à son tour, prononcer sur la fortune et la vie de son bon cousin Job et des autres conjurés! A cet espoir, il reprit assez de raison et de contenance pour revenir aux pressantes affaires du moment.

Le capitaine des gardes fit alors l'énumération des forces dont pouvait disposer l'ennemi, et calcula les corps de toutes armes, archers, cuirassiers, arbalétriers, que le camp, alors placé devant Conrad-Bourg, pourrait y opposer.

Cependant Edgard, bouillonnant d'impatience pendant ce dénombrement militaire, sortit des rangs.

— Dieu est avec nous, dit-il, cela suffit! Nous défendrons la sainte cause de la royauté légitime : fussions-nous un contre cent, c'est à nous de triompher. Il ne s'agit donc pas de compter combien de bannières inscriront dans les airs notre glorieuse entreprise, combien de sabres de lansquenets sortiront du fourreau pour la soutenir; le sort des combats n'a jamais compté les hommes d'armes; ses décisions viennent de plus haut; il doit nous préparer le succès. Ce qu'il faut faire à présent, est de chercher, pour y arriver, le chemin le plus court et le plus sûr.

A ces mots, plusieurs membres du conseil témoignèrent par un froncement de sourcils leur mécontentement qu'un jeune homme, qu'un page, osât, de sa propre autorité, se mêler à leurs débats; en même temps, le coup d'œil protecteur de Winceslas engageait son jeune favori à parler. Mais Edgard ne remarquait ni l'un ni l'autre : la tête haute, le regard ardent et réfléchi, il continuait résolûment :

Les révoltés nous donnent eux-mêmes le moyen de les atteindre. Cette lettre, que Job de Moravie a eu soin d'écrire avec une parfaite confiance, nous apprend le jour, l'heure et le lieu où ils seront réunis, sans soupçons et sans défense. Les princes conjurés s'assembleront le dernier jour de novembre, à la cathédrale Saint-Jean : c'est à la cathédrale Saint-Jean que les troupes impériales doivent marcher avec mystère et fondre avec éclat. Dans un seul point de l'Allemagne, elles frapperont au cœur tous les États révoltés; elles vaincront à la fois la Moravie, la Saxe, la Silésie, en abattant leurs maîtres... C'est dans un monastère, c'est aux pieds du Christ, dont l'ampoule a sacré les rois, que les insurgés ont osé porter la main sur leur prince; c'est aussi dans un temple de ce Dieu outragé qu'ils seront punis... punis de mort, car ce ne sont plus des princes, des chevaliers à combattre, mais des traîtres à renvoyer de ce monde.

Il y avait sur les traits d'Edgard, au milieu de sa grande jeunesse, une empreinte d'autorité légèrement despotique, mais noble et inspirée, dont il était impossible de ne pas subir l'influence. Les grands de l'empire avaient écouté, comme malgré eux, les paroles du page, et avaient senti se développer dans leur esprit le plan de campagne dont elles étaient le germe. La chaleur d'âme du jeune homme se répandait autour de lui en courant électrique.

Les délibérations reprirent leur cours, et, en définitive, le parti proposé par Edgard étant plus prompt et presque aussi sage que ceux présentés à la suite, prévalut sur eux. Après avoir discuté toutes les marches et contre-marches que les troupes devaient tenir pour envahir la capitale de différents côtés, par des circonvolutions qui les laisseraient toujours prêtes néanmoins à se replier sur Conrad-Bourg, si le danger l'exigeait, on arrêta que le jour de la première attaque serait celui fixé pour la diète de Saint-Jean de Prague.

On nomma les chefs qui devaient conduire ces détachements.

Les seigneurs suzerains à la tête de leurs vassaux; le capitaine Warner, commandant en chef les troupes impériales, les officiers supérieurs restant à la tête de leurs compagnies, se partagèrent l'autorité militaire; il restait encore, cependant, quelques postes à occuper.

L'empereur se retourna vers son page favori, vers son libérateur.

— Le capitaine Edgard, dit-il, conduira l'avant-garde des lanciers.

— *Capitaine!* répéta-t-il en ouvrant de grands yeux étincelants.

— Cela t'étonne, reprit Winceslas, parce que tu n'es pas encore élu au premier grade de la chevalerie. Mais, comme, par la fidélité et le courage que tu as déployés en venant me délivrer de ma prison, tu as montré le caractère d'un vrai chevalier, c'est à moi de t'en conférer le titre, et dès demain tu pourras ceindre les éperons d'or. Tu occuperas ensuite le grade militaire auquel tes services me font un devoir et un bonheur de t'élever.

Chevalier!... capitaine!... Edgard entendait résonner pour lui, et dans la bouche de son maître, ces noms qui, jusque-là, avaient seulement passé dans ses rêves, ces titres dont l'illusion seule faisait violemment battre son cœur, dont la possession, placée dans un trop lointain avenir, mouillait ses yeux de larmes... Une joie brûlante le saisit, l'existence redoubla dans son sein, enflamma ses joues des plus vives couleurs, alluma de radieux éclairs dans ses yeux.

Le premier mouvement du jeune homme fut de se tourner vers Léonore, pour que la femme qu'il aimait le vît dans toute sa gloire. Mais tout à coup, à la pâleur extrême qu'il aperçut sur les traits de la jeune fille, une pensée terrible, effacée une minute de son esprit par l'étourdissement du bonheur, revint avec force... Il avait juré de rester près de Léonore tant qu'elle serait menacée par le tribunal secret, de mourir avec elle si elle était condamnée, pour qu'un amour sans borne la suivît dans une autre vie... Et le grade dont il serait investi allait l'éloigner d'elle pour la première fois depuis ce serment.

Ces impressions avaient été si rapides, que, lorsque Winceslas achevait à peine de parler, le jeune homme fit un signe de tête négatif et entr'ouvrit les lèvres pour refuser les faveurs de son souverain.

Mais, en ce moment, Léonore se trouva près de lui. Elle avait lu dans son âme, suivi ses mouvements intérieurs. Prompte comme la pensée, elle s'était glissée derrière le cercle des conseillers royaux, et, penchée vers Edgard, disait d'une voix basse et précipitée :

— Edgard, si vous abjurez le devoir et l'honneur pour moi, je refuse votre amour; si vous savez sacrifier vos plus chers sentiments à l'intérêt suprême de l'empire, je vous aime, je suis à vous.

Edgard pâlit profondément. Il prononça un arrêt souverain en lui-même, et répondit tout bas à Léonore ce mot solennel :

— Je partirai.

Ils échangèrent un regard. Ces deux nobles êtres, qui s'étaient rencontrés à la même hauteur, parcouraient rapidement le même cercle de pensées et se comprenaient en silence. Ils voyaient ensemble en ce moment la force du devoir imposé à Edgard, l'étendue du sacrifice qu'ils faisaient tous deux, et tout ce que le premier aveu de Léonore, dans un pareil moment, donnait à leur amour d'assurance profonde et de divine grandeur.

Mais, quoique rehaussés par ce saint enthousiasme, ils ne sentaient pas moins tous deux le coup terrible de la séparation : le front d'Edgard demeura penché par la souffrance, et Léonore... elle qui savait que cette séparation serait sans doute éternelle, avait des larmes brûlantes dans les yeux en retournant à sa place.

Cependant le brillant comte de Ratisbonne, le favori et le bras droit de l'empereur, n'avait pas encore prononcé un mot dans cette conférence. Laissant complaisamment les membres du conseil s'armer contre un danger connu de tous et dresser un plan de guerre qu'ils croyaient définitif, il allait ensuite révéler le complot surpris par lui dans la ténébreuse assemblée des francs-juges, découverte importante qui changeait la face des affaires, étourdissait les esprits, et le posait, lui, porteur de cette grande révélation, comme la lumière du conseil.

Ce fut avec l'assurance de produire cet effet prodigieux qu'il demanda alors la parole et la prit en même temps.

— Messeigneurs, dit le comte de Ratisbonne, nous ressemblons aux chasseurs qui poursuivent le renard sur la glace d'une rivière, s'inquiétant beaucoup d'abattre le chétif ennemi qui ne peut leur causer que de faibles dommages, et ne songeant point à l'abîme qui gronde sous leurs pas, au courant qui peut les engloutir. Les princes confédérés sont de misérables animaux sauvages qu'avec quelques flèches bien lancées il est facile de renvoyer dans leurs tanières; mais c'est au-dessous de nos pas qu'est le véritable ennemi, le véritable danger...

— Que voulez-vous dire? interrompit Winceslas d'un ton de violence qui pressait l'orateur d'aller au fait.

— Vous vous en souvenez, sire, reprit le comte. Il y a deux mois, dans cette même résidence royale, nous signalions les dispositions hostiles du tribunal secret contre le gouvernement impérial. Cet esprit de révolte se manifestait, en ce moment, de la manière la plus audacieuse, par l'assassinat du comte d'Hasting, chargé par vous de lever des taxes sur le peuple, et la menace du tribunal secret de condamner à la même peine les agents du pouvoir qui imposeraient des contributions arbitraires. Nous supposâmes avec raison que la défection qui se montrait dès lors dans les grands vassaux, les mouvements populaires qui troublaient parfois l'État, étaient fomentés par cette puissance mystérieure. Nous ne savions dans quel but; car les arrêts de mort sont la seule voix de ce génie funèbre; et tout ce qu'il condamne, les institutions et les hommes, sont frappés en silence et gardent son secret. Il nous parut donc qu'il serait d'un intérêt immense pour le salut du prince et de l'empire de connaître l'esprit qui animait cette association formidable, l'étendue de son opposition au pouvoir établi, et même de découvrir quelle profondeur mystérieuse de la Bohême était le centre de réunion du tribunal secret, pour triompher de sa révolte à force ouverte, s'il fallait en venir à ce point.

Un frémissement sourd se fit sentir dans l'assemblée, des murmures s'élevèrent. La terreur des invisibles était tellement enracinée dans toutes les classes, que l'opposition, et même l'examen envers cette puissance, ressemblaient au sacrilége.

Mais l'empereur, exaspéré par tant d'agressions successives, était alors au-dessus de cette superstition terrifiante qui l'avait toujours soumis lui-même. Il dit avec une amère impatience :

— Sans doute, nous avons jugé tout cela; mais qui pourrait connaître les secrets et la retraite des francs-juges?

— Un franc-juge, monseigneur, répondit le comte; et le voici devant vous.

— Comment!...

— Dans la soirée que je rappelle ici, je demandai un congé de quelques semaines à Votre Altesse, et je partis, sans dire le secret de mon voyage. Il y avait un moyen audacieux de parvenir au cœur du tribunal secret, c'était de me faire recevoir parmi ses membres : je le tentai. Après un mois de courses errantes, j'ai pu me présenter au tribunal comme aspirant à l'initiation qu'il dispense; j'ai été admis au premier grade de l'ordre... Oui, sire, j'ai pénétré dans l'assemblée solennelle, j'ai respiré l'air du sanctuaire, j'ai été un moment sous la robe des francs-juges, mon visage a porté leur masque noir. Enfin j'ai prononcé le serment de silence et de fidélité éternelle qu'ils m'ont imposé... avec une traîtrise bien grande, monseigneur, car elle était proportionnée au dévouement pour vous qui devait me faire manquer à ma foi.

Les seigneurs qui entendaient cette révélation demeuraient dans un sombre silence. Leur honneur étroit, barbare, mais fortement trempé, n'admettait en aucun cas la déloyauté, et surtout envers une corporation presque religieuse.

Winceslas, au contraire, s'écria :

— Vrai Dieu! vous avez fait cela pour mon service, comte de Ratisbonne; vous en serez récompensé.

— Oui, sire; vous aurez à bénir le hasard, ce dieu terrestre, qui m'a inspiré; car j'ai fait bien plus encore que je ne pensais. Allant seulement épier les théories et les tendances politiques d'une société séparée de la nôtre par un mur d'airain, j'ai entendu (sous peine de mort si j'en trahissais le secret), j'ai entendu la révélation d'un complot qui mettait votre trône, votre existence, à deux doigts de l'abîme, si vous n'étiez averti à temps pour le prévenir.

— Encore des ennemis! interrompit l'empereur; partout la haine, la révolte!

Ratisbonne poursuivit :

— Les francs-juges, du fond de leur antre, soulèvent une révolution, renversent le pouvoir des grands vassaux, le gouvernement impérial, nomment le prince, sacré par eux, qui doit régner à la place de Winceslas.

— Un prince nommé au trône que j'occupe! dit l'empereur en frémissant de colère.

— Une révolution enfantée par le tribunal secret! répétèrent dans un sombre écho les partisans de Winceslas, menacés dans leur fortune.

— Une révolution complète, reprit le rapporteur. Ces hommes, dans leurs projets, retournent la terre féodale tout entière, rejettent à cent pieds de profondeur le château seigneurial, ses tours, ses arsenaux, pour faire éclore à la surface je ne sais quel édifice social, immense et protecteur, qui abriterait le peuple en même temps que les grands...

— Mais ce prince, ce prétendant, quel est-il? interrompit Winceslas d'une voix étouffée.

— Que sait-on?... Les francs-juges le disent *consacré par la légitimité, couronné par les dons purs et splendides de la jeunesse*; mais on ne peut guère les comprendre avec l'intelligence vulgaire; leur langage est une mascarade mystique, où l'idée revêt le costume de l'être réel, et réciproquement. Dans leur bouche, je ne sais vraiment si *légitimité* ne veut point dire le droit de la sagesse et de la vertu; si *jeunesse* ne signifie point l'éclosion d'éléments nouveaux et providentiels... Il faut convenir, cependant, que cette langue ascétique a une forme et un charme extraordinaires dans la bouche du président Arnold, de ce vieillard centenaire, ou plutôt éternel, qui paraît l'âme du tribunal suprême...

— Ils conspirent... c'est assez! dit Winceslas, dont on voyait le front se couvrir des plus sombres images. Comte de Ratisbonne, ajouta-t-il, pourriez-vous nous conduire au centre de réunion de ces mystérieux ennemis?

— Monseigneur, je suis maintenant initié, et j'agirai comme l'épervier dressé à prendre d'autres oiseaux.

— Mais le lieu qui les abrite est caché dans quelque solitude?

— On m'a conduit, les yeux bandés, au souterrain où siége le tribunal secret; mais j'étais arrivé seul au point où les membres se réunissent pour se rendre à l'assemblée, et qu'ils nomment le *rocher d'Arnold*. Je suis sûr de retrouver cet endroit sauvage, au pied du mont Granort; et, comme de là je n'ai marché que quelques minutes dans l'ombre, il serait facile, en sondant la montagne, de retrouver le souterrain qui abrite dans ses flancs le terrible cénacle.

— Où vous êtes entré comme aspirant à l'initiation suprême?... dit Winceslas.

Puis, se souvenant de la majestueuse terreur qui régnait dans ce sanctuaire, où les francs-juges allumaient leurs flambeaux et rendaient leurs oracles dans les doubles ombres de la nuit et des voûtes souterraines, il ajouta :

— Comment avez-vous pu supporter cette initiation imposante, où la foi ne vous soutenait pas, et que vous receviez sous de si étranges auspices?

— Avec une force de résolution presque surnaturelle, j'ose le dire, et qui m'était inspirée, sans doute, par ma fidélité envers vous. J'ai été soumis à des épreuves cruelles; j'ai trouvé dans ces souterrains, remplis d'une sombre épouvante, des horreurs mille fois plus difficiles à braver que celles des combats; j'ai été abreuvé de dégoût et d'effroi, jusqu'à ce que mon cœur ait failli s'y briser; j'ai fait un serment fallacieux, qu'il faudra, la vie entière, porter sur ma conscience...

A ces mots, le sentiment de répulsion fut si vif dans l'assemblée, qu'un murmure élevé interrompit le courtisan qui vendait ainsi son âme aux faveurs du prince.

Mais lui, luttant avec ces signes de blâme et de dédain, continua, la tête haute :

— Oui, j'ai supporté tout cela; mais j'ai découvert une conspiration tout armée contre la personne sacrée du souverain; et la découvrir, c'était la renverser. Les francs-juges ensevelissent leur trame sous leur masque et dans les profondeurs de la terre; il leur faut, pardessus toute chose, le *secret*. Le *secret* dévoilé, ils sont frappés d'inaction, ils demeurent anéantis dans leur puissance révolutionnaire, et le trône est sauvé.

En ce moment, les regards de Winceslas tombèrent sur un parchemin posé sur la table et qu'il n'avait pas remarqué là, ou plutôt qui n'y était pas d'abord, car son large sceau et sa teinte jaune l'eussent fait distinguer parmi les autres papiers.

L'œil de l'empereur devint flamboyant. Il se leva, roide, de son siége, sans ôter le regard de ce parchemin.

Un secrétaire s'en saisit, et lut ces mots :

« Les Initiés, interprètes de la justice divine, font savoir à Winceslas IV qu'un souverain légitime et reconnu par eux va être élu pour occuper le trône d'Allemagne. Les prétentions des grands vassaux de l'empire tomberont d'elles-mêmes devant les droits irrécusables du nouveau monarque. Si Winceslas veut abdiquer, il conservera la vie sauve et la liberté; s'il entreprend de se défendre en faisant verser le sang de ses sujets et le sien, toute résistance sera vaine, et rien ne pourra retarder le triomphe du prince envoyé par le ciel.

« Nous, les vengeurs de l'Éternel. »

Pendant les instants qui succédèrent à cette foudroyante lecture, il n'y eut dans l'assemblée qu'un silence de stupeur, puis des mots entrecoupés, des exclamations impétueuses, qui ne peignaient encore que l'étourdissement d'un choc si violent.

Il s'y mêlait pourtant, quelle que fût l'imminence de la situation, des rires mal contenus et des signes d'ironie dirigés vers Ratisbonne, qui, dans la simplicité de son orgueil, avait voulu se mesurer à une puissance suprême, et dont les tristes exploits, ainsi que le parjure inutile, demeuraient couronnés de si flagrants déboires.

La fougueuse irritation du prince déborda bientôt.

— Eh bien, tant mieux! s'écria-t-il. Seigneurs et chevaliers, vos épées sont prêtes, n'est-ce pas?... Vous me suivrez... Je suis bien aise de me voir face à face avec cette puissance des ténèbres qui ose s'opposer à la mienne, de montrer un peu à ces soi-disant ministres de Dieu qu'ils ne sont rien que des sujets... et des sujets révoltés!... Nous verrons alors de quel front ces juges, ces vengeurs, toujours placés devant des accusés tremblants ou des victimes tendant la gorge à leur poignard, soutiendront la vue de leur propre juge, entendront leur propre condamnation!...

Il y eut un cri de répulsion unanime.

— Le tribunal secret est inviolable!

— L'homme en armes ne peut arriver à lui!

— C'est faire la guerre contre les fantômes!

— Quand des épées fidèles chercheront leurs cœurs dans leurs poitrines, répondit l'empereur, elles les trouveront bien.

— Mais c'est impiété de le tenter.

— C'est trahison envers moi de le refuser.

— Au nom du ciel, monseigneur, dit d'un ton de gravité profonde un des membres du conseil, qui se rendit l'organe de tous, songez au danger qu'il y aurait à outrager ceux qu'une puissance céleste semble soutenir, et que tant de vénération entoure sur la terre.

— Quant au Christ qui les protége, dit avec amertume le comte de Ratisbonne, je l'ai vu de près. C'est un bois taillé par leurs mains, c'est-à-dire qu'ils se targuent, aux yeux du vulgaire, d'une consécration divine à laquelle ils ne croient pas. Quant au peuple, qui tremble à leur pensée et fait le signe de la croix à leur nom, son culte pour les francs-juges n'est que celui de la terreur; il les traite comme Satan, dont il admet très-bien la divinité, mais qu'il serait fort aise de voir anéantir.

— Que je puisse seulement, reprit Winceslas, me trouver à portée de jeter mon javelot dans leur camp, et le combat que je leur livrerai ne finira, pour eux, que par l'obéissance ou l'extermination.

A ces mots de l'empereur, l'agitation redoubla.

— Et tandis, s'écria l'un des seigneurs alliés, tandis que nous irons, en chevaliers errants, dans tous les pays sauvages de la Bohême frayer les profondeurs des bois, sonder les montagnes du sommet à la base, nous perdre dans des antres où les bêtes féroces seront les seuls adversaires à combattre, les princes confédérés auront tout à leur aise envahi et déchiré l'empire.

— Quand je respire encore, dit Winceslas, le tribunal secret choisit et nomme un autre empereur!...

— Ce prétendant n'est encore qu'une ombre vague; on ne sait pas son nom, on n'a pas vu ses traits... et les princes de Saxe et de Moravie ont déjà fait sentir la force de leurs bras! et nous venons de compter les lances qu'amènent leurs bannières!...

— Le complot de ces hommes noirs, faits pour juger et pendre les voleurs, et qui osent attenter à la majesté royale, est une insulte honteuse à qui ne saurait la punir!

— Ce complot n'a encore enfanté qu'une menace; mais, le dernier jour de novembre écoulé, la diète des conjurés aura effacé, sur la terre de Germanie, jusqu'au nom de l'empire!

Et les voix s'élevèrent plus haut, le choc des esprits devint plus ardent; un tumulte effrayant envahit le conseil; les volontés, les opinions, les partis, se heurtaient à grand bruit; les traits acérés, les paroles brûlantes, se croisaient. Cette lutte répandait dans l'air comme l'électricité étouffante et le fracas de la tempête.

— Que de bruit, que d'agitation pour l'amour d'une couronne! disait tout bas à Léonore l'impératrice, assise dans l'embrasure de la croisée auprès de sa demoiselle d'honneur. Ne dirait-on pas que le monde va s'engloutir ou renaître avec la royauté de Winceslas!... Et ces discussions vont se transformer au dehors en guerres acharnées et sanglantes!...

Sophie avait repris la bannière blanche sur laquelle elle brodait en fil d'or les armes de l'empire.

— Oh! continuait-elle, cet aigle impérial que je tiens là, entre mes mains, s'il dépendait de moi, comme je le laisserais prendre sa volée et s'en aller où il voudrait!

Bien que l'éloignement d'Edgard et le nouvel arrêt des francs-juges, qui venait de tomber au milieu de l'assemblée comme un coup de foudre, eussent redoublé la tristesse et les douloureuses impressions de Léonore, elle conservait sa courageuse tranquillité.

— Madame, répondait-elle à l'impératrice en tenant sa belle et gracieuse tête penchée sur sa main, si vous dédaignez pour vous-même la conservation d'un empire, acheté bien cher, je l'avoue, faites au moins des vœux pour ces nobles chevaliers dévoués à votre cause!

— Dieu le sait, j'ai pour eux une affection de sœur plus encore que de souveraine, et mon profond regret est de ne pouvoir leur en donner des preuves... Tu l'as entendu tout à l'heure, le plus digne de tous, le comte de Norberg, est malade, dangereusement malade, et je ne puis même aller le voir.

— Qui vous empêche?

— La grande-maîtresse ne le permettrait jamais. L'intérêt qu'on porte à un ami souffrant n'a pas de place dans les lois somptuaires.

— Il faut aller où le cœur vous dit, sans vous soucier d'une misérable autorité.

— Non, je n'oserais pas... Mais, après tout, la duchesse de Ratisbonne a ses moments de bon. Dès que sept heures du soir sont venues, elle dort profondément dans son fauteuil, et dans ce moment-là je pourrais risquer une visite au malade... Cependant il y a tant de monde au château!...

Un bruit de voix plus élevé interrompit la princesse. On venait enfin d'amener l'empereur au sentiment commun, et l'accord se manifestait par des accents de satisfaction qui partaient de tous les points de la salle.

Il n'y avait plus à s'occuper que de l'armement des troupes, qui, trois jours avant la fin du mois, devaient se mettre en marche par des chemins différents, pour se réunir à Prague le dernier novembre, tandis qu'une garnison suffisante pour la défense de la place forte resterait sur les remparts de Conrad-Bourg, où l'empereur devait attendre la fin de l'entreprise.

— Ce soir, dit Winceslas, je passerai une revue générale des troupes dans la prairie du Grand-Chêne. Vous entendez, capitaine Warner? que toutes les troupes soient sous les armes. Après la revue et à la nuit tombante, le chapelain bénira les drapeaux.

L'impératrice pencha la tête vers sa confidente, et dit tout bas, en souriant :

— Et toi aussi, Léonore, écoute bien cela : ce soir l'empereur, tous ses officiers et le chapelain, doivent se trouver réunis dans la prairie du Grand-Chêne.

— Eh bien, madame?

— Eh bien! le château sera solitaire; c'est l'heure où la grande-maîtresse s'endort... Nous irons visiter le malade... Tu viendras avec moi, n'est-ce pas?

— Sans doute.

— J'irai dans ta chambre, qui est immédiatement au-dessus de la sienne, et nous descendrons chez lui par le petit escalier de la tour.

— C'est une bonne œuvre que vous ferez, madame, et je la partagerai volontiers.

— Ta présence fera du bien au comte de Norberg... car il t'aime au fond de l'âme.

— Depuis le jour de la promenade dans les montagnes, il ne me l'a jamais témoigné.

— Comment pourrait-il te l'exprimer? il ne te parle jamais et te regarde à peine.

— Alors, madame, pourquoi pensez-vous?...

— Qu'il est amoureux de toi?... parce que cela est ainsi, et que je le vois.

— Paix! madame; le conseil est levé, nosseigneurs viennent vous saluer avant de se retirer.

— Je ne pourrai peut-être pas te revoir de toute la journée; mais, à ce oir.

XXI

LA TOUR

La nuit commençait à tomber.

Dans la chambre circulaire qu'occupait le comte de Norberg, au premier étage d'une tour, l'ombre était plus avancée, les murailles n'ayant d'autres ouvertures que de rares et étroites meurtrières. Le peu d'objets que renfermait cette pièce, le prie-Dieu et l'armure du chevalier, commençaient à s'effacer à la vue; les grandes figures de la tapisserie de laine confondaient leurs traits, leurs couleurs, et n'offraient plus que des apparitions vagues.

Le comte de Norberg, encore vêtu du pourpoint brun brodé de palmes d'or qu'il portait la veille, était étendu sur un lit à colonnes de chêne bruni, dont les rideaux de laine rouge et les coussins dérangés, froissés, conservaient le désordre empreint par le délire. Personne n'était auprès du malade.

La fièvre violente venait de tomber; une sueur abondante coulait sur son visage de la pâleur mate de l'ivoire. Ses traits ne présentaient aucun symptôme d'état anormal; la science n'aurait pu caractériser le mal dont il mourait, mais l'humanité sympathique y aurait reconnu le désespoir.

Sur le tapis étaient encore dispersées les armes du comte, qu'on lui avait ôtées à la hâte en le transportant sur son lit, lorsqu'une faiblesse subite l'avait saisi, peu d'instants après son arrivée au château. Il se trouvait là un poignard de forme bizarre, que Norberg portait sans doute par quelque fantaisie particulière, puisque cette arme, en aucun cas, ne devait servir aux chevaliers.

— Il me semble que je n'y vois plus, dit à cette heure-là le comte en se soulevant avec effort et s'accoudant sur l'oreiller. Est-ce que la mort s'approche?... Oh! si je le croyais!... Après tant de souffrances, comme je bénirais encore Dieu, qui m'épargnerait la plus cruelle de toutes.

L'horloge sonna sept heures.

— Vaine espérance! cette ombre répandue devant mes yeux n'est rien que celle du soir, reprit-il avec un amer sourire. La mort, ce bienfait suprême, ne viendra pas à mon secours. Et, quand il suffirait de cette lame enfoncée dans ma poitrine pour me délivrer de tant de maux, je ne puis prendre cette lame et la tourner contre moi; la liberté de disposer de sa vie, accordée au dernier des hommes, m'est refusée. Dieu n'a demandé à ses fidèles qu'un moment pour le martyre; moi, il faut que je souffre aussi longtemps que la nature voudra me compter de jours.

En ce moment, la porte s'ouvrit doucement. Norberg vit une faible lueur pénétrer dans sa chambre. Il tressaillit, ses sourcils se contractèrent. Il avait ordonné qu'on le laissât absolument seul pendant la maladie où sa raison ne pouvait plus répondre des paroles incohérentes de la fièvre. Mais il vit la douce figure de l'impératrice penchée sur son lit, et son front s'éclaircit. Il voulut remercier la gracieuse souveraine de sa sollicitude pour lui... les paroles ne purent arriver à ses lèvres, qui laissaient seulement voir un sourire de reconnaissance.

Sophie de Bavière attira un tabouret, et s'assit près du lit. Comme la princesse craignait vaguement que la vue de Léonore causât une impression trop vive au malade, la jeune fille était restée derrière le chevet du lit, et cachée par le rideau.

Les deux jeunes femmes furent frappées de la profonde altération qu'avaient amenée vingt-quatre heures de souffrance sur les traits du comte. Les plans de son visage s'étaient creusés, et les lignes en étaient plus fortement accusées; mais il semblait ainsi plus beau que jamais. Cette figure, toute intellectuelle, apparaissait mieux en diminuant de carnation; l'âme s'y reflétait d'une manière plus splendide; les yeux agrandis avaient des traits plus ardents, et les cheveux, presque entièrement blanchis, couronnaient dignement cette tête, image de grande et noble douleur.

— Eh bien, mon vaillant chevalier, dit la princesse, vous voilà donc vaincu et désarmé par la fièvre?

— Je ne sais, madame, répondit le comte avec un triste sourire, si on peut traiter d'ennemi triomphant le mal qui me consume... car on maudit toujours un vainqueur; et moi, au contraire, je me sens prêt à bénir cette fièvre de feu et de glace qui m'éloigne au moins du monde, où souvent de plus grandes douleurs se font sentir...

— Voilà votre misanthropie habituelle...

— Vous voyez qu'en ce moment elle me console.

— Ce n'est pas consolation, mais résignation cruelle... Et, par ce funeste sentiment, vous vous refusez aux secours les plus nécessaires dans votre état, même aux soins qu'il serait si doux à vos amis de vous prodiguer.

— Je ne pouvais en recevoir de plus efficaces que votre présence, madame, qu'il ne devait pas m'être permis d'espérer.

— J'ai eu la pensée de venir vous voir, cher comte, dès que j'ai connu votre état; et je voulais même, ajouta la princesse en jetant un regard dérobé vers Léonore, amener avec moi une personne dont la vue aurait eu sur vous, sans doute, une influence plus favorable encore que la mienne.

Norberg souleva la tête, une rougeur brûlante colora son visage.

— Oh! non, madame, dit-il avec un accent de prière et de délire; venez seule!... seule, je vous en supplie!

La princesse le regarda avec étonnement. Léonore, qui avait fait un mouvement pour approcher, se retira derrière le rideau.

C'était, comme on le sait, le moment où l'empereur passait la grande revue. Le bruissement sonore des armes, le son élevé du clairon, retentissaient dans la prairie, et venaient, en décroissant, jusqu'aux murs du château, où ils s'éteignaient, sous les voûtes, dans une pénétrante harmonie.

— Qu'est-ce que ce bruit de guerre? demanda le comte en tournant la tête vers la fenêtre de la tour.

— C'est celui des troupes en armes qui se réunissent ce soir pour la bénédiction de leurs drapeaux, étant prêtes à entrer en campagne contre les princes fédérés.

Le comte, appuyant sa tête sur sa main, se mit à rêver tout haut.

— O dévouement! fidélité au prince donné par Dieu! dit-il; nobles combats sous le drapeau légitime!... vaillance généreuse qui donne des palmes à un autre!... douce mort sur le champ de bataille! vous êtes les chimères de l'honneur à son berceau; mais qu'il y a de jouissances publiques dans ces illusions de l'enthousiasme égaré!

Sophie, sans bien comprendre ces paroles, crut que le brave chevalier regrettait la place qu'il aurait pu tenir dans cette importante expédition.

— Quel renom et quelle gloire pourriez-vous envier à d'autres? dit-elle. Vos services passés envers l'empereur sont une garantie de ceux que vous pourrez lui rendre encore.

— Sans doute, dit-il avec un étrange sourire.

— Si Wincesias ne vous témoigne pas son estime d'une manière plus amicale, il faut en accuser son caractère peu digne, qui lui fait rechercher, avant tout, de joyeux compagnons de plaisirs.

— Sur l'honneur, madame, il a encore plus de bonté pour moi que je ne le mérite.

— Pourquoi parler ainsi!... vous avez toujours été vaillant et loyal entre tous.

— Moi!...

— Si une cruelle maladie vous tient en ce moment éloigné de la lutte glorieuse qui se prépare, vous avez encore, grâce au ciel, de belles années devant vous et d'honorables travaux à fournir.

— Moi! répéta-t-il d'une voix plus sourde et avec égarement.

La princesse voulait attirer la pensée du malade sur les objets qu'elle croyait propres à reposer doucement son âme.

— Voyons, disait-elle, monseigneur de Norberg, n'êtes-vous pas le plus heureux des hommes? Vous descendez d'ancêtres qui vous ont transmis leur gloire avec leur nom, de preux célèbres par leur fidélité au souverain, qu'ils servaient héroïquement depuis le jour où ils ceignaient l'épée jusqu'à celui où on la déposait sur leur tombe. Et vous avez ajouté, par le mérite personnel, à l'éclat d'une si haute origine.

Le front de Norberg s'obscurcissait, ses traits se contractaient davantage; mais, l'intérieur de la tour n'étant éclairé que par la lampe que Léonore avait apportée et placée derrière le rideau, Sophie ne pouvait suivre sur le visage du malade l'impression que produisaient ses paroles.

Elle continua:

— Tout ce qu'il y a d'hommes éminents dans les différentes cours d'Allemagne vous estime et vous aime. Si d'indignes courtisans, blessés de votre supériorité, retirent de vous leur cœur souillé par la débauche, leur haine est encore un hommage. Mais vous avez des frères d'armes, de dignes et nobles amis... et une véritable amie aussi, puisqu'il m'est bien permis de me compter pour telle.

— Oh! oui, dit le comte, dont l'expression de souffrance augmentait à chaque mot de la princesse. Oui, l'amitié de Sophie de Bavière est douce comme l'exhalaison des plantes qui rendent la vie... Mais elle va bientôt m'abandonner.

— Que dites-vous, comte?... C'est le délire qui vous fait parler ainsi!... Non, mon cœur est bien à vous; il vous est assuré, comme les autres biens que vous possédez si légitimement... et, quand vous le voudrez, il ne tiendra qu'à vous d'ajouter à ceux-là un bonheur plus grand encore, celui qui peut seul remplir l'existence...

La femme que vous choisirez, cher Norberg, vous aimera naturellement, car l'âme se porte vers ce qui est noble, généreux, comme la flamme s'élève vers le ciel.

A ces mots qu'il entendit, Norbert se dressa sur son séant. La figure du malade paraissant alors dans le clair-obscur rougeâtre que produisait la lampe à travers le rideau, Sophie fut atterrée de l'expression de délire et de terreur qui y était empreinte.

Il semblait tout à coup se croire seul : ses regards étincelants se perdaient de tous côtés; il murmurait pour lui-même des mots entrecoupés; ses yeux hagards, ses soupirs brisés, sa voix sourde et voilée, peignaient cette fièvre intense qui est à la fois la surabondance de vie et la mort.

— Oui, disait-il, mes aïeux m'ont légué une gloire immortelle; qu'en ai-je fait? J'ai eu une famille aimée... un frère, si jeune et si beau!... une sœur, des amis, un surtout. Qu'en ai-je fait?... Autrefois, je les voyais souvent, je serrais leurs mains. Maintenant, je ne les vois plus jamais le jour. Ils viennent seulement parfois me visiter dans le cours de la nuit, à l'heure qu'il est maintenant.

Il porta ses regards sur les personnages de la tapisserie à demi perdus dans l'ombre, et que le vent des meurtrières faisait flotter.

— C'est cela, dit-il, les voici... Mais comme leurs délicieuses figures sont changées et flétries!... Leurs corps incertains, vaporeux, n'ont plus de mouvement que celui imprimé par le vent de la nuit... Leurs lèvres n'ont plus de voix... leurs yeux ne me cherchent pas. Ils viennent m'apparaître, mais ils ne veulent plus me voir.

Il semblait que ces souvenirs bénis d'honneur héréditaire, de famille, d'amitié, d'amour, que Sophie venait d'évoquer autour du malade pour charmer sa souffrance, lui eussent, chacun tour à tour, porté un coup mortel.

Un frémissement douloureux le saisit; il trembla un instant de tout son corps, et retomba anéanti sur sa couche.

La princesse s'élança vers lui, entoura sa tête du bras, et la soutint ainsi doucement appuyée.

Léonore n'osait approcher ni faire un mouvement.

Après quelques instants, Norberg revint à lui; le doux et tendre visage de la princesse, placé entre lui et ses visions, rompit le charme fatal; son regard adouci montrait qu'il reconnaissait sa noble amie; mais ses tempes battaient violemment, et le souffle ne s'échappait de sa poitrine oppressée qu'en soupirs interrompus.

— Quelle fièvre ardente!... dit Sophie en posant sa main sur le front du malade. Et ses lèvres sont sèches, sa respiration brûlante!... Voyons, Norberg, laissez-vous soigner, guérir par moi qui vous aime. N'est-ce pas, vous voulez bien prendre une boisson bien douce, bien fraîche, que je vous apporterai moi-même.

— Oui, j'ai soif, bien soif. Écoutez, Sophie; madame, donnez-moi une coupe de vin. Je voudrais boire du vin qui enivre et fait qu'on oublie.

— Oh! ça n'a pas l'ombre de raison; boire du vin avec une fièvre semblable! Vous vous feriez un mal affreux. Mais attendez, j'ai toujours chez moi un élixir préparé par mes bonnes sœurs du couvent de Sainte-Marie, et avec lequel nous avons souvent ensemble calmé les crises les plus violentes. Je vais vous en donner quelques gouttes. Elles vous procureront sûrement un sommeil plus profond.

La jeune femme, sans attendre davantage, s'élança dans le couloir et se dirigea vers sa chambre le plus rapidement qu'elle put, à travers les passages obscurs du château.

Vaincu par l'épuisement, le comte laissa retomber sa tête et demeura affaissé sur l'oreiller et les paupières fermées.

Au bout d'un instant, sa langueur devint plus douce. Les frémissements de son sein s'étaient apaisés; il respirait plus librement; une chaleur naturelle et vivifiante s'était répandue dans ses veines. Il ne sentait plus qu'un bien-être inexprimable dans son corps brisé; au lieu des hallucinations affreuses de la fièvre, il flottait dans son cerveau une molle rêverie, aussi légère à porter que les mélodies de la harpe.

C'est qu'en ce moment une tête jeune et fraîche, penchée sur la sienne, l'enveloppait d'un fluide bienfaisant; une main, dont le mouvement était une caresse ineffable, essuyait la sueur de son front, puis allait ensuite prendre doucement sa main et la serrer comme pour l'inviter au repos. La force, la jeunesse, la paix de l'âme, se communiquaient à lui dans un souffle de volupté chaste.

Malheureusement, une lueur de lucidité trop complète revint à Norberg. Il se demanda qui pouvait être près de lui en ce moment. Il leva la tête et vit Léonore. Une exclamation toute vibrante de douleur et d'effroi s'échappa de son sein.

— Au nom du ciel, qu'avez-vous, monseigneur? demanda la jeune fille, réellement effrayée de l'exaspération et du désespoir qui croissaient sur les traits de Norberg, à mesure qu'il la regardait.

— Que faites-vous ici? demanda-t-il; pourquoi êtes-vous venue?

— C'est la fièvre, comte de Norberg, qui vous fait parler ainsi.

— Non, j'ai toute ma raison.

— Alors, je ne comprends pas.

— J'avais ordonné qu'on ne laissât entrer personne. Et c'était pour être sûr de ne pas vous voir, vous, Léonore, que j'avais éloigné tout le monde de moi.

— Son esprit se perd encore, dit-elle à demi-voix.

Norberg cependant l'entendit.

— C'est bien, répondit-il; que vous preniez ma prière, mon ordre, pour l'effet du délire ou de la raison, peu importe; seulement, entendez bien que je vous prie de me quitter à l'instant même, et de ne jamais revenir ici.

— C'est assez, monseigneur, dit-elle avec un froid sourire; quelque étranges et malséants que soient les caprices des malades, on ne peut en être blessé. Je vous promets de me conformer au vôtre.

Elle s'approcha de la porte et mit la main sur le bouton pour l'ouvrir.

Le comte l'avait suivie des yeux, il la rappela avec un accent de tendresse suprême.

— Léonore, dit-il à la jeune fille qui était revenue et se tenait debout devant lui; Léonore, si je n'étais pas enchaîné par la faiblesse sur ce lit de douleur, s'il me restait la force de me soutenir, je me mettrais à vos genoux. C'est prosterné devant vous que je voudrais vous implorer, vous demander au nom du ciel de pardonner ces paroles dures... que vous croyez dictées par les divagations de la fièvre... et qui le sont par un autre délire peut-être, mais plus dangereux et plus durable.

— Il suffit, comte; ces paroles sont déjà oubliées.

— Il faut vous souvenir cependant de la promesse que vous m'avez faite de ne point rentrer dans cette chambre... Moi, je ne la quitterai plus; et je dois bientôt sans doute y mourir du mal qui me consume... Ainsi, je ne vous reverrai jamais... mais, quelle que soit la bizarrerie de ces derniers adieux...

Il s'arrêta, ses mains se joignirent en tremblant, ses yeux jetèrent un éclair d'amour immense.

— Dites-moi, continua-t-il, oh! dites-moi que vous ne garderez point un souvenir injuste à ma mémoire; que, malgré tout, vous ne penserez jamais que je ne vous aimais pas!... Songez-y bien, Léonore, si vous aviez cette pensée quand je ne serai plus, ce n'est pas une des tristesses passagères de ce monde que vous causeriez, ce serait une souffrance attachée à mon âme pour toute l'éternité où je vais entrer.

Cette prière était faite d'un accent de vérité pénétrant, irrésistible. La jeune fille tendit la main à Norberg en signe de foi en son amour, et le regarda avec douceur.

L'impératrice rentrait en ce moment. Elle obtint du malade qu'il bût quelques gouttes de la liqueur onctueuse et calmante qu'elle lui apportait.

Au bout d'un instant, le comte tomba dans un accablement extrême; ses douleurs cessèrent, ses paupières s'appesantirent. Il devint immobile, semblable à ces beaux christs de marbre que le souffle de vie n'anime pas, et qui peignent pourtant si bien la grandeur et la souffrance.

Les deux charmantes sœurs de charité, après avoir fait pour l'intéressant malade des vœux ardents qui tombèrent sur lui comme une bénédiction un peu profane, mais non moins efficace, sortirent doucement de la tour.

Dans les jours qui suivirent, la citadelle avait pris un aspect morne et solitaire. Les seigneurs suzerains et les officiers supérieurs de l'empire, tout occupés de l'armement des troupes et des préparatifs de départ, étaient sans cesse dans les arsenaux du castel ou sous les tentes dressées à ses portes. La petite cour de Sophie de Bavière se tenait dans les appartements particuliers de la princesse; et ni fêtes ni jeux ne signalaient sa présence.

Pour Winceslas, fatigué de s'être occupé de tant d'affaires dans la journée du conseil, et d'avoir posé en empereur si longtemps, il était retombé dans son état d'oisiveté et d'apathie habituelles.

Mais ce n'était pas cette heureuse somnolence d'une ivresse tempérée et voluptueuse, dans laquelle il eût volontiers cédé sa couronne pour la coupe de vin dont il effeuillait amoureusement le baume parfumé.

C'était une torpeur mêlée de colère et d'ennui, une absence de sensations amenée par l'épuisement. Les rudes secousses de ces derniers temps avaient hâté la vieillesse de Winceslas, et la vieillesse, après la vie qu'il avait menée, était l'énervement, la viduité, où, toute belle faculté étant tarie, il reste encore le regret acerbe et l'envie; où la nature, stérile pour tout bon sentiment, peut enfanter le mal, comme la terre infertile produit des touffes de ronces.

L'irritation profonde inspirée à l'empereur par la rivalité et la haine qu'il voyait éclater de toutes parts autour de lui; par la défection des princes, ses tributaires, ses alliés, s parents; par la guerre que lui déclarait le tribunal secret, l'ordre le plus imposant de l'empire, était entretenue chaque jour par des blessures nouvelles.

Excepté le petit nombre de vassaux réunis autour de lui, ni ville ni bourg, dans le rayon de la capitale, ne lui avait donné témoignage de fidélité. Les environs de Conrad-Bourg n'étaient qu'un morne désert; les paysans mêmes n'osaient s'approcher de ses tours, et c'était pour la forme seulement que la sentinelle placée au haut du rempart, criait: *Au large!* à l'effarouché villageois qui paraissait aux gorges des rochers voisins et s'enfuyait aussitôt.

Cependant il arrivait parfois jusque vers la forteresse qu'habitait l'empereur, jusqu'au pied de son trône barbare, des chansons et fabliaux où était moqué *l'ivrogne couronné*.

Un jour, Winceslas, en montant sur le rempart, avait vu la bouche de ses lansquenets épanouie d'un gros rire. Frappé de cette excentricité, il en avait découvert la cause dans un chiffon de papier resté entre les mains de l'un d'eux. C'était un champ populaire dont les couplets se riaient fort du souverain maître de la Germanie.

Comme le petit chanteur ambulant qui l'avait jeté sur la plate-forme, à l'aide d'un gravier, était encore à demi caché dans le taillis à se lécher les lèvres de sa malice, Winceslas le fit incontinent saisir et pendre à un jeune bouleau de son âge, juste assez fort pour le porter. Le corps de ce joyeux petit vagabond, qui, en arrivant sur ce sol maudit, y demeurait pendant à un arbre, redoublait l'aspect de tristesse de cette âpre et sombre nature.

D'autres soucis, plus secrets, plus intimes, troublaient encore l'empereur et envenimaient son esprit.

Dans ces jours de solitude morose, Winceslas s'attacha pour la première fois à l'étude : il lut un livre entier. Ce volume, ouvert sur sa table, montra à ceux qui eurent la curiosité d'épier le sujet de méditation du prince le *Livre de haute justice*, où étaient consignés les différents supplices alors en usage, et la manière de les appliquer.

L'impératrice et sa belle compagne passaient mieux le temps dans cette dure retraite.

Sophie de Bavière était souvent retournée visiter le comte de Norberg, dont ses soins calmaient les sombres et mystérieuses souffrances. Elle se rendait, à la nuit, dans la chambre de Léonore, d'où un escalier dérobé la conduisait au premier étage de la tour.

Léonore attendait sa maîtresse en faisant de la musique, et recevait des nouvelles du comte au retour de la princesse.

Toutes deux aimaient assez le séduisant malade pour trouver du charme à s'entretenir ensemble de cette affection, sans rivalité comme sans danger.

Mais Léonore, respectant le désir du comte, quelque insensé qu'il parût, n'était plus descendue près de lui.

Du reste, elle ne quittait pas l'impératrice, et partageait toutes ses occupations.

La jeune Muller était riche : son père, outre le premier envoi d'argent qu'il lui avait fait pour son installation à la cour, renouvelait souvent ses libéralités envers elle. Grâce à cette fortune, les deux jeunes femmes pouvaient, en sortant quelquefois seules, répandre des secours dans les chaumières des environs. La petite bourgeoise donnait à sa souveraine l'argent que celle-ci distribuait aux pauvres, et cet échange de bienfaits les charmait également toutes deux.

Léonore, dans ces promenades charitables, passait souvent près du grand chêne de la prairie; lieu d'effroi et de doux souvenir! où elle avait appelé sur elle la vengeance des francs-juges; où le même instant l'avait appelée à la faveur de l'impératrice; où son existence était devenue à la fois si brillante et si fragile.

Une pensée de mort, toujours présente, n'avait fait que développer dans sa noblesse et sa pureté le beau caractère de Léonore. La jeune fille, en quelque sorte spiritualisée par son étrange position, en était venue à vivre en dehors d'elle-même, dans les objets de ses dévouements et de ses affections, cherchant seulement la satisfaction de conscience qui fait mourir en paix, portant ensuite le désintéressement de soi-même jusque sur l'existence.

Cependant elle croyait à un danger terrible et toujours présent. Souvent, en brodant aux côtés de l'impératrice, elle s'arrêtait sans cause, son aiguille tombait de ses doigts, elle devenait pâle et glacée; souvent la vue de l'objet le plus indifférent la faisait tressaillir.

Bien qu'enfermée dans une forteresse inaccessible et dans l'enceinte d'une tour, elle sentait la mort à deux pas d'elle, soit que cette impression lui vînt de l'inflexibilité qu'elle supposait aux arrêts des francs-juges, soit d'un pressentiment secret.

On arriva ainsi à la veille du jour où les troupes de l'empereur devaient partir pour Prague.

XXII

LE SERMENT

Ce soir-là, Léonore, vers la nuit tombante, attendait dans sa chambre le retour de l'impératrice, qui était allée encore une fois porter ses soins consolants au comte de Norberg, maintenant hors de danger, mais persistant à ne pas quitter l'intérieur de la tour.

Après avoir tiré quelques accords de sa harpe, la jeune fille descendit prendre l'air sur une plate-forme. Le plus vaste arsenal du château fort donnait en cet endroit. Léonore, en trouvant la porte ouverte, fit quelques pas dans l'intérieur.

Malgré l'obscurité naissante, ces masses d'armes se détachaient encore en monceaux resplendissants, et semblaient, à force d'éclat, vouloir effacer la nuit qui venait sous la voûte.

Léonore eut un tressaillement d'admiration, et son cœur battit d'enthousiasme à la vue de ces splendeurs de la guerre, de ces faisceaux de haches, de lances serrées, jaillissantes, et jetant déjà des étincelles en avant de leurs coups; de ces boucliers dont les bosselages, les ciselures richement travaillées, offrent des emblèmes, des devises, et portent la *pensée* qui se mêle, dans le courage, aux ardeurs du sang: à la vue de ces brillantes cuirasses d'acier damasquinées d'or, nappes d'eau limpides où flottent des rayons de soleil; de ces grandes machines de guerre, prêtes à abattre des tours, des bastions vingt fois plus hauts qu'elles, et qui semblent porter le dieu de la force dans leurs flancs.

Mais bientôt l'attention de la jeune fille fut détournée de cette contemplation chevaleresque par des voix qu'elle entendit près d'elle.

Deux jeunes officiers de l'empereur se trouvaient dans l'arsenal.

Léonore, cachée à leurs yeux par des branchages de glaives entremêlés, ne put s'empêcher d'écouter leur entretien.

— Voici, certes, de bonnes armes, disait l'un d'eux; nous sommes fidèles et braves comme elles.

— Et pourtant?...

— Et pourtant, sire Othon, je parie mon cheval de guerre contre votre plus mince faucon, qu'il arrivera bientôt malheur à ce château et à son maître.

— Je tiens le pari, bien que je sois, sur mon âme, tout-à-fait de votre avis.

— La chouette chante sur ces créneaux.

— Et le maître déchante au-dessous.

— Il a cassé son flacon, l'empire s'en va.

— Sa Seigneurie a bien encore d'autres soucis.

— Vraiment?

— Vous savez que notre gracieux prince s'inquiétait fort peu de son grand officier, le comte de Norberg, qui vient d'être malade à la mort. Eh bien, à présent, il s'en inquiète beaucoup.

— Comment cela?

— On a remarqué que, vers le soir, aux deux étages de la tour, la chambre du comte de Norberg et celle de mademoiselle Léonore Muller, située au-dessus, sont également éclairées.

— Ensuite?

— A cette lumière intérieure, on aperçoit, dans chacune des deux pièces, la forme charmante d'une femme vêtue d'une mantille blanche... On reconnaît bien l'enveloppe de satin bordée de cygne que porte l'impératrice. Mais, comme Sophie de Bavière a la fantaisie de vêtir, dans les jours d'œuvre, sa première demoiselle d'honneur comme elle, on ne sait laquelle des deux fait solitairement de la musique à un étage, laquelle passe plus agréablement son temps auprès du beau malade.

— Ah!... En vérité?

— On a rapporté cela à l'empereur.

— Qui voudrait bien éclaircir le mystère des deux dames.

— En attendant, il soupçonne la souveraine... de cette preuve de charité.

— Sur ma foi, je voudrais que ce fût vrai!

— Et moi!... Dieu, que ça m'amuserait!

— Mais, hélas! non... l'impératrice est trop sage... et je jurerais par la messe...

— A propos de messe, il n'y en aura plus au château.

— Pourquoi donc?

— Parce qu'il n'y a plus de chapelain.

— Bah!

— Vous ne savez donc pas que ce digne Jean Népomucène, que nous avons vu, l'autre semaine, bénir avec tant d'onction nos drapeaux, a disparu peu de jours après.

— Mais c'était le confesseur de l'impératrice.

— Oui, depuis que son mari lui avait fait quitter Jean Huss.

— Et qu'est devenu le chapelain?

— On n'en sait rien. Il court pourtant de drôles de bruits; on dit que la nuit même où il a disparu... mais c'est propos de paysan...

— Encore?

— Que, cette nuit-là, des passants qui suivaient sous les saules le bord de la Muldaw ont vu, positivement vu, deux diables jeter un prêtre à la rivière.

— Et pourquoi ces satans jetaient-ils le prêtre à l'eau?

— Ils pensaient peut-être aussi que ce vieux château allait crouler sur nos têtes, et ils retiraient d'avance le confesseur.

— Pour nous emporter tous au diable!...

Les deux jeunes gens s'éloignèrent, en riant de leur pronostic.

Léonore remonta dans sa chambre, épouvantée des soupçons de Winceslas, des dangers que courait sa souveraine. Elle eût voulu la rappeler à l'instant même... Mais c'eût été une démarche inconvenante devant le comte de Norberg... Elle était frappée aussi de la disparition du chapelain, et ne savait comment, cette pensée la préoccupait autant, au milieu des poignantes inquiétudes que lui inspirait la situation de sa chère maîtresse; il semblait qu'il y eût un lien secret entre la fin tragique de ce vénérable prélat, si elle avait eu lieu, en effet, et le péril où la jalousie de Winceslas mettait l'impératrice.

Tandis qu'elle réfléchissait ainsi à la fenêtre de la tour, elle aperçut, à la faible lueur du fanal éloigné, un panache rouge qui se glissait au pied des fortifications, le long du mur d'enceinte, et se dirigeait vers l'entrée du petit escalier de la tour.

A la marche de ce panache, empreinte d'une espèce de sournoiserie, Léonore reconnut ou plutôt devina Winceslas.

A l'instant elle se précipite vers l'escalier, le descend comme un souffle de vent, entre dans la chambre de Norberg, et saisit la main de l'impératrice en s'écriant:

— Madame, voici le prince : c'est vous qui êtes en haut ; c'est moi qui suis ici.

A peine a-t-elle achevé, que Sophie, qui a pris les ailes d'un oiseau pour monter les dègrés, est, en effet, dans la chambre haute. Léonore referme la porte, prend une tasse de boisson qui se trouve à sa portée, se penche sur le canapé où Norberg, que la surprise tient immobile, est encore étendu, appuie une main sur le dos du siége, et, de l'autre, approche la coupe des lèvres du malade. A la voir ainsi, calme et souriante, on dirait qu'elle est là depuis longtemps, et que des moments d'intimité ont précédé le tendre soin qu'elle rend.

A la même minute, Winceslas entre comme une bombe; comme elle, il fond avec rapidité et s'arrête lourdement.

Il ne songe point à considérer le gracieux tableau qu'offrent deux figures d'une indicible beauté, groupées d'une manière harmonieuse et touchante. Il enveloppe la jeune fille du regard, pour bien se repaître de sa vue, et de cette conviction rassurante que c'est elle, et non point l'impératrice, qui cultive ainsi la charité près du plus séduisant seigneur de la cour.

— Vous êtes bien empressée, mademoiselle, dit-il enfin en soufflant bruyamment, de venir savoir des nouvelles du malade.

— Sire, dit-elle en riant, vous venez bien savoir des miennes.

— Je ne viens pas en secret, moi; j'entre ouvertement.

— Votre manteau, monseigneur, est tout blanc de la poudre de la muraille.

— Vous pouviez, au moins, prendre ma volonté, avant de faire une telle incartade.

— Une bonne action, sire! vous deviez la prescrire d'avance.

— C'est bon... Où est l'impératrice?

On entendit alors au-dessus la voix un peu tremblante, mais distincte, de Sophie, qui chantait en s'accompagnant de la harpe.

— Son Altesse vous répond elle-même, dit Léonore en élevant le doigt vers l'étage supérieur.

— Que va-t-elle faire dans votre chambre?

— Ma harpe est à sa voix; elle aime à en jouer.

— Il ne manque pas de harpes dans nos appartements.

— Le froid les a détendues, sire ; on ne peut y trouver d'harmonie...

— Il suffit. Je vais dire à la princesse de descendre... Pour vous, mademoiselle... c'est bien... restez ici.

Il se dirigea vers la porte; puis, quand il fut sorti, il dit encore, en tenant le battant entr'ouvert :

— Demain, toute la cour saura que la première demoiselle d'honneur a passé la nuit dans la chambre du malade, qu'elle *traite* à merveille.

Et, tournant la clef, il ferma la serrure à double tour en dehors.

Tout cela s'était passé si vite, que Norberg, sous le poids d'une émotion violente, où la scène qui venait d'avoir lieu n'était pour rien, n'avait pas prononcé une parole.

Quand il fut seul avec la jeune fille, ces mots s'échappèrent enfin de ses lèvres tremblantes :

— Vous, encore ici, Léonore?

— Ah! c'est vrai, dit-elle en riant; j'ai oublié mon serment.

Puis, voyant que Norberg baissait la tête d'un air sombre, elle croisa les bras et dit avec impatience et gaieté :

— Ah çà, voyons, monseigneur, vous avez donc toujours peur de moi?

— Léonore...

— Vraiment! quand ma chère maîtresse était en aussi grand péril, j'avais bien autre chose à faire que de songer à vos caprices de malade!... Vous ne voyez donc pas que l'empereur est jaloux, maintenant... jaloux de la pure, de la pieuse Sophie... qu'il venait ici pour la surprendre près de vous, et que sa colère eût été terrible. Heureusement, j'ai vu venir Winceslas, et je suis arrivée à temps... Oh! notre chère princesse est sauvée!

Et la jeune fille frappait ses mains de joie.

— Je comprends... c'est bien, dit le comte. Maintenant, sortez... je vous en supplie!...

Léonore se dirigea vers la porte, et la trouva fermée.

Norberg, voyant qu'elle ne pouvait ouvrir, s'élança de ce côté, tourna le bouton en tous sens... Mais la serrure résista à ses efforts.

— Cette porte est fermée! dit-il d'une voix étrangement altérée.

— Mais nous le savions bien, dit Léonore en riant de nouveau ; le prince nous avait avertis de sa spirituelle noirceur.

— Et l'escalier est désert!... la tour isolée!... O fatalité! continua Norberg d'un accent plus sourd.

— Vraiment, comte, je crois que vous tremblez! dit Léonore.

Et cette observation redoubla sa gaieté.

Mais Norberg se tourna vers elle en ce moment : sa figure avait une expression si solennelle et si triste, que le rire tomba soudain des lèvres de la jeune fille; elle se retira de deux pas, le cœur serré, et dit avec un trouble naissant :

— Je le vois bien, vous craignez pour moi, monseigneur, les propos inconvenants que peut faire naître cette aventure ; mais je saurai les supporter avec indifférence. Que serait donc le courage, si, en résistant aux coups du malheur, il se laissait abattre par les misérables attaques du sarcasme et de la raillerie?

Norberg se taisait.

— Mais cela ne peut même aller jusque-là, continua-t-elle; l'impératrice saura bientôt la situation embarrassante où je me trouve, et elle viendra me délivrer.

Même silence de la part du comte.

— Enfin, reprit Léonore en cherchant à se rassurer elle-même; enfin, le pire de tout cela est que je passe la nuit ici...

Elle se tut et écouta quelques instants. Aucun pas ne se faisait entendre dans l'escalier, le plus profond silence environnait la tour.

Pendant quelques minutes, Léonore se promena à pas lents dans l'étroite retraite.

— Remettez-vous sur votre canapé, dit-elle au comte avec douceur; vous êtes encore bien souffrant; moi je vais me reposer quelque part... là... dans ce grand fauteuil.

Norberg restait toujours immobile et pâle comme une statue.

Léonore venait de s'approcher d'un grand siége de tapisserie. Elle vit le rosaire du chevalier suspendu auprès de lui à la muraille, et le détacha.

— Vous me prêtez votre rosaire, n'est-ce pas, dit-elle avec une sérénité feinte, car l'inexplicable effroi de Norberg commençait à pénétrer en elle; je vais dire ce chapelet à l'intention de hâter ma délivrance.

Elle s'assit, posa la tête sur l'oreiller du fauteuil, et fit tourner quelques instants les grains bénits entre ses belles et gracieuses mains.

Puis elle écoutait encore.

— Allons, rien ne vient. Il faut rester ici, à ce qu'il paraît, dit-elle. Pourquoi demeurer ainsi, comte? Asseyez-vous.

Par instants, les yeux de Léonore se voilaient d'un léger assoupissement, puis se rouvraient avec plus d'éclat, et elle murmurait :

— O ma chère princesse! quel danger elle a couru!... mais elle n'a plus rien à craindre, Dieu merci; elle est paisible, heureuse!

Puis, penchant de nouveau sa tête alanguie :

— Mais reposez-vous donc, monseigneur, dit-elle à Norberg.

Elle ajouta, en essayant encore un sourire :

— Moi, je suis bien fatiguée, ce soir... Et, si je m'endors ici, vous verrez, je suis capable de ne faire qu'un somme toute la nuit.

— O mon Dieu! c'est elle qui le dit! s'écria Norberg en sortant de sa fixité par un violent tressaillement. Si elle s'endort ici, ce sera d'un sommeil aussi long que la nuit... que la nuit éternelle!...

La jeune fille le regarda avec stupeur et pitié. Elle se leva, et s'approcha de lui à pas lents.

— Il y a encore là, dit-elle, une fiole de cet élixir qui calme si promptement les transports de la fièvre. Oui, vous devriez en prendre quelques gouttes.

Le comte ne l'entendait pas. Le feu extraordinaire de ses regards, le gonflement de ses veines, les mouvements précipités qui soulevaient sa poitrine, montraient en lui un redoublement de forces impétueuses; en même temps, brisé par cette surexcitation d'existence, il semblait chanceler.

Debout auprès du lit, il appuya son bras contre une des colonnes et y reposa sa tête.

Léonore, dans un mouvement de compassion tendre, prit la main que le comte laissait pendre à son côté, et la serra dans les siennes.

A ce contact, on put voir passer sur les traits de Norberg un doux frémissement; ses fibres se détendirent, les violents battements de son sein s'apaisèrent en longs soupirs; il tourna lentement la tête vers Léonore.

Ses yeux cherchèrent ceux de la jeune fille, alors si près de lui. Dans cette union magnétique et profonde du regard, ses prunelles sèches, ardentes, se baignèrent d'une ineffable douceur; le rayon de l'amour y parut dans son éclat divin.

Léonore, émue, troublée, et sous la puissance d'une séduction suprême, lui dit d'une voix tremblante :

— Qu'avez-vous? Parlez-moi du fond de l'âme... L'autre jour, quand je me suis trouvée seule ici avec vous, vous m'avez suppliée de ne jamais douter de votre amour, pour que vous puissiez reposer en paix dans la tombe.

Un sourire de tendresse indicible passa sur les lèvres du comte.

Elle continua :

— J'ai senti une foi profonde en cet amour... Et maintenant votre trouble, votre désespoir de vous retrouver près de moi, m'en feraient douter. Dites-moi donc, que faut-il croire?

Norberg détacha son bras de la colonne du lit où il le tenait appuyé; il se laissa tomber doucement aux genoux de la jeune fille, sans ôter son regard du sien, et dit, en joignant les mains devant elle :

— Si Dieu pouvait m'apparaître, dans sa bonté, dans toute sa beauté divine, je ne l'aimerais pas autant que toi!

— Eh bien, pourquoi souffrir et trembler à ma vue?

Il se releva, passa un bras autour de la taille de Léonore, attira doucement cette tête, d'une beauté ravissante, sur son sein, et dit, en tournant tour à tour vers elle et dans l'espace son visage radieux et égaré :

— C'est vrai, mon Dieu, pourquoi donc ces tortures?... Léonore est là... seule avec moi, sur mon sein, au milieu de la nuit. Que cette nuit est belle!... cette tour semble décorée, par magie, de splendeurs inconnues... la lumière de cette lampe est une étoile qui verse les rayons les plus brillants du ciel... l'air porte des parfums d'une mystérieuse douceur qui pénètrent dans l'âme... Léonore est là... elle est là, sur mon sein...

Il pencha sa tête sur celle de la jeune fille, et dit encore :

— Oh! l'envelopper de mon regard est une si profonde volupté!... Que serait-ce donc si je pouvais, ainsi, toute la nuit, la presser dans mes bras et pleurer à ses pieds!... Mon Dieu! à cette pensée, l'âme s'exhale, s'illumine : elle entrevoit l'infini du bonheur.

Il éloigna un peu la jeune fille de lui pour la voir; il parcourut d'un regard passionné la forme de cette figure enchanteresse; il s'enivra jusqu'au délire de cette contemplation voluptueuse.

Puis il s'écria avec une explosion terrible :

— Non... je l'aime trop... je ne puis la tuer!

Ce mot apprit tout à Léonore. Elle jeta un cri déchirant, et tomba sur le canapé en cachant sa tête dans ses mains.

Le *vengeur* du tribunal secret était devant elle.

C'en était fait, elle était livrée à cette puissance implacable. La porte de la chambre était fermée, la fenêtre inaccessible... La tour était déserte et située dans une partie du château inhabitée. Au delà, l'ombre était répandue, la forteresse endormie; aucune pensée ne veillait sur la malheureuse enfant... Elle devait attendre la mort.

Tandis que Léonore était affaissée, anéantie, sur les coussins du lit de repos, le franc-juge se tenait debout devant elle, et, sans s'occuper qu'elle connût maintenant ce qui se passait en lui, il continuait de jeter des paroles de défi à son destin.

— Qu'est-ce que cette loi épouvantable, ce martyre inventé pour moi seul?... J'idolâtre cette femme, mon œil embrasse ses angéliques beautés, mes lèvres aspirent l'air qui l'environne, mon sein en devient embrasé. Et il faut prendre un poignard, l'enfoncer dans sa chair, faire couler son sang!... Je jure Dieu que c'est là un ordre bien menteur.

Et, croisant les bras dans sa méditation :

— Moi, qui connais aussi les ineffables beautés de son âme, j'irais anéantir ce chef-d'œuvre de vertu, de candeur, de générosité! Et, quand j'aurai effacé ces admirables perfections de la terre, quand j'aurai tari cette merveilleuse existence, jamais la nature pourra-t-elle trouver dans ses trésors de quoi en former une semblable?

Norberg était pâle, défait; ses cheveux, grandis pendant sa maladie et tombant jusque sur ses épaules, étaient collés par la sueur froide à ses tempes creusées. Ses traits avaient l'expression de détresse du faible qui se défend avec un noble et inutile courage contre la puissance qui l'opprime.

Cependant Léonore, étourdie de la vérité qui venait de se révéler à elle, n'en avait pas encore la perception lucide. Elle ne pouvait comprendre que ce seigneur, si brillant, si envié, si célèbre dans les cours, fût un de ces assassins ténébreux qui faisaient trembler l'Allemagne. Ce doute, ou du moins cet étonnement, éloignait d'elle encore quelques instants le désespoir de sa situation. Accoudée sur un coussin, elle avait relevé la tête et examinait, avec une espèce de calme, la tempête des passions qui était soulevée devant elle et prête à l'emporter.

— Mon Dieu, disait Norberg, faiblissant et demandant grâce sous les coups répétés de la tourmente; pourquoi donc tant souffrir, palpiter et pleurer? Que m'importent cette loi et l'œuvre qu'elle accomplit, et l'avenir du monde? Qu'en reviendra-t-il à Dieu et à moi que l'Allemagne soit perdue ou sauvée de sa ruine?... Que ces hommes, qui se croient si grands, si forts, parce qu'ils ont su étouffer leur cœur, achèvent sans moi leur ouvrage! Je ne leur appartiens plus; je ne suis plus le *vengeur* qui va cueillir la palme ensanglantée; je ne suis plus ce que le tribunal a ordonné; je l'oublie à jamais... Il y a autour de l'amour une immensité de joies célestes, de pensées ineffables, d'extase éternelle, qui va me séparer du reste de ce monde. Cette nuit, que la fatalité avait préparée à plaisir pour le crime, je vais la passer tout entière aux pieds de Léonore, comme un homme enivré, anéanti de bonheur devant une femme adorée!

Un rayon de la lune commençait à pénétrer dans la tour.

Le vent de la nuit soufflait avec violence : il avait ouvert la fenêtre, et agitait la tenture légèrement attachée au-dessus du canapé sur lequel Léonore demeurait à demi étendue.

En ce moment, le pan de la tapisserie tomba tout-à-fait et laissa voir, contre la muraille, un christ de bois grossièrement taillé, avec un bouquet de roses sèches attaché au pied de la croix.

A cette vue, Norberg frémit de tout son corps, comme un arbre sous le nuage qui porte la foudre.

Il regarda ces objets comme s'ils lui eussent parlé un langage muet et mystérieux, et leur répondit :

— Le serment... oui... il faut lui obéir. Pourquoi me le rappeler?... Je connais bien sa puissance. Le serment est à la fois en moi pour me posséder et hors de moi pour me condamner. J'éteindrais dans mon sein ma voix qui a juré, je laisserais se consumer sur le brasier ma main qui s'est levée, que je ne pourrais me soustraire au serment. C'est l'âme qui l'a prononcé, elle l'emportera avec elle dans l'éternité.

La pâleur, l'égarement de Norberg redoublaient. Il dit d'une voix creuse et palpitante :

— Je l'ai assez servie, votre religion formidable... J'ai prié avec le poignard. J'ai communié avec le sang. J'ai accompli des actes faits pour l'ange exterminateur ou la bête féroce; moi, qui ne suis ni si haut, ni si bas; qui ai la faiblesse et la grandeur de l'homme pour souffrir et pour aimer... je sais ce qu'il en coûte. Maintenant, ce que vous m'ordonnez est plus horrible que tout le reste, et il faut obéir encore.

Il regarda le christ et ses emblèmes avec un fanatisme ardent.

— O signes trois fois saints, je ne peux vous trahir!... Vous dites : « Prends ton arme, » et cette arme est toujours dans mon sein.

Il tira son poignard.

— Vous dites : « Frappe sans regarder dans ton cœur, sans savoir si tu aimes ou si tu hais. » Et celle qu'il faut frapper est là.

Son œil hagard et enflammé se portait tour à tour sur le christ et sur Léonore.

Norberg était à la fois possédé d'un amour passionné, dévorant, pour celle qu'il fallait sacrifier, pour celle qu'il aurait voulu élever sur un trône, entourer d'éternelles délices, et qu'il fallait jeter froide, morte, dans un cercueil; possédé aussi de cette foi au sacerdoce des francs-juges qui était enracinée dans son âme, consacrée par des actes de dévouement terribles, qui était devenue en lui une seconde nature... Un Dieu eût succombé dans une lutte semblable.

Il y avait tant de grandeur et de désespoir inexprimable empreints sur ses traits, que Léonore, un moment s'oubliant elle-même, se laissait aller à plaindre ce martyre. Par une abstraction d'esprit bizarre, mais telle qu'il en existe parfois dans les moments extrêmes, elle s'occupait à regarder des images fantastiques, que son imagination frappée déroulait devant ses yeux.

Il lui semblait voir planer dans l'air, au-dessus de la tête du franc-juge, deux archanges également forts, également armés de glaives indestructibles : le fanatisme et l'amour, luttant, se séparant, se mêlant, tournoyant ensemble, et, dans leur combat corps à corps, soulevant, au lieu de poussière, d'épais nuages, d'où tombaient des fleurs et des larmes. Les combattants étaient couronnés de feu; chaque coup de leur arme faisait naître le feu qui crée et qui tue; qui, tour à tour, anime et dévore...

Tout à coup un cri de joie de Norberg fit évanouir ces songes et ramena la pensée de Léonore toute à lui.

Ses yeux brillaient d'un rayon d'espérance. Il porta la main à son front, et répéta d'un accent entrecoupé le texte de l'une des lois inscrites aux tables du saint tribunal.

« Si l'exécuteur rencontre le condamné dans un endroit où la mort qu'il donnerait pût le faire reconnaître comme membre du tribunal secret, il doit s'abstenir de frapper. »

Mais l'article ne finissait pas là. Norberg continua, et sa voix devint frémissante :

« A moins que l'exécuteur n'ait un moyen de faire disparaître de cette place le corps de la victime, et de rester ainsi caché sous le voile des invisibles. »

— Fatalité! s'écria le malheureux; fatalité, tu ne m'abandonneras pas. Voyons, l'homme éprouvé par de rudes tortures ne doit pas, comme le faible enfant, se soustraire à sa tâche par un mensonge... Cette porte est fermée, mais je peux briser la serrure avec une lame de fer... Quand cette femme ne sera plus, je peux la prendre morte dans mes bras et l'emporter dans la campagne. Il n'y a personne dans la tour, la poterne qui s'ouvre au pied n'est pas gardée. Une fois la victime hors d'ici, qui soupçonnerait le comte de Norberg de l'avoir immolée. Je la déposerai dans la prairie, au pied du grand chêne où d'Hasting a été assassiné; j'enfoncerai, comme il l'était ce jour-là, le poignard dans le tronc de l'arbre. On trouvera Léonore Muller morte à la même place où elle a bravé la puissance des francs-juges; on dira : « La vengeance divine a passé là! » et tout sera consommé.

A ces affreuses images qu'on évoquait devant elle, au tableau qu'on lui offrait à elle-même de son corps glacé, de ses funérailles barbares, dont on déroulait la marche ténébreuse... Léonore sentit enfin toute l'horreur de sa situation. Elle avait bien devant elle le vengeur chargé de l'assassiner; elle était toute en sa puissance et près de tomber sous son arme.

C'en était trop!... les terreurs de la mort la saisirent tout entière. Elle se dressa du canapé, regarda autour d'elle, poussa des cris d'effroi, puis retomba au même instant sans force sur sa couche.

L'égarement vint dans ses yeux, la sueur sur son front, le vertige la saisit, sa voix éteinte appela encore du secours... puis toutes ses forces succombèrent dans un anéantissement mortel... son âme, ferme jusqu'à l'héroïsme, se brisa comme l'acier, qui, sans avoir plié, est tout à coup rompu.

Elle palpita quelques instants sur les coussins, où se dessinèrent les formes suaves et harmonieuses de son corps ravissant : tout son être tressaillit dans de sourdes convulsions.

Mais son dernier regard tomba sur la figure de Norberg... Ah! cette vue pouvait faire naître la pitié même dans ce moment suprême.

Léonore s'écria :

— Mon Dieu, ayez pitié de lui!

Et elle s'évanouit.

Norberg la regardait, les bras croisés sur la poitrine.

— Oh! dit-il, j'ai déjà commencé à la tuer, habile bourreau que je suis... La voilà déjà comme elle sera tout à l'heure, prête à descendre dans le tombeau, pâle, les yeux fermés, le corps couvert d'une glace humide... et toujours belle... plus belle que jamais...

Mais à présent un souffle d'air pur, un rayon du jour, pourraient la ranimer... tandis que, dans un instant, tout le souffle embrasé de ma poitrine, toutes les étreintes de mon amour, ne rendraient pas un battement à son cœur.

La tâche de Norberg était devenue plus difficile.

Frapper en traître celle qui est là sans connaissance, sans mouvement, qui ne voit pas le fer levé sur elle! Assassiner lâchement celle qui ne peut se défendre, même par ses pleurs, par le charme de ses regards, par la séduction de ses prières; assassiner la victime endormie!

Souvent, dans ces instants de combats, de crises terribles, Norberg leva son poignard, puis se jeta prosterné, éperdu, aux genoux de Léonore, baignant ses pieds de larmes, demandant grâce à Dieu; puis se redressant, fuyant comme un insensé, et, tout à coup, retombant abîmé sur la terre, où il frappait son front empreint de délire!

Enfin, dans le plus violent éclat de cette tempête de l'âme, il s'écria :

— Non, je ne peux pas la tuer!... Et, pour en finir avec ces luttes terribles, je brise ce poignard!

Il lança alors son arme contre la pierre, de toute la force de son bras.

Mais le poignard vint rebondir et tomber aux pieds de son maître. Il était encore tout entier, et sa lame jetait un arc-en-ciel de radieuse lumière.

Le fanatique crut à un miracle, et releva son arme.

Le rayon de la lune qui effleurait, il y a quelques instants, l'épaisseur de la meurtrière, venait de pénétrer en plein dans la tour, et décrivait, dans cette solitude de désespoir, sa légère ligne argentée.

On eût dit que cette lueur, en venant se refléter sur la figure de Norberg, la transformait tout entière; il n'y eut plus bientôt sur ses traits que la froide exaltation religieuse et la force de fer du sacrificateur.

La lune était le régulateur céleste de tous les actes des francs-juges, sa lumière était pour eux l'inspiration d'en haut, mystérieuse et puissante. Nul n'a jamais su ce qu'il y avait de communion occulte entre ce globe radieux, mobile, passager et pourtant éternel, qui influe sur les airs, et ces hommes exaltés, qui voulaient aussi agir sur le monde, dispenser la beauté de ses jours, soulever, balancer à leur gré les flots de la population humaine. Oh! rien ne peut rendre l'impression que produisit cette zone de vapeur éclairée sur l'âme du franc-juge, sur cette âme possédée de pieuse et sublime folie.

Norberg se tint debout, immobile, le poignard à la main, au chevet du lit de repos où la jeune fille semblait dormir déjà du sommeil de la mort. Il suivit des yeux la marche imperceptible et pourtant rapide de la ligne de lumière sur le pavé blanc de la tour, et se dit, dans un serment intérieur qui ne laissait plus à ses incertitudes le pouvoir de renaître :

— Quand le rayon de la lune sera venu toucher au bord de cette couche, je ferai mon devoir.

XXIII

LE SIÉGE

Cette même nuit où le vengeur était près d'exécuter la condamnation portée par le tribunal suprême, la citadelle avait été tout à coup enveloppée par les ennemis de l'empereur.

A minuit, le siége commençait. Les assaillants, déjà maîtres des barrières et des redoutes, étaient rangés sous les remparts.

Les haches, les béliers, les catapultes, sapaient, déracinaient ces murailles séculaires, tandis que des pierres, lancées par des frondes, et des nuées de flèches, prenaient possession de l'espace.

Le feu, allumé sur plusieurs points, allait aussi porter son formidable assaut.

L'action s'était engagée tout d'abord avec cette ardeur féroce, restée ensevelie dans les temps de guerre individuelle, où chacun combattait pour soi-même, pour le pouvoir ou pour le butin, et avec ces armes primitives qui faisaient prendre les hommes corps à corps. Cette lutte, telle qu'on la voyait allumée, ne pouvait finir qu'avec l'extinction de l'un ou l'autre parti.

Les capitaines, réunis autour de l'empereur, se disposaient, comme on le sait, à partir le lendemain, au point du jour, pour attaquer les princes confédérés, assemblés en diète particulière dans la cathédrale de Prague. Ceux-ci, instruits de ce plan par les intelligences qu'ils avaient dans la place, s'étaient hâtés de prendre les devants, et, décrivant des marches secrètes, ils avaient apporté le siége devant Conrad-Bourg.

Le prince Albert de Saxe, le duc Ulric de Wurtemberg, le comte Hermann de Silésie, tous les grands vassaux soulevés contre le pouvoir impérial, sous la direction puissante de Job de Moravie, cousin et ennemi mortel de Winceslas, étaient en ce moment réunis sous les murailles de la forteresse, dernier refuge de l'empereur d'Allemagne.

Au premier signal d'alarme donné par la sentinelle, la garnison du fort s'était jetée sur les remparts. Les chevaliers, les seigneurs alliés et Winceslas le premier, se montraient au front des combattants. Les arsenaux ouverts avaient répandu au dehors leurs masses d'armes. Les bastions, les plates-formes, les tours, les arcs-boutants, tous les points où pouvait poser le pied de l'homme d'armes, s'étaient garnis de combattants.

La chambre de la tour où nous avons laissé le comte de Norberg et Léonore, à l'instant que le franc-juge avait marqué pour frapper sa victime, s'était subitement remplie de fracas et de lumière; la porte en avait été enfoncée, au milieu de ce cri : *Aux murailles!* qui courait dans toute l'étendue du château, pour éveiller les chefs et les appeler sous les armes.

Le comte de Norberg avait disparu comme un fantôme de la solitude que les pas humains font évanouir: le franc-juge était devenu invisible. Léonore, conservée à la vie par miracle, s'était réfugiée dans les bras de l'impératrice.

Au milieu de cette nuit, le siége était dans toute sa violence.

Sur tous les points où l'action était la plus vive, on voyait flotter le panache de l'un des chefs conjurés qui s'avançait le premier, croyant conquérir une province de la Germanie dans chaque pierre de la forteresse impériale qu'il envahissait. Mais le prince Job de Moravie se montrait partout à la fois comme l'âme du combat. S'il n'avait pas le commandement en titre de l'armée, sa supériorité reconnue, sa force herculéenne, la fougue et la persévérance de son courage, faisaient presque entièrement reposer en lui le sort de la bataille.

Les premières palissades emportées, les assaillants avaient pu poser des échelles au pied des murs. Les soldats y montaient, le bouclier sur la tête, le sabre au poing, tandis que, des remparts, on faisait pleuvoir sur eux des pierres, des masses de fer, des brandons rouges.

Des machines de guerre frappaient toujours de leurs lourds balanciers la base des murailles. Aux coups qu'elles portaient, on croyait sentir trembler la terre; on voyait déjà osciller ces antiques pierres, qui semblaient, comme les rochers d'alentour, tenir de la création.

L'incendie, qui s'allumait, dressait de toutes parts ses lances de feu; le pont-levis, les bastions extérieurs brûlaient; une tour écroulée allait faire, de ses décombres, des degrés pour pénétrer dans la place.

Ainsi se passaient ces heures de carnage, où chaque grain qui s'écoule du sablier est la mort d'un homme.

Au milieu de la nuit, le siége, éclairé par l'incendie, offrait un magique tableau.

La forteresse, dans le jour le plus ardent de la flamme, montrait ses formes gigantesques tout enveloppées de flèches et de pierres volantes; au loin, le galbe des montagnes était flanqué de teintes pourpres; les arêtes des rochers se sillonnaient de vives lumières, et toutes ces masses de granit flamboyantes se détachaient sur le fond des bois de sapins immuablement noirs.

Cependant, à cinquante pas de ce tumulte, de ces cris de guerre, de ces flammes, était, au bord de la prairie, un massif de mélèzes tellement haut et touffu, que la clarté de l'incendie n'y pénétrait pas, et que le bruit des armes n'y arrivait que sourd et brisé.

Un ruisseau d'eau glacée coulait dans des bords de mousse; la grande branche horizontale du mélèze étendait au-dessus sa voûte immobile; le peu de lumière qui pénétrait dans ce réduit sauvage semait son vert sombre de fines étincelles, comme par un soleil de printemps, et faisait ressortir le filet d'eau en ligne argentée.

Un homme d'armes accroupi aiguisait un large sabre à deux mains sur une pierre à fleur d'eau.

En face, se tenait adossé contre un tronc d'arbre un chef militaire à la haute taille, aux traits bronzés, marqués de fortes cicatrices; son casque détaché reposait sur l'herbe; sa cuirasse dorée était sillonnée de gouttes de sang, provenant de légères blessures dont cet homme, endurci aux travaux de la guerre, ne s'apercevait pas.

— C'est bien, disait Job de Moravie à son écuyer, la brèche de mon sabre doit être effacée.

— Encore quelques coups sur la pierre, monseigneur, et je vous le rends.

— Fais vite...

— Oui... Le siége marche bien, mais n'importe; on ne peut se passer de Votre Seigneurie à la tête des troupes.

— Je n'y retourne pas.

— Seigneur, est-il possible?

— Ne reste pas là à me regarder... dépêche-toi.

— Il faut encore effiler la pointe.

— C'est bon. J'ai en ce moment à mon service une arme plus puissante, épée et bouclier à la fois.

— Cette arme, monseigneur?

— C'est la ruse.

— Je ne comprends pas, dit l'écuyer en fronçant le sourcil.

— Tout à l'heure, dit le prince, comme je m'éloignais un instant de l'assaut pour faire réparer mon armure, je passais au pied de cette tour de l'ouest où l'attaque ne s'est pas encore portée. Derrière les barreaux d'une meurtrière, j'ai aperçu la tête d'un soldat, et j'ai aussitôt entendu ces mots : « Prince Job, revenez ici dans un instant; je serai seul au poste, et, sur le saint nom de Dieu, je vous ouvrirai la porte de la tour. »

— L'infâme!

— Non... Il appartient sans doute à cette société secrète dont les membres à double face n'obéissent point aux devoirs de la profession qu'ils exercent au grand jour, mais aux principes de leur institution occulte, qui, dans les dissensions actuelles de l'État, a déjà manifesté sa protection à notre cause.

— Mais vous... vous, mon prince, vous ne voulez pas entrer dans la place par ce moyen?

— Je veux vaincre à tout prix.

— L'avantage du combat est pour nous. Écoutez, écoutez ces cris de triomphe!... Nos soldats viennent de forcer un bastion!

— Quand des montagnes de pierre crouleraient par minute, quand des bataillons ennemis tomberaient comme un seul homme, nous ne pourrions en finir dans le reste de la nuit. Au jour, un renfort peut arriver, les serfs d'alentour peuvent s'armer pour défendre l'asile impérial... Nous serions entre deux feux... Il faut donc pénétrer dans la place...

— Par ce que vous nommez la ruse?

— Je te l'ai dit, c'est une bonne arme; elle sert depuis le commencement du monde, et ne s'est pas ébréchée.

— Je voudrais être mort avant d'avoir vu mon prince s'en servir?

— Tu t'avises d'avoir honte pour moi?...

— Non, j'ai peur... Mon prince, votre père, après avoir traversé heureusement cent batailles, est mort dans une embuscade qu'il avait tendue au feu roi de Bohême... Ils étaient dix contre un pour cette attaque... et cependant votre père est mort.

— C'est vrai.

— Monseigneur, la trahison est un pays qui ne convient pas à votre noble race, l'air qu'on y respire la tue.

— Eh bien, soit! Je risque ma vie pour conquérir la couronne de Bohême; car, dans le partage de l'empire d'Allemagne, ce beau royaume est ma part... Voyons, tends-moi mon casque, resserre mon armure... et maintenant écoute bien. Ma première idée a été d'amener des forces vers cette tour; mais un gros de soldats attirerait l'attention et la défense de ce côté... J'aime mieux tenter seul l'entreprise. Si le soldat qui a juré sa foi de m'ouvrir la poterne n'est pas un traître, tu me verras bientôt paraître au sommet de ces créneaux. Réunis en un clin d'œil mes archers; qu'ils viennent me rejoindre par le chemin de la tour; je pénétrerai, à leur tête, dans l'intérieur du château... Et, dans un instant, celui qui règne encore sur l'Allemagne sera mort, ou dépossédé.

— Que Dieu vous entende!

— Retiens bien ce que je t'ai dit. Ici, l'œil fixé au sommet du donjon, comptant les minutes, et, à mon signal, amenant rapidement des forces sur mes pas.

Job de Moravie sortit de l'ombre du massif.

— Adieu, mon prince, dit tristement en le suivant de l'œil son écuyer, qui n'avait cependant pas d'adieu à lui adresser en ce moment.

L'ami secret qui favorisait le chef des conjurés ne l'avait point trompé. Job, arrivé à la poterne obscure qu'il cherchait, la trouva ouverte. Il pénétra dans l'intérieur. N'apercevant personne dans l'ombre, il ne sut comment cette porte avait pu s'ouvrir; mais, sans s'arrêter à cet incident, il monta rapidement les degrés escarpés du donjon.

Arrivé à une certaine hauteur, il entendit le bruit de la poterne qui se refermait et des pas qui montaient derrière lui. Le soupçon le retint immobile un instant; mais il réfléchit qu'on laisserait certainement pénétrer sa troupe, puisqu'il avait des affiliés inconnus de ce côté de la place, et que celui dont il entendait résonner l'armure au-dessous de lui était sans doute le soldat qui avait favorisé son entrée.

Job continua de monter. L'obscurité de ce chemin

ascensionnel était complète; ce pas, qui montait aussi et demeurait à la même distance, résonnait toujours comme un écho du sien.

Le prince passait parfois devant les meurtrières de la tour : alors il entendait le fracas du siége retentir dans toute sa violence; et, dans cette enceinte ténébreuse, seul avec un être inconnu, le brave chef avait peur à se trouver ainsi loin du combat.

Enfin, arrivé sur la plate-forme, il se pencha sur les créneaux. Son regard embrassa le champ de bataille, que l'incendie éclairait largement de ses mille flambeaux.

Il distinguait nettement les mouvements des troupes. Les assiégeants, qu'il avait laissés sur la brèche d'un rempart, en étaient maintenant repoussés... Ils luttaient avec peine au pied des murs; quelques-uns avaient reculé jusque dans la plaine... Un mouvement d'inquiétude se faisait surtout apercevoir; des écuyers allaient, venaient, sur le terrain, cherchant sans doute leur chef de tous côtés. Les troupes des confédérés, un instant abandonnées de son commandement suprême, semblaient déjà faiblir.

Mais qu'importe! il est venu saisir l'ennemi au cœur! il va frapper sa proie, maintenant... frapper un coup mortel qui lui donnera la victoire!

A cette pensée, il relève fièrement la tête.

Son mystérieux compagnon, arrivé sur la plate-forme, se trouve alors devant lui.

Mais, au lieu d'un simple archer qu'il attendait, la clarté lui fait voir un jeune capitaine, brillamment armé de pied en cap, la visière levée et l'épée nue à la main.

Le prince, cependant, sans être retenu par cette différence d'aspect qui l'étonne sans le troubler, se penche sur le bord de la tour et donne le signal à son écuyer, fidèle au poste qui lui était assigné, et l'œil attentivement fixé sur les créneaux.

— C'est inutile, dit le jeune chevalier.

Job tressaille, et son œil sombre s'allume de surprise autant que de colère.

— C'est inutile, répète celui que le chef des conjurés avait pris pour son allié secret; vous devez le savoir, prince de Moravie, qui se fie à un traître est traître lui-même, et doit être traité comme tel.

— Le page Edgard! dit Job en toisant son interlocuteur et rappelant ses souvenirs; le favori de l'empereur... qui était au couvent de Saint-Bruneau!

— Oui, page alors, mais bientôt capitaine, pour avoir vaillamment combattu dans cette embuscade tendue par vous à votre maître; pour avoir délivré l'empereur de la prison où vous l'aviez jeté; et, bientôt peut-être, élevé à un plus haut grade pour avoir délivré l'empereur du plus hardi des factieux qui ont conspiré sa perte.

Il y eut un silence, pendant lequel Job demeura immobile avec un frémissement glacé dans les veines. Ses yeux effarés, où brillait une lueur extraordinaire, parcouraient l'immense profondeur qui l'entourait, puis le sommet de la tour, cette prison aérienne où il était venu se jeter.

Edgard reprit, comme pour aider le prince à éclaicir la situation dans laquelle il se trouvait :

— J'ai entendu, par hasard, l'offre de trahison insigne que vous faisait un misérable soldat; j'ai pensé que vous auriez la déloyauté non moins grande de l'accepter; je ne me trompais pas. J'ai tué le soldat et pris sa place, pour vous ouvrir la poterne et vous faire tomber dans votre propre piége. Maintenant la porte de la tour est refermée sur vous, et vos troupes n'en approcheront point.

L'œil de Job chercha à percer l'obscurité, sillonnée de jets de lumière, pour distinguer ce qui se passait au pied de la tour.

Il vit accourir ses braves archers, conduits par son écuyer. Mais, à peine celui-ci levait-il la hache contre la poterne, qu'une flèche l'étendit raide mort.

— Digne serviteur! dit Job dans une pensée de regret qui passa au milieu de l'orage de son âme, voilà du moins ton vœu accompli, tu n'as pas survécu à l'honneur de ton maître.

D'autres archers, qui approchèrent de la tour, eurent le même sort; chacun d'eux tombait en touchant cette porte fatale.

Job détourna la tête, des imprécations sourdes s'échappaient seules de ses lèvres.

Le jeune capitaine de l'empereur reprit :

— Vous seul, sans défense, dans la forteresse ennemie, monseigneur Job. Moi, qui vous tiens en mon pouvoir, qui n'ai qu'à descendre quelques marches et ouvrir une porte, pour vous faire saisir et jeter vivant dans les mains de l'empereur, je ne veux pas vous livrer traîtreusement à mon tour; je veux un combat égal entre nous.

Le visage de Job s'était couvert d'une teinte pourpre, sur laquelle blanchissaient ses rudes cicatrices.

— Vous avez donc beaucoup à demander à l'empereur, jeune homme, dit-il avec ironie, puisque vous voulez tenter pour son service une dangereuse lutte?

— Vous voilà bien, chevaliers dégénérés de nos jours! Manœuvres de combats, vous n'y voyez plus rien que le gain ou la rapine... L'honneur des armes! vous avez même oublié qu'il existât!

En ce temps-là, on ne discutait guère qu'à coups de sabre. Job répondit en mettant le fer à la main.

Les deux adversaires se portèrent longtemps des coups aussi habiles que vigoureux; leurs armes se croisaient, tournoyaient, volaient, d'un mouvement si rapide, qu'elles se confondaient en un cercle d'acier, dans lequel venait se réfléchir la lueur rouge de l'incendie.

Le prince de Moravie avait la force du bras, la hauteur de la stature, la longue science des combats mais séparé de sa troupe, perdu par sa faute, puisque, s'il tuait son adversaire, il ne trouverait pas, même en passant sur le corps du jeune capitaine, de chemin pour la fuite, il y avait en lui, sous l'impétuosité de ses coups, un profond abattement, une rage sombre et désespérée.

Edgard, au contraire, avait l'ardeur de l'espérance. De quelle auréole cette heure allait illuminer sa vie!... Souple, léger, impétueux, il enlaçait son ennemi de mille nœuds; l'enthousiasme, cette force qui n'a pas de pareille, l'élevait au-dessus de lui-même; le sourire était sur ses lèvres, et son âme chantait, tandis que sa poitrine se sillonnait de blessures.

Ils luttèrent ainsi longtemps, tantôt avec l'adresse de deux champions qui mesurent leurs forces, tantôt avec l'emportement furieux qu'inspire un combat sans fin. Il semblait que leurs armures, trempées comme leur courage, fussent indestructibles aussi : ni l'une ni l'autre des cuirasses ne s'était rompue dans ces chocs violents, leur miroir pur brillait encore, marqué de quelques gouttes de sang.

Mais, tout à coup, la tour trembla sous leurs pieds, et il roula dans l'air un bruit épouvantable.

Les combattants baissèrent ensemble leurs armes et regardèrent au-dessous d'eux.

Un amas de sombre poussière remplissait l'espace. Ce ne fut que lorsque cet épais nuage retomba en partie et s'éloigna dans le cours du vent, qu'on put distinguer le champ de bataille.

Le principal rempart venait de s'écrouler. Sur une arène, couverte de corps sanglants, de débris d'armures, de pierres noircies, la masse imposante de décombres s'avançait, roulante encore, et, pour le moment, formant le désert autour d'elle.

Au bruit tonnant et sinistre de la démolition succédèrent bientôt les cris retentissants des soldats, le son des trompettes qui les ramenaient à la charge.

A peine un regard avait-il eu le temps de tomber sur le tableau de ruines, que déjà les deux troupes étaient revenues aux mains.

Les deux partis, qui n'étaient plus séparés alors par la ligne des fortifications, se confondaient, s'enlaçaient, se pressaient dans les bras l'un de l'autre, pour se mieux détruire; ils se frappaient au cœur avec l'épée, le sabre et la hache, combattant à la fois sur la brèche, sur les décombres et dans la plaine. La mêlée offrait une masse compacte, vague et terrible; c'était un océan soulevé par la tempête, et qui avait pour mugissement la voix humaine.

Cependant depuis la disparition du prince de Moravie, le désordre devenait visible dans les rangs des confédérés. Ils avaient perdu leur premier avantage, et ce changement de fortune, par les mouvements passionnés de terreur ou d'espérance qu'il soulevait, donnait plus de ressort au combat; de tous côtés éclataient des cris d'enthousiasme ou de désespoir, de mort ou de triomphe.

Les assiégeants, quelles que fussent leurs pertes, ne voulaient pas reculer; l'ardeur de leur âme se soulevait et combattait mieux encore que leurs lances. Au milieu même des soldats de l'empereur, ils escaladaient les derniers bastions; les échelles rompues, ils montaient les uns sur les épaules des autres; des coups de hache fondaient sur leurs têtes; mais ils ne tombaient morts que pour être aussitôt remplacés par celui qui venait vaincre... Tantôt leurs bataillons offraient de larges vides pratiqués par la mort; tantôt ils semblaient se multiplier par les ressources et l'impétuosité du courage. La bannière des princes, dans ses ondulations impétueuses, parfois se retirait jusqu'aux confins de la vaste prairie, et, presque au même instant, revenait flotter aux portes de la citadelle.

Le chef de ces intrépides soldats, fatalement enchaîné au sommet de la tour, souffrait mille morts d'être ainsi exilé du combat, de ne pouvoir se mêler aux efforts des siens.

Il s'éloigna subitement des créneaux pour s'arracher à cette vue, et, dans l'étroite plate-forme, il tournait sur lui-même, en rugissant de colère comme un lion prisonnier.

Depuis un moment, il avait tout-à-fait oublié son adversaire; mais, le trouvant alors devant ses yeux, il fondit sur lui à l'improviste, et son énorme sabre alla frapper en pleine poitrine le jeune capitaine.

Edgard, d'un bond léger, se déroba en partie à la force du choc, et le combat, ainsi brutalement recommencé, se poursuivit quelque temps avec un acharnement furieux.

Comme ils étaient plus étroitement enchaînés l'un à l'autre par les étreintes de la haine, les deux champions virent soudain leurs armures d'or et d'acier resplendir d'un éclat extraordinaire, et former une éblouissante auréole autour d'eux.

De hautes flammes pointaient alors, comme des créneaux lumineux, au sommet de la tour.

L'incendie, depuis quelque temps, montait contre ce grand cylindre de pierre, que ses langues de feu effleuraient sans pouvoir l'entamer. Il s'était pris, en pénétrant par les meurtrières, aux planchers des divers étages, dont les poutres rompues croulaient avec un bruit profond; puis ses rouges serpents, courant contre la muraille en dévorant les plantes pariétaires qui en garnissaient les joints, venaient d'arriver sur la plate-forme, où les flammes se développaient plus largement en embrasant les énormes touffes de ronces et de lierre qui s'y amassaient depuis des siècles.

Les deux acteurs du combat singulier se trouvèrent alors séparés de tout le reste de l'espace, dans un cercle de feu qui brisait les liens de la tour au château, et coupait la retraite derrière leurs pas.

Tous deux allaient être à la fois emportés par l'incendie, mais ils devaient mourir en combattant.

Le feu était alors si intense de ce côté, que les autres parties de l'horizon semblaient obscures.

Cette vive lumière attire tout à coup vers la tour les regards des deux armées aux prises dans la plaine; on voit, on reconnaît ces deux chefs luttant à une si grande hauteur dans l'éther enflammé.

Soudain les troupes restent ensemble immobiles, pétrifiées; les flèches demeurent à la main, les haches d'armes, brandies, ne laissent pas tomber leurs coups: toute l'ardeur des soldats a passé dans leurs regards.

La figure, les armes des deux champions, se distinguent nettement. On voit, comme dans un tableau magique, le groupe mobile de ces deux belliqueux fantômes. Au faîte de cette immense colonne qui vacille, ils n'ont de la terre que juste ce qu'il faut pour y poser le pied, et combattent dans le ciel. Les flammes, que le vent détache du corps de l'incendie et balance dans l'air, les environnent d'une orbe lumineuse, au milieu de la sombre immensité.

Les deux armées sentent instinctivement que toute l'âme du combat a passé dans les deux chefs, qui vident, dans leur lutte, la guerre générale; que le succès de l'un des deux, la défaite de l'autre, entraîneront le sort de leurs partis.

La foule armée reste fixe, béante, et n'a plus d'existence qu'un sein qui palpite d'attente.

Cependant Edgard et le prince Job, acharnés combattants, sans cesser de lutter, voient le danger, la mort certaine qui les entoure. Ils se battent alors pour se battre, parce qu'ils ne peuvent plus remonter ce courant de leur rage qui les entraîne. Et, dans un instant, vainqueur et vaincu seront entraînés dans le même tombeau.

— Sentez-vous le sol qui tremble sous nos pieds? dit Edgard en parant un coup de son adversaire; nous ne descendrons pas d'ici vivants.

— Vous l'avez dit, répond l'athlétique guerrier en frappant avec plus de violence.

Il ajoute, avec un rire sauvage:

— Il est clair que ce n'est plus pour l'empire de la Germanie que nous combattons, mais pour notre bon plaisir.

— Plus pour ce monde, dit Edgard en faisant jaillir un éclair de l'armure de son ennemi; mais pour savoir qui emportera le nom de vainqueur dans l'éternité.

Job, d'un revers de sabre, renverse le casque du jeune capitaine, dont la tête nue se montre ardente des reflets de la flamme, et répond:

— Pour une chimère qui va mourir avec nous!

— Pour Dieu qui nous regarde! dit Edgard.

Le prince a usé tous les coups de son bras; étouffant d'impatience, bouillant de rage, il fait quelques pas en arrière, pose le pied sur la crénelure ardente de la tour, et va se jeter de tout le poids de son corps de fer sur son jeune adversaire.

Mais Edgard se courbe, son fer a rencontré un joint de cuirasse, et se plonge tout entier dans les flancs de Job.

Celui-ci, renversé en arrière, chancelle un instant; du sommet immense, son corps, lancé dans l'espace, y fait siffler les airs et tombe précipité dans l'abîme, d'où retentit un bruit lugubre.

Un cri prolongé parcourt l'étendue de la plaine, couverte de soldats, comme un écho de ce bruit de mort.

La chute de Job de Moravie est le signal de la déroute entière des troupes ennemies, décimées et faiblissantes. Les assiégés font une sortie plus vigoureuse, mettent en fuite le reste des combattants, et il ne reste bientôt plus sur le champ de bataille, au milieu des décombres fumants de la forteresse, que des armures brisées, des bannières, des corps sanglants, parmi lesquels on reconnait les panaches du duc Ulric de Wurtemberg et du comte Hermann de Silésie.

A peine la victoire est-elle décidée pour le parti de l'empereur, que la tour, minée par l'incendie, s'écroule avec un fracas épouvantable; et cette destruction, dont le bruit éclate et gronde en même temps, est le dernier accent du combat qui s'éteint.

L'empereur, pendant le siége, n'avait pas quitté le commandement des remparts; car Winceslas possédait, à juste titre, ce courage physique que l'animal sauvage met en œuvre pour conserver son antre.

Dès que la délivrance et la sécurité furent venues régner autour de la forteresse ruinée, mais victorieuse, les femmes, pendant le combat enfermées en prières sous les voûtes centrales et impénétrables du château, se répandirent au dehors sur l'emplacement des fortifications, qui n'étaient plus qu'une couche montagneuse de pierres noires et ensanglantées, où de vagues lignes laissées par les remparts marquaient à peine leur gigantesque dessin.

Le jour se levait, blanc et voilé par une intense gelée; l'incendie laissait éteindre ses flammes rampantes sur la terre; les larges plans de ces lumières différentes répandaient leur double effet sur ce tableau saisissant de ruines.

Les seigneurs alliés rassemblaient leurs bannières autour de l'empereur; les officiers de la cour, la princesse et ses femmes, se pressaient à ses côtés; des mouvements animés, un bruit confus de paroles, exprimaient l'agitation heureuse de ce moment.

Mais, de toutes parts, on appelait le vainqueur de Job de Moravie. On interrogeait vainement chaque point de l'espace. Le jeune héros, dont le combat singulier avait décidé du salut de la forteresse, avait dû être enseveli dans ses décombres.

A l'instant, d'un monceau de ruines qui s'élève plus haut et plus sombre à la place où fut une tour, on voit descendre Edgard, léger, les cheveux au vent, le visage empreint d'une rougeur éclatante, et tout illuminé de bonheur.

En quelques bonds agiles, rapides, il s'est précipité sur l'esplanade, et vient, beau et fier, déposer son épée aux pieds de l'empereur.

Dans la chute de la tour, le jeune capitaine avait été jeté avec un bonheur inouï sur une toiture voisine, et la flamme, en se retirant, venait de lui laisser un passage pour redescendre sur le terrain.

— Je ne sais que te donner, mon vaillant chevalier, dit Winceslas. Tu as sauvé, cette nuit, le trône de l'Allemagne; tu es plus riche de cette gloire que je ne te pourrais faire!

Le prince disait vrai; mais la récompense que le souverain ne pouvait lui donner, Edgard la trouvait dans le regard de Léonore.

Le château avait tellement souffert du feu et du choc des batteries, qu'aucun endroit de ses murs n'offrait d'asile sûr. On établit un bivac au dehors

Des tapisseries, des enveloppes de fourrure, furent déménagées de la ruine et apportées en plein air. On venait de passer un de ces moments terribles, après lesquels tout ce qui succède semble bon et charmant: les officiers, les femmes de la cour, se faisaient un triomphe de découvrir et d'enlever, sous les débris des murailles croulantes, des pains, des viandes salées, des flacons et des coupes, et apportaient des corbeilles pleines de leurs conquêtes

Nulle tristesse ne se mêlait à ce désastre pour parti de l'empereur. On avait perdu l'antique Conrad-Bourg, ses forts héroïques, ses trophées d'armes séculaires; mais on conservait l'Allemagne, antique aussi, et largement pourvue de gloire et de richesses.

Une tente fut dressée pour les princes et leur suite; on y apporta tout ce qui pouvait garantir du vent et du froid, ainsi qu'un repas matinal. Les troupes campèrent dans la prairie. D'immenses tables, formées de débris de charpentes appuyées sur des tronçons de pilastres, furent couvertes de mets substantiels: les officiers y prirent place; les pains, les viandes, les brocs de bière, circulèrent parmi les soldats groupés au pied des arbres.

Sur ce champ de bataille, on voyait de toutes parts des armes posées en faisceaux auprès des soldats occupés à boire, des armes encore suspendues aux branches des saules, et, dans les hautes herbes, des morts gisants, la face au ciel, les bras ouverts et désarmés.

Winceslas, de sa tente aux rideaux relevés, contemplait, d'un côté, sa forteresse détruite, le seul asile qui eût tenu bon pour lui, renversé et ouvert maintenant à tout vent; de l'autre, ses troupes mal équipées, diminuées encore dans ce dernier combat, et prenant un repas au hasard, en plein vent. Il méditait la régénération de son empire; car cette nuit l'avait délivré de ses ennemis nés, de ses grands vassaux, presque aussi souverains que lui, et qui se levaient toujours dix contre un. Maintenant les chemins de la Bohême étaient libres devant ses pas, l'air, toujours infesté de troubles politiques, venait de s'épurer, la royauté pouvait respirer en paix.

Une fois enfin l'inquiétude morose qui semblait inhérente au rude visage de Winceslas venait de faire place à un nouvel aspect d'épanouissement et de confiance orgueilleuse.

Pour Sophie de Bavière, cette princesse si insouciante de sa grandeur, on eût dit que, pour la première fois, elle s'intéressait ardemment au succès du parti impérial. Un éclat gracieux, une gaieté extraordinaire, paraissaient en elle; son œil était brillant, sa parole vive et animée.

Aux premiers bruits de guerre, Sophie, égarée par la terreur, s'était enfuie seule dans la petite chapelle abandonnée qui touchait au château; faible abri sans doute, mais où la présence de Dieu la rassurait mieux que de fortes murailles, et qui, en effet, avait été miraculeusement préservé de toute atteinte. La princesse n'en était sortie qu'à l'issue du combat, où elle paraissait avec cet aspect de bonheur étrange. En réalité, Sophie savait à peine, en ce moment, si sa couronne était affermie ou perdue; mais une joie immense de cœur avait marqué sa veillée dans le temple, et fait disparaître tout le reste autour d'elle.

La journée touchait au milieu de son cours, et les guerriers fatigués, qui avaient fait place aux buveurs infatigables, étaient encore à table.

On entendit, dans le lointain, des chants d'église qui se rapprochaient lentement.

Winceslas fut plus frappé que tout autre de ces accents lugubres; il se leva de table en fronçant le sourcil, et plongea son regard le long du rideau de saules où les chants se faisaient entendre.

Il en vit bientôt sortir une longue file blanche, et reconnut les moines de Saint-Bruneau, qui arrivaient processionnellement, la bannière en tête.

A l'aspect de ces traîtres enfroqués qui l'avaient si indignement livré, Winceslas bondit de colère et porta la main à son épée. Il allait les accueillir au gré de ses désirs belliqueux, quand ses officiers le retinrent vivement.

La croix protégeait les audacieux; ils étendaient sur

eux l'abri de leurs chants sacrés; les soldats, qui chargeraient volontiers les moines le jour où ils les rencontreraient sous la cuirasse, en les voyant dans leur saint ministère, prendraient parti pour eux contre la volonté impériale; une goutte d'eau bénite mettrait toute cette armée en fuite ou lui ferait courber les genoux.

Le prince fut donc forcé de comprimer son ressentiment: il regarda s'avancer les religieux.

Ceux-ci rassemblèrent leur procession dans la plaine, et, en face de toute l'armée victorieuse, se mirent à rendre les devoirs funéraires au corps du prince Job de Moravie et à ceux des autres chefs confédérés qui avaient succombé dans le combat.

Le prieur, ayant à ses côtés l'imposant moine au chapelet d'or, lut les prières des morts sur les dépouilles inanimées des princes, tandis que les moines agenouillés écartaient les bruyères des corps couchés sur la terre, pour qu'ils reçussent l'aspersion d'eau lustrale, et répétaient en chœur les versets des psaumes.

A ces prières qui se faisaient entendre, le capitaine Edgard, pieux autant qu'il était brave, et sans rancune contre les moines de Saint-Bruneau, accourut s'agenouiller à leur côté et se mit à prier avec une ferveur naïve pour l'âme du prince Job, qu'il venait de tuer.

En ce moment, le moine au chapelet d'or se pencha vers Edgard, et lui dit à voix basse :

— Jeune homme, vous avez vaillamment combattu contre les prétendants à l'empire. Vous vous entendez en fait de souveraineté... Soyez béni pour le courage et la bonne volonté qui habitent en vous.

Edgard ne comprenait guère ces louanges de la part des alliés des princes, mais il les recevait avec la même reconnaissance.

Pendant ce temps, Winceslas était pourpre de colère comprimée. Il lui semblait que ces ennemis morts, à qui on rendait ainsi les honneurs funéraires sous ses yeux, le bravaient plus orgueilleusement de leur couche mortuaire que lorsqu'ils se soulevaient contre lui la lance au poing.

La gravité paisible et l'assurance du moine au chapelet d'or, dont la voix l'émouvait péniblement, même au milieu du chœur de ses frères, semblait lui dire que ses malheurs n'étaient pas à leur terme.

Il vit encore les moines, la cérémonie achevée, poser les corps des princes et des officiers morts à leurs côtés sur des brancards préparés à cet usage, et les emporter avec eux pour leur donner la sépulture dans les caveaux du monastère.

Ces soins accomplis, la procession reprit sa marche solennelle et lente, et s'éloigna avec autant de calme qu'elle était venue.

Cet incident avait fait reparaître toute la sombre humeur de Winceslas. Cependant l'empereur n'avait pas le temps de se livrer à ses amers ressentiments; il lui fallait, au plus tôt, aller prendre possession du palais de Prague, et reparaître en souverain devant son peuple.

Sophie de Bavière implora de l'empereur la permission de rester à Conrad-Bourg avec ses femmes, pendant les premiers jours de la réintégration, qui pouvaient être marqués encore de quelques troubles populaires.

Un corps de bâtiment de la citadelle était encore habitable. Winceslas ne vit pas d'inconvénient à ce que l'impératrice demeurât quelque temps au milieu de ces ruines, puisque c'était là sa royale fantaisie. On laisserait à la princesse une garde suffisante pour sa personne; et, d'ailleurs, après l'extinction complète de l'armée des conjurés, la campagne devait être pour longtemps balayée d'ennemis.

Quelques heures après ces arrangements pris, l'empereur et ses troupes partaient pour la capitale

XXIV

LES CERCUEILS

Pendant ce temps, la bannière religieuse ramenait au couvent la procession des moines de Saint-Bruneau. Les morts, relevés du champ de bataille, étaient portés sur leurs brancards au milieu du cortége, et accompagnés des chants sacrés qui s'élevaient, dans toute leur paisible gravité, après le coup d'État que l'audace monacale venait d'accomplir.

Parmi les dépouilles des chefs militaires qui avaient succombé sous les murs de Conrad-Bourg se trouvait le comte de Norberg.

Le franc-juge, sorti de la tour au moment où les flammes venaient l'assaillir, emportant avec lui des passions violentes qui le rendaient aveugle au tumulte du combat, avait été atteint mortellement d'une des premières flèches lancées de la forteresse, il était tombé sans vie parmi les rangs des assaillants.

Les supérieurs de Saint-Bruneau, frappés, à la vue du comte de Norberg privé de l'existence, d'une douleur secrète, avaient fait emporter religieusement son corps.

En entrant au monastère, les religieux donnèrent leurs premiers soins à l'ensevelissement des morts. Les corps furent lavés, parfumés; enveloppés, pour linceul, de leurs manteaux de guerre, et recouverts de leurs armes. Puis on les transporta à l'église, où ils furent déposés dans des cercueils découverts, et rangés sur une estrade, devant la grille du chœur.

Des frères du couvent, qui devaient se relever d'heure en heure, restèrent apposés à la garde funèbre; ils tenaient de la main droite le christ, qu'ils regardaient en récitant leurs prières; et, de la gauche, pendante à leurs côtés, la sonnette destinée à donner avertissement, si l'un des chevaliers venait à s'éveiller du sommeil de la mort.

Des étrangers avaient pris, ce soir-là, asile dans la communauté. Arrivés à la nuit tombante, ils avaient été reçus par le moine au chapelet d'or.

En assistant à la réunion des francs-juges, dans les souterrains du mont Granort, nous avons dit que, près d'Arnold, le grand maître du tribunal secret, siégeaient deux autres chefs de l'institution suprême. De ces deux chefs, vivant d'une autre existence et paraissant sous une autre forme au grand jour, l'un était le moine au chapelet d'or; l'autre, le comte de Norberg.

Le premier, connu dans la Bohême, où il avait tenu un rang élevé, se dérobait aux regards sous la robe de moine, dont le capuchon couvrait toujours son visage, et, lorsqu'il n'était pas caché dans les ombres du souterrain, empruntait celle du cloître. C'était par lui que les moines de Saint-Bruneau avaient été entraînés dans le parti des princes ennemis de Winceslas.

Le second des grands-juges, le comte de Norberg, avait reçu le rôle, plus pénible et plus répulsif aux sentiments d'orgueil et de dignité personnelle, d'habiter la cour au nombre des officiers de l'empereur, afin d'éclairer la société secrète sur les faits et gestes du souverain de Germanie et de ses grands vassaux. Dévouement absolu et douloureux, dans lequel il fallait passer par l'opprobre de la dénonciation, pour servir la cause commune des invisibles.

Vers dix heures, tout le couvent était endormi, et l'église seule restait éclairée pour la veillée funèbre.

Au centre de la nef, où tombait là clarté de la lampe perpétuelle, étaient Job de Moravie, Albert de Saxe, et, un peu plus loin, le comte de Norberg, reposant dans leurs cercueils, à visage découvert. A côté des princes étaient les corps de leurs grands officiers morts en combattant auprès d'eux. Les tombes, rangées sous les arceaux de l'église, continuaient cette ligne mortuaire jusqu'à une étendue profonde, où la lumière décroissait peu à peu, et allait se perdre sur les arêtes des pilastres et des marbres funéraires.

La figure bronzée et cicatrisée du prince Job, entourée de ses cheveux noirs en désordre, paraissait plus dure et plus menaçante dans sa roideur immobile. Job avait trouvé la mort dans un acte de trahison, et ses traits, sur lesquels toute lumière était éteinte, respiraient encore la haine et la colère : son dernier soupir avait été une contraction de désespoir.

Cette sombre figure dominait entre les morts, qui, placés de chaque côté, se perdaient peu à peu dans l'ombre.

Des moines, agenouillés devant les cercueils, psalmodiaient les psaumes funèbres; leur chant, assoupi et berçant comme celui d'une mère auprès de son enfant, semblait vouloir endormir paisiblement ces guerriers dans le sommeil éternel.

Au milieu de ce murmure monotone, le son d'une des sonnettes que tenaient les religieux se fit soudain entendre, et toutes les autres y répondirent.

Un frère avait cru voir le mort près duquel il veillait se soulever lentement dans son cercueil. Quelle que fût l'immobilité qui succédât à ce mouvement imaginaire ou réel, on pensa devoir avertir en toute hâte les pères du couvent.

Les supérieurs sortirent de leurs cellules à cet appel; mais le frère gardien qui venait de l'église annonça que c'était le corps du comte de Norberg qui avait laissé apercevoir, à ce qu'on croyait, un signe d'existence, ou peut-être le mouvement de l'être tourmenté qui s'agite encore dans le trépas. Alors le moine au chapelet d'or demanda de descendre près de lui, seul, avec les étrangers qui étaient venus passer la nuit dans le monastère.

Ces derniers étaient des francs-juges qui s'étaient fait reconnaître de leur dignitaire établi dans la communauté, et avaient été admis par lui à prendre asile dans la maison.

Il ne se trouvait donc, en ce moment, que des membres du tribunal secret réunis autour du cercueil de Norberg, et les frères veilleurs qui avaient repris leur place en silence.

Un des francs-juges inclina un cierge sur la tête du mort, et tous, émus jusqu'au fond de l'âme, examinèrent avec une espérance bien faible cette belle et noble figure de leur grand maître, que de hautes vertus avaient fait entourer de respect et d'admiration dans le sein de la société secrète. Mais, sur ses traits, qu'ils interrogeaient avidement, ils ne purent rien découvrir que le froid et l'immobilité de la mort, et ils se dirent tristement l'un à l'autre que tout était fini pour le grand-juge.

Le dignitaire du tribunal secret qui portait la robe de moine étendit alors ses mains sur la tête de Norberg, et prononça d'une voix solennelle :

— Remonte au ciel, toi, notre frère bien-aimé! toi, le plus juste et le plus illuminé d'entre les voyants et les sages; tu as accompli ta carrière au milieu du courage, de l'honneur et de la vertu

— Du désespoir! dit la voix du mort.

Les francs-juges reculèrent d'épouvante, glacés jusqu'à la moelle des os, d'entendre une parole sortir de ce cercueil, et de ce mot lui-même, qui semblait venir leur révéler un secret épouvantable et désolant de l'autre monde.

Le comte de Norberg, mortellement blessé dans son passage au travers du combat, et ne donnant plus aucun signe de vie, avait repris ses sens depuis qu'il reposait dans l'église ouverte aux dépouilles des chevaliers. Mais, si le serment terrible qui liait les francs-juges l'avait empêché de se donner la mort au milieu de ses plus cruels tourments, il ne le forçait pas, du moins, à la repousser quand elle venait d'elle-même terminer ses souffrances. Ainsi Norberg avait laissé ses yeux fermés, il était demeuré immobile devant les gardiens des morts. Il sentait le sang épanché de sa blessure rouverte couler à flots sous ses vêtements, et il attendait la mort... ange du repos, seul prié, seul adoré par ceux dont la vie ne peut être que douleur!

Mais, aux accents qui s'étaient fait entendre près de lui, le franc-juge avait reconnu qu'il était entouré de ses frères, et un mot de vérité terrible était sorti de sa bouche; dans le dernier moment, la vérité parle seule, qu'elle soit une confession ou une plainte. Le voile de tristesse qu'on avait toujours vu étendu sur les traits de Norberg venait enfin de se soulever et de montrer qu'il recouvrait une âme plus triste encore.

Norberg retrouva alors la force de faire quelques mouvements, appuya son bras sur le bord du cercueil, et soutint sa tête dans sa main.

L'étonnement, le soulagement extrême de le revoir vivant, régnèrent d'abord autour de lui, et les francs-juges, l'entourant, voulaient l'emporter dans leurs bras, loin de cette enceinte mortuaire.

— Non, non, dit-il d'une voix entrecoupée, ma vie s'éteint... Quelques instants pour vous dire adieu... c'est tout ce qu'il me reste.

Les assistants allaient se hâter d'appeler des secours.

— Restez, mes frères, reprit Norberg; vous ne pouvez rien pour me sauver, je vous le jure... Mais vous pouvez bénir pour moi la mort qui s'approche et va couvrir de ses ailes sombres les fautes et les malheurs de ma vie.

Rappelé alors au souvenir du premier mot que le mourant avait prononcé en rouvrant les yeux, le grand-juge, dont un nuage sombre couvrit les traits, se plaça devant Norberg.

— Des fautes, dit-il d'une voix profonde; cet aveu dans la bouche d'un sage est aussi triste que surprenant. Quelle faute, mon frère, as-tu donc pu commettre?

— Le regret de ma tâche.

— Tu as pu te plaindre de ta grandeur?

— Elle était au-dessus de l'humanité.

— Toi, qu'on a toujours vu dans le sanctuaire ferme comme les rochers qui le soutiennent, courageux comme le Christ, et inflexible comme le poignard du bourreau!

— Il était encore du devoir de paraître fort et calme, et je me suis fait un visage de marbre; mais tous les tourments refoulés dans mon sein n'en ont été que plus cruels.

— Toi, qui avais reçu plus qu'aucun des voyants le rayon de la lumière divine!

— Lumière terrible, croyez-le bien! Celui qui porte au front cette flamme immortelle, comme le cierge consacré qui brûle ici, n'éclaire qu'en se consumant.

Norberg souleva lentement la tête, et fixa un regard contemplatif sur les statues des saints confesseurs répandues dans l'église.

— Dieu, dit-il d'une voix sourde, a plusieurs martyrs : celui qui meurt sur le bûcher, dans l'arène des lions ou au sein des supplices, et celui qui, attaché par une foi sans bornes, par une volonté inflexible, à une loi au-dessus des forces mortelles, se fait son bourreau lui-même, déchire son cœur et tout son être sans jeter un cri de souffrance, immole incessamment l'humanité sous les regards du Dieu qui habite en lui.

Les assistants frémissaient à ce langage si nouveau dans la bouche d'un sage.

— Écoutez-moi, mes frères, dit Norberg en rappelant les derniers souffles de son sein; car, avant de mourir, il faut que je vous fasse connaître la vie d'un franc-juge, à vous, qui ne vous connaissez pas entièrement vous-mêmes.

Une sueur glacée coulait du front de Norberg, son œil voilé imposait la crainte et le silence, sa voix, froide et lente, semblait venir d'une profondeur mystérieuse.

— J'ai été bien jeune parmi les initiés, dit-il. C'est dans cet âge d'épanouissement et d'amour, où le bonheur est le droit de l'homme, qu'ont commencé mes terribles épreuves. J'étais né d'ancêtres illustres, signalés surtout par la fidélité au souverain; de guerriers dont la bravoure était toute de dévouement, et qui se montraient, dans leur gloire, aussi généreux que vaillants... Et moi, je ne dus ceindre l'épée de chevalier que pour pouvoir paraître à la cour de l'empereur, l'épier, le trahir, le dénoncer à votre tribunal... Et, quand je retournais au château de mes pères; quand les statues de ces preux, debout sur leurs tombeaux, me montraient à leur front des palmes glorieuses, j'apportais devant eux, pour mes trophées à moi, le mensonge qui venait de sortir de ma bouche, la dénonciation chaque jour accomplie...

— O mon frère! interrompit le grand-juge, tu savais bien alors mépriser les sentiments d'honneur, de dignité vulgaire, et voir combien est plus difficile et plus grand l'abaissement sublime qui sert la sainte cause.

— Ma foi n'a jamais failli. Aujourd'hui, cependant, dit Norberg en montrant le corps des princes, je rends grâce au sort qui m'arrache au mensonge à mes derniers instants, et me fait mourir du moins parmi les ennemis de Winceslas.

Le sang était près de s'épuiser dans les veines du mourant, et il reprit d'une voix plus faible :

— Des sacrifices plus cruels commencèrent aussi pour moi. Un coupable fut condamné par vous; les vengeurs durent le poignarder partout où ils le rencontreraient. Le condamné était mon frère; et, un soir, comme j'arrivais dans la maison paternelle, cet enfant, tendre et confiant, vint au devant de moi. . je le frappai... Il expira sous mes yeux, à quelques pas de ses parents, et seul dans cette campagne lugubre!... O rivage sombre du fleuve, fanal qui jetais des lueurs rouges dans les profondeurs des arbres, vous apparaissez partout sur mon chemin, vous êtes encore là, dans les murs de cette église, pour me montrer la scène sanglante... La soirée était obscure, la campagne solitaire; ma sœur, cependant, avait eu le temps de reconnaître le meurtrier... Elle garda le secret; mais, comme ceux qui ont bu le poison sans pouvoir en mourir, elle porta toute sa vie la pâleur mortelle de ce secret qui habitait en elle... J'avais tué mon frère, je n'eus plus de sœur... je ne fus plus que le génie funeste de la famille portant encore le nom de Norberg!...

— Insensé! dit le moine au chapelet d'or; quand tu étais le générateur du monde, quand l'humanité tout entière était la famille que tu portais dans ton large sein, pouvais-tu regretter les étroites et périssables amours que la nature t'avait données?

— Je me suis tu assez longtemps, répondit le franc-juge mourant; laissez le cœur qui se déchire exhaler une fois ses plaintes... Vous ne savez pas ce que j'ai souffert dans la solitude éternelle où la grandeur funeste de ma mission me retenait.

— Il faut vivre isolé des peines et des joies de la terre, pour recevoir sans cesse l'inspiration divine; elle ne va pas chercher l'homme dans la foule. Mais elle doit détacher de tout... Honte à celui qui se voit chargé d'un suprême devoir, et qui aspire au bonheur vulgaire des hommes.

— Oh! si un seul lien avec eux m'eût été permis. Si l'amitié, du moins... Souvenir affreux... Une fois, j'avais cru avoir un ami... le comte d'Hasting... Et vous avez tracé la croix de sang au-dessous de son nom, vous avez cloué l'arrêt de mort au seuil de sa demeure, il a été voué au poignard du vengeur...

— Pour d'odieuses exactions sur le peuple.

— Je ne pouvais plus voir son crime, lorsque, dans toute la force et la beauté de l'âge, il expirait au pied de cet arbre, dans cette lande sauvage... Je ne voyais que son regard éteint, reconnaissant le fer sacré qui l'avait immolé; puis, se tournant vers moi avec plus de pitié que de colère... car mon bras mal assuré n'avait pas su donner la mort en même temps que le coup porté... et il y eut encore entre nous quelques minutes muettes où purent s'échanger les mouvements de nos cœurs, où purent se montrer sur nos traits l'étonnement, l'horreur de la nature pour cette loi terrible qui vit de meurtres et de larmes.

Norberg releva la tête dans une exaltation délirante.

— O mon Dieu! dit-il, est-il bien vrai? faut-il tant de sacrifices à tes desseins secrets? faut-il tant de victimes immolées aujourd'hui pour évoquer un glorieux avenir? faut-il que tous ces chênes soient arrosés de sang pour que la Germanie reverdisse?

Puis, se soulevant à demi de son cercueil :

— Religion effrayante, dit-il, où le devoir terrible, retombant sur celui qui l'exerce, est l'arme du suicide; culte horrible, où la première victime est le prêtre... Que de fois, ajouta-t-il en mettant la main sur sa poitrine, j'ai senti le froid du fer que je plongeais dans le sein d'un autre, la douleur atroce de la mort que je donnais... Oh! continua-t-il avec le sourire cruel du désespoir, on accuse les francs-juges d'être sans pitié pour leurs victimes; mais, Dieu le sait, ils souffrent bien plus qu'ils ne font souffrir, ils ont bien assez à faire à se plaindre eux-mêmes.

— Lâche et coupable terreur, dit le grand-maître; la mort n'est envoyée qu'aux criminels.

— Faut-il donc, dans cette loi, songer toujours à la punition, jamais à la récompense?

— En effaçant les méchants de la terre, on récompense les bons; l'air devient plus pur autour d'eux, l'espace plus libre sous leurs pas.

— O mystère! où l'esprit, battu par la tempête, finit par s'abîmer... Heureux, reprit Norberg en montrant les cadavres qui l'entouraient; heureux ces hommes qui dorment là; ils n'ont jamais pensé plus que dans ce moment où la mort glace leur front; éternels batailleurs, ils n'ont eu d'autre existence que celle de leur épée, qui combat à outrance et se brise... Et ces moines, regardez-les!... Pendant que les efforts de l'âme qui s'agite dans sa lumière viennent me posséder jusqu'à ma dernière heure, ils disent leur chapelet, glissant tous les grains dans leurs doigts, sans rien comprendre aux paroles d'angoisse qui s'exhalent auprès d'eux.

— Sans doute, mon frère, l'esprit est comme la feuillée des arbres, agitée sur la hauteur où règnent les vents, calme dans les bas-fonds où elle rampe sur la terre.

— Grandeur funeste!

— Oh! dites bienheureuse! Rien n'égale la joie de l'homme rempli de la loi divine, quand il a tout sacrifié à cette loi; quand il voit l'enthousiasme formidable qui le possède soumettre le monde entier à sa puissance!

— Puis un jour vient, un jour terrible, où le triomphe est changé en martyre... Écoutez, mes frères, car le temps presse... la plainte n'est jamais sortie de ma bouche; j'ai cédé sans résistance aux ordres les plus impitoyables, emportant l'épouvante dans mon sein et rapportant l'obéissance; montrant au conseil un visage impassible, et pressant moi-même le travail de ces lois qui devaient m'imposer de nouvelles tortures; mais une épreuve au-dessus de toutes les autres m'a été donnée à subir.

Une force factice se ranima un instant dans les veines de Norberg, et ses grands yeux brillaient d'un feu ardent dans les ombres de la mort.

— Vous n'avez jamais pensé, dit-il, vous, hommes surhumains, habitant au dehors des lois de la nature, que l'amour pût descendre dans le cœur d'un franc-juge, et qu'il fût condamné à sacrifier celle qu'il aimait? Vous en auriez frémi, tout dieux que vous êtes!... Eh bien, moi, j'ai connu cet amour aussi fort, aussi grand que votre enthousiasme... J'ai aimé une femme avec toute la puissance de ce cœur de bronze qui se fondait en laves ardentes... Et, bizarrerie de l'homme! je l'ai aimée, parce que, dans son courage impétueux, se révoltant contre une loi qu'elle ne pouvait comprendre, elle a été impie et sacrilége envers le tribunal, elle a foulé aux pieds son poignard consacré... C'est de la tombe d'Hasting, que je venais de sacrifier, que s'est élevé cet amour pour me punir... J'ai vu cette jeune fille fière, audacieuse, quand tous les hommes plient et tremblent sous notre pouvoir, relever seule la tête pour nous maudire. L'implacable ennemie des francs-juges m'a paru seule digne de moi. Je l'ai aimée, parce que, dans la grandeur de sentiment, elle était mon égale; parce que je pouvais la contempler, l'adorer, me trouver en face d'elle, à cette hauteur vivifiante de l'orgueil et du courage... Elle a été accusée, condamnée pour son crime... Et, quand il a fallu lever le fer sur elle... je le confesse ici, au moment de la mort... j'ai hésité à frapper.

— Hésité! répéta le grand-juge; et ensuite?

— Les flammes sont venues ouvrir les portes de la tour.

— Et sans cela, qu'auriez-vous fait?

— Je ne sais pas... et je bénis la mort qui m'ôte le tourment de décider.

Les francs-juges penchèrent leurs fronts attristés vers la terre.

Norberg venait de tomber dans un anéantissement profond, on voyait la mort affaisser et détendre les muscles de son corps, ôter à sa pâleur la dernière nuance de l'être animé; ses bras étaient déjà étendus le long du cercueil, dans l'attitude du repos éternel. Mais, au bout de quelques instants de cette défaillance extérieure, où l'âme se recueillait dans une méditation suprême, le mourant s'était transfiguré, une inspiration radieuse était venue resplendir sur ses traits.

Il tourna lentement son regard éclatant d'une pure lumière vers les initiés silencieux et consternés autour de lui.

— Mes frères, dit-il, ne me jugez pas encore. Vous venez d'entendre la voix de l'homme qui gémissait sous le fardeau des douleurs trop pesantes dont l'ordre du Très-Haut l'avait chargé. Mais, au-dessus de cette humanité faiblissante, éperdue, la foi de votre frère ne s'est jamais éteinte, le franc-juge est resté grand et fort, il a triomphé de tout, et c'est lui maintenant qui va remonter vers le ciel.

Les assistants joignirent les mains et s'inclinèrent respectueusement autour du cercueil. L'un d'eux présenta le christ au mourant.

Norberg souleva vers ce symbole sévère son dernier regard.

— O Dieu fait homme! dit-il, je puis me présenter devant toi. Le faible mortel qui a marché sur la route du martyre, sans cesser de se dévouer, d'aimer et de croire, est l'homme fait Dieu.

Sa voix s'éteignit, mais une majesté imposante et superbe rayonna en lui, et la mort vint fixer sur ses traits cette divine empreinte.

Un instant après, le comte de Norberg, illustre dans l'Allemagne, le grand-juge du tribunal suprême, n'existait plus, il ne restait qu'une froide dépouille, que les moines veillèrent jusqu'au jour, et qui fut inhumée dans les caveaux mortuaires du couvent.

XXV

UN MINISTRE

Quelques mois après le retour de l'empereur dans la capitale, les gentilshommes que nous avons vus attachés à la personne de Winceslas se trouvaient, une après-midi, réunis dans la salle d'armes du palais, qui donnait sur la place publique.

— Il se prépare un orage, messeigneurs, dit le capitaine Warner; les oiseaux volent bas et le comte de Ratisbonne est triste, toutes choses contre nature.

— La vie que nous menons depuis notre victoire n'est pas faite pour réjouir l'âme, répondit le favori de Winceslas. Ce palais délabré est triste comme la mort, avec ses grandes murailles nues; la cour est absente, et nous n'avons pas seulement, comme les paysans, la fête du village.

— Le palais impérial pourrait bien se passer de luxe et de plaisirs si la force y restait, reprit le capitaine des gardes; malheureusement le fer des armes y manque autant que l'or des lambris.

— On n'y devine guère la présence de l'empereur.

— L'empereur n'est plus ni ici ni ailleurs!... Qui aurait jamais cru que ce prince, vivant de plaisirs, tenant la royauté quitte pour une coupe d'or et une maîtresse jolie, devînt jamais...

— Un tyran sanguinaire! termina hardiment Ratisbonne.

— C'est pendant sa réclusion au château de Conrad-Bourg que ces penchants cruels se sont déclarés, dit le chevalier Othon; c'est là qu'il a fait périr notre chapelain, le digne Jean Népomucène.

— Le chapelain était tout à coup disparu de la forteresse... On dit, en ce temps-là, que des paysans avaient vu, au milieu de la nuit, des diables jeter un prêtre à la rivière... Ils avaient bien raison. Ces diables étaient les agents de Winceslas, du mari jaloux faisant indignement mourir le vénérable docteur qui n'avait pas voulu lui révéler la confession de sa femme.

— Et depuis le retour de Prague?...

— Le goût du sang vient en buvant... surtout quand un prince a pour ami, pour conseiller...

— Aussi fuit-on ce palais maudit.

— A propos, messeigneurs, le baron Morgan n'était pas au déjeuner, ce matin.

— Il s'est retiré dans ses terres, comme le comte Ruisdal, comme le duc d'Offembock.

— Comme nous ferons tous, si l'empereur continue à nous donner pour égal...

— Un homme qu'il élève autant qu'il faudrait l'abaisser.

— La cour sera déserte... et le prince y régnera seul, avec son espèce de ministre.

— Qui, sous le régime actuel, lui est, en effet, plus utile que nous.

— Et peut seul accomplir les hauts faits demandés.

Winceslas entra en ce moment dans la salle.

Il arrivait en s'entretenant avec un homme d'une soixantaine d'années, vêtu de noir et de rouge, maigre et pâle, tenant la tête haute, la barbe en avant et les yeux baissés.

— Maître Louskar, disait l'empereur à ce personnage, je livre aujourd'hui à vos aides les deux toiliers du faubourg de l'Ouest et les trois clercs de l'Université.

Celui à qui Winceslas parlait s'inclina, traversa la salle et sortit.

Le prince alla s'asseoir devant une table de jeu; les seigneurs reprirent leurs places.

— Où en sommes-nous des affaires, demanda Winceslas en repoussant les dés préparés pour sa partie.

— Toujours au même point, répondit le capitaine Warner.

— C'est impossible! répliqua l'empereur; car, si les levées d'hommes et d'argent ne se font pas, les fonds baissent, les troupes se débandent, et nous devons être chaque jour en plus mauvaise passe.

— Vous avez parfaitement raison, soit dit sans flatterie, mon prince, interrompit Ratisbonne.

— Nos derniers soldats, blessés et désarmés par le siége de Conrad-Bourg, ne retrouvent ici ni paye ni équipement, et désertent tous les jours.

— Ils vont peupler les landes et les forêts, où on rencontre maintenant des animaux sauvages plus dangereux que les ours et les sangliers.

— Et c'est dans un tel dénûment qu'il nous faut faire face au danger, attendre ce prétendant, ce rival au trône que les francs-juges m'ont fait l'honneur de m'annoncer.

— Ce prétendant n'existe pas, sire, dit Edgard qui venait d'entrer et se tenait appuyé sur le dossier du fauteuil du prince. Les grands vassaux, ligués contre le pouvoir impérial, sont vaincus, ajouta le jeune chevalier avec un rayon de noble orgueil sur le front. Quel fief suzerain, quel corps d'armée formidable enferme donc ce rival? Un souverain futur tient d'avance assez de place sur la terre pour qu'on puisse l'apercevoir.

— Il est invisible comme ceux qui le portent au trône, et ne m'en semble que plus dangereux.

— Cependant, sire, dit le capitaine Warner, il vous reste des défenseurs qui veilleront sur votre personne sacrée.

— Pour conserver la leur.

— Le peuple...

Winceslas tourna son regard et sa main vers la place publique.

— Regardez de ce côté, messeigneurs, dit-il, et observez si un seul de ces manants se découvre en passant sur la place Impériale.

— Sire, dit un des seigneurs, vous y avez fait élever la potence.

— Le jour de mon arrivée ici, aucune acclamation n'a signalé ma venue.

— Et, le lendemain, vous avez fait pendre cinq bourgeois.

— Pour imposer aux murmures.

— Quand vous pendez le peuple, sire, ce n'est pas la mort et son silence que vous obtenez, c'est la haine et la vengeance.

— On les domptera par la force.

— Par les supplices?

— Si c'est ainsi qu'il faut régner!...

— Quand on a le bourreau pour ministre!

— Messeigneurs, au milieu de vous, mon règne s'écoulait dans le jeu, l'ivresse et les autres plaisirs des nuits. Louskar m'a inspiré la fermeté qui convient à un souverain... Ses vues politiques sont bien autres que celles puisées autrefois par nous dans les voluptés.

— Il n'a pas son pareil, sans doute!

— C'est heureux, ajouta Ratisbonne; car deux hommes comme lui auraient bientôt dépeuplé l'Allemagne!

— Un de moins la perdrait peut-être, répliqua l'empereur avec impatience, et Louskar m'a déjà menacé de donner sa démission.

— Alors que le bourreau s'exécute, reprit Ratisbonne en riant; cela doit aller tout seul.

— Trève de plaisanteries, comte; le danger de l'empire vous menace autant que moi. Le peuple, qui, après l'armée presque détruite, serait notre seul appui, s'est détaché de moi. Ne dites pas que c'est à la suite des mesures sévères... cruelles, si vous voulez, que j'ai prises envers lui... Dès le mois de septembre dernier, la ville de Prague a refusé de payer les impôts...

— Les taxes arbitraires.

— Arbitraires selon la décision des francs-juges. Je vois partout l'influence de ce terrible tribunal! Ses membres, répandus dans toute la population et inconnus d'elle, y déposent facilement leurs principes révolutionnaires. Si le tribunal cloue ses arrêtés dans les carrefours, ses adeptes travaillent sourdement les esprits; et ce qu'ils écrivent sur leurs parchemins scellés de croix est moins dangereux que ce qu'ils gravent dans les âmes.

— Sire, dit encore Warner, il ne faut pas prendre ce moment de trouble et de résistance pour un abandon du peuple, qui vous aima longtemps.

— Un abandon, dit Winceslas, c'est peut-être plus!... Mais n'importe, la dissension existe, et voici notre situation. Des portes de ville démantelées, un palais presque dépourvu de gardes; dans les forts, une poignée de soldats à demi vaincus par le mécontentement; dans la cité, un peuple hostile et tout prêt sans doute à porter à un autre ces acclamations qui font des souverains; au dehors un concurrent au trône dont nous ignorons la puissance, et qui, de loin, déjà, me tient le pied sur le front...

— Monseigneur, un tel état de choses...

— Me semble moins désespéré que vous ne devez le penser, parce que, attribuant la plus grande partie de ces fléaux à l'hostilité du tribunal secret, je crois qu'on peut y remédier en remontant à la source du mal.

— Comment, sire? demandèrent les seigneurs avec l'effroi intérieur qu'éveillait toujours le nom hautement prononcé des invisibles.

— Lorsque, pendant le conseil que nous tenions à Conrad-Bourg, l'audace inouïe du tribunal secret est venue me demander ma propre abdication, tandis que la coalition des grands vassaux nous menaçait de tous côtés, vous m'avez forcé de combattre mes ennemis armés avant mes ennemis masqués. Je l'ai fait. Maintenant il est temps d'en finir avec de trop redoutables adversaires.

Winceslas avait, en ce moment, sur son visage sombre et ardent, la même expression que lorsqu'il signait les arrêts de mort que lui présentait chaque matin son terrible ministre.

— Sire! s'écria-t-on, il vaudrait autant parler d'en finir avec Dieu, puisque toutes les forces de la terre et du ciel ont été données à ceux que vous condamnez.

— Qui parle de moyens violents envers une telle puissance, reprit Winceslas, dont l'épaisse figure, lente à changer d'empreinte, revêtit alors une fallacieuse modération. Il faut seulement qu'une députation, choisie entre vous, messeigneurs, pénètre jusqu'au sein du tribunal secret, conduite par le comte de Ratisbonne, qui s'est généreusement dévoué pour découvrir la retraite où siége le tribunal et nous donner les moyens d'y parvenir.

— Dans quel but?

— Dans celui de transiger avec ces formidables adversaires, d'apprendre d'eux leurs projets de réforme, leurs vues sociales, et de savoir quelles concessions il faudrait faire à leur corps, pour en obtenir, à notre tour, alliance et fidélité.

— Jamais étrangers n'ont pénétré dans le sanctuaire.

— Si; en l'année 1341, Charles IV, mon père, envoya deux de ses chevaliers devant le grand maître des francs-juges.

— Ils allaient porter des paroles de respect et agrandir des droits et prérogatives de l'institution.

— La nécessité a bien aussi ses priviléges, messeigneurs... Vous irez obtenir l'alliance des francs-juges, ou la dynastie de Charles sera engloutie, et votre fortune, votre vie avec elle.

Winceslas se leva, tourna le dos, et se mit à arpenter à grands pas la salle d'armes.

Les officiers demeurèrent quelque temps dans un silence méditatif, pendant lequel ils se regardaient les uns les autres.

— Il n'y a plus à balancer, sire, dit alors le capitaine Warner, comme s'il eût tacitement recueilli les opinions. Nous ferons ce que vous exigez.

— J'exige plus que vous ne pensez, reprit Winceslas. Il faut que cet homme tant méprisé de vous, que maître Louskar soit au nombre de mes envoyés.

Les seigneurs firent un mouvement en arrière, comme si ce nom eût répandu un air infect autour de lui.

— Maître Louskar!... c'est une raillerie, monseigneur, dit Ratisbonne.

— Ou ce serait un outrage, ajouta le capitaine des gardes.

— Ni l'un ni l'autre, répondit l'empereur. Vous dédaignez, vous repoussez messire Louskar, à cause d'une profession qu'il ne s'est pas donnée, qu'il n'était pas même libre de refuser, d'après nos lois, et vous ne lui tenez nul compte de ce qu'il s'est donné à lui-même, c'est-à-dire des connaisances législatives très-étendues, de hauts points de vue politique, une science gouvernementale formée par l'étude de l'histoire et de la philosophie... C'est injuste et aveugle de votre part.

— Vous aurez beau dire, mon prince, reprit le jeune favori de Winceslas; mais en réalité le bourreau est un homme avec lequel on ne peut pas *vivre*.

— Encore, Ratisbonne!... Eh bien, je vous le demande, messeigneurs, lorsqu'il s'agit d'aller discuter nos droits, élaborer les intérêts du trône et de la nation avec le chef du tribunal suprême, avec cet Arnold, qui, à ce qu'il paraît, a passé toute sa vie, d'une durée miraculeuse, à méditer les profondeurs de la politique et de la civilisation; lequel d'entre vous, avec le talent admirable que vous possédez pour boire, combattre et briller dans les tournois, lequel saura discuter, dominer et faire prévaloir notre cause? Engagez-vous votre honneur de triompher dans cette lutte? Répondez.

L'empereur s'était arrêté, les mains derrière le dos, en posant cette question d'une simplicité terrifiante, et son regard demandait impérieusement une décision.

A défaut de réponse, les fiers gentilshommes grondèrent sourdement dans leur barbe.

— Il le faut, insista Winceslas.

Et il ajouta, avec un accent et un sourire amers :

— Autrement, je douterais du *succès* de l'entreprise.

— Paraître avec cet homme! dit encore Ratisbonne; aurons-nous donc l'air d'être ses aides?

— C'est lui qui sera le vôtre, répliqua le prince du même ton de duplicité.

— Mais, sire...

— Je l'ai juré sur mon âme, cela sera.

— C'est impossible.

— Tenez-vous à vos fiefs, à vos titres, à vos honneurs, à votre tête? Choisissez; car, si vous refusez, j'en jure encore par Dieu même! j'abdique demain, un nouveau règne se lève, et vous serez bientôt, comme nos soldats sans paye, réduits à brouter dans les bois, à voler sur les routes jusqu'à ce que mort s'ensuive.

Les seigneurs ne répondirent rien. Après avoir pris vingt poses différentes sur leurs siéges, passé la main dans leurs cheveux en tous sens, être allés de la cheminée à la fenêtre, ils ne répondirent rien encore.

Winceslas, paraissant prendre ce silence pour un consentement, dit que le départ des envoyés aurait lieu le lendemain même.

Les officiers de l'empereur lui dirent alors de nommer ceux d'entre eux qui feraient partie de la députation, et de leur donner des instructions.

Le visage de Winceslas s'éclaira d'une joie sombre. Il désigna, après le comte de Ratisbonne et le capitaine Warner, dix de ses officiers pour former l'ambassade. Il ajouta que, quant à ses instructions particulières, il les avait déjà communiquées à messire Louskar, vu la haute science diplomatique qu'il lui reconnaissait; que, pour les gentilshommes de l'ambassade, ils n'avaient qu'à puiser leurs paroles et leur conduite dans la conviction où ils étaient des dangers pressants de l'empire, et dans le sentiment de dignité que devait leur inspirer la défense du trône, auquel leurs noms illustres, leur honneur et leur fortune étaient liés.

Après ces déterminations, le prince et les gentilshommes s'éloignèrent, et quelques jeunes chevaliers restèrent seuls dans la salle d'armes.

— Croyez-vous, dit le comte Othon, qu'il y ait une cuirasse capable de résister aux francs-juges?

— Vous la prendriez volontiers... Allons donc! des envoyés de l'empereur!

— Des envoyés de l'empereur contreviennent aux lois des invisibles en pénétrant dans leur sanctuaire, et ils pourraient bien être traités en criminels.

— C'est ainsi que notre ambassade vous sourit...

— Nous n'allons, dans cette mission, que pour pérorer, parlementer... et cependant j'ai le pressentiment que de bonnes armes seraient une excellente provision de voyage.

— Au fait, l'armure qui repose à mon chevet, depuis notre arrivée dans la capitale, n'est pas brillante.

— La mienne, reprit Othon, est à jour comme la feuille de chêne en hiver... et, quand ce ne serait qu'une mesure de dignité...

— Allons donc voir maître Muller; c'est le marchand par excellence. Il donne de bonnes armes et donne aussi du temps pour les payer.

Les jeunes seigneurs se rendirent chez le maître armurier, où nous allons les suivre.

XXVI

LA FORGE

Les forges de maître Muller occupaient une longue suite de bâtiments, sur le bord de la Muldaw. Les magasins ouvraient sur la rue; les ateliers, vitrés, régnaient sur le bord de la rivière.

Établie là de temps immémorial, cette maîtresse forge, aux flammes incessantes, aux tourbillons d'épaisse fumée, empourprait de ses reflets le cours de l'eau, teignait d'une couche sombre les habitations environnantes, faisait aussi porter ses couleurs à tout ce qui se trouvait dans sa suzeraineté.

Messire Muller lui-même était un des personnages importants de la ville.

On n'avait jamais assez d'armes dans ce siècle barbare qui n'était qu'un long combat, et celui qui les fournissait tenait un peu de la Divinité, qui donne le pain de chaque jour. Donc le culte rendu à maître Muller se formulait en levée de bonnets, en affaires apportées devant sa haute justice, surtout en pots de bière, aubades et festivals populaires.

Le puissant forgeron était en ce moment debout appuyé contre une enclume. Sa figure, robuste et épanouie, était éclairée par le reflet rouge du fourneau, reflet qui seul eût fait fondre tout autre homme que lui; il tenait, posée sur le bloc de fer, sa large main noircie, qu'il était toujours prêt à tendre à tout venant, comme un prince populaire.

Mais son regard, oubliant de suivre les travaux de la forge, se tenait fixé avec une douceur extrême dans un des enfoncements de l'atelier.

C'est que sa fille Léonore était là. Blanche et fraîche créature, qui, douée de toute grâce et de toute beauté, n'avait pris du sol populaire et de la forge natale où elle s'était développée, que l'émanation de force, de courage et de loyauté.

La jeune Muller, après la délivrance de la citadelle, était demeurée près de l'impératrice. Mais son père, sans expliquer les motifs de cet ordre, venait de la rappeler près de lui. Léonore, arrivée le matin même dans la maison paternelle, se promettait de retourner aussitôt qu'il lui serait possible près de Sophie de Bavière; car le riche et puissant armurier avait moins besoin de soutien que la pauvre souveraine.

L'attention de Léonore était absorbée par un objet dont la vue couvrait son visage d'une légère pâleur.

Dans cet arsenal, où cent espèces d'armes ébauchées pendaient à la muraille, étaient des poignards de francs-juges déjà gravés de la rose et de la croix qui marquaient leur destination. Muller fabriquait ces armes, et, à certaines époques de l'année, des hommes masqués venaient les acheter et les emportaient par le cours de la Muldaw.

Muller ne conservait plus rien des craintes que le tribunal secret lui avait inspirées. Il croyait, comme tout le monde, que la vengeance des invisibles, dont sa fille avait été un instant menacée, s'était retirée d'elle, et que cette puissance, occupée à justicier la Germanie entière, avait oublié l'outrage d'une simple jeune fille. Léonore n'avait jamais laissé transpirer le secret de sa condamnation à mort.

Elle tenait le poignard symbolique entre ses mains, et le regardait avec une fixité émue. Elle voyait dans ce fer l'image de la puissance implacable qui la tenait sans cesse sur le bord du tombeau, et ne la laissait fuir un instant que pour la ressaisir avec plus de violence!... Elle se reportait à la nuit passée dans la chambre de la tour, sous la puissance de Norberg, dans l'atmosphère embrasée de son amour et sous le coup de son poignard!... Mais à ce souvenir se mêlait autant de douceur que d'effroi; elle sentait tout ce qu'une telle passion répand de grandeur dans celle qui l'inspire. Elle pouvait sourire encore avec reconnaissance à l'image de celui qui l'avait tant aimée... L'âme de Norberg errait peut-être en ce moment autour d'elle!...

Léonore fut distraite de sa rêverie par le bruit de quelques personnes qui entraient. C'étaient les officiers de l'empereur.

— Salut, maître Muller, dit d'un air cavalier le jeune Othon, qui portait la parole. Il nous faut cinq des meilleures cuirasses qui soient jamais sorties de vos fourneaux.

— Des cuirasses à double fonte, ciselées et dorées? demanda l'armurier.

— Justement.

— Je n'en ai pas une en ce moment.

— Eh bien, donnez-en de simple trempe.

— Je n'en ai pas davantage.

— C'est une plaisanterie, maître Muller... Vos magasins, que nous venons de traverser, regorgent d'armures.

— Elles sont vendues et ne m'appartiennent plus.

— Nous les paierons plus cher qu'on ne doit vous en donner.

— Ce ne serait pas difficile, répondit le forgeron en riant dans sa barbe; cependant je ne voudrais pas en détourner une seule.

— Et des épées?

— Je ne puis non plus vous en offrir.

— Allons donc! vos forges n'ont pas dormi cette semaine, et la preuve, c'est que voici des épées et des sabres en faisceaux.

— Ces armes sont vendues... et tout ce qui rougit dans ces brasiers, tout ce qui gronde sous ces marteaux, tout ce qui sort de ces blocs de fer, tout ce qui en sortira jusqu'à ce soir est encore vendu.

— Mais qui peut faire si grande provision d'armes? C'est donc pour l'étranger?

— Pour des mains étrangères, oui, messeigneurs, dit le forgeron avec le même sourire.

— En tout cas, vous ne pouvez moins faire que de livrer des épées à des officiers de Son Altesse impériale. Tout fabricant y est obligé par devoir, et vous, maître Muller, par gratitude envers l'empereur, qui vous a donné la belle chaîne d'or dont vous voilà paré comme un chevalier.

— Ne confondons pas. L'empereur, à qui j'ai souvent prêté de bons florins en cas urgent, m'a donné, non cette chaîne d'or, mais le droit de la porter... C'est moins cher et plus loyal.

— Il suffit; nous allons, en ce cas, nous pourvoir ailleurs.

— J'ai bien là, reprit le marchand, des armes d'Orient, des cuirasses de luxe, qui servent à m'inspirer dans mes fabrications pour la pureté de galbe et la magnificence des ornements; tandis que moi, grossier Allemand, je ne saurais donner à mon travail que la force et la solidité. Si ces pièces d'armures conviennent à messeigneurs, je pourrais les leur vendre.

— Au fait, elles sont de toute beauté, dit un jeune chevalier, qui tenait déjà une cuirasse de Damas dont l'eau limpide réfléchissait avec netteté sa jolie figure, et dont les rameaux d'or, splendides et gracieux, allaient doucement caresser sa vanité. Au fait, répéta-t-il, combien voudriez-vous de ces armures?

Les autres jeunes gens s'emparèrent aussi avec joie des armes d'Orient.

Le prix fut bientôt débattu entre l'armurier obligeant et les beaux seigneurs, qui ne songeaient guère à le payer.

— Voyez-vous, disaient-ils en sortant de la forge, avec quelle rouerie ce marchand Muller nous a amenés à prendre des armes magnifiques, que nul autre que nous n'aurait été assez riche pour acheter...

— Pour acheter à crédit, on est toujours assez riche...

— C'est égal, nous serons superbes avec ces cuirasses... Les scarabées dorés n'en ont pas reçu de la nature de plus belles...

— Et qui réfléchissent mieux toutes les nuances de l'arc-en-ciel.

Les chevaliers s'éloignèrent en poursuivant ce discours avec l'enjouement qu'on met à se moquer de soi-même, lorsque c'est à la suite d'un caprice satisfait.

Mais Léonore, qui connaissait mieux son père, ne suspectait pas sa véracité. Elle était donc fort étonnée de ce qu'elle venait d'entendre.

Après s'être tenue à l'écart pendant la vente qui venait d'avoir lieu, elle s'approcha de l'armurier resté seul.

— En effet, mon père, dit-elle, il y a dans nos forges, je m'en aperçois maintenant, un mouvement extraordinaire. Le refus que vous faites de livrer des armes aux officiers de l'empereur ne me semble pas moins étrange. Que se passe-t-il donc?

— Tu le sauras bientôt, ma fille; car je te crois un courage assez ferme pour tout apprendre, et j'estime que ton cœur de femme ne faiblira jamais devant une entreprise dangereuse, quand ta raison te dira qu'elle est juste et grande.

Là-dessus, maître Muller retourna à ses arsenaux.

A mesure que la journée s'avançait, le forgeron s'animait davantage. Il pressait les travailleurs et se hâtait lui-même à l'ouvrage; sa voix jetait des ordres, son bras battait le fer; son œil, en se promenant sur ses forges, semblait les allumer du regard. On eût dit qu'un autre homme avait jailli tout à coup du paisible fabricant.

Les armes tombaient des forges dans les réservoirs, brillantes comme les eaux d'un torrent et abondantes comme elles.

Quand la nuit fut venue, on entendit sonner à la porte latérale, du côté de la rivière. Muller se rendit dans la cour, emmenant sa fille avec lui.

Il entra plusieurs hommes vêtus de laine et de buffle. Léonore reconnut parmi eux les marchands et les ouvriers les plus considérés dans leurs corporations. Il s'y trouvait aussi le mendiant que nous avons vu au pied du grand chêne où avait été assassiné le comte d'Hasting, puis au couvent de Saint-Bruneau, et enfin au rocher d'Arnold. Il portait alors le surcot de l'ouvrier et la ceinture de cuir.

Tandis que ces gens, la plupart chargés de caisses vides, entraient dans la cour, d'autres venaient par la rivière, descendaient sur la grève.

On commença par remplir les caissons des armes qui encombraient les magasins.

A mesure qu'un emballage était terminé, on disait, en le plaçant de côté, et comme si on y eût mis une adresse verbale :

— *Pour les souterrains du faubourg de l'Ouest.*

Ou bien :

— *Pour les bâtiments abandonnés de Saint-Sébastien.*

Quand tous les coffres furent garnis, on chargea également le bateau en disant :

— *Pour la grotte des Saules.*

Tout cela se fit avec une activité hâtive, prudente et silencieuse.

Les chargements terminés, on parut respirer.

Les artisans se trouvèrent réunis dans la cour, autour de maître Muller. Lui, se tenait debout contre le mur de sa demeure, sous un dôme tissu de ramures de fer élevées en faisceaux.

La nuit était sombre, mais les forges dardaient toujours leurs ardentes clartés, et l'assemblée des travailleurs en était illuminée.

— Honneur à vous, maître Muller, dit un des ouvriers, vous avez hardiment fait manœuvrer les forges cette semaine... Grâce à vous, nous voici bien fournis de haches, de sabres et de lances... C'est le meilleu

— Non pas, camarades, ne vous y trompez pas, d le forgeron. Le meilleur est là, ajouta-t-il en mettai la main sur sa poitrine, dans le sentiment qui vo porte à demander justice, les armes à la main.

— C'est vrai, dit l'ouvrier; quand le cœur bat, o se sent bien fort.

— Si vrai, ajouta un autre des assistants, que quand je vois les hommes d'armes mettre la mai dans le sac de cuir où est l'argent de mes journée de mes journées longues de quatorze heures de tra vail; quand je les vois encore prendre l'anneau d'a gent de ma femme et ses habits du dimanche pou compléter la somme, il me semble que, n'était la peu de la prison qui me tient à la gorge, je les renverse rais tous d'un revers de main.

— Et moi donc! le jour où j'ai refusé d'aller fair la corvée sur le grand chemin, d'aller traîner de pierres comme une bête de somme, et me suis fai pour mes refus, abîmer de coups de plat de sabre, j ne me sentais pas d'orgueil... Il me semblait que j'é tais haut de dix coudées.

— Tout cela n'est rien encore, dit un autre artisan mais, quand on passe sur la place Impériale, et qu'o voit suspendus à cette potence et près d'être mangé par les corbeaux des malheureux qui n'ont rien fait.. oh! c'est alors qu'on se sent du sang dans les veines!.. Il semble qu'avec nos poings pour toute arme, et no poitrines nues devant des soldats bardés de fer, nou pourrions jeter à bas ce palais, d'où on nous envoi de sanglants affronts.

Le bruit des forges accompagnait ces paroles.

C'était le son cadencé, énergique, incessant, qu tombe des marteaux de fer; harmonie vigoureuse, laquelle venaient s'unir les pensées de travail, d sueur versée pour vivre en liberté, les ardeurs de cou rage, de fière indépendance; harmonie toute-puis sante, faite pour résonner dans ce rude cénacle e pour accompagner de ses hardis élans la révolte du peuple, les premiers cris de guerre.

— Oui, reprit l'un des ouvriers, mais il est vrai de dire que cela bouillonnait dans nos cervelles, et qu'i n'en sortait que de la fumée... Nous brisions tout c qui se trouvait sous nos marteaux, et nos marteaux eux-mêmes, à la pensée de ces outrages, ce qui n remédiait à rien... Muller a tout fait. « Il faut, a-t-i dit, se réunir et s'entendre, puis marcher en arme jusqu'au palais, parler à l'empereur de puissance à puissance, lui demander vengeance pour nos frère morts, franchise et liberté pour nous... Voilà tout! » Et *vivat!*...

— Êtes-vous sûrs de tout le monde? demanda l'armurier.

— Oh! bien sûrs. Dans les rues, dans les faubourgs tout bourdonne, s'agite, se soulève comme s'il gron dait une tempête... tout le monde sort des maisons on se parle, on s'anime... Au seul nom du prince cruel, hommes, femmes, deviennent rouges de colère les yeux brillent, les poings se brandissent... les plu petits enfants ramassent des tuyaux de pipes pour en faire des lances... les chiens, comme s'ils sentaient ce qui se passe, hérissent leurs poils et tirent des crocs aigus.

— C'est bien. Vous savez le jour, le moment?

— Oui... ce moment, quand nous l'avons fixé, me paraissait bien loin au gré de mon envie... Et maintenant, c'est étrange comme il approche vite!

— Si vite, compagnons, que le voilà venu!

— Ce jour-là, mes amis, reprit Muller, vous me verrez à l'œuvre... Oh! on ne passe pas toute sa vie à battre l'acier, sans que des étincelles ardentes vous montent au cerveau, sans que la main vous brûle de jouer de la lame à votre tour... Mais, enfermé dan ces forges, j'y avais conservé toute mon indépendance; je me serais battu jusqu'à la dernière goutte de mon sang pour un souverain juste et grand, je me battrai jusqu'à la mort contre celui qui est indigne du trône.

— Nous le savons, Muller... Vous n'êtes pas de ceux qui ne brillent qu'en paroles... vous avez déjà généreusement donné toutes les armes.

— J'en donnerai encore, et tout ce que je possède... Ma fortune, comme ma personne, appartient à la bonne cause... Celui qui sait vraiment s'enrichir n'amasse pas pour lui, mais pour le pauvre qui aura besoin de ses deniers, pour le malheur public, que ses richesses pourront effacer.

— Oh! Muller, vous nous inspirez... nous sommes sûrs de vaincre auprès de vous.

— Je ne doute pas de votre courage, de votre force. Les plus vigoureux chevaliers qui ceignent l'armure voient encore un plus fort champion qu'eux tous! C'est un peuple, dont les armes liées en faisceau se soutiennent l'une par l'autre et ne peuvent se rompre. Mais je vous demande, mes amis, le sang-froid et la prudence.

— Oui, au signal convenu, des cordes sont d'abord tendues dans les rues pour empêcher la marche des cavaliers; en même temps on va aux souterrains du faubourg de l'Ouest, aux bâtiments abandonnés de Saint-Sébastien et dans la grotte des Saules, revêtir les armes qui y sont cachées. Sans bruit d'alarme, sans cri de guerre, on avance dans les rues, on chasse les soldats des postes, on y plante son drapeau; puis on marche en avant, les troupes donnent, on voit les camarades tomber à côté de soi; on avance toujours; on est blessé, couvert de sang, c'est égal, on avance encore; on arrive au palais, on tue tous les gardes, archers et lansquenets qui en défendent l'approche; on enfonce les portes, et le peuple a conquis le trône impérial!

— Victoire! victoire!

En ce moment les forges redoublaient de fracas et de lumières; elles élevaient plus haut leur formidable concert, dans lequel des sons d'une imitation singulière reproduisaient, comme à plaisir, le choc des combattants, les pas des chevaux, le roulement des boulets, toutes les majestueuses et terribles harmonies de la guerre.

— Oui, reprirent-ils, nous parlerons à l'empereur, tête levée; nous lui demanderons la charte qui nous a été, par Charles IV, justement concédée; nous lui demanderons, pour sceller le pacte, la tête du ministre Louskar, qui a indignement condamné, et de ses propres mains mis à mort, cinq bourgeois de la cité...

— C'est cela, dit maître Muller, point d'outrages personnels au souverain; n'attaquez en lui que le génie du mal qui l'inspire.

— Ensuite, nous demanderons franchise et liberté pour le peuple, abolition éternelle des impôts arbitraires... L'empereur est appelé à concéder la charte, à jurer sur Dieu et son épée qu'il l'accorde et veut la maintenir... Il jure ou il refuse... alors...

— N'allons pas plus loin! interrompit Muller; les hommes commencent les révolutions, le destin les achève.

— Combattons et espérons, voilà tout.

— Mais, quoi qu'il arrive, reprit l'armurier, promettez, entre mes mains, de séparer le courage de la cruauté, de ne donner jamais de mort inutile; combattez comme des lions aux portes du palais, mais épargnez les vaincus; songez qu'il y a plus d'honneur à sauver la vie d'un homme qu'à en tuer vingt... Pour moi, qui ai fait la révolution, j'en dois compte à Dieu et à ceux qui viendront après nous. Si, pendant le combat, mon bras s'applique à frapper rude, je jure que toutes les forces de mon âme seront employées à ce que notre prise d'armes, quelle qu'en soit l'issue, paraisse toujours à la justice divine et humaine aussi sainte dans sa cause que loyale et pure dans ses fins.

Les hommes du peuple se pressèrent en foule autour de l'armurier et serrèrent ses mains; sa fille se jeta dans ses bras.

— Tu m'approuves, ma chère et noble enfant, dit-il avec un sourire et une larme en pressant Léonore sur sa poitrine. Tu m'approuves! à présent je suis sûr de mon fait; c'est comme si Dieu en personne me disait : « Maître Muller, ta lame est bien fourbie. »

Quelques instants après, les marchands et ouvriers se retiraient, émus de joie et de fierté, mais à peu près aussi calmes que s'ils fussent venus seulement de conclure un marché favorable.

Les forges étaient fermées, les feux éteints, les maîtres, contre-maîtres et ouvriers, retirés dans leurs chambres : tout reposait, et maître Muller donnait l'exemple à tous d'un robuste sommeil.

Léonore seule veillait encore dans la forge.

XXVII

L'ANNEAU D'ALLIANCE

— C'est bien, dit Léonore, restée seule dans l'atelier. Un peuple veut venger ses outrages dans un duel contre la puissance armée... Sa cause est juste, il en appelle au jugement de Dieu et triomphera sans doute... L'empereur est tombé au dernier degré d'affaiblissement par ses malheurs, par ses crimes; la révolution en fera facilement justice... Le peuple sera un instant maître du trône... Mais, après cela... tout est obscur et voilé, on n'aperçoit plus rien!...

Léonore s'arrêta, la respiration suspendue, et pressa son front de ses mains.

— Mais, Edgard! reprit-elle, Edgard, le noble chevalier!... Oh! je le connais bien, il se fera tuer aux côtés de son prince... Et je pourrais l'avertir... Mais je me connais bien aussi, moi; jamais, pour l'intérêt le plus cher, je ne trahirai le secret du peuple, qu'on a confié à ma foi.

La jeune fille essuya quelques larmes et continua sa triste rêverie.

— Et ma chère souveraine, la douce princesse de Bavière, que deviendra-t-elle?... La révolution accomplie, elle se retirera dans un couvent... où elle sera plus heureuse que sur le trône... Mais, une fois la religieuse cloîtrée, que deviendra sa fille d'honneur?... Il me faudra revenir dans mon existence obscure, être seule dans cette forge... Seule! oh! non, reprit-elle avec un sourire d'angoisse; car les invisibles sont toujours près de moi... Ils veillent à ce que je ne souffre pas longtemps.

Elle joignit les mains, et son âme s'éleva vers Dieu.

Le silence profond laissait percevoir les moindres murmures de la nuit, et on distinguait les pas d'un cheval suivant le bord de la rivière.

Léonore avait machinalement dispersé la cendre d'un fourneau pour en faire ressortir les étincelles, et tendait devant le brasier sa robe et ses longs cheveux empreints de l'humidité de la nuit, lorsqu'on sonna à la petite porte qui donnait sur la grève.

Un vieux gardien, encore levé, alla voir qui pouvait venir à cette heure; la jeune fille se fit la même question, et, sans savoir pourquoi, attendait avec un vif battement de cœur.

Une minute après, Edgard était devant elle.

La jeune Muller tressaillit de joie et de douleur. Elle se voyait déjà mise à cette cruelle épreuve de taire devant Edgard un secret dont la révélation pourrait sauver Edgard et l'empire.

— Léonore, dit le jeune capitaine en se plaçant à genoux devant elle, dans l'attitude qui lui était naturelle, j'allais partir pour vous chercher à Conrad-Bourg, quand une grâce du ciel vous a fait arriver aujourd'hui chez votre père.

— Vous aviez donc grande hâte de me voir?

— De vous voir et de m'unir à vous.

— Par les liens du cœur?... Nous le sommes à jamais.

— Par un marige secret.

— Ah!

— Écoutez, dit Edgard avec précipitation. Il y a trois mois, le jour du conseil tenu par l'empereur, dans l'instant où j'allais refuser un grade militaire qui m'éloignait de vous, vous m'avez dit: « Préférez le devoir à l'amour, et je vous aime, je suis à vous.» J'ai obéi; je me suis vaillamment servi de cette épée de capitaine qu'on m'avait donnée; j'ai délivré le prince de ses ennemis; j'ai conjuré l'orage qui allait l'entraîner. Quand j'apporte ces titres de dévouement et de fidélité, en rappelant à mon tour votre promesse, vous devez m'aimer, vous devez être à moi.

— Qui dit le contraire? répondit-elle en souriant.

— Aimer, pour une femme loyale comme vous, c'est se donner sans restriction et sans retour; c'est accorder sa foi et sa main comme son cœur; c'est s'attacher sans regarder l'inflexibilité des liens qu'on reçoit, ne les croyant jamais aussi forts, aussi durables dans la vie que l'amour l'est au fond de l'âme.

— C'est vrai... Mais pourquoi aller aussi vite!

— Les événements peuvent aller plus vite encore...

Léonore frissonna. Elle songeait aux armes qui étaient déjà prêtes.

— Et nous séparer pour toujours, continua Edgard.

Les tourments de la jeune fille redoublaient; elle eut la force de les renfermer en elle-même.

— Voyons, dit-elle, asseyez-vous près de moi, sur ce banc. Il y a loin d'ici au palais, ajouta-t-elle en montrant avec un sourire les murailles nues et noircies de la forge. Maintenant, parlez-moi gravement.

— Oui, car rien n'est grave comme le bonheur... et c'est d'un bonheur bien grand que j'ai à vous entretenir.

Léonore respira.

— Bientôt, sans doute, Léonore, je saurai le secret de ma naissance; je retrouverai mon nom, ma famille, ou du moins je pourrai les connaître.

— Serait-il vrai?

— Écoutez ce qui m'en donne l'espoir; car je veux que vous espériez avec moi. Hier soir, j'étais dans la basilique de Saint-Jean... Je priais pour vous, Léonore, comme je le fais tous les jours depuis que vous courez un danger invisible qu'on ne peut combattre qu'en priant. Dans cette vaste nef, que j'avais vue déserte en entrant, je sentis soudain un homme près de moi. Je me relevai, et, à la lueur de la lampe de l'autel, je vis ce moine que nous avions connu au couvent de Saint-Bruneau.

— Celui qui porte un chapelet d'or sur sa robe blanche?

— Oui, je le reconnus à ce signe. Au couvent des Chartreux, son indulgence, contraire à toute raison, nous laissa fuir de la prison du monastère pour aller délivrer l'empereur. J'ai revu ce même moine depuis, sur le champ de bataille où on venait de rendre les derniers devoirs aux dépouilles des vaincus; et toujours, quoique je sois attaché à l'empereur, dont il se montre l'ennemi, toujours sa parole a semblé me bénir.

— Oui, elle est pleine de puissance et de charme.

— En ce moment, debout devant moi, le bras étendu, il montrait le confessionnal, m'ordonnant ainsi d'aller m'y placer. Je fis un mouvement négatif et me retirai d'un pas. Il n'est point d'usage qu'on nous impose la confession, dont nous choisissons le moment, selon les besoins de notre conscience. Mais le moine répéta son geste de commandement. Il y avait en lui quelque chose d'impérieux et de tendre à la fois; je sentais, à travers son capuchon baissé, son influence suprême pénétrer en moi et s'emparer de mon âme... J'obéis. J'allai m'agenouiller à la place du pénitent, et lui, sans s'inquiéter d'être désigné par mon choix, prit celle du directeur. Il me rappela d'abord le lieu où nous étions, pour s'assurer de la véracité de mes paroles; puis, comme je me disposais à lui faire l'aveu de mes fautes, il se mit à m'interroger lui-même.

— C'était encore dans les attributions du directeur.

— Sans doute... Mais, ce qu'il y a d'étrange, c'est que ces questions s'attachaient plus aux choses de l'honneur humain qu'à celles de la conscience, plus aux intérêts de la terre qu'à ceux du ciel. « Jeune homme, me dit-il d'abord, vous avez le courage du guerrier, et vous l'avez déjà signalé d'une manière rare à votre âge; mais auriez-vous la force morale qui lutte avec les peines intérieures et la perversité d'autrui, qui a autant d'armes en elle que la destinée peut avoir de revers? » J'ai pensé à vous, Léonore, à vous mon inspiration divine, et j'ai répondu que j'aurai ce courage.

— Et moi je l'atteste, dit Léonore.

— Mais ensuite, vous auriez peine à le croire, ce confesseur m'a demandé ce que je pensais des devoirs d'un souverain envers son peuple. J'ai répondu que c'était là surtout où cet adage populaire: *Qui donne s'enrichit*, était une vérité; que, plus un souverain donnait de bien-être, d'indépendance à son peuple, plus il devenait puissant; que c'était seulement en dépouillant le faste outrageant, les prérogatives usurpées, et toutes les grandeurs oppressives et illusoires, qu'il devenait véritablement grand.

— Bien, Edgard!

— C'est ce qu'a dit le religieux, et sa voix, qui m'a toujours vivement ému, avait, en prononçant mon nom, une ineffable douceur. Poursuivant son étrange examen de conscience, il m'a demandé quelle position, selon moi, le prince devait tenir en face de ses grands vassaux. « Les aimer et protéger comme ses sujets, après le peuple et les hommes d'armes, » ai-je répondu. Puis le religieux a voulu savoir quel était mon jugement sur le tribunal secret. J'ai frémi à ce nom; mais, pensant que j'étais devant Dieu, où toute passion personnelle doit se taire, j'ai répondu que l'association des Invisibles, formée pour atteindre et punir tous les crimes sous le voile du mystère, me semblait la source d'où devait découler, sous une civilisation meilleure et quand l'équité serait répandue dans l'air, une justice plus franche et plus digne, exercée à la face du ciel.

— Ensuite?

— Le moine m'a interrogé sur des points moins élevés, mais qui tenaient à la science gouvernementale. J'ai répondu avec l'obéissance et la sincérité qui convenaient à ma place, et à la satisfaction du religieux, si je dois en juger par l'éclat sympathique de son regard, qui, à travers la grille, arrivait jusqu'à moi. Mais, enfin, je lui ai demandé de m'éclairer plutôt sur les devoirs de la vertu personnelle qu'était seulement appelé à pratiquer un obscur chevalier, sans fortune et sans nom.

— Eh bien?

— Oh! c'est là ce qui rend cet entretien et cette heure à jamais mémorables pour moi... Il y a eu un silence, pendant lequel j'ai senti une douce et religieuse extase descendre dans mon sein; puis le moine m'a dit ces mots : « Edgard, le jour est venu où vous devez connaître votre origine, retrouver vos parents... Enfant, dont l'existence et le cœur ont été solitaires, vous verrez bientôt ceux que vous avez aimés sans les connaître. »

— Que le ciel soit loué! dit Léonore avec une sainte reconnaissance.

— Oui, l'émotion solennelle qui vibrait dans la voix du moine, les voûtes du temple qui l'entendaient, mon bonheur si grand qu'il n'aurait pas voulu le tromper, tout m'attestait la vérité de cette promesse!... J'ai frémi et palpité de joie, comme si, dans ce confessionnal, j'eusse déjà été sous le regard et le souffle vivifiant d'un père.

— Votre cœur, Edgard, est fait pour tous les nobles amours.

— Le moine a repris d'une voix plus grave : « En connaissant votre nom et votre famille, jeune homme, vous apprendrez aussi l'avenir qui vous est réservé... vous y arriverez fort et pur, il suffit. Jurez de ne pas reculer devant la destinée qui vous sera faite, quelque difficile qu'elle vous paraisse, et d'en remplir les devoirs avec tout ce qu'il y a dans une grande âme d'honneur et de courage. » J'ai juré. Le ministre de Dieu a reçu mon serment dans les termes qu'il a dictés... Puis, laissant là toute ma confession qu'il avait droit d'attendre, il a disparu, et je suis resté seul dans l'église.

— Quel mystère!

— Je suis demeuré là, longtemps plongé dans la rêverie.

— Vous pensiez à tout ce que pouvait renfermer un avenir inconnu.

— Je pensais à vous, Léonore. Je me disais : « Le moment est venu pour moi d'une destinée nouvelle, il faut que Léonore m'appartienne avant ce temps. Demain, je peux être au premier ou au dernier rang des hommes, bien plus riche, plus puissant ou plus pauvre et plus obscur que la fille de l'armurier; les apparences de sacrifice, les idées de mésalliance établies par le monde, viendraient se mêler à notre affection suprême... Oh! non, que nul nuage d'une atmosphère basse et pesante ne trouble le miroir de cette eau pure. »

— Les différences de rang, de fortune, sont bien peu de chose, Edgard; je les oublierais pour vous, comme vous les oublieriez pour moi.

— Oui... mais, Léonore, ne trouves-tu pas du bonheur à nous unir tandis que nous sommes égaux et devant un avenir inconnu? Si je suis de pauvre et obscure extraction, la fille du riche et honoré marchand sera venue d'avance vers moi; si je suis de noble origine, je t'aurai prise d'avance pour mon égale. Ne te plaît-il pas de jouer ainsi nos destinées, bien sûrs que celui qui gagnera honneur et richesse ne sera pas plus heureux que celui qui les aura donnés!... Ce n'est pas tout encore. Dans le vague des paroles qui me sont venues, je peux rêver mes parents depuis les princes qui dominent l'empereur jusque parmi les brigands qui infestent l'Allemagne. Peu importerait pour nous; mais toutes les castes luttent entre elles, et leur guerre pourrait invinciblement nous séparer.

Léonore le savait mieux encore que lui.

Le jeune homme se leva dans une vive exaltation.

— Oh! dit-il en portant la main à son front, je sens là qu'un mouvement suprême se prépare... Nous sommes seuls, la nuit est profonde, la ville est calme, et j'entends comme un bruit lointain du destin qui roule de grands événements! Ce bruit vient répondre en moi!... Je sens mon bras tressaillir, ma poitrine se soulever, mon cœur battre et bondir comme pour s'élancer à une grande bataille!...

Il se jeta avec impétuosité aux genoux de la jeune fille.

— O Léonore, dit-il, pour tous ces orages qu'il faut traverser, ne me laisse pas seul! viens avec moi; je puiserai la sérénité dans tes yeux, la force sur ton front, l'amour de l'humanité entière dans la main que tu me tendras; j'aurai le courage, la vertu, le triomphe, j'aurai tout avec toi; tout ce que tu voudras me sera facile... Je ne dirai, dans aucune entreprise : « Je vais là; » mais : « Léonore m'y conduit, et j'arriverai! »

La jeune fille, en l'écoutant, tenait ses regards perdus dans l'espace.

Edgard disait encore, les yeux humides de larmes et embrasés d'amour :

— Sois mon âme immortelle, sois mon inspiration divine, sois *ma femme*... Ce mot, qu'on a profané, devient vrai et sublime, lorsqu'il parle de tes semblables, de celles qui peuvent mettre au cœur de l'homme la force et la vertu... Oh! réponds-moi, Léonore, veux-tu être *ma femme?*...

— Oui, je le veux, dit-elle avec un accent profond, car cela est juste.

Edgard, dont le front était penché sur les genoux de la jeune fille, dont les cheveux blonds flottaient sur la soie bleue de sa robe, releva la tête, le visage allumé de fièvre, mais de cette fièvre d'existence qui redouble toutes les facultés et leur imprime une sainte énergie.

— Oui, répéta Léonore en tirant un anneau de son doigt; prends-le, Edgard, comme l'anneau des fiançailles... Tu as raison, ami, c'est sous ce toit du brave et heureux artisan, dans cette région qui tient le milieu entre la grandeur et la misère, que nous devons unir nos mains, avec l'équité de nos consciences et la sanction de l'amour, sans savoir quelle influence cette union aura sur la destinée de l'un ou de l'autre.

— Oh! quoi qu'il arrive, pourrais-je jamais t'élever, t'enrichir! toi, qui possèdes les dons du ciel et de la nature! grande et sage autant que douce et tendre! avec la beauté qui enivre et la pureté qui fait trembler de respect!... Va, si les apparences me font ton égal, au fond de l'âme je t'obéirai toujours en t'adorant.

— Silence, dit Léonore, qui posa sa main sur les lèvres brûlantes du chevalier; laisse-moi penser aux moyens d'accomplir notre mariage.

Après un moment de silence, elle reprit :

— Dépendants comme nous le sommes tous deux, personne au monde ne doit connaître cet engagement, que le prêtre qui le bénira. Notre union se fera, solitaire et ignorée, un soir...

— Demain.

— Soit, demain soir.

— A la basilique de Saint-Jean.

— Oui, dans ce temple où tu as eu la révélation des liens qui t'unissent à ce monde, d'une famille à retrouver... Qu'il soit pour nous une garantie de bonheur...

— Oh! je te remercie.

Edgard passa lentement à son doigt l'anneau que Léonore venait de lui donner, et pendant cet acte solennel, les deux jeunes gens fondirent délicieusement leurs regards l'un dans l'autre... Douce union, la meilleure de ce monde!

Ils allaient donc s'unir le lendemain, jeunes et beaux, et s'adorant tous deux.

Mais Léonore était sous le coup d'une condamnation à mort, Edgard menacé non moins cruellement par la révolution qui se préparait : ils allaient s'unir sans doute pour une bien courte existence.

Au fond de ce sombre et obscur bâtiment, où les dernières lueurs de la forge rustique allaient enflammer les armes suspendues à la muraille de rouges étincelles, leur amour prenait quelque chose de l'acier trempé pour les combats : il devait être victorieux ou brisé.

XXVIII

VOYAGE SOUS TERRE

Nous allons maintenant rejoindre l'impératrice Sophie, demeurée, à la suite du siége, dans la forteresse démantelée.

Il était huit heures du soir. La princesse, au milieu de ses femmes, achevait avec la veillée la laine qui pendait à sa quenouille d'ivoire. Dans cette petite cour de femmes, inanimée et monotone, l'ennui avait son effet ordinaire; non-seulement la grande-maîtresse s'était endormie, à son heure, sur une page de la Bible, mais toutes les dames d'honneur paraissaient plus ou moins frappées de somnolence, comme si un enchanteur les eût touchées de sa baguette. Et il y avait, en effet, ce soir-là, un grand dessein de formé, pour lequel il était nécessaire que tout le monde fût endormi.

Sophie de Bavière seule, quoiqu'elle fût plus occupée à rêver qu'à travailler, paraissait parfaitement éveillée.

Depuis quelque temps, ce n'était plus cette femme d'une timidité mélancolique, d'une sensibilité ombrageuse, ébranlée par la souffrance et voyant partout des sujets de crainte. Maintenant elle vivait, le sourire de la confiance était sur ses lèvres, le rayon de l'espoir dans ses yeux; elle était devenue belle par l'éclat de la sérénité. Elle régnait dans ce château en décombres, et dont les environs avaient été changés en cimetières par les fosses qu'on y avait creusées après la bataille; sa royauté, semblable à cette citadelle, n'était plus guère que ruines et dépouilles flétries; et jamais elle n'avait été si heureuse!

Pendant la nuit du siége, Sophie, par un mouvement de piété folle, mais inspirée, avait couru chercher un refuge dans la chapelle abandonnée qui touchait au château et renfermait une pierre tumulaire sur laquelle étaient gravés le nom d'Henri Waltimor et la date de sa mort.

A la lueur de l'incendie, elle avait retrouvé cette tombe, et s'y était jetée à genoux.

En demeurant là, prosternée dans les angoisses de l'effroi, tandis que les fureurs de la guerre éclataient à deux pas d'elle, Sophie s'était cependant aperçue que la pierre se soulevait à l'un de ses côtés de manière à laisser une large ouverture. Distraite de la terreur au moment, quelque intense qu'elle fût, par le désir pieux de voir le cercueil où reposaient les restes de son amant, elle avait machinalement essayé de soulever la pierre de la tombe. Contre toute attente et contre toute raison, cette large dalle était disposée de manière à se mouvoir sur des espèces de gonds et à tourner sur elle-même.

La princesse, à ses premiers efforts, l'avait donc entièrement ouverte.

Elle resta pliée sur ses genoux, les mains jointes, les yeux baissés vers ce cercueil que les ténèbres dérobaient à ses regards, attendant que les feux de l'incendie, qui jaillissaient souvent sous les arceaux de la chapelle, vinssent en éclairer l'intérieur.

Bientôt une colonne de flamme s'éleva près de là à une grande hauteur; la lueur plongea dans le fond de la fosse... mais ce n'était qu'un vide profond, un caveau sans cercueil. Sophie avait peine à en croire ses yeux. Cependant, l'incendie lui prêtant toujours son flambeau, elle s'assura que cette cavité servait seulement d'entrée à un étroit escalier.

Alors, devant ce tombeau inhabité, une révélation bienheureuse était venue l'éclairer. Henri vivait encore... C'était Henri, et non point son ombre, qui lui était apparu dans la première nuit passée à Conrad-Bourg; ces paroles si chères étaient celles d'un vivant.

Sophie revenait aussi à l'existence; son âme, si longtemps flétrie et penchée, se relevait sous ce rayon de bonheur. Elle entendit alors sans frémir et les cris de guerre et l'éboulement terrible des remparts... Et, au matin, quand la victoire se décida pour le parti de l'empereur, elle reparut, toute radieuse de sa victoire à elle, de son amour, de son bonheur subitement retrouvé.

C'était pour cela qu'elle avait demandé la permission de rester à Conrad-Bourg, se promettant de descendre dans le caveau de la chapelle, de parcourir le chemin que Henri avait traversé pour venir jusqu'à elle, et d'y retrouver de lui quelque trace, quelque souvenir.

Ce soir-là était celui qu'elle avait fixé pour son excursion nocturne.

Dès que tout le monde fut endormi au château, elle s'enveloppa d'un voile, d'une mante, prit son rosaire bénit avec elle, puis une lanterne dont elle voila la lumière d'un pan de son manteau pour la dérober aux yeux des sentinelles, et se rendit à la chapelle.

Là, elle ouvrit la dalle, et descendit vaillamment l'escalier du souterrain.

Si on consignait les miracles de l'amour comme ceux des saints, on verrait figurer dans les légendes la résolution opérée par la princesse la plus timide du monde, et qui pénétra seule dans les entrailles de la nuit, sous le sol d'un vieux temple pavé de tombes.

Ce n'étaient point des caveaux faits à main d'homme, dans lesquels Sophie descendait, mais un souterrain naturel, tel que ceux qui perçaient dans de longs espaces la terre de Bohême, avant le resserrement graduel du sol et des montagnes.

La jeune femme parcourut une galerie souterraine, où un sentier, coupé dans le roc, côtoyait un terrain semé de rochers et d'abîmes. C'était un désert plus triste que ceux des espaces élevés, car les vivants ne l'avaient jamais traversé. La voûte, surbaissée, laissait tomber de lourdes gouttes d'eau glacée; les chauves-souris, détachées des parois et acharnées contre cette clarté qui venait les frapper, tournoyaient autour de la lanterne, et en dérobaient parfois la lumière.

Cependant à cette pensée : « Waltimor a passé ici, a parcouru ces chemins affreux pour me voir, » Sophie marchait, légère et rapide, comme si le vent frais eût soufflé dans son voile pour la pousser en avant.

Plus loin, la voûte s'éleva au point de se perdre dans la nuit; tout sentier frayable fut effacé. Il fallait gravir des bancs de roc, traverser des espèces de mousse fangeuse, puis rencontrer encore des aspérités rocailleuses qui heurtaient les pieds, tandis qu'au-dessus de la tête des quartiers de pierre, à peine retenus à la voûte crevassée, menaçaient de s'écrouler au faible ébranlement des pas les plus légers.

Les forces de la princesse de Bavière, ses pieds délicats et déjà déchirés, commençaient à se refuser à ce pénible voyage, quand l'aspect du souterrain changea subitement.

Ce fut une large grotte aux proportions harmonieuses. Le dôme s'élevait en courbe ogivale, où les filaments de rochers traçaient de légers arceaux; l'air extérieur pénétrait par des crevasses garnies de plantes verdoyantes; le sable, sec et uni, offrait parfois des ondulations de mousse ou des cristallisations chatoyantes.

Sophie aperçut de loin comme une très-large plaque d'acier limpide et bleuâtre. Elle approcha... c'était une citerne, où le vent du dehors n'avait jamais soulevé une onde, qui n'avait jamais entendu un bruit sur ses bords, et dont l'eau était tellement unie et immobile, qu'elle semblait avoir perdu sa nature pour prendre celle d'un miroir métallique.

Cette eau dormait dans le granit, mais entourée d'un terrain fertile où croissaient pour elles seules de magnifiques pariétaires, puis le dictame blanc, la soldanelle pourpre, l'iris bleu et rose. On était en hiver, mais ces plantes fleurissaient au hasard, ignorantes du cours des saisons, sous ces arceaux dont l'air tiède et vivifiant leur donnait un printemps souterrain.

Dans cette grotte hospitalière, aux suaves émanations, une pensée nouvelle vint enivrer Sophie de joie. Elle avait voulu voir seulement ces lieux où Waltimor avait passé, où son regard s'était reposé. Tout à coup elle songea que, puisqu'il parcourait parfois ces souterrains et habitait peut-être près de là, elle pouvait l'y rencontrer, le revoir!...

Un banc de granit, pavoisé de guirlandes de lierre, était à peu de distance de la fontaine; Sophie alla s'y asseoir, dans la folle pensée d'attendre Waltimor... Elle n'avait pas eu un moment de crainte dans son pèlerinage; la fatigue était dissipée, nul intempérie de l'atmosphère ne la blessait, elle était dans la meilleure situation, non pour raisonner, mais pour rêver. Elle appelait Waltimor à voix basse, et son cœur frappait violemment sa poitrine au bruit de pas lointains qu'elle croyait entendre dans les profondeurs où, depuis la création, nul bruit ne s'était levé.

Comme la jeune femme regardait autour d'elle, elle vit sur le roc auquel elle était adossée et que frappait le rayon de la lanterne, des caractères gravés... C'était son nom tracé sur la pierre brute par le burin.

Ce nom, par lequel Henri semblait répondre à la voix qui prononçait le sien, porta au dernier degré les espérances insensées de la jeune femme. Elle reprit sa lumière et s'élança devant elle, voulant parcourir tout le souterrain pour y retrouver Henri.

Plusieurs profondeurs s'ouvraient devant elle, elle en prit une au hasard, et, lorsque celle-ci se trouva croisée par d'autres cavités, le hasard guida encore ses pas. Elle s'avança toujours davantage dans les mystères du labyrinthe.

Mais, enfin, toutes les voies divergentes se perdirent; une pente rapide se trouva seule devant ses pas, elle la descendit, et fut irrésistiblement conduite dans une vaste caverne sans issue.

Là, tout le paysage souterrain était sombre et terrible. Des masses d'argile éparses, frappées obliquement par la lueur du flambeau, montraient à l'imagination des figures gigantesques et verdâtres; celles qui flottaient dans la pénombre semblaient plus effrayantes encore; et d'énormes racines, surgissant du sol, semblaient des serpents qui suivaient ces fantômes... Toutes les espérances de la pauvre pèlerine étaient venues aboutir à cet antre affreux.

Sans que rien marquât le cours du temps dans ces profondeurs de la terre, Sophie pensa bien qu'elle marchait depuis plusieurs heures, et qu'il fallait se hâter pour rentrer avant le jour au château. Le froid, la fatigue, se joignant à ses réflexions, elle revint aussi vite qu'il fut possible sur ses pas.

Mais, dans le dédale qu'elle suivit alors, la voyageuse ne retrouva plus la belle et verdoyante fontaine... plus la galerie bordée d'un sentier de pierre... plus rien de ce qu'elle avait remarqué... Elle sentit avec une stupeur, avec un effroi déchirant, qu'elle s'était égarée!... Elle n'avait pas songé un instant, la noble princesse, toujours portée en litière, que le souterrain pût lui refuser une voie de retour au moment où elle le voudrait, et l'obstacle qui se présenta fut terrible.

Comme il était dans la nature de Sophie de Bavière de se désoler à tout malheur au lieu de chercher à y remédier, son premier mouvement fut de s'asseoir sur une pierre et de fondre en larmes, au lieu de tâcher de découvrir son chemin. Ce ne fut que longtemps après, que l'affreuse pensée de demeurer là ensevelie vivante surmonta son abattement; la nécessité parlant plus haut que sa faiblesse, elle se mit à errer avec la fièvre de la peur et du désespoir dans le labyrinthe de plus en plus inextricable.

Elle marchait haletante, baignée de sueur froide, jetant autour d'elle des regards effarés, incapable de reconnaître un indice secourable, s'il se fût présenté, prête à tomber de lassitude à chaque pas, et faisant un trajet immense sur l'aile brûlante de la fièvre qui l'emportait.

Un dernier malheur manquait à la pauvre égarée: il ne tarda pas à venir l'accabler. Sa lumière, trésor immense dans cette éternelle nuit, baissa, pétilla lentement et s'éteignit.

A ce moment affreux, où il ne lui était même plus possible et tenter de nouveaux efforts pour son salut, Sophie se sentit mourir aussi. Elle se laissa tomber sur la terre, et crut que sa vie allait s'exhaler comme la faible lueur de son flambeau.

— O Waltimor! dit-elle, tu vis encore, et moi je meurs!... Notre séparation était bien éternelle!

Elle resta, en effet, plongée dans une prostration profonde, qui n'avait plus de l'existence que la douleur.

Mais, en tombant, le mouvement de son corps avait dérangé quelques rameaux des broussailles qui tapissaient les parois, et, de cette éclaircie, le rayon d'un jour pâle se répandit sur elle. A ce bonheur, à ce salut inespéré, la jeune femme tressaillit et tendit les bras à ce rayon bienfaisant. La lumière, mère céleste et protectrice, venait chercher un de ses enfants perdu loin d'elle.

Se redressant avec une force nouvelle, Sophie écarta les branchages desséchés, et fit une ouverture assez large pour que son corps mince et souple pût y passer. Elle se retrouva bientôt sur la surface de la terre, revoyant avec un cri de joie le ciel, le jour, l'espace, le monde des vivants.

Elle regarda autour d'elle, et ne reconnut pas le lieu où elle était; cependant elle se remit à marcher, et avança avec espérance et fermeté. C'était partout une campagne morne, solitaire, baignée d'une brume grise... Mais, à chaque pas, on pouvait rencontrer un toit de maison, un berger, une route; ce ciel sombre, ces arbres secs, paraissaient encore délicieux à Sophie, et elle trouvait admirable à voir le lapin qui broutait dans les landes.

Cette situation n'était pourtant si douce que relativement à celle qui venait de finir. La princesse de Bavière était seule, perdue dans des parages déserts... et la faim commençait à faire sentir ses cruels symptômes dans tout son être, atteint de frissons et de langueur.

Elle s'assit sur un petit monticule, où elle espérait qu'on pourrait l'apercevoir et lui venir en aide.

Ce secours, qu'elle ne pouvait pas même aller demander à la porte d'une chaumière, dans cette profonde solitude, vint, en effet, la trouver.

Il descendit bientôt du sentier d'une colline un gros cheval, portant sur sa robuste croupe garnie de paniers, un homme, une femme, des enfants, des légumes et des fruits d'hiver. C'était une famille de paysans qui se rendait, avec toutes ses provisions, au village voisin.

Sophie avait quelques florins sur elle, et se hâta d'acheter des gâteaux de froment et des noix. Elle eût pu songer à profiter de cette occasion pour retourner dans les lieux habités... mais il n'y avait plus de place vacante sur le cheval; pour obtenir une de celles occupées, il eût fallu se faire connaître, ce qui eût été pénible pour l'impératrice d'Allemagne, se trouvant d'aventure errante en pleine campagne, à la fin de la nuit.

Il lui fallut donc voir s'éloigner la petite colonie en dévorant son pain et ses noix, et en songeant que ses florins allaient commencer la fortune de ces braves gens. Car, selon la croyance populaire, la rencontre fortuite d'une souveraine *porte bonheur*, puisque, sans doute, une souveraine peut donner plus que ce qu'elle a.

Sophie se remit en marche. Avant de quitter les paysans, elle s'était fait indiquer la route de Conrad-Bourg; elle en prit une autre, ainsi qu'il arrive souvent, et s'éloigna à chaque pas davantage de sa résidence, qui était déjà à plusieurs milles derrière elle.

Elle se reconnut bientôt plus égarée que jamais, ne rencontrant pas âme qui vive, n'apercevant pas une maison dans l'étendue. Elle eût voulu demander son chemin aux nuages qui passaient sur sa tête, aux oiseaux qui voltigeaient autour d'elle; mais les nuages se perdaient comme elle, les oiseaux n'allaient qu'à leur nid.

Elle suivit pourtant machinalement une belle poule d'eau mordorée, qui la conduisit au bord d'une source encaissée de verdure, et couverte, dans toute sa largeur, par un antique bouleau. Elle but de cette eau, et, en se relevant, ses yeux furent frappés des mêmes caractères qu'elle avait vus dans la grotte; elle lut ce même nom de *Sophie*, gravé, cette fois, sur l'écorce blanche et lisse de l'arbre.

Aussitôt le charme puissant qui s'était attaché à sa course insensée, revint la dominer. Elle ne douta plus que Waltimor n'habitât ces lieux sauvages, elle se crut certaine d'y retrouver de nouveaux indices de son existence... peut-être la trace de ses pas.

Depuis cet instant, elle marcha plus vive, plus légère; elle alla par colline et vallée, interrogeant l'espace, demandant partout Waltimor !... et sentant au fond de son âme qu'elle devait aller ainsi jusqu'à ce qu'elle pût le revoir.

Hélas ! ce bonheur ne vint pas encore... Mais la nuit vint, et avec elle de nouveaux dangers, de nouvelles souffrances.

L'ombre épaisissait rapidement. Les roches à fleur de terre, les branches mortes, couvraient l'étendue, où nul chemin n'était frayé; au-dessus, tout était brouillard et ténèbres, remplis des longs mugissements du vent.

En tournant le flanc d'un coteau, la voyageuse se trouva tout à coup devant une sorte d'édifice sauvage, auquel il était impossible de donner un nom.

D'énormes blocs de rochers, montés à une hauteur prodigieuse, formaient un donjon de largeur irrégulière, dont la masse était suspendue, comme par enchantement, à une côte rocailleuse, et dont les intervalles de pierres formaient seuls le portail, les fenêtres et les créneaux.

Cette fortification noire, moussue, rongée par le temps et s'élevant dans le désert, remontait peut-être à l'âge où on n'avait aucune idée d'architecture, ou avait été construite dans le feu d'une guerre, à la hâte et au hasard.

Tel qu'on le voyait, ce donjon lourd, informe, d'aspect farouche, était aux nobles et fiers châteaux forts ce que l'animal féroce est à l'homme. A la nuit tombante, sa masse d'ombre, jetée au bord d'un bois, détachée sur un ciel chargé et jaunâtre, écrasait l'âme de tristesse et d'effroi.

La princesse de Bavière, à l'aspect de cet étrange édifice, eut la pensée de le fuir bien plutôt que d'y chercher un asile. Elle se retira dans un fourré d'arbres voisin, prête encore une fois à désespérer de sa vie.

Cependant une pluie serrée, après avoir frappé avec un bruit sonore le dôme de sapins, commençait à ruisseler sur l'impératrice. Elle se désespéra à ce nouvel incident, la délicatesse de ses habitudes lui faisant regarder comme absolument impossible de demeurer exposée à la pluie.

Malgré son extrême répugnance, elle se rapprocha du donjon, qu'elle devait croire inhabité, puisqu'il n'offrait aucune lumière, afin de mettre au moins un abri sur sa tête.

Il n'y avait ni grille ni portail à ouvrir pour pénétrer dans l'intérieur; les blocs de granit laissaient au pied de la muraille un passage qui servait d'entrée. Dans l'enceinte, qu'éclairait encore une lueur du couchant, la princesse n'aperçut ni habitant ni trace d'habitation. Cette solitude sauvage la frappait de crainte, et, si elle eût rencontré quelqu'un dans un tel lieu, elle eût eu bien plus de frayeur encore.

Voyant, au fond, un escalier formé de pierres brutes superposées, elle se hasarda à y monter.

L'étage où elle arriva était également rustique et désert; mais il y avait du feu allumé dans l'âtre d'une grossière cheminée, et, partant, un peu plus de lumière; une table de planches était au milieu de la pièce; un lit de feuilles sèches dans un coin; il y avait même un grand chapeau de feutre gris, orné d'une plume rouge, suspendu à la muraille, et un luth posé au-dessous. Cette plume, cet instrument, étaient au moins des vestiges du monde civilisé.

Sophie eut le courage de s'asseoir en cet endroit; elle s'enhardit même jusqu'à développer sa mante devant le foyer, et à tremper sa chaussure mouillée dans la cendre chaude... Mais cette heureuse assurance fut de courte durée. Elle entendit bientôt des voix nombreuses au-dessous d'elle et des pas lourds mêlés de bruissement d'armes qui montaient l'escalier.

La malheureuse femme, tremblant de tout son corps, baissa son voile, croisa sa mante pour cacher les armoiries qui bordaient son corsage, et se retira derrière l'appui de la cheminée... Elle eût voulu entrer dans la muraille.

Il était impossible de se faire illusion à cet égard, elle était dans un repaire de brigands. Ces hommes sauvages seraient furieux de voir leur retraite découverte; ils voudraient obtenir d'elle pour rançon de l'or, des joyaux qu'elle n'avait pas... Il fallait s'attendre aux plus cruels traitements, à la torture, à la mort... Son sang s'arrêta dans son cœur, une sueur froide coula de son front.

La figure qu'elle vit entrer était bien celle d'un bandit du type le plus hideux; on n'apercevait sur lui que des peaux de bêtes fauves, puis un sabre, un poignard, qui brillaient dans la rude pelure.

Cet homme s'arrêta à quelques pas de la princesse, et lui dit :

— Le souper est prêt... Madame veut-elle qu'on la serve?

Quand, au lieu de la surprise irritée que le brigand devait témoigner à sa vue, au lieu de l'étreinte meurtrière de son bras, qu'elle croyait déjà sentir, Sophie entendit ces mots prononcés d'un ton rude, mais poli, elle crut que son esprit s'égarait et qu'elle avait mal compris.

Le bandit, ne recevant aucune réponse à sa demande, prit ce silence pour un consentement; il répéta :

— On va servir le souper de madame.

Et il descendit à l'instant.

La princesse était dans une stupéfaction qui ressemblait à de l'extase; elle pressait son front de sa main et cherchait en vain le secret de cet étrange accueil. Comment ces hommes savaient-ils qu'elle viendrait là ce soir, quand elle s'en doutait si peu elle-même?... Pourquoi l'attendaient-ils... s'ils ne l'avaient jamais vue? Pourquoi cette hospitalité débonnaire envers la première femme venue?... S'ils reconnaissaient l'impératrice, malgré l'obscurité et le capuchon qui cachait son visage, comment montraient-ils si peu d'étonnement?... Pensaient-ils qu'elle allait quitter son trône d'Allemagne pour venir régner sur eux dans les bois?...

Elle n'eut guère le temps de se livrer à ces perplexités. Le même bandit revint chargé de mets qu'il posa sur la table. D'autres parurent ensuite à l'ouverture de l'escalier et se répandirent dans la chambre. On les apercevait à la lueur vacillante du foyer, sans pouvoir distinguer leurs traits.

Ils déroulèrent plusieurs peaux de bêtes fauves et les étendirent avec soin sur la couche de feuilles; ils suspendirent à côté un manteau de femme, sans doute pour que Sophie pût changer le sien, qui était encore mouillé; ils remplirent l'âtre de fagots pétillants.

— La nuit est froide, dit l'un d'eux; nous avons pensé à fermer ces fenêtres.

Et, cela disant, ils étendirent devant les ouvertures de la muraille des treillages serrés, formés de branchages de bois, qui, selon leurs idées peu raffinées de bien-être, devaient suffisamment garantir des intempéries de l'air.

Puis ils redescendirent tranquillement l'un après l'autre.

— Tous les allfressers sont maintenant rentrés, dirent les derniers en se retirant; si madame désire quelque chose, elle n'a qu'à frapper dans les mains, on lui apportera ce qu'elle demandera... excepté de la lumière cependant... car il serait plus dangereux d'en avoir cette nuit que jamais.

Quand Sophie demeura seule, son étonnement et sa terreur redoublèrent encore, s'il était possible. Le nom épouvantable d'*Allfresser* (1) venait de lui apprendre dans quel gouffre elle était tombée.

On appelait ainsi la bande formée des soldats des troupes impériales, qui, forcés par le manque de paye et de vêtements à déserter et à se répandre dans les bois, y avaient apporté leur connaissance des armes et cette habitude de donner la mort, qui, n'étant plus réglée par le devoir militaire, devenait une tuerie épouvantable. Les allfressers dévastaient les demeures aux environs de leur antre, attaquaient les voyageurs les mieux armés, et ne faisaient jamais de prisonniers.

Mais, au lieu d'avoir à souffrir de leur cruauté, la princesse égarée, tombée dans leurs mains, sans défense, était encore traitée par eux en princesse sauvage : voilà ce qui confondait sa raison.

En ce moment, elle entendait à l'étage inférieur les sons d'une musique militaire, paisible et grave, par laquelle les brigands avaient certainement la prétention de la distraire pendant son repas du soir.

Ce repas grossier et barbare, ce pain chaud encore plein de cendre, ces oiseaux mal plumés et rôtis sur la braise, avaient pourtant un arome âpre et mordant qui, aidé d'une faim extrême, excitait au dernier degré la convoitise de la pauvre voyageuse.

Accablée de fatigue et de besoin, qu'il eût été doux de manger au gré de son envie de cette viande dorée, de boire à cette cruche qui offrait le rubis limpide de son vin, puis d'aller s'étendre sur ces peaux chaudes et moelleuses!

Mais tout cela avait été volé, apporté par des mains criminelles et tachées de sang. Sophie croyait qu'il y allait de la damnation éternelle d'y toucher. Elle prit son rosaire et se mit à prier pour distraire de la tentation, s'il était possible, son âme et ses sens.

Au bout de quelques instants, la musique ayant cessé et un silence profond régnant à la place, la jeune femme pensa que tout le monde dormait dans le donjon, qu'il lui serait sans doute possible, avec son pas léger, de sortir sans rompre le sommeil de fer qui devait fermer les yeux de ces hommes des bois, et qu'il était au moins de son devoir de faire ce qu'il était possible pour fuir le séjour des brigands.

Elle se leva et se dirigea vers l'escalier... Mais, comme elle passait devant la couche de feuilles, ses pieds déchirés, ses jambes endolories, refusèrent absolument de la porter. Elle fut obligée de s'asseoir sur ce lit rustique, et y laissa bientôt tomber sa tête alanguie. Le vent tourbillonnait en longues rafales, les cimes des grands arbres agitaient leurs ondes immenses dans l'espace ; ces bruits, d'une lugubre harmonie, berçaient la pauvre voyageuse.

Le besoin de la nature, plus fort que toute résolution, l'endormit bientôt du plus doux sommeil dans cet antre maudit.

XXIX

DANS LE DONJON

Au bout de quelques heures, la princesse fut réveillée par un bruit fort léger. C'était le pas d'un cheval qui approchait du donjon.

Elle se précipita vers une ouverture de la muraille, écarta le voile de branchages qui la fermait, et vit, à la lueur des étoiles, une forme équestre montant des rochers qui semblait impossible au pied d'un cheval de gravir. La forme sombre vint se perdre dans les taillis qui enveloppaient la base du bâtiment, et bientôt un nouveau bruit de pas se fit entendre sur l'escalier.

Ces pas légers causèrent à la princesse, sans qu'elle sût pourquoi, une impression d'épouvante plus profonde que les pas pesants des bandits.

Une femme entra, tenant une lanterne sourde à la main.

Le rayon lumineux, en se répandant dans l'enceinte, fit tressaillir d'une surprise extrême les deux personnes qui s'y trouvaient.

— Dieu! Son Altesse l'impératrice! s'écria la femme qui venait d'entrer.

— La comtesse Ursule de Norberg, dit Sophie d'une voie entrecoupée.

Elles demeurèrent immobiles.

— Mes yeux ne me trompent-ils pas? reprit Ursule. Est-ce bien notre auguste souveraine que je trouve seule en cet endroit, au milieu de la nuit?

— Une fantaisie imprudente, répondit la princesse, m'a égarée. J'ai voulu visiter seule des souterrains attenant à la forteresse où je résidais; leur dédale m'a conduite à une issue opposée à celle d'où j'étais partie et s'ouvrant dans une campagne inconnue... Je n'ai marché tout le jour durant que pour me perdre davantage, jusqu'au moment où, surprise par la nuit et l'ouragan, j'ai cherché une retraite ici... sans savoir où j'entrais...

— Fatalité inouie! dit la comtesse, tandis que So-

(1) Qui dévore tout.

phie examinait en dessous et avec crainte sa mystérieuse hôtesse du *château des Croix*.

— Mais, ajouta la princesse, c'est chose bien étrange ; ma vue, dans cette chambre où sont bientôt montés les allfressers, ne leur a causé aucune surprise!... Sans que je dise un seul mot, ils ont apporté mon souper... et préparé ma couche.

— Je vois ce que c'est, dit Ursule en souriant, il n'y avait pas de lumière ici ; ces gens, en apercevant une femme enveloppée d'une cape brune, silencieuse comme je le suis souvent, vous ont prise pour moi, qu'ils ont crue rentrée avant eux au donjon, et vous ont servie à ma place.

— Votre place, madame, est donc bien élevée parmi eux? dit Sophie. Puis elle ajouta en elle-même : « Après avoir commandé aux démons, la voilà devenue chef de brigands; ce n'est pas déroger. »

Ursule, sans répondre, dit, en montrant le repas servi :

— Eh bien, ma chère et noble princesse, dans la position malheureuse où je vous vois, je pense qu'il faut réellement boire la coupe jusqu'à la lie, en prenant un peu de ces vins rustiquement servis.

Elle indiqua de la main une escabelle où Sophie se laissa tomber.

— Je prendrai la liberté de m'asseoir à votre table... pour vous servir, ajouta-t-elle en découpant les rôtis, dont la chaleur du foyer avait entretenu le fumet attrayant.

Sophie mangea beaucoup par faim, beaucoup par peur, voulant bien se garder de blesser sa redoutable hôtesse, quoique, en réalité, elle eût préféré la compagnie d'un allfresser à celle de cet être de plus en plus équivoque.

Elle continuait à l'observer à la dérobée.

Ce n'était plus la délicate et élégante châtelaine, faisant les honneurs de son manoir à l'impératrice. La vie au grand air et l'exercice dans les bois lui avaient donné une carnation plus animée et une vigueur nouvelle; ses manières, toujours de la même distinction, avaient, au lieu de grâce languissante, une empreinte libre et fière.

Ce n'était pas non plus le spectre effrayant qu'on voyait en elle lorsqu'elle reprenait dans la nuit sa forme naturelle. Elle portait bien, comme dans ses courses nocturnes, une robe de laine brune, des cheveux à l'abandon; mais son vêtement d'amazone dessinait agréablement sa taille élevée et bien prise; elle avait mis, en quittant sa toque mouillée, le chapeau que Sophie avait remarqué en entrant, et, sous ce feutre gris à plume rouge, sa chevelure noire encadrait, avec autant de grâce que de désordre, son beau et pâle visage; ses traits étaient calmes, ses yeux brillants, sa voix naturelle.

Elle mangeait peu, et semblait préoccupée de pensées dont la rencontre extraordinaire de l'impératrice n'avait pas le pouvoir de la distraire entièrement.

— Mais vous-même, madame, dit Sophie, qui sentait ses impressions pénibles redoubler dans le silence, vous avez aussi passé une journée de fatigue, à ce qu'il paraît?

— Oh! moi... peu importe que j'use mes forces, je n'en aurai pas besoin longtemps!

— Cela doit vous paraître si étrange, ces bois remplis de tempête, cette demeure sans abri!... ces hommes... dont le respect et l'obéissance... sont encore effrayants...

— Quand on porte en soi un sentiment fixe, puissant, il efface les étrangetés comme les périls. Le vent balaye de sa trombe les grands arbres comme les brins de paille, pour régner seul dans la plaine.

Sophie vit bien que la comtesse parlait de sa tendresse, de ses regrets pour son frère... et devant le regard exalté, sublime, qui brillait alors dans les yeux d'Ursule, elle eut honte de sa faiblesse.

— Moi aussi, dit-elle tout bas en cachant sa tête derrière la vaste amphore qui contenait le vin sur la table; moi aussi j'étais entraînée dans ces lieux inconnus par l'espoir d'y retrouver Waltimor. Et pourtant je n'ai pu me voir, sans effroi, ensevelie dans un souterrain, jetée dans une caverne de brigands... Cette femme a le cœur plus ferme que moi... Est-ce que les bonnes et les mauvaises passions grandissent ensemble?... est-ce qu'il faut être un peu endiablée pour savoir bien aimer?

— Mais, dit la princesse en renouant une conversation difficile, s'il y a quelque temps que vous vivez dans cette forêt... avec de tels compagnons... et si les allfressers sont ce qu'on dit... vous devez avoir assisté souvent à des scènes violentes.

— Les scènes de combat, de sang et de mort ne m'effrayent pas, dit Ursule avec un calme sinistre.

— Voilà encore son affreux amour pour les morts, dit à part Sophie. Mon Dieu, ayez pitié de moi!

— Vous êtes cruellement troublée de votre situation, madame, dit Ursule en voyant pâlir la princesse. Vous ne pouvez rester dans cette retraite... sûre, puisque j'y réponds de votre existence... mais insupportable pour vous. Et, en même temps, il me paraît aussi impossible d'en sortir.

— Je partirai au point du jour, dit vivement Sophie.

Ursule secoua la tête avec un air de douce pitié.

— Vos forces sont épuisées, dit-elle, vos pieds déchirés par la marche... Ensuite, une montagne s'élevant au-dessus du souterrain que vous avez traversé, la route à la surface de la terre serait plus longue et plus difficile encore que celle que vous avez faite.

— Ne pourriez-vous me procurer un moyen de transport?

— Je voudrais de toute mon âme vous donner une litière moelleuse, une garde d'honneur, ma noble souveraine... mais je n'ai rien de tout cela... Il n'y a ici de cheval que le mien... sur lequel nul autre que moi ne peut monter.

— Je vous en rends grâce, interrompit sèchement Sophie, en pensant à ce fantastique cheval qui la conduisit droit chez les morts.

— D'ailleurs, le voyage entrepris seule serait trop dangereux pour vous, et les allfressers ne sauraient vous servir d'escorte dans les lieux habités... Ils ne peuvent quitter les bois, qui sont leur place forte.

— Je vous en remercie, d'ailleurs, répéta Sophie avec plus d'amertume.

— Vous voyez, madame...

— Mais, Dieu puissant! que faut-il donc faire?

— Vous invoquez Dieu, douce et pieuse princesse... Il viendra sans doute à votre aide.

— Je crois en lui de toute mon âme... quoique, à vrai dire, je trouve qu'il m'abandonne bien souvent.

— En attendant, vous êtes ici sous ma sauvegarde, dit Ursule en effleurant de la main le long panache de son feutre gris, qui lui donnait bien une légère teinte de chef de bandits.

— Où sommes-nous ici? demanda l'impératrice en se levant de table.

— Dans une forêt sans nom, auprès des monts Granort.

— Des monts Granort? répéta Sophie. Mais c'est là, ce me semble, où on croit situé le principal siége du tribunal secret?

— Oui, *c'est là!* dit Ursule en accentuant ce mot avec une joie étrange.

La proximité du tribunal suprême rassurait quelque peu Sophie dans sa détresse. Elle alla s'asseoir au coin de l'âtre, et, reprenant son rosaire, en tourna languissamment les grains entre ses doigts.

La comtesse de Norberg, ne voulant pas profiter seule de la couche de feuilles, se retira à l'angle de la cheminée, et retomba dans sa méditation habituelle.

Il y avait, à leur insu, un étrange rapport entre ces deux femmes... Et c'était de là même que naissait la froideur insurmontable, la répulsion instinctive qu'elles éprouvaient l'une pour l'autre.

Le besoin de sommeil reprit ses droits, malgré toute résistance. Sophie, laissant pencher sa tête pâle et endolorie contre la rude pierre de la cheminée, s'endormit jusqu'au jour.

Lorsqu'elle s'éveilla, la comtesse de Norberg n'était plus dans le donjon. Soulagée par cette absence et par le retour de la lumière, la princesse se hasarda à descendre de sa chambre.

L'espace inférieur du bâtiment était aussi désert qu'elle l'avait trouvé la veille, et aucun bruit n'annonçait que les allfressers fussent près de là. Sophie s'avança sur une pelouse qui bordait la forêt et dominait un torrent. Là, un objet infiniment agréable vint frapper ses regards. Elle vit, assis sur un banc de granit, le bon vieux serviteur qui, dans la chapelle du château des Croix, lui avait donné l'explication des monuments funéraires de la famille de Norberg, et raconté les malheurs de ses jeunes maîtres.

Cet homme, que n'accompagnaient ni le mystère ni l'effroi, était, dans la situation présente de la princesse, une rencontre bien précieuse. Comme il s'éloignait respectueusement à l'approche de sa souveraine, elle le retint et renouvela connaissance avec lui.

Le courant d'eau, gonflé par l'ondée de la nuit, venait bondir jusqu'au pied des rochers qui formaient son lit; mais l'air frais du matin avait déjà séché les blocs de pierre roulés dans l'herbage et les mélèzes qui se détachaient de la forêt pour venir l'ombrager. La princesse voulut s'asseoir en cet endroit. Un instant après, le vieillard alla lui chercher du pain et du lait, qu'elle prit avec une satisfaction extrême, en faisant asseoir auprès d'elle le brave serviteur, qu'elle attachait immédiatement à sa personne.

Tout était calme, les hautes cimes de la forêt demeuraient immobiles; le vieux donjon, plongé dans le silence, ne paraissait pas avoir abrité un être humain depuis des siècles; ce monument, d'un passé inconnu, qui s'était élevé loin du monde ou avait vu le monde se retirer de lui, semblait, dans le recueillement, méditer des lointains souvenirs.

— Vous avez suivi votre maîtresse dans un bien périlleux voyage, dit Sophie au vieux domestique.

— Nul autre que moi n'aurait voulu le faire, répondit-il.

— Votre âge vous en dispensait plus que tout autre.

— La vieillesse dégage du service, mais non du dévouement.

— Vous êtes bien attaché à la princesse Ursule?

— Comment ne l'aimerait-on pas; elle si aimante, si pure et si malheureuse?

— Oui; vous m'avez dit que son frère chéri, le jeune Francis, avait péri de mort violente, dans une nuit funeste.

— Cette nuit devait durer éternellement pour ma jeune maîtresse. Depuis ce temps, les ténèbres et les regrets ont enveloppé toute son existence.

— Elle me semble moins brisée par la tristesse qu'au château de Norberg.

— Là-bas, c'était la douleur concentrée qui dévore sourdement; ici, c'est la douleur active qui se propose un but, et rend pour un moment l'aspect de l'existence.

— Les brigands ne traitent pas la comtesse Ursule en prisonnière.

— Elle est venue d'elle-même au milieu d'eux.

— Étrange courage!... Mais cela suffit-il pour attirer, de tels hommes, le respect, la soumission?...

— Le premier instant de son arrivée dans leur camp y a établi son pouvoir. Nous approchions, ma maîtresse et moi, de la lisière de cette forêt, lorsque des paysans nous dirent de prendre aussitôt une des routes qui s'en détournent, parce que les profondeurs de ces bois étaient, à ce qu'on croyait, le repaire des allfressers, les plus féroces des brigands. Un homme de cette bande, qui était là et qu'on prenait pour un pauvre serf, entendit ce propos, et vint le répéter à ses compagnons, en regrettant la riche proie qu'ils auraient pu faire sans l'avis malencontreux des paysans. Un instant après, dans la clairière où ils étaient réunis, ils virent arriver la belle et noble dame au grand galop de son cheval. « Allfressers! cria-t-elle, vous n'aurez pas de peine à m'arrêter, je viens vous rejoindre; vous n'aurez pas de combat à livrer pour me dépouiller; voilà tout ce que je possède. » Et, en disant cela, elle jeta sur le sable, autour d'elle, tout l'argent qu'elle avait apporté, puis sa chaîne d'or, des bracelets, des joyaux qui brillaient d'un éclat magnifique au soleil. Ces hommes sauvages, mais autrefois civilisés, et qui, depuis longtemps, ne voyaient plus que les figures de leurs captifs bouleversées par l'horreur et le désespoir, s'épanouirent de joie à l'aspect de cette femme jeune et belle, hardie et souriante. En s'agenouillant sur le sable, pour ramasser les richesses que ma maîtresse y avait dispersées, ils restèrent prosternés plus longtemps qu'il ne le fallait pour empocher leur butin. Ils restaient en extase devant la noble étrangère, et déjà, sans le savoir eux-mêmes, ils lui prêtaient ainsi foi et hommage.

— Mais c'est vraiment un miracle! dit Sophie de Bavière.

— Non, madame. Il y a toujours un cœur au sein de la foule, même la plus barbare, et avec du courage, de la confiance, on peut aller à ce cœur. — Ensuite?

— Les allfressers ne cherchaient pas le motif de cette extraordinaire visite, mais ma maîtresse leur dit : « Mes amis, j'ai conçu un projet pour lequel vous seuls au monde pouvez me servir... Je resterai parmi vous quelque temps... je ne sais combien... pour préparer l'exécution de ce dessein. Et, quand vous l'aurez accompli, je vous promets deux fois plus d'or que je ne viens de vous en donner. » Les allfressers répondirent par des acclamations. « Ce que vous aurez à faire pour obtenir cette récompense, reprit-elle, impossible à tout autre, est facile pour vous. Je vous demanderai la mort d'un homme que vous seul pourrez oser frapper. »

— Grand Dieu! voilà ce qu'elle a demandé? s'écria Sophie.

— Les brigands ont accepté sans rien savoir davantage. Il leur est bien indifférent de tuer l'un ou l'autre.

— Mais elle... cette femme... elle veut donc accomplir un crime?

— Madame, laissons à Dieu le droit de juger les malheureux.

— Et quel est donc celui qu'elle veut sacrifier?

Le vieux serviteur fit silencieusement le signe de la croix, ce qui était sa manière de montrer qu'il ne pouvait répondre.

Sophie demeura étourdie de ce qu'elle venait d'entendre et frappée d'indignation à la pensée de ce meurtre projeté, plus même que ne devait naturellement l'être la pieuse et humaine princesse.

Elle fut cependant bientôt tirée de sa préoccupation par des clameurs lointaines qui perçaient la voûte des bois. Le vieillard lui dit que, sans doute, les brigands venaient de faire quelque nouvelle capture, et qu'on entendait leurs cris de joie farouche.

Les angoisses de Sophie redoublèrent; certainement une telle situation n'était plus tenable pour elle.

Elle s'approcha du torrent, lava ses pieds sur une roche à fleur d'eau, et regarda si leurs meurtrissures seraient bientôt guéries. Elle pensait bien, quand cela serait, s'échapper de ce repaire et se mettre seule en route, malgré les obstacles représentés par la dame du lieu.

Regardant toujours le torrent, Sophie se promit d'en suivre les bords dans sa fuite, espérant que les avantages offerts par ce courant d'eau auraient fait élever quelque habitation humaine sur son rivage et qu'elle pourrait enfin trouver un asile.

Nous laissons Sophie de Bavière à ses terreurs, à ses projets, pour assister à la réunion des allfressers qui avait lieu au centre de la forêt.

XXX

LA JOURNÉE DES BRIGANDS.

Les allfressers ne passaient que la nuit dans le donjon; le jour, ils avaient pour salle d'armes, de conseil et de fête, la grande clairière de la forêt.

Vus au grand jour, ils étaient épouvantables. Leur figure avait pris une teinte verdâtre dans les bois; leur barbe, d'épaisse végétation, se tordait en serpents; moitié soldats, moitié sauvages, ils portaient des armures démantelées sur des peaux de bêtes fauves; les pièces qui manquaient à leurs armures étaient remplacées par des morceaux de bois, et tout leur équipement attaché à leur corps par des pampres de lierre garnis de feuilles.

En ce moment ils étalaient, au lever du soleil, leur chasse du matin : des daims, des chevreuils, tout humides et parfumés de l'herbe aromatique où ils avaient passé la nuit, et que les brigands allaient dépouiller et rôtir pour en faire chère-lie.

L'un d'eux, brandissant son poing, qui tenait par les deux pattes de derrière un magnifique daim, assurait que nul des compagnons n'avait jamais couché bas si belle pièce de gibier.

— Voici ta récompense, dit une espèce de chef, en arrachant, on ne sait par quelle force sauvage, une branche de sapin, qui, détachée de l'arbre, pouvait passer pour un tronc elle-même. Tiens, vaillant guerrier, prends cette palme de victoire.

— Elle est à moi! s'écria un bandit en sautant d'un rocher, et en saisissant la palme au moment où elle passait des mains du distributeur de la gloire à celles du héros.

— Wambo, tu te feras passer par les armes avec tes insolences!... Sois plus circonspect, ami Wambo, si tu tiens à ce que tes oreilles fournissent une longue carrière.

— Je maintiens que la palme est à moi, et pour cause. Jakman n'a pris que le plus beau daim de la forêt, moi j'ai pris du gibier de meilleure race... Et, ce qu'il y a de plus beau, c'est qu'il vient à la broche tout seul.

— De quoi s'agit-il, Wambo? Parlons peu, et parlons bien.

— Écoutez tous. J'étais vers le confin du bois, où j'abattais un alisier pour en faire une massue, lorsque quatre serfs, portant une litière, se sont arrêtés devant moi... Ils me prenaient pour un manant de bûcheron, vu que mon uniforme n'est pas bien sévère... Les rideaux de velours se sont ouverts, et l'homme qui était dedans m'a demandé le chemin le plus court pour sortir de la forêt; je lui ai indiqué la direction qui conduit droit au centre, par ici. Ils l'ont prise. Et moi je suis accouru vous dire la fameuse harangue : « Soldats! voici le moment où la patrie, c'est-à-dire la forêt qui vous nourrit de gibier dans son sein, vous offre une ample moisson de gloire... c'est-à-dire de butin... et vous prépare des lauriers toujours verts!... ce qui n'est pas difficile, car elle en est faite. »

— Tais-toi donc... Est-ce un seigneur?

— Cousu d'or.

— Vivat!

— Tenez... les feuilles du fourré bruissent là-bas comme au passage du sanglier.

— Attention!

En une minute les bandits furent armés. Ils jetèrent les apprêts du festin dans le taillis, et s'y cachèrent eux-mêmes. La clairière demeura nette et silencieuse.

Rien ne paraissait plus à l'entour que le feuillage sombre des arbres d'hiver, où brillaient seulement quelques pointes d'arbalètes, comme des feuilles humides frappées d'un rayon de soleil.

Alors voici venir la litière, que quatre serfs, pliant sous le faix, portent à pas lents. Lorsqu'elle est au milieu de l'enceinte, une nuée de flèches l'environne et lui ferme la marche de tous côtés. Pris dans ce filet meurtrier, les paysans regardent autour d'eux avec effroi, appellent en aide le Dieu du ciel et le bâton qui pend à leur ceinture. Les bandits débouchent du taillis, fondent sur eux, les désarment, les terrassent, les égorgent. La litière tombe de tout son poids sur la terre, le brancard se brise, le dais se renverse et laisse voir un homme âgé, d'une figure maigre, cave, et doublement blême en ce moment. Il demeure pétrifié dans la position peu digne où la chute de la litière vient de le jeter.

Les brigands le débarrassent aussitôt de sa toque ornée de diamants, de son manteau chamarré d'or, ainsi que des chaînes et cordons d'honneur qui pendent sur sa poitrine.

Le personnage, mis ainsi à découvert, montre son long vêtement noir brodé de filets rouges, son crâne chauve, sa barbe blanche et pointue. Sa vue frappe le souvenir de quelques-uns des soldats qui ont servi à Prague. Ils mettent un nom sur cette figure. Ce nom est répété par toute la troupe, et on s'écrie, au milieu d'un roulement d'éclats de rire :

— Le bourreau!... le bourreau!...

Messire Louskar, comme on le sait, faisait partie de la députation envoyée par l'empereur au grand-maître du tribunal suprême, et qui était, en ce moment-là, sur le point d'arriver à sa destination. Mais l'âge du ministre de Winceslas le forçait à aller en litière, et le dédain de ses compagnons de voyage à se tenir à une certaine distance d'eux. Ce matin-là, connaissant d'avance le point où l'on devait arriver dans l'après-midi, il avait pris, pour s'y rendre, une route plus longue, mais plus frayable que celle que suivaient les grands officiers; une fatale inspiration le poussant, il s'était engagé dans le bois, et voilà ce qui lui en était arrivé.

— Maître Louskar, dirent les bandits en l'entourant, le bonnet à la main, nous devions infailliblement faire connaissance ensemble. A Prague, c'est nous, pauvres déserteurs, qui aurions passé par vos mains; ici, c'est vous qui passerez par les nôtres.

L'imminence du danger rendant au vieillard du courage et une sorte de dignité, il se leva de terre, croisa les bras sur sa poitrine, et regarda en face les allfressers.

— Voilà donc, dit-il, ces hommes d'armes dégradés, qui ont perdu, dans la fuite et le brigandage, jusqu'au souvenir de leur noble profession?

— Non pas, s'il vous plaît, répondirent les bandits; nous nous souvenons très-bien du service de l'empereur : des journées sans pain, des marches sans sommeil, des courses continuelles dans des campagnes dévastées, où la chaumière était fauchée comme l'épi, où la guerre avait si bien tout ravagé qu'on n'y trouvait plus même à mendier... puis de la paye qui ne venait jamais et des coups de plats de sabre qui venaient à la place.

— Et vous avez lâchement déserté?

— Nous nous sommes faits libres, et aussitôt nous avons trouvé à vivre comme des animaux. La liberté nourrit ses enfants.

— De vrais soldats eussent mieux aimé mourir sous leurs drapeaux.

— Notre drapeau, c'est l'ouragan qui plane sur ces contrées désertes et nous en donne l'empire; nous régnons dans le palais des bois au lieu de monter la garde à la porte; dans les guerres livrées contre l'ours et le sanglier, nous sommes toujours vainqueurs et la dépouille est à nous.

— O milice passée au service du diable!...

Messire Louskar allait continuer, mais un brigand pourfendit le discours.

— Ce n'est pas cela dont il s'agit, dit-il, mais de régler votre affaire... Un autre, à votre place, pourrait peut-être se tirer d'ici avec une rançon. Le bourreau, c'est différent, l'humanité ordonne de le tuer.

— Malheureux! un ministre de l'empereur!

— Monseigneur, dit Wambo d'un ton doctoral, tous les hommes sont égaux devant Dieu... et devant les loups.

— Oh! laissez-moi vivre et je vous paierai toutes les rançons du monde.

— Pour que vous alliez exécuter de pauvres déserteurs.

— Au nom de tous les saints!

— Vous avez peur, messire bourreau! Est-ce que la mort n'est pas de vos amies?

— Il y a plus de plaisir, pour de braves chasseurs comme vous, à tuer un ours dans son antre qu'un pauvre vieillard sans défense.

— L'un n'empêche pas l'autre.

— Laissez-moi du temps... laissez-moi seulement un jour.

— Pour ta confession? tu as tué comme un instrument de supplice, et ne peux même pas te repentir. Pour ton testament? sois tranquille, la hache du bourreau trouvera toujours un héritier.

— Mais, misérables! vous ne savez pas ce que vous allez faire en m'ôtant la vie... Apprenez que je suis envoyé par l'empereur auprès du grand-maître des francs-juges, pour une négociation qui peut sauver l'État de sa ruine, et que je dois arriver ce soir même au sanctuaire de la justice secrète. S'il reste encore sous votre écorce sauvage quelques étincelles de l'honneur que vous avez autrefois connu, vous devez au moins être touchés de respect pour ces grandes puissances, et me laisser la vie au nom du souverain de la nation et du tribunal suprême.

Cette allocution n'avait pas produit plus d'effet qu'une flèche lancée dans les nuages, et les brigands levaient déjà le fer pour exécuter l'exécuteur public.

Un coup de sifflet partit du bois.

Le chef des bandits, quittant un instant la présidence, se rendit à ce signal.

A quelques pas, dans le fourré, se trouvait la comtesse Ursule sur un cheval noir.

Les traits animés d'un feu extraordinaire et son grand feutre enfoncé sur les sourcils, elle dit vivement au capitaine :

— Retardez de quelques instants l'exécution de cet homme qui vient de tomber entre vos mains. Il faut que je le voie avant qu'il meure.

L'allfresser s'inclina, et alla prendre par le bras le prisonnier, qu'il amena à *madame*. Puis il revint dire à la société :

— Madame veut voir la capture de ce matin. Pendant qu'elle l'examinera à l'aise, je crois qu'il faudrait déjeuner.

Cet avis obtint l'approbation unanime. On s'aborda, dans la préoccupation de préparer et de manger le gibier, et les nombreuses libations d'eau-de-vie qui suivirent le repas prolongèrent indéfiniment la distraction d'esprit à l'endroit du prisonnier.

Ursule avait mis pied à terre pour parler à cet homme et se tenait accoudée sur la crinière de l'impétueux et docile cheval noir.

— Vous êtes porteur des paroles de l'empereur aux grands maîtres du tribunal secret, dit la comtesse en commençant l'interrogatoire. Comment pensez-vous arriver jusqu'à eux?

— Les officiers de la couronne font partie de cette ambassade. Ces seigneurs et moi devions nous trouver ce soir aux environs du sanctuaire où siége le tribunal suprême...

— Comment le connaissez-vous?

— Un chevalier initié au premier ordre des francs-juges est avec nous.

— Ensuite?

— Nous écrirons une demande d'audience aux chefs de la société secrète, et nous clouerons le parchemin à un arbre. Les invisibles répondent toujours à ces appels.

— Pouvez-vous me faire connaître le lieu où siége le tribunal?

— Dans un vaste souterrain des montagnes voisines, dont l'ouverture se trouve à cent pas du rocher d'Arnold.

— Je le sais... Mais ce rocher d'Arnold, où est-il? demanda encore Ursule avec un frémissement dans la voix.

— N'y a-t-il pas ici près un torrent.

— Oui.

— Ce courant d'eau doit servir de guide. Si j'étais sur le bord, je pourrais indiquer d'une manière positive et presque montrer la cime de ce rocher.

— Je vais vous y conduire.

Tous deux se mirent alors en chemin dans le bois.

Le malheureux Louskar, pour prix du service qu'il rendait, eût bien voulu demander la vie sauve. Mais cette femme extraordinaire, si belle et si pâle, au regard perdu, à la voix brève et glacée, lui imposait plus que les brigands. Sa gorge était serrée et la parole expirait sur ses lèvres.

— Ils avançaient en silence, le prisonnier ne sachant s'il frayait ses derniers pas sur la terre ou s'il marchait à la délivrance; Ursule était absorbée par un intérêt bien plus grand encore que celui de vie ou de mort.

Ces deux sombres figures passaient sous les obscures voûtes que le sapin élève en ogive. Leurs regards étaient immobiles; on n'entendait pas le sol bruire sous leurs pieds; le cheval suivait, d'un pas morne, sans humer l'herbe fraîche : c'était le groupe des plus tristes fantômes qui aient jamais parcouru les ombres des forêts.

Ils arrivèrent sur la pelouse du bord de l'eau, où Sophie de Bavière reposait quelques instants auparavant.

— Est-ce là le torrent dont vous avez parlé? demanda Ursule.

— Oui... je reconnais son eau verte et chargée d'écume... Hier soir, comme nous faisions halte à l'endroit où ce courant d'eau sort de dessous terre, l'officier qui est initié aux saints mystères du tribunal nous dit : « A deux milles d'ici, ce torrent retourne sur lui-même dans une courbe étroite et tombe à gros bouillons sous un tronc d'arbre qui lui sert de pont, entre deux rochers immenses, dont l'un est le rocher d'Arnold. Une croix profondément gravée à sa base, et un rosier toujours fleuri, le font reconnaître. C'est là le terme de notre voyage. »

— Sur Dieu et sur l'honneur, ce que vous me dites là est-il vrai? demanda Ursule avec des battements de cœur dont la violence se trahissait dans sa voix.

— Oui, sur Dieu et sur l'honneur.

— Il suffit. Allez-vous-en, termina-t-elle en congédiant le prisonnier d'un geste de la main.

Allez-vous-en était bien le mot le plus doux que le malheureux Louskar pût entendre, et, certes, il n'eût pas voulu se le faire dire deux fois.

— Mais; hélas! par où m'en aller? murmura-t-il.

— Par le torrent. — Il n'y a ni pont ni bateau.

— Prenez mon cheval.

Louskar, sans comprendre ces mots, regarda avec une vague épouvante l'ardent et sombre animal. Celui-ci, sur un signe de sa maîtresse, plia un peu les genoux, reçut le prisonnier sur sa croupe, et, s'élançant dans l'eau bouillonnante, se mit à nager à grands traits. On n'eût pas dit que ce vieillard au crâne chauve, à la structure osseuse, tenant ses bras crispés à la longue encolure du cheval, flottant entre les roches et les flocons d'écume, dût sortir du torrent, car il était déjà semblable au corps que les eaux ont glacé et promènent sur leurs vagues.

Ursule ne le regardait pas; son œil était fixé sur le cours de l'eau, à l'endroit où il se perdait à l'horizon.

— Oui, disait-elle, c'est par la route du torrent, implacable destructeur, que je dois arriver au but qui m'est fixé... Je peux y aller droit maintenant... je peux me dire enfin que mon frère sera vengé... il a attendu bien longtemps... Dans une famille qui compta tant de hardis guerriers, un jeune homme, le plus beau, le plus pur rejeton de cette illustre souche, a été assassiné sans vengeance... Il eût été bien facile d'immoler celui qui l'avait frappé; mais celui-là était trop près, on ne pouvait l'atteindre... Il fallait remonter à celui qui a commandé le meurtre, au chef de la justice suprême ou plutôt de l'horrible destruction, et le saisir à l'entrée de son repaire... Oh! cet endroit, ce rocher d'Arnold, je l'ai cherché à la lueur de l'orage, à la clarté des étoiles épanchée dans un air de glace... et, quand ces lumières me manquaient, je le cherchais encore dans les ténèbres, en sondant de mes pieds les montagnes et les bois. Maintenant il est là... je peux l'atteindre... je crois le voir... j'y trouverai, dans un instant favorable, l'homme qui a condamné mon frère à mort... et je commande à des bras qui ne reculeront pas devant les forces qui pourraient l'entourer! à des hommes qui ne pâliront pas devant sa grandeur mensongère!... Merci, mon Dieu!

Ursule demeura à genoux sur le bord du torrent tandis que le cheval, après avoir secoué son fardeau sur l'autre rive, était revenu près d'elle, et l'attendait pour la porter au but de ses désirs.

Ainsi, dans le même moment, la douce et malheureuse Sophie de Bavière et l'implacable comtesse de Norberg rêvaient le bord de ce torrent pour les conduire, la première, à l'abri, au repos que, pauvre souveraine, elle cherchait en vain; la seconde, à l'assouvissement de la plus violente passion, aux joies délirantes de la vengeance.

XXXI

AU ROCHER D'ARNOLD.

Comme on l'a vu, par la malheureuse station de maître Louskar chez les allfressers, les députés de l'empereur arrivaient au terme de leur voyage.

La route avait duré plusieurs jours. Le siége du tribunal secret n'était cependant pas éloigné de Prague; des lieux entièrement déserts, d'un accès inconnu, assuraient le mystère de cette retraite, sans que les invisibles fussent à une trop grande distance du monde qu'ils gouvernaient. Mais le guide de l'ambassade, le comte de Ratisbonne, avait un souvenir trop confus des parages qu'il n'avait parcourus qu'une fois, pour y arriver sans beaucoup de détours et de fausses marches; c'était seulement à la naissance du torrent qu'il s'était tout-à-fait reconnu et avait pu fixer le moment de l'arrivée.

Les grands officiers de la couronne avaient pris avec eux tout ce qui était nécessaire pour combattre l'inhospitalité du désert et la rudesse de la saison. En ce moment, ils étaient campés sur une côte sablonneuse, visitée par le soleil, sous une tente dressée par leurs écuyers, et devant un repas réconfortant. Ils avaient leurs uniformes de grande tenue et de belles armes, parmi lesquelles brillaient surtout les cuirasses de Damas vendues par maître Muller aux plus jeunes officiers.

La place de leur campement était au-dessus du rocher d'Arnold, mais non pas en vue de cet endroit, dont une courbure de la montagne les séparait.

Messire Louskar, arrivant quelque temps après eux, à pied, tête nue, sans manteau, avait rapporté en peu de mots sa cruelle arrestation, sa fuite non moins effrayante, et avait éveillé, si ce n'est de la compassion, du moins beaucoup de joie et de railleries. Bien que les instructions particulières qu'il tenait de l'empereur dussent faire penser qu'il avait à s'entendre avec les autres délégués pour préparer le succès de la négociation, il se tenait à l'écart, mangeait seul, n'échangeait aucune parole avec ses compagnons de voyage.

Le soir venu, le comte de Ratisbonne étant allé visiter le grand peuplier, chargé, dans cette solitude, des correspondances avec le tribunal secret, y trouva la réponse à la demande d'audience faite deux jours auparavant. Les francs-juges consentaient à entretenir les envoyés de l'empereur dans la nuit qui allait se lever, vers la fin de la seconde veille, et au pied du rocher d'Arnold.

En attendant l'heure de cette audience solennelle, les seigneurs de la cour affectaient beaucoup d'assurance pour s'en donner en effet. Le prestige de grandeur, de puissance surhumaine, qui entourait les *voyants*, les *sages*, peut-être le sentiment de leur infériorité envers de tels adversaires, les troublait jusqu'au fond de l'âme. A voir la terreur respectueuse qu'inspirait au peuple comme aux grands cette corporation, entourée, aux yeux de tous, d'une auréole divine, on doit croire qu'elle portait en effet en elle une intelligence supérieure, la seule divinité ici-bas.

Un peu avant l'heure convenue, les gentilshommes s'acheminaient vers le lieu du rendez-vous. La lune, qui marchait devant eux, semblait y conduire leurs pas.

En approchant, ils découvrirent les deux splendides roches, dont le pic allait se perdre dans l'éther transparent; la nappe d'eau qui coulait au milieu, atténuée dans son cours et toute resplendissante de son calme; au pied du roc, le symbolique rosier, revêtu d'une teinte grise dans l'ombre, léger lui-même comme l'ombre, et jetant dans l'air ses vaporeuses guirlandes.

A chaque pas, les voyageurs voyaient se dessiner plus nettement ce tableau, qui semblait répandre, dans la nuit limpide et silencieuse, quelque chose de son imposante majesté.

Après une longue attente dans cette campagne, tellement déserte qu'on y perdait l'idée de voir apparaître un être humain, l'attention des officiers de l'empereur fut attirée par un mouvement qui avait lieu au pied de la montagne, située à droite du rocher voisin de celui d'Arnold. Ils virent surgir à cette place une foule nombreuse, assez éloignée pour ne paraître qu'une masse compacte, s'élargissant bientôt en points noirs, qui se perdirent dans l'éloignement de l'horizon.

Un groupe, qui s'était détaché de la foule, prit à gauche, et s'avança vers le rocher. Les seigneurs distinguèrent une dizaine d'hommes vêtus de longues robes noires, mais sans masques, qui devaient être les grands-maîtres du tribunal suprême.

Ces personnages franchirent à la file le pont du torrent, où leur silhouette ténébreuse se détachait sur l'azur foncé des eaux, et descendirent à la base du roc, où les attendirent les envoyés de Prague. Dans celui qui marchait à la tête, on pouvait facilement reconnaître, à sa haute taille, à sa longue chevelure blanche, à la noblesse de son aspect, le grand-maître Arnold.

Les francs-juges s'arrêtèrent devant les députés de l'empereur.

Si loin du monde, au fond de cette solitude sauvage, il était imposant de voir réunies ces deux grandes puissances : le souverain, représenté par les siens; le tribunal qui gouvernait le monde moral. C'était toute la Germanie au milieu du désert.

Après un moment de silence émouvant, le capitaine Warner adressa la parole à ceux qu'il supposait les grands-juges, et dont la nuit laissait voir vaguement la forme, sans qu'on pût distinguer leurs traits.

— Seigneurs juges, dit-il, l'empereur Winceslas, mon maître, se plaint que le tribunal chargé de maintenir la justice dans la nation, devant, d'après ses attributions, imposer pour première loi l'obéissance au souverain, et rester par là le plus ferme appui du trône, se montre non-seulement infidèle à son sacerdoce, mais semble déclarer lui-même à l'autorité impériale une guerre mystérieuse, incompréhensible dans sa source comme dans ses fins.

— La justice suprême, dit Arnold, n'est pas alliée à la personne de l'empereur, mais au principe de gouvernement légitime. Après avoir servi de toutes les forces dont elle dispose Charles IV, souverain de nature, grand par le cœur et par l'intelligence comme par le diadème, elle se sépare de Winceslas, qui n'est souverain que de nom.

A cette première parole hautaine qui les blessait dans leur maître, les gentilshommes de Winceslas sentirent déjà une sourde colère; mais l'intimidation en contint entièrement l'essor.

— Nous sommes ici, reprit le capitaine des gardes, pour mettre sous les yeux des juges par excellence les troubles sanglants, l'anarchie effrayante que fera naître une division entre les deux premiers pouvoirs de l'empire.

— Ces deux pouvoirs ne sont pas égaux. Le tribunal domine la nation par l'effroi salutaire, par les enseignements occultes qu'il répand dans son sein. Il faudrait, pour s'opposer à cette autorité, que le prince régnant eût entre les mains des armes matérielles nombreuses et formidables : la providence permet qu'il n'en soit pas ainsi. Les forces étant différentes, la lutte ne peut donc être durable.

Le comte de Ratisbonne prit la parole.

— L'enivrement orgueilleux que donne tout pouvoir, dit-il, ne fait-il pas croire trop rapidement, à ceux qui disposent de la croix et du poignard, qu'un parchemin marqué de cette croix peut commander à un trône de s'écrouler, que le poignard va éteindre d'un coup une monarchie antique, comme il ferait d'une faible victime?

— Nous avons dans notre sanctuaire, dit un des francs-juges, le vieillard qui a recueilli toutes les idées éparses en Europe et les a méditées seul avec le ciel, le vieillard inspiré, dont le diadème d'intelligence est plus resplendissant que tête humaine n'en ait jamais porté; nous avons un prince qui, après avoir régné sur un grand empire, est descendu dans le souterrain sacré avec un bras fait à porter le sceptre, une parole apprise au commandement; il a apporté la puissance d'action dans un pli de son manteau; nous avons un prêtre qui, en rendant à la religion sa vérité primitive, lui a rendu ses apôtres et ses fidèles; nous avons enfin, ajouta-t-il d'un accent plus pénétré, des disciples dévoués qui donnent à leur foi bien plus que la vie, qui lui sacrifient bien plus que la vie, qui lui sacrifient la famille, l'amour, le bonheur... Ce sont là des éléments assez forts pour renverser et reconstruire.

— Vous parlez des choses les plus élevées de ce monde avec l'assurance qui ne conviendrait qu'à des dieux. L'êtes-vous donc?

— Non; mais des hommes inspirés par le Dieu unique.

— Poursuivez, seigneurs juges, reprit le baron Warner, et dites ce que vous voulez.

— Nous ne voulons pas pour souverain un autocrate qui vienne gouverner au gré de sa fantaisie, avec l'ivresse du festin ou la brutalité du sabre. Nous voulons un chef de l'État, un point où viennent se concentrer les forces, les lumières des sommités, pour se répandre de là, en force et en clarté, sur le peuple.

— Est-il, de nos jours, un esprit humain qui puisse suivre et juger cette conception dans toute son étendue?

— Cette idée a été méditée tout un siècle dans la tête d'un homme, dit Arnold; et la pensée est comme l'arbre : plus ses racines sont profondes, plus ses rameaux atteignent de hauteur.

— Pourquoi, dit un des envoyés de l'empereur avec une déférence amère, les élucubrations du génie sont-elles restées enfermées dans le sanctuaire? pourquoi n'avoir pas présenté au prince régnant des principes, des lois qui, sans le renverser, pussent assainir le système féodal? Nous pouvons assurer, au nom de notre maître, qu'il eût accepté cette alliance morale, offerte avec le respect qu'il avait droit d'attendre.

— Si nous parlions la langue de nos pères à l'un des habitants du pôle, il ne pourrait ni comprendre ni répondre. Winceslas serait de même pour la langue de l'intelligence divine...

— C'est un prince de leur création qu'il faut aux membres du tribunal secret, dit le comte de Ratisbonne avec un frémissement sourd, et ils ne reculent pas devant les horreurs d'une révolution... Il faut du sang pour arroser la rose consacrée et l'entretenir toujours fleurie.

— Si on avait reculé devant tout changement par l'effroi que donne le mot *révolution*, les hommes seraient encore vêtus de peaux et mangeant des racines au fond des bois.

Devant toutes ces paroles de résolution audacieuse, prononcées de l'accent inflexible et solennel qu'on suppose à l'oracle divin, les représentants de l'empereur restaient, en dépit de leurs efforts, abattus et consternés; ils sentaient comme un vent de mort courber leurs têtes, et se roidissaient en vain contre ce découragement profond qui précède et annonce la ruine inévitable.

— Nous allons donc, dit le capitaine des gardes, porter pour réponse à notre maître qu'il ne lui reste d'autre parti envers le tribunal suprême que la guerre.

— Inhabile à la guerre comme à la paix, il ne trouvera nulle part de salut... Qu'il recommande son âme à Dieu.

— Vous envoyez beaucoup d'âmes à Dieu, messeigneurs juges... Et Dieu verra s'il lui semble bon qu'on dispose ainsi de ses créatures... Mais la vie de l'empereur ne vous appartient pas.

— Soumise à notre condamnation, elle serait encore respectée... Au moment où va s'élever un souverain légitime, l'inviolabilité du souverain doit être conservée... Mais quand tombe la couronne d'un prince, nul ne peut savoir ce qu'il en sera de ses jours.

— Seigneurs juges, s'écrièrent les chevaliers en se redressant dans leur belliqueux orgueil, vous parlez aux fidèles sujets, aux soutiens de l'empereur.

— Qui ne le seront bientôt plus.

— Qui vous feront peut-être voir la puissance de leur dévouement.

— Il viendrait trop tard.

— Winceslas règne encore.

— Mais le flot qui va l'emporter est soulevé à cette heure... Nulle force humaine ne saurait l'arrêter... Que le corps de Winceslas surnage dans cette tempête ou qu'il s'engloutisse, il en sera de même... Avant que la lune ait fini d'arrondir son orbe lumineux, un autre empereur régnera sur la Germanie.

— Après ce que vous venez de nous faire entendre, dit le chef de la délégation, les chevaliers de Winceslas ne sont plus en votre présence comme parlementaires, mais comme ennemis... La majesté du tribunal réprime les manifestations violentes que ce titre ferait naître... Nous devons donc nous retirer tandis que le sentiment du respect domine encore celui de l'indignation et d'une juste vengeance.

Les seigneurs s'éloignèrent, le cœur abattu et l'esprit cruellement troublé; leur agitation était si forte, qu'au milieu de ce calme de la nature ils croyaient sentir la terre trembler sous leurs pas. Ils prirent le sentier qui, en serpentant dans les aspérités de la montagne, les conduisait à leur tente, et disparurent de l'horizon.

Dans leur préoccupation, ils ne remarquèrent pas que le ministre Louskar, quoique particulièrement chargé d'exprimer les intentions de l'empereur et de lui servir d'interprète, n'avait pas ouvert la bouche dans cette conférence, et même, en ce moment, n'était plus avec eux.

Les francs-juges se séparèrent au pied de la cascade. Les grands-maîtres traversèrent le pont et prirent la campagne à droite du torrent. Arnold, suivi de ceux de ses disciples qui avaient assisté à la conférence, longea le bas de la montagne, dans un terrain semé de touffes d'arbres, pour rentrer dans la grotte où il habitait, non loin du rocher qui portait son nom. Contrairement à tous les autres membres du tribunal secret, qui, en laissant leur robe dans le sanctuaire, reparaissaient sous une autre forme au grand jour et reprenaient leur place ostensible dans la société, Arnold, depuis un siècle, vivait enfermé au fond de ces solitudes.

Le jour était encore loin de paraître; le grand-maître marchait en s'entretenant avec les nouveaux initiés aux ordres suprêmes.

De temps en temps ils entendaient derrière eux un bruit de feuilles sèches; mais ils l'attribuaient aux pas d'un de leurs frères, qui, sans doute, avait ralenti sa marche dans une méditation solitaire; car c'était aux invisibles seuls qu'appartenaient les chemins du désert.

Arnold, sous l'influence d'une nuit paisible semée des larges et resplendissantes étoiles du nord, communiquait à ses disciples ce mélange d'entendement terrestre et de révélation aérienne qui fait naître les sages. Son inspiration philosophique avait encore la rudesse et la surabondance de force d'un temps barbare; mais, avançant au milieu de l'espace vide de l'ignorance, elle pouvait faire de grands pas et marcher rapidement vers les buts élevés et généreux.

Arnold déposait dans le sein des francs-juges du quinzième siècle des vérités qui devaient reparaître dans les doctrines, aux temps où la liberté de pensée et la philanthropie ne seraient plus d'institution secrète.

Tout à coup un bruit semblable à celui d'un coup de vent furieux se fait entendre, le sable, les feuilles mortes, s'élèvent en tourbillon.

En même temps les francs-juges sont entourés, assaillis par des masses sombres, qui fondent sur eux dans un bond sauvage. On ne distingue pas ces adversaires dans l'ombre, et l'éclat bleuâtre que jettent des armes annonce seul que ce sont des hommes, et non point une bande de loups affamés.

Les assaillants sont bien plus nombreux que ceux qu'ils viennent attaquer. Chacun des francs-juges sent ses membres comprimés par des poignets semblables à des liens de fer. Puis une espèce d'immobilité succède à cette atteinte. Quand le premier étourdissement de cette attaque est passé, les francs-juges s'étonnent du silence et de la fixité de position qui la suit. Ils sentent sur leur visage courir un souffle chaud et infect, mais aucune parole ne se fait entendre; on les retient dans une arrestation violente, mais les bras ne sont pas levés sur eux, les lances qu'ils voient briller ne pénètrent pas dans leurs chairs.

Alors une femme paraît, tenant un flambeau de résine à la main. On la laisse pénétrer dans la foule pressée, qui se referme ensuite sur elle.

La lueur de cette torche éclaire la scène. On voit les membres du tribunal secret, pâles de surprise et d'horreur plutôt que d'effroi, vigoureusement tenus aux bras, à la ceinture, au collet, par des brigands, qu'à leur costume, moitié sauvage, moitié soldat, on reconnaît pour les allfressers.

La femme qui vient d'arriver est vêtue d'une amazone brune et d'un chapeau de feutre à panache rouge. Jeune, belle et radieuse, elle n'a rien d'une furie qui demande la destruction, mais ressemble à un ange exterminateur qui vient commander la mort au nom de Dieu.

Elle balance son flambeau et promène ses regards sur le cercle des captifs. Puis, étendant sa main blanche et transparente vers Arnold :

— Voici, dit-elle, celui qu'il faut frapper.

Les francs-juges poussent un cri déchirant et veulent se jeter devant leur maître; mais ils sont toujours retenus immobiles dans les serres des bandits.

Quatre de ceux-ci étreignent et pressent Arnold, qui, dans sa force herculéenne, a renversé le premier assaillant et le tient encore à terre en lui appuyant le pied sur la poitrine.

L'un des allfressers arrache la robe d'Arnold de dessus sa poitrine, un autre va le frapper...

— C'est le grand-maître du tribunal suprême ! s'écrie un des disciples dans un accent de détresse, qui est en même temps celui d'une inspiration divine.

Les brigands restent tout à coup pétrifiés, et montrent seulement un faible vacillement de tête, comme si un étourdissement était venu les saisir.

Ils regardent la robe du grand-maître, le poignard qui pend à sa ceinture et qu'ils voient marqué d'une rose et d'une croix. Ces signes leur rappellent ce qu'ils ont entendu dire des attributs des francs-juges. Ils ne doutent plus.

Alors leurs mains se retirent avec effroi; ils se courbent pesamment, dans l'attitude de la stupeur et de la honte, et se reculent, pas à pas, la tête penchée vers la terre, le regard effaré errant sur le sable,

— Vous savez tout l'or que je vous ai donné! s'écrie Ursule d'une voix éclatante et en frappant la terre du pied avec violence; eh bien, le double, le triple, si vous tuez cet homme!

Les brigands n'entendent pas; ils se retirent, se retirent encore, cachent leurs visages dans leurs mains; ils s'en vont en rampant, et, à chaque pas en arrière, montrent plus de sainte terreur.

Il s'est fait autour des francs-juges un large vide, au milieu duquel Ursule demeure encore, agitant son flambeau, exhalant des soupirs où résonne la rage.

— Oh! s'écrie-t-elle, il n'est donc pas un homme sur la terre! il n'est que des supertitieux et des lâches?

— Il en est un qui ne recule devant aucune mort à donner? répond une voix dans la foule.

Alors un homme s'avance de quelques pas... puis, dans un mouvement si rapide que rien ne peut le prévenir, il fond sur Arnold et lui plonge son poignard au cœur.

Un cri perçant part de tous côtés en même temps.

Arnold tombe dans les bras des siens.

Ursule frisonne de joie, lève les yeux au ciel, laisse tomber sa torche et disparait.

Mais, avant que le flambeau ait touché la terre, les brigands ont eu le temps de saisir entre leurs serres terribles l'assassin d'Arnold. Ils le terrassent et l'entraînent.

Aux cris retentissants qui, à plusieurs reprises sont partis du pied de la montagne, les officiers de Winceslas, qui suivaient un sentier à mi-côte pour rejoindre leur tente, ont mis les armes à la main et sont accourus de toute la vitesse de leurs pas vers le lieu où se manifeste une scène violente.

Ils arrivent en ce moment et rencontrent une nuit épaisse d'où partent des plaintes douloureuses et des rugissements de fureur.

Mais le flambeau qu'Ursule a laissé tomber jette encore un jet de flamme; les seigneurs arrachent des branches résineuses de sapin, parviennent à les allumer et retrouvent de vives clartés.

Ils voient alors, d'un côté, Arnold, pâle et ensanglanté, étendu dans les bras de ses disciples; de l'autre, les bandits qui ont terrassé leur victime et la traînent sur le sol rocailleux jusqu'à l'entrée d'un fourré voisin, où ils vont en faire justice.

— O Dieu puissant! s'écrient les francs-juges, il est mort, le grand, le fort, le sage, le héros des âmes, il est mort assassiné!

En même temps les brigands, qui ont reconnu leur captif aux jets de lumière arrivant jusqu'à eux, disent en chœur:

— Ah! c'est donc toi, traître Louskar! Il n'y avait au monde que toi, maître bourreau, qui pusses porter la main sur le grand-juge... Mais tu en seras bien payé... Tiens, connais-tu cela?...

Et l'un des bandits lui entre à demi son couteau dans la gorge.

Le malheureux jette des cris affreux et se tord dans une rage impuissante. Les brigands se couchent à terre près de lui, poussent des clameurs de joie, de retentissants éclats de rire... Ils se roulent dans les broussailles, et reviennent sans cesse porter au patient de nouveaux coups, qui ne sont mortels que par le nombre.

Le supplicié, entre toutes les blessures qui déchirent ses flancs, répète d'une voix entrecoupée par les râles d'agonie:

— Grâce! grâce!... je n'ai fait qu'accomplir les ordres de l'empereur... mon maître.

Enfin il expire.

Les allfressers le tournent de tous côtés pour s'assurer qu'il est bien mort, puis ils lui adressent ces mots pour adieu:

— Tu t'imagines peut-être qu'on va t'enterrer sous ces arbres, maître bourreau; mais non pas, ton corps restera là pour servir de pâture aux loups.

— Cela disant, ils s'éloignent et disparaissent dans la nuit.

Les officiers de Winceslas restent frappés de dégoût et de stupeur. Ils éprouvent moins d'horreur du supplice infligé par les brigands avec tant de férocité, que des derniers cris du mourant, dans lesquels ils reconnaissent enfin pourquoi Winceslas avait impérieusement exigé que le bourreau se trouvât au milieu d'eux dans cette députation hypocrite, et quelles étaient les instructions secrètes qu'il avait données à son ministre.

Aussi le capitaine Warner et les autres gentilshommes ne pensent point à poursuivre les brigands. Tout leur intérêt palpitant se porte vers le grand-maître si soudainement frappé. Oubliant leurs ressentiments, ils n'ont plus que des regrets pour ce superbe ennemi qui tombe sous le coup d'un traître.

Les disciples d'Arnold l'ont déjà placé sur un brancard de branchages, et l'emportent vers la grotte consacrée. Ce convoi majestueux, dans la nuit et la solitude, est suivi par les seigneurs d'un pas respectueux.

XXXII

LE CENTENAIRE

La grotte qu'habitait depuis de si longues années le chef du tribunal suprême était creusée dans les entrailles de l'un des monts Granort, avec des enfoncements inégaux, dont les voûtes et les parois étaient découpées en rocailles.

Nul autre que les francs-juges n'avait le secret de cette retraite.

On écarta les broussailles qui fermaient l'entrée pour faire pénétrer le convoi. Le baron Warner et le comte de Ratisbonne, qui portaient des torches de résine, entrèrent les premiers dans la grotte, précédant de quelques pas les disciples d'Arnold, qui marchaient plus lentement sous leur précieux fardeau.

Au moment où la lumière se répandait dans l'enceinte profonde, les seigneurs virent une femme enveloppée d'une mante brune et couchée sur la mousse. En même temps cette femme, dont la vive clarté des torches frappa les yeux, s'éveilla en sursaut, jeta un cri d'effroi, essaya de se lever, et, n'en ayant pas la force, retomba à genoux sur la terre.

A la pâleur de son visage effilé, à l'extrême délicatesse de sa taille, surtout à la beauté de ses cheveux noirs défaits et tombant jusqu'à terre, le baron et Ratisbonne reconnurent, dans le vague de la lumière, Sophie de Bavière!... l'impératrice d'Allemagne!...

Nous savons que Sophie, plus épouvantée des horreurs que présentait à son esprit le donjon habité par la comtesse de Norberg et ses brigands que des dangers répandus dans la campagne déserte, avait résolu de s'enfuir dès que les blessures de ses pieds lui permettraient d'entreprendre ce hasardeux voyage.

La veille donc, lorsque les allfressers n'étaient pas encore rentrés et que déjà la nuit était close, la fugitive était partie à tire-d'aile, en suivant les bords du torrent, dans l'espoir de trouver quelque pauvre habitation qu'aurait pu faire élever là le voisinage des eaux. Mais elle avait fait deux milles sans rencontrer ni cabane ni lumière, et était enfin arrivée au pied des monts Granort. Comme elle passait devant la grotte, des feux follets qui couraient le long des broussailles lui en avaient fait découvrir l'entrée. Elle avait pénétré dans cette enceinte obscure, qui lui offrait cependant quelque garantie de sûreté, et, dans l'excès de la fatigue, s'y était bientôt endormie.

La surprise des officiers de la couronne, en retrouvant là leur souveraine, ne peut se rendre. Elle leur apprit en deux mots, sans toutefois en avouer le motif, l'entreprise nocturne à la suite de laquelle elle s'était égarée, et allait leur demander comment eux-mêmes se trouvaient dans cet endroit sauvage. Mais ils firent un prompt mouvement pour s'éloigner de l'entrée de la grotte, car en ce moment le convoi arrivait.

Les seigneurs qui portaient les flambeaux se rangèrent en deux lignes ; les francs-juges déposèrent le corps insensible d'Arnold sur une longue pierre en forme de tombeau ou d'autel, qui se trouvait au milieu de la caverne.

Sophie, à la vue de ce corps inanimé et sanglant qu'on apportait, demanda en tremblant où elle était et ce qui se passait donc là !

— Le grand-maître des francs-juges, lui répondit-on, a été assassiné par la main d'un traître, comme il sortait du sanctuaire.

La princesse fit le signe de la croix, et alla se coller contre les parois du rocher.

Ce souterrain, où tant de monde se trouvait réuni, était rempli d'immobilité et de silence. Les lueurs des torches se croisaient et allaient de tous côtés, jusqu'au faîte du vaisseau, sillonner et faire ressortir ces racines de granit modelées de formes chimériques, ces ornements qui dataient de la création et conservaient la poésie du chaos. On voyait dans l'habitation de celui qui avait été voyageur et savant autant que philosophe, des livres antiques, des cartes, une sphère terrestre... Avec sa pensée et ce globe, le solitaire tenait le monde dans sa main.

Les francs-juges entourent leur maître adoré, se penchent sur son front, s'agenouillent à ses pieds dans un recueillement saint, où palpite le désespoir. De larges gouttes de larmes coulent sur leurs visages pâles ; mais, dans la majesté religieuse de ce moment, ils osent à peine exhaler leurs soupirs, et leurs plaintes murmurent doucement comme un souffle de vent assoupi sous la voûte.

— O toi ! disent-ils ; que les années de plus d'un siècle ont respecté, fallait-il te voir tomber sous cet ignoble fer !... Les sapins qui t'ont vu naître sont morts de vieillesse, et le temps t'avait laissé ta force surhumaine ; tu soulevais les roches et les troncs de chênes comme une tige de nos rosiers ; ta pensée, comme celle de Dieu, sans s'épuiser, versait éternellement sa lumière... Le temps, qui vient de Dieu, n'était rien à ta puissance, à ta grandeur ; tu n'as pu être atteint que par le crime et la lâcheté envoyés de l'enfer !...

La poitrine découverte de l'auguste victime laisse voir sa blessure... Tout à coup le sang, qui s'était arrêté, coule de nouveau en abondance, et on aperçoit, en se penchant vers Arnold, un faible mouvement de sa paupière.

Alors, au culte silencieux de la douleur succèdent l'agitation mêlée de crainte, d'espérance, les élans de l'amour filial, les tendres étreintes de ces jeunes hommes qui donneraient mille fois leur vie pour racheter celle de leur maître... Tous les disciples d'Arnold se pressent autour de lui, le serrent dans leurs bras, veulent le ranimer du souffle de leur sein.

On le soutient à demi soulevé, et la lumière des flambeaux plus rapprochés tombe en plein sur ses traits.

O moment suprême ! aspect étrange ! qui éblouit comme l'illusion et frappe comme la réalité !... Dans le mouvement qui vient de se faire, la chevelure, la barbe blanche d'Arnold, sont tombées... A la place de l'auguste vieillard, on voit le plus beau, le plus noble jeune homme que le ciel de l'Allemagne ait fait naître... Et il paraît plus beau encore dans les ombres de la mort !

— Henri Waltimor !... s'écria la princesse de Bavière.

Et elle se précipite sur son sein.

Son accent, le souffle de ses lèvres, pénètrent au sein du mourant... Il tressaille, dans un faible retour d'existence il rouvre les yeux.

— Sophie ! dit-il en ne reconnaissant encore, dans la lumière qu'il retrouve, que la femme aimée ; Sophie ! il m'est donc donné de te revoir avant de mourir.

— Je sentais au fond de mon âme que tu vivais encore, Henri... Je te cherchais dans toute la contrée où je pouvais retrouver la trace de tes pas... Le hasard m'a conduite ici... Je suis venue, sans le savoir, t'attendre dans ta demeure... et je te retrouve dans un tel moment !...

Des sanglots étouffaient la voix de Sophie.

L'esprit de Waltimor s'éclaircissait un peu ; les dernières forces de son être dissipaient l'évanouissement, jusqu'à ce qu'il fût remplacé par la mort... Il se tint soulevé, s'appuya sur l'un de ses frères agenouillé devant sa couche, et reprit la connaissance lucide de ce qui l'entourait et de ce qui s'était passé.

Mais l'amour, qu'il avait si longtemps sacrifié, reprenait son pouvoir. Toute l'âme d'Henri se concentrait dans le regard d'extase qu'il tenait attaché sur la princesse de Bavière.

— Oh ! dit Sophie, en effaçant avec un mouvement fébrile les larmes qui troublaient sa vue et coulaient sur son sein, sur ses cheveux, pourquoi m'as-tu abandonnée pour cet antre sauvage ?

— Oui, répondit Waltimor, j'ai renoncé volontairement à toi... J'étais livré à un génie surhumain, qui me possédait tout entier... C'est ici qu'il habitait... C'est ici que, bien longtemps, j'entendis ses paroles, et que, bien longtemps après sa mort, elles résonnaient encore sous ces voûtes.

— Que dis-tu ?

— Ecoute. Très-jeune encore, je fus initié aux mystères du tribunal suprême. Disciple favorisé d'Arnold, du grand-maître, qui exerçait une influence extrême sur la société secrète, je venais ici recevoir ses inspirations puissantes, m'instruire à sa sagesse...

Les francs-juges attendaient, palpitants, le secret qui allait leur être révélé.

— Quand Arnold sentit venir la fin de son existence centenaire, continua Waltimor, le désespoir de laisser une grande réforme inachevée lui inspira une pensée étrange, terrible... Un jour, il me dit : « Je suis près de mourir, et, sans moi, l'œuvre de régénération que j'ai commencée dans le sein de la société secrète, et de là, dans toute l'Allemagne, ne peut être accomplie. Il faut qu'au lieu d'expirer je continue à vivre en toi. Tu as recueilli toutes mes pensées ; ma doctrine est vivante dans ton esprit comme dans le mien : continue à la répandre. Les idées que porte une tête blanche fleuriront plus vivaces et plus fraîches, entées sur une jeune branche. Quand je ne serai plus, ensevelis mon corps dans un coin de la solitude ; que l'herbe sauvage couvre seule ma tombe ; prends les apparences d'un vieillard, prends mon nom et ma place dans le sanctuaire du tribunal, où des voiles noirs couvrent tous nos visages... et qu'Arnold ne soit pas mort. »

La voix d'Henri Waltimor s'affaiblit... puis, au bout d'une minute, il reprit d'un accent bien faible, mais qui allait jusqu'à l'âme, dans le silence religieux qui régnait autour de lui :

— Je frémis en écoutant les paroles de mon maître, car je sentis que le dévouement s'emparait de moi et allait m'élever à un acte de vertu suprême par le martyre. « Il faudra encore, dit Arnold, dont le regard peignait l'immolation terrible, il faudra quitter le monde, ta famille, tes frères d'armes, tes jeunes amours, perdre ton nom, ton existence, et jusqu'à ton bel âge!... Le pourras-tu? » Je répondis : « Mon maître, je le ferai... »

— O sacrifice insensé! disait Sophie.

— O dévouement sublime! s'écriaient les francs-juges.

— Mon père l'ordonnait, reprit Waltimor. Et Dieu sait que ce nom de père est surtout imposant et sacré quand il exprime le don de la vie morale, la procréation de l'âme... Peu après, le grand-maître me fit ratifier ma promesse par un serment au pied de ce christ... Arnold était près d'expirer; je jurai tout ce qu'il voulut, et il ferma les yeux... Depuis ce jour, je parus à sa place dans le sanctuaire des francs-juges... J'avais reçu de la nature la taille élevée et la force musculaire d'Arnold; l'habitude de m'entretenir avec lui m'avait donné le timbre et les inflexions de sa voix; j'étais nourri de ses pensées; son esprit avait passé en moi. Je pus tromper le regard de nos frères dans ces assemblées souterraines, où règne peu de lumière, où un voile nous rend invisibles, même dans le sanctuaire... Mais en même temps, Henri Waltimor cessait d'être... Le bruit se répandit que j'avais trouvé la mort dans une tempête de ces montagnes... Je simulai ma tombe, et plaçai la pierre tumulaire qui portait mon nom dans la chapelle de Conrad-Bourg, à l'ouverture d'un souterrain qui, des confins de ce désert, se continue jusqu'à l'antique forteresse...

— O mon Dieu! s'écria Sophie dans une douleur exaspérée, fallait-il donc tout sacrifier ainsi à un seul être?

— Oui, répondit Henri, qui se penchait sous le poids de la mort, j'immolai tout. Des parents bien chers et livrés à une douleur éternelle; le nom d'une famille illustre et que je laissais sans nouvelle gloire... Et toi! toi, Sophie, que j'adorais et que je ne devais plus voir! séparation affreuse, où j'étais mort par la perte de tout espoir, par l'éternité de l'absence, où je vivais encore pour connaître ta douleur, pour compter chacune de tes larmes par les déchirements de mon cœur!...

— Malheur!...

— Oh! oui, malheur inconnu jusqu'à moi et terrible, de passer tout à coup des premières années à la vieillesse la plus reculée!... Il est bien permis de te pleurer, ô jeunesse! divinité fière et brillante lumière du front humain, où viennent se fondre tous les rayons d'amour et de gloire pour ne s'éteindre qu'avec toi!... Je t'ai perdue en un jour... et Dieu sait ce que j'ai souffert!

La voix du mourant pénétrait dans le cœur, faisait tressaillir toutes les fibres de l'être et gonflait le sein de larmes... Par un mouvement unanime et dans un silence solennel, tous les assistants se prosternèrent pour pleurer à genoux devant le martyr.

Mais lui sembla tout à coup se ranimer. Il se soutint de lui-même sur sa couche, et fit un mouvement d'attention en étendant sa main devant lui... Ses yeux resplendissants s'élevèrent vers la voûte, un sourire vint errer sur ses lèvres pâles.

— La voix d'Arnold, dit-il! oh! la voix d'Arnold résonne toujours là! Elle dit : « Qu'est-ce que le sacrifice d'un homme devant l'humanité?... Qu'est-ce que la souffrance devant le devoir? »

Puis, joignant les mains devant l'image que créait le fanatisme saint :

— O mon maître! je t'ai obéi, j'ai poursuivi ta sublime carrière. Dieu a permis que ta pensée ne se voilât pas dans mon âme, que ta parole ne faiblît pas sur mes lèvres. Ce que tu voulais s'est accompli; la foule a fait un pas pour monter au sommet qu'elle doit conquérir... Aujourd'hui même, le peuple méconnu a pris ce nom auguste d'*humanité*, sous un prêtre plus juste, sous un prince plus grand. Ta sainte cause a triomphé, Arnold! ô mon maître! ô mon Dieu!... Et, grâce au ciel, je ne meurs qu'à la fin de ce jour!

Dans cette grotte consacrée, sous ce dôme de rochers éternels, dans le jour mystérieux de ces pâles flambeaux, le mourant avait une grandeur majestueuse qui imposait à tous les sentiments humains; les fronts s'inclinaient devant lui, et on cessait de le pleurer pour l'adorer.

La femme qui aimait Waltimor était seule inaccessible à cet enthousiasme pour une grande gloire.

— Oh! ne meurs pas! s'écria-t-elle en enlaçant son amant de ses bras, et l'étreignant de désespoir et d'amour... Tu as vécu pour un devoir cruel, terrible... Vis pour moi... un seul jour!

Le mourant avait épuisé les dernières lueurs de l'existence dans un élan d'exaltation suprême; son visage, d'une pâleur bleuâtre, n'avait plus que la beauté immobile du marbre, et il semblait que la vie s'en fût retirée. Mais le regard de Sophie alla chercher le sien. Et, peu à peu, ses fibres se détendirent, il pencha sa tête sur l'épaule de la jeune femme; une teinte de tendresse et de douceur ineffable se répandit lentement sur ses traits pour s'y fixer jusqu'au delà de la mort.

Et, comme Sophie lui répétait encore :

— Ne m'abandonne pas... vis pour moi qui t'ai tant aimé!

Il parvint à tourner vers elle ses yeux inondés de pleurs.

— Vois, Sophie, dit-il d'une voix expirante, vois, je verse des larmes. Oh! dans un tel moment, en face de l'éternité, la jeunesse, l'éclat, la fortune, la renommée, tous les biens que j'ai perdus, ne pourraient pas m'arracher une larme. Tu vois bien que je n'existe plus que pour toi seule, pour l'amour, puisque je pleure et regrette la terre.

Puis il ajouta, dans les accents interrompus de ses derniers soupirs :

— Cet instant est bien court... mais plus précieux, plus solennel que tout autre, puisqu'il est le dernier... et il t'appartient tout entier, ma bien-aimée. Mon adieu suprême à ce monde est l'amour, et je ne sens rien dans mon âme, prête à s'élever au ciel, que l'amour!

Il se tut.

Sophie, qui le tenait pressé dans ses bras et sur son sein, sentit un frémissement convulsif passer dans tout son être... puis s'arrêter subitement.

Les yeux de Waltimor restaient tournés vers Sophie; sa bouche gardait la tendre expression de ses dernières paroles; mais ses yeux n'avaient plus de regard, ses lèvres n'avaient plus de souffle.

Il se répandit peu à peu, sur son visage, cette teinte livide et plombée, plus profonde que toutes celles des souffrances humaines, et qui n'apparaît que lorsque l'être humain n'est plus. Il ne resta plus sur le front du martyr de la foi que le repos majestueux, la sérénité ineffable, imprimés par les grands sacrements de la vertu et de l'amour, et qui resplendissaient encore dans les ombres de la mort.

Depuis de longs instants déjà, l'âme de Waltimor s'était exhalée, et Sophie demeurait évanouie, la tête appuyée sur ce cœur qui ne battait plus. Un silence et une immobilité solennels planaient encore dans la grotte funèbre, où tous les assistants agenouillés priaient ou recueillaient dans leur âme l'impression de ce qu'ils venaient de voir.

Les feux obliques du soleil levant, pénétrant à travers les pampres qui garnissaient l'entrée du souterrain, amenèrent enfin le réveil de cette longue absorption. Les officiers de la cour enlevèrent la princesse de Bavière dans leurs bras, et l'emportèrent dans leur tente, où une litière fut préparée pour son retour dans la capitale. Les francs-juges restèrent auprès du grand-maître pour rendre son corps à la terre, et commencer, par leurs prières et leurs regrets, un culte qui devait durer aussi longtemps que la justice resterait enfermée dans le tribunal secret d'Allemagne.

XXXIII

LA COMTESSE URSULE

En quittant la solitude des montagnes, les ambassadeurs, qui étaient chargés de ramener Sophie de Bavière dans ses foyers royaux, se dirigèrent sur les bords de la Muldaw, devant trouver là une route plus longue que celle de la pleine campagne, mais plus facile à frayer pour la litière de l'impératrice, et où on était du moins préservé du danger de s'égarer à chaque pas.

Sophie, pendant ce voyage, montrait une douleur calme et recueillie. Le coup qui venait de la frapper n'apportait pas un désespoir nouveau et inconnu dans son existence. Elle avait vécu sept années avec la pensée que Henri Waltimor n'était plus; un moment d'espérance fébrile et clairvoyante avait seul rompu l'uniformité de sa douleur, et elle y retombait alors comme dans son état naturel.

Elle ne savait pas sous quelle main avait succombé le grand-maître, et on évitait de lui faire connaître les détails de cette lugubre scène. Sophie semblait profondément occupée d'une seule idée: elle se faisait répéter par le capitaine des gardes, qui marchait au pas de son cheval, à côté de la litière, l'histoire des princesses qui, aux temps antiques des maisons de Wladislas et de Przemysl, avaient pu quitter le trône pour se renfermer dans un cloître. Puis, redevenue silencieuse, elle reprenait le rêve de toute sa vie: un voile et le repos au sein de Dieu.

A deux milles de la Muldaw, la princesse aperçut de loin, au milieu de son cadre de sombres sapins, le faîte du château des Croix, son lugubre asile de quelques nuits. Cette vue lui causa une émotion pénible, mais dénuée de réflexion, et qui eût été bientôt effacée sans un incident qui s'y rattachait et eut lieu à quelque distance de là.

On arrivait à un endroit du rivage que nous avons précédemment indiqué, celui où deux collines boisées s'avançaient jusqu'à fleur d'eau et ouvraient entre elles une étroite gorge voûtée de rameaux d'arbres.

Les seigneurs de la cour prenaient, au bord de l'eau, une collation que la fatigue du voyage les engageait à prolonger. Sophie, qui se reposait par la marche, étant moins disposée à se rafraîchir des vins de la table que des souffles de l'air pur, s'enfonça dans le sentier creusé entre les coteaux.

Au bout de quelques minutes, elle vit, à gauche du chemin et à peu de hauteur, une de ces croix rustiques qui gardent sur place la mémoire d'un crime ou de quelque miracle. Elle monta les marches du gazon qui conduisaient à cet endroit.

Mais à peine eut-elle dépassé un massif de peupliers, qu'elle resta immobile devant le groupe qui frappa ses regards.

La comtesse Ursule, jeune et belle, telle qu'on l'avait vue d'abord au château de Norberg, était assise sur une roche, ayant à côté d'elle ses compagnons inséparables, le vieux sacristain et le cheval noir, qui, en ce moment, broûtait l'herbe fraîche comme un cheval véritable.

En se retrouvant tout à coup en face de cette femme qu'elle haïssait instinctivement, la princesse fut frappée d'une lumière subite. Le souvenir des œuvres de magie que la vue du château des Croix était venue lui retracer, le pacte qu'Ursule avait contracté là avec les esprits des ténèbres, celui que, plus tard, elle avait évidemment passé avec les brigands, la convainquirent que cette femme, ennemie du Christ, avait porté le coup mortel au grand-maître d'une société qui marchait à l'ombre de la croix.

A mesure que cette conviction pénétrait en elle, les traits de Sophie s'enflammaient d'une colère qui n'avait jamais jusque-là troublé leur angélique douceur.

— Madame, dit-elle avec le tremblement d'une émotion violente, un événement affreux, auquel un pressentiment me dit que vous n'êtes pas étrangère, doit me faire souvenir que je suis votre souveraine, investie du droit et du devoir de vous demander compte de vos actes extraordinaires. Répondez donc à cette question: « Ne sont-ce pas les brigands, vos nobles alliés, qui ont assassiné le chef des francs-juges, dont vous aviez demandé la mort au prix de vos largesses? »

— Je le voulais, dit Ursule, qui s'était levée sans trouble à l'approche de la princesse; mais le chef des francs-juges est tombé sous d'autres coups.

— Vous le vouliez!... C'était lui que vous alliez chercher jusqu'au fond de ces imposantes solitudes, pour le condamner à mort, tandis que la tendresse de mon âme m'y entraînait pour chercher les mêmes traces...

La comtesse de Norberg fit un geste d'indifférence, témoignant qu'elle se souciait peu des sentiments des autres.

— Et c'était pour arriver à ce but, continua Sophie avec une hautaine véhémence, que vous avez lié un commerce impie, sacrilége, avec les esprits d'un autre monde, et que, ne trouvant pas sans doute dans les enfers des serviteurs capables d'accomplir vos vœux, vous êtes allée chercher les monstres humains qui peuplent à présent les forêts?

— Je voudrais vous répondre, madame, dit Ursule; mais il m'est impossible de comprendre la première partie de votre accusation.

— Je ne tremble plus devant vous, comtesse Ursule... Oh! maintenant l'excès du malheur m'a ôté toute crainte! Mais, une fois... lorsque l'exil m'avait forcée de prendre asile dans votre demeure, je vous ai vue, au cœur de la nuit, dépouillée de la forme qu'il vous plaît de revêtir à la clarté du soleil, je vous ai vue, esprit des ténèbres, devant l'autel où reposaient la tête de mort et le poignard, avec une chauve-souris pour compagne, parlant aux morts, vers qui, un instant après, allait vous emporter ce cheval maudit comme vous.

Ursule avait écouté ces mots avec un froid sourire.

— Une nuit, dit-elle, comme j'attendais mon frère Francis aux fenêtres du château, j'ai entendu dans une révélation extatique sa voix expirante qui m'appelait, et, en arrivant à lui, guidée par l'instinct de mon cœur, je l'ai trouvé mort. Depuis ce moment affreux, et à certaines nuits qui renferment quelque analogie avec celle de mon malheur, je tombe dans ce sommeil magnétique où on agit sans le secours des sens, mais par la vue de l'âme et par le ressort intérieur... Il paraît que cet état anormal et cruel change prodigieusement mes traits.

Elle tourna la tête vers le vieux serviteur, qui, sans doute, lui avait parlé de ce bouleversement de sa figure, pour lui en faire rendre témoignage. Il ne répondit que par un soupir.

— Alors, reprit Ursule, sans avoir conscience de ce que je fais, je me lève et parcours cette chambre où vous m'avez vue. Ce piédestal que vous avez pris pour un autel élevé à la magie supporte une tête de mort, emblème de ma destinée, et le poignard que j'ai retiré de la blessure de mon frère... Quant aux chauves-souris, elles sont maîtresses depuis des siècles du château des Croix, et il n'y a rien d'étonnant à ce que l'une d'elles vienne, par la fenêtre ouverte, tournoyer sur ma tête... Au sein de ce sommeil, où le passé redevient le présent, par un ordre de la nature que nous ne pouvons comprendre, j'entends encore la voix de mon frère qui m'appelle; je descends à la herse du château comme je fis dans la nuit réelle de mon malheur; ce cheval, accoutumé à des courses nocturnes, les pressent et vient m'attendre; puis il me conduit de lui-même sur la route de douleur que nous avons souvent parcourue ensemble.

— Et vous ne descendez pas chez les morts? demanda Sophie par un dernier mouvement de ses naïves croyances.

— Oh! répondit Ursule avec un mélange de tendresse extatique et d'ironie, mon pur et noble Francis habite un monde trop élevé et trop glorieux, pour que l'approche des esprits des ténèbres ou des humains le puisse profaner!

Cette simple explication renversait, pour Sophie, tous les mystères du château des Croix. Cependant le front de la princesse ne perdait rien de sa sombre sévérité.

— Il n'en reste pas moins certain, madame, dit-elle, que vous vouliez faire mourir le grand-maître du tribunal secret par la main des allfressers.

— Voyez cette croix, madame, c'est moi-même qui l'ai fait élever, dit Ursule avec une exaltation douloureuse. Nous sommes ici sur la place même où mon frère a expiré... Quand je vins ici, la lumière du phare qu'on allume sur le rivage pour signaler les récifs de la rivière répandait ses lueurs sous ce sombre feuillage. Là, était Francis, étendu sans mouvement, la tête renversée sur cette roche où s'épanchait son sang; là, devant ce peuplier, était le *vengeur*, qui venait de laisser tomber son masque... D'un côté, je vis la victime; de l'autre, je vis l'assassin... douleur plus atroce! car l'assassin était son frère...

— Le comte de Norberg!...

— Il est mort... Dieu a jugé le fanatique... Car Dieu, dans ce temps de terreur religieuse, a de plus grands comptes à demander à ceux qui font trop pour lui qu'à ceux qui ne font rien.

— Est-il possible? répétait Sophie épouvantée.

— Je pris le poignard resté dans le sein de Francis; mais je ne pouvais frapper le meurtrier sans être aussi dénaturée que lui-même. Je tournai tous les vœux de ma vengeance sur le chef du tribunal qui avait commandé l'exécution, qui avait fait de Francis l'*enfant du poignard*. Mais en vain! Où trouver un homme qu'une terreur superstitieuse ne fît trembler au seul nom des francs-juges, qui ne reçût d'eux la mort à genoux, au lieu de la donner?... Enfin, j'entendis parler des allfressers. Sans foi ni loi, je crus qu'ils seraient sans dieux. Je me trompais : eux aussi ont pâli devant ce dieu terrestre; le fer est tombé de leurs mains.

— Et qui donc l'a frappé?

— Le bourreau de votre ville royale, envoyé par l'empereur votre époux.

Sophie pencha son front pâle dans ses mains.

— Vous n'avez eu, madame, reprit Ursule d'une voix profonde, que le bonheur de l'amour ou ses mélancoliques regrets, qui sont encore une douceur; vous êtes restée bonne et tendre. Moi, j'ai été cruellement outragée dans l'amour fraternel, le plus pur, le plus saint de tous; je suis devenue vindicative, implacable. Les femmes sont ce que l'amour les fait.

Sophie n'en entendit pas davantage; elle s'éloigna rapidement de la croix funèbre. Errant dans le chemin creux, elle rêvait au moyen de fuir et de s'abriter à l'instant dans quelque monastère, pour ne pas retourner dans la ville où régnait l'empereur meurtrier et sacrilége, lorsqu'elle se trouva en présence des officiers de la couronne, qui la cherchaient.

Toujours faible et timide devant le commandement, quelque tacite qu'il fût, elle remonta dans la litière, qui l'emmena fatalement dans la ville de Prague, pour qu'elle subît jusqu'à la dernière les épreuves auxquelles le sort l'avait condamnée.

XXXIV

LES JOURNÉES DE PRINTEMPS.

Les premiers jours du printemps de 1416, à jamais mémorables pour la ville de Prague, se levaient alors, pleins de gloire et d'espérance.

L'insurrection populaire, dont nous avons vu le complot se développer et s'affermir chez l'armurier Muller, venait d'éclater.

Dans toute l'étendue de la vieille et de la nouvelle ville (1), partout où il y avait un fort, une tour, un rempart, un édifice à enlever à la garnison de l'empereur, on se battait; sur le haut des forticatìons aux sombres dentelures, à l'ombre des monuments chargés de siècles et de souvenirs, sous les voûtes des églises, sur les places publiques, et jusque dans les derniers faubourgs, on se battait en invoquant tous les saints du paradis.

Le pont hardi, flanqué de tours, peuplé de statues, qui, sur seize arches, s'élève des bords escarpés de la Muldaw, était le point des engagements les plus acharnés, et la rivière, en s'engouffrant sombre et rapide, emportait des corps dans chacun de ses flots.

Devant la niche de chaque bienheureux, dont le cierge était soigneusement allumé, des groupes de femmes, d'enfants, de pèlerins, disaient le chapelet, chantaient des cantiques, et rappelaient au saint ses généreux miracles pour lui en demander encore.

Dans le tumulte épouvantable des cris de guerre, des armes qui se heurtaient, des tambours qui battaient aux champs, des flèches qui remplissaient l'espace, des cloches qui sonnaient à grande volée, la ville religieuse et guerrière semblait avoir repris un cœur dans la poitrine et du sang dans les veines; avec ses larges flancs de sombres murailles, son front hérissé de tours, de flèches, de clochers, on aurait cru la voir respirer, palpiter et vivre.

Un beau soleil, comme celui qui se lève pour éclairer les prises d'armes populaires, embrasait et dorait l'étendue de la ville. La *révolution*, cette reine éphémère qui naît le matin et meurt le soir, avait du moins un beau jour pour son ardente et rapide existence.

Entrons au palais impérial.

Autant la ville était populeuse, passionnée, bouillonnante, autant le palais était morne et désert. Tous les gardes de la résidence royale jusqu'au dernier lansquenet, tous les gentilshommes de la maison du prince jusqu'aux premiers officiers, étaient allés commander les postes, renforcer les troupes impériales. La solitude planait dans ces vastes galeries; l'absence de tout mouvement, la nudité qu'imprime l'abandon, les faisait paraître plus vastes et plus sombres. On

(1) Une seconde partie, ajoutée à l'ancienne cité par Charles IV, portait le nom de Nouvelle-Ville. L'ensemble de Prague offrait deux vastes amphithéâtres, séparés par le cours de la Muldaw.

voyait seulement passer de loin en loin des soldats qui rentraient blessés, hors de combat, et répandaient les dernières gouttes de leur sang sur les dalles consacrées. Le palais souverain n'était plus gardé que par les effigies en bronze des anciens guerriers, et ne semblait plus habité que par les ombres des rois.

Winceslas, cependant, était resté dans la résidence royale. Le courage ne lui aurait pas manqué pour se mettre à la tête des troupes; mais l'orgueil du rang l'empêchait d'aller lui-même, armes en main, défendre sa personne contre un peuple révolté.

Il parcourait seul, à grands pas, les défilés de l'antique édifice, s'arrêtait pour écouter le bruit tumultueux qui grossissait et s'avançait sans cesse, montait au sommet des bâtiments pour suivre la marche de l'insurrection. Des plates-formes du palais, qui s'élève de la hauteur de Hradschin, le prince embrassait d'un coup d'œil le tableau de toute la ville transformée en champ de bataille.

A la lumière radieuse qui baignait l'étendue, Winceslas voyait le vieux drapeau impérial, dont l'aigle battait de l'aile, descendre du fronton des édifices publics pour faire place au drapeau populaire, dont les banderolles neuves déroulaient dans l'air leurs voyantes couleurs. Puis l'étendard de l'empire reparaissait un instant par la fluctuation du combat... mais c'était pour retomber bientôt après.

Les gibets que Winceslas avait fait dresser sur la place publique restaient encore devant les fenêtres du palais, lugubre bannière, qui appelait de ce côté les efforts des révoltés. Par instant, l'empereur voyait leurs bandes déboucher des rues, et arriver jusqu'en vue de ces potences. Alors la lutte avec les troupes devenait plus terrible, et jonchait le sol de morts.

Le bruit du combat arrivait jusqu'à lui, rumeur formée des tintements du tocsin, des pas retentissants des cavaliers, des roulements du tambour, des cliquetis de chaînes qu'on traînait sur le pavé pour barrer les rues, et surtout des éclats de la voix humaine, dont la passion était le souffle.

De ces sons confondus dans l'air, il se formait, pour Winceslas, comme des paroles de condamnation portées sur lui, d'anathème jeté sur sa mémoire.

Emporté, violent et apathique à la fois, Winceslas frappait son front de rage, déchirait dans ses doigts crispés les pans de son manteau... puis descendait dans quelque galerie obscure, boire, s'étendre sur un banc, et se reposer de l'ardeur du soleil comme après les fatigues d'une chasse.

— Mort de mon âme! disait, dans un de ces moments, le prince appesanti et grondant à demi-voix, que veulent-ils donc?... Est-ce que le peuple va régner? Est-ce que les mendiants vont prendre l'armure de chevalier et la pourpre impériale? Est-ce qu'un noveau roi Przemysl (1) va quitter ses sabots pour monter sur le trône?... Ou bien les francs-juges vont-ils amener le prince qu'ils ont trouvé sous une feuille de leur rosier mystérieux, ou qui est sorti tout armé de leur cerveau?... Quoi qu'il arrive de tout ceci, je reconnais leur main... Cependant Arnold, leur chef, leur guide et mon plus terrible ennemi, Arnold est mort!...

— Un homme est assassiné, dit une voix près de lui; mais une institution vit toujours et accomplit son œuvre.

Winceslas bondit et se souleva de son siége; mais tandis que sa lourde masse se tournait sur elle-même, celui qui venait de parler ainsi avait disparu.

Dans une salle souterraine, où on entendait moins le tumulte effrayant du combat et où on devait être à l'abri d'une première invasion, Sophie de Bavière était enfermée avec ses femmes. De retour depuis peu de son excursion aux monts Granort, la malheureuse princesse était arrivée à Prague pour y souffrir de toutes les horreurs de la révolution.

Léonore Muller était accourue rejoindre sa noble maîtresse.

Pendant son séjour chez son père, où, comme on le sait, elle avait revu Edgard, la fille de l'armurier avait célébré son mariage avec le jeune capitaine. La cérémonie de leur union, au moment où l'avenir qui les attendait était si mystérieux, avait été simple et obscure comme leur position l'était encore. Ne voulant donner à l'amour qu'un engagement sacré, dans ces moments où de grands devoirs exigeaient toutes les forces de l'âme, Léonore s'était séparée d'Edgard en quittant l'autel, et l'avait rendu à l'empereur, lorsque la révolution, qu'elle savait près d'éclater, devait menacer, avec les jours du prince, ceux de ses fidèles chevaliers.

En effet, Edgard était, en cet instant, dans la ville en feu, et combattait pour son maître avec cette valeur où l'âme enthousiaste et ardente rend le bras invincible.

Pendant ces jours où son père était dans l'un des camps et son amant dans l'autre, où son intelligence demandait le succès du soulèvement populaire, tandis que sa tendre piété désirait le maintien du trône antique, où son âme était plus bouleversée que l'atmosphère livrée à cette tempête guerrière, la courageuse jeune fille avait cependant la force de soutenir et de consoler sa noble et chère maîtresse.

Debout, près du fauteuil de la princesse, elle tenait la tête pâle de Sophie appuyée sur son sein, et l'entourait d'un de ses bras, pour atténuer autant que possible le bruit affreux des armes et du tocsin.

— Que deviennent les reines dépossédées? demandait Sophie d'une voix languissante.

Bénies par le malheur, elles deviennent des saintes dans l'histoire, répondit la grande-maîtresse.

— Est-ce donc toujours la mort qu'on leur réserve? reprit Sophie; la mort affreuse et si peu méritée!... Car, mon Dieu, de quoi les femmes sont-elles coupables dans ces changements d'empire?

— Madame... éloignez ces pensées.

— Oh! j'ai peur de cette mort horrible de l'échafaud... l'échafaud!... Mon père, voilà donc la hauteur où tu as tant voulu m'élever!

— Les vainqueurs ne sont pas toujours injustes et féroces, disaient les femmes de Sophie.

Et leurs mains jointes, leurs yeux levés au ciel, priaient Dieu qu'il en fût ainsi.

— Alors ils auront peut-être pour moi la faveur d'une prison éternelle.

— Madame, dit Léonore avec force, mon père est bien puissant dans le peuple, et il faudrait qu'il fût mort, pour qu'on ne respectât pas votre vie et votre liberté.

— Si cela était, oh! comme je serais heureuse d'en avoir fini avec le trône, ses épouvantes et ses misères! Que je le céderais de grand cœur à une autre!... Je voudrais bien voir d'ici celle qui viendra dans ce palais à ma place, ajouta-t-elle en se livrant à une naïve fantaisie... Je l'embrasserais avec une tendresse de mère... La bénédiction des mourants est salutaire... et je voudrais qu'elle fût moins malheureuse que moi!...

Et, par un mouvement imitatif, elle attira la tête de Léonore, qui était plus près d'elle, et l'embrassa tendrement.

Puis, laissant ses yeux fixés sur la jeune Muller, elle ajouta:

— Tiens, cette nouvelle souveraine devrait être

(1) Le premier roi de la maison des Przemysl avait été laboureur.

belle et fière comme toi pour bien porter la couronne; elle devrait être aussi ferme, généreuse et loyale que toi, pour la conserver sans orage...

— O Dieu puissant! entendez-vous ces cris sur la place Royale?

— Les insurgés seraient-ils déjà là?

— Voyez... voyez, à ce soupirail.

— Je ne distingue rien, dit la demoiselle d'honneur qui était montée à la fenêtre.

— C'est que vous pleurez, dit Léonore, et les larmes troublent vos yeux... Donnez-moi cette place.

Elle s'élança au poste d'observation.

—Oui, madame, il est trop vrai! le peuple vient de se répandre en flots jusqu'aux portes du palais! on ne voit plus les soldats que désarmés ou portés sur des brancards... Des hommes entourent ces échafauds, où sont encore élevés des gibets... Ils lèvent ensemble leurs bras armés de sabres... Mais voici un chef dont le casque porte un lion en cimier... Dieu! c'est mon père!... j'entends sa voix!... Il dit que la seule vengeance digne des braves est la victoire... qu'il n'y a plus d'ennemis, mais seulement des vaincus... qu'en entrant dans le palais, il faut respecter le prince désarmé... O mon digne père!... Il dit encore que le meurtre devient crime quand il est inutile, qu'il devient sacrilége quand il tombe sur des têtes couronnées... On écoute ses paroles. On le nomme pour commander aux portes du palais... Oh! ma chère maîtresse, vous êtes sauvée! dit Léonore en revenant se jeter dans les bras de la princesse.

Winceslas, d'une fenêtre haute, assistait aussi à ce triomphe rapide de l'insurrection... C'en était fait, le dernier des étendards impériaux venait de disparaître, et le drapeau populaire s'élevait, planait partout. Les regards éblouis de Winceslas croyaient voir, dans l'étendue lumineuse, un aigle blessé, poursuivi par une foule de vautours et se perdant au-delà des horizons de la Germanie.

En même temps, il voyait déboucher de toutes les rues et arriver jusqu'au parvis du palais, des bandes d'hommes armés par-dessus les différents costumes de leurs professions; mais tous avaient remis leur sabre dans le fourreau... signe de la paix scellée par la ruine de Winceslas... clameurs de triomphe qui étaient son chant de mort!

Le visage empourpré par la colère et la honte, la toque enfoncée sur les yeux, la fourrure de son pourpoint arrachée, le prince courait de galerie en galerie, tendant les bras aux statues des anciens rois comme à des dieux vengeurs... Mais nulle espérance exhalée de ces images refroidies dans le cours du temps ne venait lui répondre : la mort l'entourait.

Le prince se réfugia dans une des tours qui flanquaient chaque partie latérale du bâtiment; il se fit apporter sa coupe, sa fameuse coupe d'or, du poids de trois cents écus, et la vida plusieurs fois. Il en sentit le favorable effet. Winceslas, heureux buveur, n'avait pas perdu, dans l'habitude de boire, la faculté de s'enivrer.

Aux derniers instants de sa vie, on retrouve des visions de jeunesse, on revoit ses songes de gloire et d'amour; et la jeunesse, pour Winceslas, la gloire, l'amour, avaient été le vin et son ivresse.

Un piquet des gardes, qui se repliait sans doute du combat après l'entière défaite des troupes, vint se ranger auprès du souverain.

Le peuple avait achevé sa victoire.

On était au milieu du second jour de l'insurrection, un midi pur et chaud parait la ville de son éclat.

Les francs-juges, dans cette révolution, avaient été, selon leur caractère habituel, *présents partout, quoique invisibles*. Leur marche incessante, se tenant d'abord cachée sous le drapeau des princes révoltés, puis sous celui du peuple, avait conduit Winceslas à sa ruine. Ces hommes, doublement puissants, parce que chacun d'eux étaient deux hommes divers, méditaient ensemble dans le souterrain, puis agissaient dans le monde extérieur, en reprenant le nom et la place qui les mêlaient au mouvement des choses, et leur permettaient d'influencer les esprits, de préparer les voies. Ils avaient réellement accompli les grands événements qui venaient de se passer.

Les armes étant déposées, le moment était venu pour les autorités de la ville de se réunir et de concerter les moyens de rétablir au plus tôt l'ordre et le calme. Après le bras, la tête devait agir et sanctionner le mouvement révolutionnaire.

Pour prendre acte de possession du gouvernement, l'assemblée nationale se réunit au palais des souverains, transformé en hôtel municipal. Cependant la nation n'avait cru, dans cette prise d'armes, que protester contre le pouvoir insupportable d'un despote lâche et sanguinaire, et ne prévoyait pas encore ce qui succéderait à son règne.

Une salle immense régnait dans toute l'étendue du premier corps de bâtiment de l'édifice; elle s'ouvrait sur un large escalier qui descendait en ligne droite et avait son massif péristyle sur la place publique. Le palais, construit sur le modèle de l'ancien Louvre de France (1), était, de toutes parts, hérissé de tours; celles qui, des deux côtés, s'élevaient au milieu des murs latéraux, communiquaient à la grande galerie par un large cintre fermé seulement d'une tapisserie, et, dans les solennités, ces rideaux relevés faisaient, de l'intérieur des tours, des tribunes circulaires ajoutées à l'enceinte principale. Elles avaient jour, par des fenêtres à balcon donnant, comme la façade, sur la place publique qui entourait en croissant le bâtiment avancé du palais.

En ce moment, les tours avaient les tapisseries de leurs cintres baissées, et Winceslas se trouvait retiré dans celle située à droite de la salle.

Le premier qui pénétra, de la ville conquise par l'insurrection, dans l'enceinte du palais désert, fut le moine de Saint-Bruneau, qui a été désigné jusqu'ici par son chapelet d'or.

Le factionnaire posté à l'entrée de la salle baissa la lance pour s'opposer à son passage, mais le religieux souleva ce capuchon éternellement baissé qui cachait son visage, et le soldat, après un vif mouvement en arrière, lui livra respectueusement passage.

Plusieurs personnages, portant l'habit de différentes classes de la société et de divers corps d'état, suivaient le moine.

Celui-ci traversait lentement l'enceinte. Il regardait, en retenant son pas, l'intérieur de cette salle antique, le trône qui s'élevait au fond, son dais écussonné, ses brocards semés d'abeilles d'or, les statues des anciens rois coulées en bronze ou taillées dans la pierre grossière, et quelquefois formées de ces deux matières, les armures rouillées, les masses d'armes, les drapeaux suspendus aux parois.

Quoique le capuchon du moine fût déjà retombé sur son visage, on pouvait juger que l'impression qu'il recevait de ces lieux était profonde, car elle imprimait à sa marche, à ses moindres mouvements, quelque chose de solennel et de recueilli.

Arrivé dans le haut de la salle, il parla aux personnes qui l'entouraient.

Winceslas, dans sa tour, où un rideau seulement le séparait de la galerie, entendit cette voix. Malgré l'étourdissement bachique qui avait gagné son cer-

(1) Charles IV était venu à Paris, et en avait rapporté le dessin du Louvre.

veau, il tressaillit encore à cet accent, qui, chaque fois qu'il s'était fait entendre à lui, avait eu le pouvoir, sans qu'il sût pourquoi, de l'impressionner douloureusement.

Le moine prit place à la droite du trône.

Un officier commença à annoncer les corporations qui entraient.

— L'archevêque et les prélats du saint Empire.

— Les magistrats de la cité.

— Les membres de l'Université.

— Illustres docteurs, dit le moine en s'adressant à ces derniers, venez vous asseoir à droite du trône, devant l'effigie de l'auguste Charles IV, le fondateur, l'ami de votre ordre, et le plus grand des monarques dont le souvenir plane dans cette enceinte.

— Les représentants de la bourgeoisie.

— Les représentants du haut commerce.

L'officier de service nomma ensuite les nombreuses corporations de fabricants et d'artisans qui venaient siéger à l'assemblée nationale en sortant du combat.

— Placez-vous ici, leur dit le moine en indiquant à ces hommes du peuple un côté de la salle garni d'antiques portraitures; vous serez sous l'égide des princes de la maison de Przemysl, dont le premier roi était sorti de la charrue, et dont les descendants se rappelèrent toujours leur noble origine, en protégeant et secourant les dignes travailleurs.

On introduisit ensuite la princesse de Bavière et ses femmes.

Le moine s'approcha de la tremblante Sophie, qui cachait ses traits sous un voile et avait peine à se soutenir, et la fit placer sur un siége d'honneur, à peu de distance du trône.

Les officiers des troupes impériales, les derniers et fidèles défenseurs de Winceslas, furent amenés par des gardes. Ils étaient prisonniers du peuple. Le baron Warner, le comte de Ratisbonne, avaient de profondes blessures; l'écharpe blanche d'Edgard était teinte de sang.

Ils furent reçus par le moine avec des marques de distinction.

On se demandait quel était cet homme, qui, sans avoir de rang marqué dans la vaste assemblée, en assignait à tout le monde. On ne savait quelle tête auguste ou obscure pouvait cacher ce voile de laine.

La grande porte de la galerie demeura ouverte; la masse compacte du peuple remplissait l'escalier et la place publique.

A l'entrée de la salle était maître Muller, commandant le poste du palais. Il tenait son sabre vainqueur, la pointe sur l'épaule, un pied posé sur l'escalier où commençait la foule du peuple qu'il avait conduit; un pied sur le seuil du palais impérial dont il venait de prendre possession.

A l'autre chambranle du portique était un groupe de fraîches et robustes femmes du peuple, qui avaient pu pénétrer jusque-là. Elles avaient encore leur et chapelet, triomphant aussi, passé à leur bras, soulevaient leurs petits enfants pour leur faire voir le trône.

Au delà on voyait la masse de la population comme une immense nappe de têtes qui allait se perdre à l'horizon.

Puis, au dehors, sur la place, dans les rues, dans toute la ville, de joyeuses fanfares remplissaient les airs. Ce peuple de Bohême, naturellement chanteur, et jeune comme le peuple l'est toujours, avait déjà repris ses chants accompagnés de harpes, de flûtes, de mandolines. On s'était mis en danse, et des rondes où se mêlaient des hommes portant encore les armes et le sang du combat, tournoyaient en battant des mains autour des statues brisées de l'*Imperator*.

XXXV

LE COURONNEMENT

Le moine à la robe blanche, au chapelet d'or, se tenant debout au pied du trône, prononça d'une voix haute et grave :

— Messeigneurs du clergé et de l'université, et vous, représentants des États, puisque je semble m'arroger le droit de commander dans le palais souverain dont vous vous êtes rendus maîtres, et d'élever la voix le premier au milieu de vous tous, il est temps de me faire connaître.

A ces mots, par un mouvement aussi noble que rapide, il rejeta son capuchon en arrière.

— L'empereur Rodolphe! s'écrièrent un millier de voix dans l'assemblée.

— Oui, messeigneurs, Rodolphe, le fils aîné de Charles IV, le légitime possesseur de l'empire, qui après s'être assis quelques instants sur le trône, disparut du trône et de la terre, et fut compté parmi les morts.

— Par quelque affreux attentat, sans doute?

— Non, par ma propre volonté. Des guerres intestines avaient bouleversé l'empire de Charles. J'étais chef d'une maison opprimée par les grands vassaux, déchirée par l'anarchie. Sans force contre ces fléaux, je ne vis que la dérision du rang suprême, le néant de la grandeur, qui ne me donnaient pas le pouvoir de faire le bien. Je me retirai dans un cloître, où le roi était à jamais enseveli sous la bure, et dans le sein d'une société secrète, où l'homme pouvait grandir et s'éclairer. Ce fut là que, initié à la sagesse suprême, mon intelligence s'illumina; j'appris par quels principes, par quels moyens, un prince pouvait, même sous un régime de féodalité, grossière ébauche de civilisation, élever la dignité du trône et trouver la force de protéger la nation que Dieu lui a confiée. Je vis alors que la vertu n'était pas dans ce découragement superbe qui m'avait fait abdiquer, mais dans l'œuvre de celui qui saurait régner selon les desseins et la gloire de Dieu.

Les ardentes acclamations de toute la salle saluèrent l'*empereur Rodolphe*.

— Non pas moi, dit-il avec un mouvement de négation lent et grave. Je me suis volontairement effacé du monde, ne vivant plus que dans les doubles ombres du monastère et du souterrain consacré, n'étant connu que de quelques-uns de mes frères. Si je revendiquais mes droits à l'empire, je semblerais, après avoir été trop faible pour supporter la grandeur, être trop faible maintenant pour supporter l'oubli; je pourrais être accusé d'ambition en reprenant ma propre couronne... Mais, dès que mes yeux se sont ouverts sur la mission d'un souverain, j'ai conçu d'autres projets. J'avais un fils, né d'un mariage secret et légitime avec Marie de Brandebourg; je résolus, dès qu'il aurait atteint sa majorité, de lui ouvrir les voies du trône, afin qu'il devînt l'idéal du souverain qu'avaient pressenti les voyants et les sages.

Une vive émotion, qui se fit sentir dans l'assemblée, interrompit quelques instants Rodolphe. Il reprit, au milieu d'un silence palpitant :

— Les premières lois de ce nouveau règne, ses premiers serments à Dieu, les voici : — Rétablir la constitution politique de la Bohême; exiger de la noblesse hommage et obéissance au souverain; maintenir les priviléges et la liberté des États en toute circonstance; terminer le grand œuvre d'affranchissement des bourgeois et des paysans, que Charles IV a glorieusement commencé; délivrer les campagnes des exactions des seigneurs suzerains; soustraire la fortune et la vie du citoyen à la domination barbare de l'épée; protéger de toutes les forces du sceptre l'agriculture, l'industrie et les arts... Les développements et l'application de ces principes, et les franchises qui en découlent, seront communiqués à celui qui doit les pratiquer. C'est le premier pas d'une marche glorieuse où s'engage l'humanité, mais dont le but auguste doit rester voilé à nos yeux, qui n'en pourraient soutenir la lumière trop éclatante.

La surprise, le trouble, l'attente, agitaient cette foule, où battait un seul cœur. L'étendue demeurait silencieuse; et cependant on semblait entendre des cris intérieurs d'espoir et d'enthousiasme ardent.

Le soleil, qui s'épanchait à grands flots dans la salle, où il pénétrait à travers des vitraux peints, revêtait les vives couleurs du prisme, et on croyait voir l'arc-en-ciel, signe de paix et d'alliance céleste, venir se pencher sur le trône.

La musique des fanfares lointaines qui venait, plus adoucie, se répandre sous les voûtes, semblait l'hymne de joie de la terre délivrée.

Rodolphe envoya chercher le manteau impérial, la couronne, le sceptre, la main de justice.

Puis il reprit :

— Quand les sages qui m'entouraient et moi-même, nous eûmes jugé la tyrannie, les désordres, la démence du prince régnant arrivés au comble, nous voulûmes nous servir des grands vassaux qui conspiraient sa perte pour le renverser. Cette arme était de fausse trempe, elle s'est brisée dans nos mains. Alors, nous nous sommes servis du peuple pour cette œuvre de destruction : son bras est celui de Dieu, et ne trompe jamais.

— Victoire! victoire à nous! s'écriait-on en agitant les drapeaux.

— Maintenant, continua Rodolphe, maintenant que j'ai établi les devoirs du prince envers la nation, je rappelle ceux de la nation envers le prince. Dans la constitution de 1346, les États assemblés se sont obligés à maintenir l'hérédité de la couronne en faveur de la descendance de Charles IV, en raison de la priorité des tiges. Je demande donc le serment de fidélité du peuple envers mon fils, roi de Bohême, empereur d'Allemagne.

— Honneur au fils de Rodolphe! dirent les membres de l'Université. Qu'il paraisse comme l'étoile de salut!

— Le prince! le prince! exclamait le peuple.

— Ce prince, dit Rodolphe, dont l'œil radieux devint humide de larmes, et cet héritier légitime du trône, c'était, il y a bien peu de temps encore, un jeune et simple page...

A ces mots, le regard de Rodolphe alla se fondre dans le regard embrasé que, depuis un instant, Edgard tenait fixé sur lui... Ce fut là toute la révélation du lien qui les unissait... Edgard alla se jeter dans le sein de son père!

Un sourire radieux éclaira tous les visages.

Après un moment d'émotion puissante, Rodolphe reprit, tenant sa main appuyée sur l'épaule du jeune prince :

— Mon fils, toujours éloigné de moi, ne connaissait pas sa naissance. Il a été élevé à l'Université de Prague, puis reçu dans les pages et créé chevalier. Je l'ai fait placer à la cour de Winceslas, pour qu'il connût de bonne heure le secret de la royauté, et s'instruisît même à sa dignité; car je savais bien qu'auprès de Winceslas, il ne verrait jamais l'homme, mais le front marqué de l'huile sainte. Il a été enflammé d'un dévouement chevaleresque pour celui qui portait le nom d'empereur. Enthousiaste et intrépide enfant, il combattait avec une fougue aventureuse contre sa propre cause. L'empereur arrêté, il tirait l'épée pour lui; l'empereur en prison, il le délivrait; l'empereur assiégé dans sa dernière forteresse, il combattait encore en héros, jetait l'ennemi vainqueur du haut d'une tour et faisait lever le siége... Partout, toujours, il renversait à mesure ce qu'on faisait pour lui... C'est donc, ajouta Rodolphe en souriant, c'est donc un révolté que je présente à l'élection souveraine.

Edgard mit un genou en terre devant l'empereur son père. Puis il se releva pour recevoir de lui les attributs souverains.

Ces insignes brillaient de diamants et de pierres précieuses, amassés par la royauté pendant les siècles.

Le jeune homme, par un mouvement spontané, détacha les longues chaînes de pierreries qui entouraient la couronne et descendaient en rivières sur le manteau impérial. Il traversa l'assemblée, qui s'ouvrit sur son passage; puis, arrivé sur le seuil de la salle du trône, il lança ces mille diamants égrenés dans la foule du peuple qui se déroulait devant lui.

— Tenez, amis, dit-il, que cette graine brillante aille ensemencer vos champs. Elle y deviendra féconde, au lieu de briller stérilement sur la couronne. Un souverain ne doit être paré que d'honneur et de justice.

— Et de sa jeunesse, de sa grâce, de sa beauté! criait la foule déjà enthousiaste du nouveau prince.

Puis le fils de Rodolphe revint prendre les attributs de la royauté, sous lesquels ses traits épanouis, nobles et suaves, ressortaient d'un merveilleux éclat.

Au milieu de ces transports de la joie publique, on avait presque entièrement oublié Winceslas.

Sans avoir été arrêté, l'ex-empereur se trouvait prisonnier dans sa tour, circonscrite de tous côtés par l'ennemi.

Réveillé de l'ivresse, il assistait aux événements qui avaient lieu dans la salle du trône, dont il n'était séparé que par un rideau. Il reconnaissait enfin le moine au chapelet d'or... c'était son frère, qui était sorti du tombeau pour consommer sa ruine!

De l'autre côté, sur la place publique, où donnait le balcon de la tour, il rencontrait la fête du peuple délivré de son joug; un chœur de danse et de chant s'élevait du sol où il ne régnait plus; une harmonie terrible, mêlée d'allégresse et de colère, jetait dans les airs ces mots?

— Liesse au peuple! anathème au tyran!

Dans cette tour, à la voûte profonde et obscure, tout était dépouillé et sombre comme son âme. Les gardes demeurés autour de lui étaient immobiles, silencieux et plaqués à la muraille comme les hommes peints sur les tapisseries.

C'était là que Winceslas faisait ses adieux à la puissance, à la vie.

Tout à coup, il releva la tête et promena un regard pénétrant sur ce peu de soldats qui formait alors sa garde impériale, triste et dernier reste de ses armées.

— Voulez-vous, leur dit-il, risquer de me sauver ou de périr pour moi? Un escalier descend d'ici dans les cours du palais; des chevaux sont toujours prêts; entouré par vous, je peux, à la faveur de la surprise et de la rapidité de mon cheval, traverser cette foule hideuse et sanguinaire. Vous, vous serez tués en me couvrant de votre corps, ou vous fuirez avec moi et partagerez ma fortune.

Un morne silence accueillit cette demande... Le cœur de Winceslas battit violemment... Une minute encore tout demeura muet, immobile... Le malheureux prince voulut prendre ce silence pour un consentement. Il fit quelques pas, et s'avança pour soulever la tapisserie de la porte dérobée.

Mais alors une main se posa sur son bras, le fit plier de manière à ramener la main sur le cœur, et l'homme qui exécutait ce signe de l'association secrète y ajouta ces mots :

— Partout où tu as passé, les champs féconds sont devenus des solitudes d'*herbe*, de *pierre*, et des vallées de *pleurs*. Tu ne trouveras plus de *bâton*, pour t'appuyer et reprendre ton chemin (1).

Winceslas tressaillit et se jeta en arrière. Il regarda fixement son interlocuteur et reconnut celui qui sous le costume de mendiant, avec ce même signe et ces mêmes mots consacrés, l'avait arrêté au couvent de Saint-Bruneau.

Il se retourna vivement vers les autres soldats pour se mettre à l'abri de leurs lances... Mais tous, lorsqu'il approcha, lui répétèrent les mêmes paroles cabalistiques et fatales pour lui.

Ils faisaient partie, ainsi que le premier, des membres du saint tribunal, qui se trouvaient mêlés à la garde impériale comme à toutes les classes de la société.

Alors Winceslas comprend qu'il est perdu sans retour, et l'élan de sa résolution prend une autre route.

S'élençant sur la table où sont encore les vins qu'il s'est fait apporter, il saisit sa grande coupe, cette coupe du poids de trois cents écus d'or, qui a été célèbre dans son règne, et la remplit jusqu'au bord. Un balcon sans balustrade, ou plutôt une étroite plate-forme, s'avançait sur la place publique ; il pose son pied sur cette dale, et élève la coupe à la hauteur de ses lèvres...

Et en même temps, la tapisserie qui sépare la tour de la grande salle se détache tout à coup, et le large cintre, ouvert, montre aux regards de l'assemblée nationale le prince dépossédé.

On le contemple avec un dédain silencieux.

Lui, penché sur le balcon et la coupe à la main, prononce ces mots en buvant à coup pressés :

— Reviens à moi, précieuse liqueur qui m'as toujours abreuvé de voluptés... Un moment, je t'ai oubliée pour m'enivrer de sang ; je n'y ai trouvé que les tortures de l'âme, le poison de la royauté... Reviens à moi, vin généreux !... Grâce à toi, qui donnes l'oubli, je ne vois plus ma ruine... je ne suis plus captif et condamné ; je ne sens plus les coups vainqueurs de mes ennemis me déchirer le sein... je n'entends plus les clameurs du peuple, qui me maudit et me brave... je ne verrai pas le dernier des mendiants se dresser d'orgueil en disant qu'il est plus heureux que moi !... Ô vin généreux ! tu peux effacer même les malheurs d'un roi !

D'un dernier trait, il tarit sa coupe jusqu'au fond, et se précipita la tête la première sur le pavé de la place.

Il alla se briser le crâne au pied des échafauds qu'il avait fait élever.

Et le peuple s'écria :

— Justice est faite !

Ainsi meurent tous les tyrans (2) !

XXXVI

LA CHAMBRE DE L'IMPÉRATRICE

Le soir de ce jour qui avait amené le dénoûment mémorable de la guerre civile, la capitale de la Bohême, illuminée, les portes ouvertes, les forts désarmés, retentissait de toutes parts de musique et de clameurs triomphantes.

Une cérémonie religieuse avait eu lieu dans la cathédrale, où le peuple était allé rendre grâces à Dieu de sa délivrance ; des fêtes se célébraient dans le palais pour se répandre de là dans la ville, où leur ivresse redoublait l'enthousiasme et la joie.

En même temps et quelques heures après la nuit close, l'impératrice Sophie de Bavière quittait pour toujours la demeure des souverains, pour se retirer au couvent des dames de Sainte-Marie, asile vers lequel avaient sans cesse tendu ses désirs, et qui seul convenait à sa nature timide, mélancolique et recueillie.

Sophie, soutenue par Léonore et accompagnée de quelques femmes, descendait l'escalier obscur d'un antique et solitaire bastion, dont le pied baignait dans la Muldaw, et allait gagner la barque qui l'attendait pour la conduire à sa destination.

La nef était couverte d'une tente sombre, et l'équipage modeste comme il convenait à la simple recluse du couvent de Sainte-Marie. Mais un des chefs populaires, suivi de quelques hommes d'armes, allait prendre place dans l'embarcation pour veiller à la sûreté de Sophie de Bavière pendant le court voyage. C'était l'armurier Muller. Ce brave citoyen, dans la levée de boucliers qui venait de s'accomplir, représentait le peuple dans sa plus belle expression, le type idéal du révolutionnaire, *fort, loyal* et *généreux* ; il avait soulevé, armé, guidé la population, et déployé le même zèle ardent à protéger les vaincus. Maintenant, nommé pour servir d'escorte à la princesse dépossédée, il terminait sa noble tâche par cette protection accordée au malheur.

La princesse de Bavière, en quittant le seuil du palais impérial, était encore entre Léonore et son père, qui semblaient destinés à la servir toujours.

Au bord de la barque, Sophie tint longtemps sa chère Léonore embrassée ; les adieux se prolongèrent douloureusement entre ces deux femmes liées par la sympathie, par le dévouement mutuel, par tout ce qu'il y a de meilleur au fond de l'âme ; et, quand il fallut enfin se séparer, Léonore, regardant à la façade illuminée du château le balcon d'où on découvrait le mieux le cours de la rivière, le désigna à l'impératrice, et lui dit qu'elle allait monter à cet endroit pour suivre le plus longtemps possible le fanal de sa barque dans le lointain.

Toutes les avenues du palais étaient ouvertes à la population, dans ce jour de bouleversement et de fête. Léonore pénétra donc sans obstacle dans les galeries conduisant au balcon qu'elle avait remarqué. Elle s'avança vers la balustrade, et attacha ses regards sur la lumière fugitive de la barque. La jeune fille pouvait être aperçue de l'embarcation, grâce à l'illumination de la façade, comme elle distinguait elle-même la forme sombre de Sophie auprès de la lumière de la proue ; elle tira de son sein le ruban blanc de chevalière qu'elle tenait de l'impératrice et avait toujours conservé, et, à l'aide de ce précieux souvenir du commencement de leur amitié, elle fit à sa chère souveraine un signal d'adieu plus expressif et plus doux.

La princesse y répondit de son mouchoir agité, et la nef disparut sous les arbres du bord.

Léonore, en ce moment, quitta le balcon, et seule dans cet aile inconnue du château, elle se recueillit enfin en elle-même.

La tristesse qu'elle éprouvait du sort réservé à l'impératrice d'Allemagne la conduisit à songer à sa propre situation. C'était la première fois, dans cette journée, qu'elle pouvait ramener ses regards sur elle. En effet, depuis quelques heures, elle avait vu tomber une puissance et une autre s'élever ; celle qui était ren-

(1) *Bâton, pierre, herbe, pleurs* : l'emploi de ces mots dans la première phrase qu'ils s'adressaient servaient aux francs-juges à se reconnaître.

(2) Le peuple traîna le corps de Winceslas jusqu'à la rivière et l'y précipita ; quelques jours après, des pêcheurs retirèrent ce corps qui fut acheté par les princes régnants vingt-deux ducas d'or et porté à la cathédrale de Saint Weith, où étaient les sépultures des rois.

versée entraînait dans sa ruine une princesse bien chère; celle qui surgissait mettait au premier rang l'homme choisi par son cœur. Dans l'éblouissement causé par ce tourbillon d'événements, et en présence d'intérêts si puissants, Léonore avait été entièrement effacée pour elle-même. Elle fut tout à coup ramenée à la réflexion par la solitude où elle se trouvait.

Sa situation était étrange.

Depuis longtemps déjà, fixée à la cour par une place de demoiselle d'honneur et l'affection de sa souveraine, cette souveraine venait d'être dépossédée... Elle était unie au jeune chevalier proclamé empereur par le droit de naissance, par le choix de la nation; mais ce mariage clandestin, non avoué, n'était guère qu'un engagement de leurs cœurs devant Dieu. Elle était fille de l'homme du peuple, qui avait été ce jour-là plus fort que les rois, mais toujours sous la condamnation d'une puissance au-dessus des rois et du peuple; toujours sous le coup de la mort, à laquelle elle avait échappé par miracle, dans l'embrasement de la forteresse. Et si Norberg, qui l'aimait d'une passion si puissante, avait été sur le point de la sacrifier, que ne devait-elle pas penser de l'inflexibilité des francs-juges!

Ainsi, femme de l'empereur, fille du chef de la révolution, elle n'avait pourtant pas de place sur la terre; elle ne savait que penser de ces grandeurs incertaines, de ces dangers aussi voilés, et se regardait avec étonnement elle-même.

Cependant, tout en se livrant à ces réflexions, Léonore considérait machinalement le lieu où elle se trouvait.

C'était le grand appartement des impératrices régnantes, à en juger par les inscriptions tracées en dorure sur les corniches et les manteaux de cheminée, ainsi que les attributs de beauté et souveraineté peints et sculptés dans de gigantesques trophées. Léonore ne connaissait point cette partie du château; la princesse de Bavière, dans le peu de temps qu'elle était demeurée à Prague, entre son retour des monts Granort et la révolution, n'avait point occupé cet appartement d'honneur, trop vaste, trop somptueux pour l'état précaire de la cour, et ni elle ni les dames de sa maison n'y étaient jamais entrées.

En ce moment, Léonore remarqua que ce séjour princier, fermé depuis le dernier règne, n'avait point l'air d'abandon que cette longue solitude aurait dû y imprimer, surtout dans un édifice généralement délabré. Il était arrangé avec soin, et des ornements de fraîche date semblaient l'avoir préparé dans la soirée même pour une réception.

L'intérieur de l'appartement n'était éclairé que par des reflets de l'illumination et du feu de joie de la place publique. Ces écussons souverains, ces figures riantes de la tapisserie, ces aigles impériales éployant leurs ailes, ces massives guirlandes de fleurs, et, au milieu, ces devises où respirait l'orgueil souverain, toutes ces images de la grandeur dévolue à la femme, flottant au milieu des larges reflets rouges d'une fête nationale, fascinèrent peu à peu la jeune fille, firent battre son cœur et lui donnèrent une espèce d'étourdissement fiévreux qu'elle ne pouvait s'expliquer.

Cependant, elle allait s'arracher à cette contemplation, et pensait à diriger ses pas dans le dédale de ces longues galeries, quand un homme entra et referma la porte derrière lui.

Il y avait assez de lumière pour que Léonore ne fût point effrayée de cette apparition, car elle pouvait, au premier coup d'œil, reconnaître Edgard.

Le jeune prince s'avança souriant, et portant toutefois sur les traits une vive exaltation. Tous deux se regardèrent avec une émotion nouvelle : ils avaient tant de choses à se dire, qu'ils restèrent longtemps muets, sous l'impression de sentiments énergiques et tendres.

Edgard, prenant Léonore par la main, la fit asseoir dans un grand fauteuil blasonné, et se plaça près d'elle; puis, au lieu de parler des événements palpitants de cette journée, il alla chercher ses pensées dans les plus anciens souvenirs.

Il était en ce moment simple, candide et ferme comme le jeune page de Winceslas.

— Vous souvenez-vous, Léonore, dit-il, du commencement de nos amours?... Il n'y a pas bien longtemps de cela... Mais tant de bouleversements incroyables se sont succédé depuis, que ses jours semblent remonter au passé le plus reculé.

— Et vous-même, monseigneur, quelle mémoire en avez-vous gardée?

— Écoutez... Je me souviens que c'est dans notre excursion aux montagnes de Conrad-Bourg, que je vous parlai de la triste et obscure destinée qui m'était promise, à moi, enfant abandonné, sans aïeux ni fortune...

— Votre plus grande ambition alors s'élevait au rang de chevalier... je vous dis en riant que l'or de vos éperons était encore au fond de la mine... C'était une couronne qui devait en sortir!

— Le soir même, Léonore, vous fûtes citée à comparaître devant le tribunal secret... Dans les dangers terribles que vous alliez courir, héroïque jeune fille, vous prîtes pour votre chevalier celui que tout le monde appelait un enfant, le page qui n'avait pas encore tiré son épée... Mais moi, le cœur rempli d'un mystérieux avertissement, je m'écriai que vous aviez bien choisi!... Oh! si jeune et si dénué de toute puissance dans le monde, je sentais bien, cependant, par je ne sais quelle inspiration soudaine, que moi seul pouvais vous sauver de cet abîme irrésistible...

— Vous le sentiez... Et comment?...

— Écoutez!

En ce moment, la foule qui bruissait autour du palais se rapprocha de ses murs, et, des flots de la multitude, on entendit s'élever ce cri enthousiaste et mille fois répété :

— Vive Léonore impératrice!

Pâle de saisissement, Léonore ne put que regarder Edgard.

— Voilà, dit le prince, le seul rang auquel n'atteigne pas la puissance du tribunal secret.

— Oh! l'ai-je bien entendu! dit la jeune fille, *Léonore impératrice?*

— La condamnation des invisibles échoue devant ce nom suprême; il fallait le miracle d'une telle élévation pour vous sauver.

— Comment est-elle vraie? Comment est-elle si rapide?

— Quand la cour et le peuple s'étaient réunis pour offrir des louanges à Dieu dans la cathédrale Saint-Jean, j'emmenai l'empereur Rodolphe, mon père, dans une des chapelles les plus retirées de ce temple : il y avait là un humble et vieux prêtre que j'y avais fait appeler. Je dis à mon père que, ne connaissant en moi naguère qu'un simple chevalier dans cette chapelle, et par le ministère de ce diacre, j'avais épousé en secret la fille de l'armurier Muller.

— Et l'empereur Rodolphe?...

— A répondu que le mariage consacré ainsi était nul; mais que l'engagement de cœur d'un chevalier était un autre sacrement que rien ne pouvait briser; que ce lieu eût-il uni l'empereur de Germanie avec la femme la plus éloignée du trône, il aurait fallu le respecter; mais que l'alliance du prince souverain avec la fille du digne représentant du peuple était un symbole d'harmonie, un pacte d'union entre les divers éléments de la nation et le plus bel espoir à donner à la Germanie... que Léonore devait être reconnue impératrice.

— O grandeur et sagesse souveraines !

— Vous l'entendez... mon père a tenu parole.

Léonore leva ses yeux brillants de larmes de reconnaissance vers le ciel.

— Ainsi, dit Edgard en prenant les mains jointes de la jeune fille dans les siennes, et en rappelant à lui le cœur qui se portait vers Dieu ; ainsi, Léonore, cette chambre marquée des attributs de la souveraineté, cette chambre de l'impératrice est la vôtre... Le hasard vous a conduite dans le lieu du palais où vous deviez reposer votre tête ; et moi, ajouta-t-il en se laissant tomber aux genoux de Léonore, je suis venu rejoindre une femme adorée.

Le couvre-feu, qui se faisait enfin entendre dans la capitale, ramenait la population à ses foyers, et éteignait les lumières.

— Monseigneur, dit Léonore en souriant, il nous reste un chapitre de notre roman à rappeler. Quand il y a si peu de temps, dans la forge de mon père notre union a été résolue par nous deux, nous avons voulu nous lier éternellement dans le danger commun et la mutuelle incertitude de notre destinée, laissant à l'avenir le soin de nous apprendre lequel des deux élèverait l'autre...

— Eh bien, nous l'ignorions... et nous ne le savons pas encore.

— Edgard ! tu me donnes le trône !

— Et toi, tu me donnes le ciel !

FIN.

Le Mans. — Impr. du Temple et Vialat.

www.ingramcontent.com/pod-product-compliance
Ingram Content Group UK Ltd.
Pitfield, Milton Keynes, MK11 3LW, UK
UKHW021232230726
13926UKWH00003B/1385

9 782014 105469